Ulf Dobberstein

KOPFSACHE

Kriminalroman

Edition Friedrich Ziegler

Erste Auflage 2020

Umschlaggestaltung und Satz: Detlev Grimm
www.detlevgrimm.de
Druck: A8 Medienservice GmbH, Berlin
www.berliner-buchdruck.de
Printed in Germany

KOPFSACHE

Für Paul und Lily

Prolog

Dr. med. Kaim, Generaloberst der Waffen-SS in Sachsenhausen und von Anfang an dabei, lauscht in die plötzliche Stille und weiß, dass es Zeit wird. Gut, dass er seinen Plan vor langer Zeit gefasst hat. Eine einsame Entscheidung. Wie Zuspruch suchend bleibt sein Blick am Bild des Führers hängen. Wohl zwanzig Mal hat er ihn getroffen. Wenn es Momente in seinem Leben gab, für die es sich gelohnt hatte zu leben, dann waren es diese Begegnungen gewesen. „Kaim, Sie persönlich stehen mir dafür ein, dass das Reich werden kann, wenn die Zeit gekommen ist", hatte er gesagt. Und er hatte es versprochen.

Erneut dröhnt das Grollen des näherkommenden Artilleriefeuers durchs Lager und Kaim darf sich jetzt keinen Fehler erlauben. Nicht am Ende einer großen Zeit, dass nicht das Ende der Bewegung sein soll.

Er steht auf, durchquert den Raum und gelangt in den kleinen Operationssaal der Krankenstation. Da liegen sie in einem Waschzuber auf dem Operationstisch: seine Jungs, Zwillinge, gerade drei Wochen alt, eingewickelt in eine dieser Lagerdecken. Die Mutter der Zwillinge ist tot, schnell und sauber durch seine Hand gestorben. Gemeinsam hatten sie entschieden, in einer Welt ohne den Führer nicht leben zu wollen.

Kaim hatte lange darüber nachgedacht, wie seine Information mit hinreichender Sicherheit das Kriegsende überdauern könnte. Dann war ihm die rettende Idee gekommen: Seine Kinder, deutsches Blut von deutschem Blut, waren seine Auserwählten. Kinder würden das Lager und die Zeit danach überleben. Menschen kümmerten sich um Kinder. Kinder wurden gerettet, besonders dann, wenn sie zu den Verfolgten gehörten. Kinder wurden nicht angeklagt, verurteilt. Sie durften in Freiheit leben. Und seine Jungs erhöhten die Wahrscheinlichkeit, dass sein Plan aufgehen würde. Denn Zwillinge, so viel wusste er aus den Forschungen, waren Zeit ihres Lebens wie durch ein schicksalhaftes Band miteinander verbunden, mehr als andere Geschwisterpaare.

Kaim breitet die Operationsinstrumente auf dem Tisch aus und nimmt eines der Babys aus dem Waschzuber. Einen Namen hat er für das Kind nicht. Namen würden andere den Kindern geben müssen. Für ihn sind sie Mittel zum Zweck und das einzige, was er für sie empfindet, ist Mitleid. Mitleid, dass sie lange Zeit in einer Welt ohne Ideale, ohne geistige Führung würden leben müssen. Tröstend für ihn ist nur der Gedanke, dass das Leben seiner Kinder durch ihn, den Vater, jetzt einen Sinn erhält, mit dem er letztlich auch sich selber einen Platz in den Geschichtsbüchern verschaffen wird. Er atmet einige Male tief durch und versucht, sich zu beruhigen.

Kaim hätte nie gedacht, einmal eine Beschneidung vorzunehmen, noch dazu an seinen eigenen Kindern. Aber es muss sein, zur Tarnung, und es muss jetzt sein.

Er wickelt den Jungen aus der Decke, nimmt das Skalpell, aber seine Hände wollen zittern. Das kann er nicht zulassen. Kurze Konzentration, dann setzt er sich über das Gebrüll des Säuglings hinweg. Schließlich ist er Arzt und er hat etwas zu tun. Nach knapp vier Minuten ist alles vorbei. Er versorgt die Wunde und legt das Kind zurück in den Waschzuber. Jetzt hat auch der andere Säugling angefangen zu weinen. Konnte das sein? Konnte der eine den Schmerz und die Angst des anderen spüren? Ohne zu zögern nimmt er den anderen Zwilling, zieht auch ihn aus und bereitet ihn für die Beschneidung vor.

Nachdem der erste Akt vollendet war, wendet sich Kaim wieder dem ersten Zwilling zu. Nein, er würde nicht flüchten, sondern seinen Plan erfüllen. Der zweite Akt ist leichter, denn im Tätowieren hat er Übung

Das Schreien der Kinder stört ihn nicht. Es berührt ihn nicht mehr. Er hat lernen müssen, den Schmerz anderer nicht zu seinem eigenen Schmerz zu machen. Wichtig wird allein der Erfolg sein, nur drauf kommt es an. Der Führer hat ihn ausgesucht, geht es ihm durch den Kopf. Und er hat ihm ein Versprechen gegeben.

Die erste Granate schlägt im Lager ein. Dann eine zweite Explosion und das Chaos bricht los. Gut, dass die Zwillinge wieder in dem Waschzuber liegen. Er nimmt eine Decke, breitet sie über ihnen aus und schiebt die Wanne unter den Operationstisch. Ohne sich noch einmal nach den Kindern umzudrehen, verlässt er den Behandlungsraum.

Zurück im Sprechzimmer, zieht Kaim den Arztkittel aus, baut sich vor einem der verdunkelten Fenster auf und mustert sein Spiegelbild in der Glasscheibe. Ihm gefällt, was er sieht. Sicher, er ist mit gerade einmal Mitte vierzig zu jung, um zu sterben. Aber im Krieg gelten andere Maßstäbe. Er streicht seine Uniform glatt. Wenigstens würde er nicht an irgendeinem Balken baumeln. Rufe hallen über das Gelände, Schüsse fallen und immer wieder Detonationen. Aber Kaim hört von alledem nichts. Er überprüft noch einmal den korrekten Sitz seiner Uniform, lässt die Manschetten seines Hemdes um jeweils genau einen halben Zentimeter aus der Uniformjacke hervorblitzen, bringt den linken Rand seiner Gürtelschnalle mit der Knopfleiste seines Uniformrocks auf gleiche Höhe und kontrolliert ein letztes Mal den makellosen Glanz seiner Lederstiefel. Dann setzt er seine Offiziersmütze akkurat auf, ohne seinen Blick vom Spiegelbild abzuwenden. Ein deutscher Offizier. Wortlos befiehlt er seiner Hand, die Pistole aus seinem Gürtelhalfter zu ziehen und an seinen Mund zu führen. Noch bevor die Pistole seine Lippen berührt, schließt er die Augen.

Kaim ist tot, bevor die Schallwellen des Schusses auf sein Ohr treffen.

Teil 1

Kapitel 1

Was für ein Morgen. Der Himmel spannte sich mit einem Blau über Berlin, das den Abschied vom Sommer und die Ankunft des Herbstes verkündet. Keine Wolke. Nicht zu warm.

Gero Steiner wartete mit seinem Rad an der Ecke Wundtstraße und versuchte Luft in einen Reifen zu pumpen. Gleich würde sein Vater die Straße heruntergerollt kommen, in einer peinlich bunten Montur irgendeines Tour de France Teams. Er selber wäre viel lieber gelaufen, in einem gleichmäßigen, lockeren Tempo, hätte die Zeit genutzt, sich mit seinem Vater zu unterhalten und über die monotone Bewegung in Einklang mit sich selbst zu kommen. Dennoch, er konnte verstehen, warum es seinen Vater aufs Rad zog. Es ging ihm um Mobilität, um den Erhalt seiner körperlichen Leistungsfähigkeit und darum, sich nicht eingestehen zu müssen, älter zu werden. Gero hasste Radfahren. „Fisch schwimmt, Vogel fliegt, Mensch läuft", hatte Emil Zatopek, der legendäre Langstreckenläufer der sechziger Jahre, sein Vorbild, gesagt. Da war von Fahrradfahren keine Rede. Aber es half nichts. Heute war sein monatlicher Vatertag, eine Verabredung, die es seit zwei Jahren gab, seit dem Tod der Mutter, immer am ersten Samstag jeden Monats. Gero hatte zu seinem Vater nie ein große Beziehung gehabt, aber er hatte ihm zugeredet, von Köln nach Berlin zu ziehen, sein Haus aufzugeben und hier eine Wohnung zu suchen, ganz in seiner Nähe. Kein leichter Schritt, aber es war ein Anfang. Schließlich waren sie einander die einzigen Verwandten, wenn man von dem Bruder des Vaters, seinem Onkel Moshe, mal absah. Aber der war weit weg, lebte in Israel, und wie sie beide merkten, schien Blut doch dicker als Wasser sein. Zu seiner großen Erleichterung hatte sich der Vater schnell in die Stadt eingefunden, er genoss die kulturellen Angebote, erkundete die Umgebung, beanspruchte ihn nicht zu viel, wichtig war nur, dass er, der Sohn, da war. Und zu einer festen Einrichtung, an der keiner der beiden rüttelte, war eben der erste Samstag im Monat geworden, ihr Vatertag.

Gero pumpte immer noch, aber nach einigen Minuten hatte sich am Reifen nichts getan. Im Gegensatz zu seinem Vater besaß er kein Rennrad, sondern er hatte sich für ein bequemeres Trekking-Rad entschieden, mit dem er auch mal durch die Stadt über Bordsteine und Kopfsteinpflaster fahren konnte. Und doch hatte sein Rad Rennventile, diese winzigen, filigranen Nadeln, die sich schon bei der kleinsten Krafteinwirkung verbogen. Vier Minuten noch und keine Chance, es bis zur Ankunft seines Vaters zu schaffen. Das hieß Vortrag Nummer Drei. Gero hatte den sich wiederholenden Reden seines Vaters zu seiner Beruhigung Nummern gegeben. Das nahm den Worten die Schärfe, wie er festgestellt hatte. Insgesamt waren es 12 Vorträge. Bei Vortrag Nummer Eins ging es um die alten, besseren Zeiten, bei Nummer Zwei spielte der alte Arbeitgeber Bayer Leverkusen die Hauptrolle, und Nummer Drei widmete sich der Ordnung und Organisation der Dinge ganz allgemein. Also würde er sich anhören, dass jede Radtour einer Vorbereitung bedürfe, die nicht 20 Minuten vor dem geplanten Start, sondern spätestens am Vortag beginnen sollte. Und so weiter und so fort. Zwei Minuten. Gero legte die Pumpe weg und versuchte den Rücken gerade zu bekommen. Er wusste, sein Vater würde sein Ventilproblem nach Abschluss des Vortrags Drei lösen.

Dann sah er, dass sein Vater mit einiger Geschwindigkeit die Wundtstraße herunterkam. Gero hasste das, weil er jeden Tag mitbekam, wie es hier zu Unfällen kam und er hasste es, weil die Fahrweise seines Vaters nicht gerade von Sicherheit geprägt war.

Vater und Sohn umarmten sich kurz, dann sofort Beginn des Vortrags Nummer Drei, wie erwartet. Walter Steiner hatte natürlich ein Ersatzventil dabei, das er einbaute, dann den Reifen aufpumpte, ein mentales wie physisches Aufwärmprogramm, bevor es los gehen konnte.

Der Vater hatte sich für seine Version des Grunewaldmarathons entschieden, Wundtstraße. ICC, Eichkamp, Hüttenweg, Kronprinzessinnenweg, Havelchaussee, Postfenn und zurück über die Heerstraße, 25 Kilometer, in bestenfalls nicht viel mehr als einer Stunde. Die Strecke kam Gero gelegen, auch wenn er dies seinem Vater gegenüber nie zugeben würde. Er hatte nämlich vor, diese 25 Kilometer in einigen Wochen als langen Lauf in sein Training für den Frühlingsmarathon Ende März in Rom aufzunehmen. Bis dahin waren es zwar noch gute fünf Monate, aber besser bald als zu spät.

Jetzt legte sein Vater ein Tempo vor, das für die Verkehrsdichte schlicht zu schnell war. Am ICC hatte Gero zu Walter Steiner aufgeschlossen, Vater und Sohn hatten ihren Rhythmus gefunden und fuhren nun parallel zur alten Avus in Richtung Grunewald, vor ihnen die Weite der Landschaft, über ihnen der blaue Himmel, Bewegung und Frieden.

Was Walter Steiner nicht voraussehen konnte und schon gar nicht Gero, der hinter ihm fuhr - ohne jede Vorwarnung öffnete sich bei einem uralten Toyota die Fahrertür. Keine Chance. Der Rahmen stieg auf, Walter Steiner überschlug sich und schlug hart auf der Straße auf, um dann noch einige Meter über die Fahrbahn in Fahrtrichtung zu schleudern. Gero selbst konnte gerade noch ausweichen. Reines Glück. Er stieg vom Rad, seine Knie zitterten. Das einzige, was er dachte, war, wie komisch, dass um ihn herum alles weiterlief, als sei nichts geschehen. Man sollte doch annehmen, dass immer dann, wenn die Dinge aus dem Ruder liefen, Zeit und Raum stillstünden. Dann beugte er sich über seinen Vater, aber Walter Steiner rührte sich nicht. Er lag merkwürdig verdreht auf dem Boden, sein Helm hatte sich gelöst. Erst als Gero Blut sah, das unter dem Haaransatz hervortrat, erwachte er aus seiner Starre. In derselben Sekunde schrie er den Toyota Fahrer an, einen Notarzt zu rufen. Mit unendlicher Erleichterung hörte er das lauter werdende Martinshorn eines Rettungswagens. Gleich würden die Helfer da sein und den Vater retten. Jetzt kniete er, sprach auf den Vater ein, berührte ihn an der Schulter - immer noch keine Reaktion. Er konnte weiter nichts tun, als auf den leblos wirkenden Körper einzureden.

Aber das eben noch nahe Martinshorn entfernte sich genau so schnell wie es sich genähert hatte. Zu früh gehofft. Gero hob einen Kopf und blickte in die Runde von Schaulustigen. Panik bemächtigte sich seiner und Angst, sein Vater würde hier und jetzt sterben und er könnte nichts dagegen tun. Er schrie wieder nach einem Arzt, aber da war niemand, der helfen konnte. Wenig später wurde er an der Schulter herumgerissen. Eine feste Hand schob ihn weg, und er sah, wie jemand seinen Vater mit geübten Handgriffen in die stabile Seitenlage brachte. Dann erst registrierte Steiner den Rettungswagen. Er hatte dessen Ankunft überhaupt nicht bemerkt. Die Sanitäter rollten seinen Vater, der bereits an einen Tropf angeschlossen war, auf die Rettungstrage, hoben an und schoben die Trage in den Unfallwagen. In derselben Sekunde sank Gero auf die Fahrbahn, brachte keinen Ton heraus. Jemand rief. Stimmengewirr. Bilder. Bewegung. Und dann stand die Zeit still. Also doch. Jetzt lächelte Gero und ließ sich aufhelfen.

Zwei Minuten später saß er im Notarztwagen, angeschnallt auf einem Sitz gleich neben der Rettungsliege und hielt die Hand seines Vaters fest in der seinen. Walter Steiner war noch immer ohne Bewusstsein, aber er war am Leben.

Kapitel 2

In der Virchow – Klinik ließ sich Gero auf einen der an die Wand montierten Klappstühle fallen. Sein Vater war hinter den Türen der Unfallaufnahme verschwunden und für ihn hieß es warten. Was für ein Tag, der so herrlich begonnen hatte. Er atmete tief durch und vergrub das Gesicht in den Händen. Warum hatte er zugelassen, dass sein Vater das Tempo vorgab und warum hatte er, als das Unglück passiert war, nichts anderes tun können, als nach einem Arzt zu schreien, um später heldenhaft zusammen zu klappen? Jetzt war sein Vater weg und er wusste nicht einmal, wohin er gebracht wurde und was mit ihm geschah. Gero schaute auf seine Sportschuhe: Scheiß-Radfahren. Wenn das hier halbwegs glimpflich ausgehen sollte, würde er auf einem anderen Vatertagsprogramm bestehen, soviel war sicher. Und natürlich würde er diesen Toyota-Fritzen verklagen. In Gedanken formulierte er das Anspruchsschreiben, das lenkte ihn ab. Er war zwar kein Verkehrsrechtler, sondern Wirtschaftsanwalt, aber klar war, dass er die Ansprüche seines Vaters vertreten würde. Schon deshalb, weil sein Vater darauf bestehen würde. B – US 415 rief er sich das Kennzeichen des Toyota in Erinnerung. Das und den Unfallhergang wollte er sofort notieren. Die große Wanduhr zeigte 11: 28 Uhr.

Um 11: 47 Uhr hielt es Gero nicht mehr aus. Er ging auf den Anmeldetresen zu und bat darum, den Stand der Dinge zu erfahren. Eine freundliche Schwester registrierte seine Anspannung und griff zum Telefon. Kurz darauf teilte sie ihm mit, dass sein Vater derzeit von Professor Brock operiert würde, irgendetwas sei mit dem Kopf, aber Lebensgefahr bestünde ausdrücklich nicht. Soviel könne sie ihm sagen. Er solle doch im Café warten, da verginge die Zeit schneller und sie versprach, ihn dort sofort aufzusuchen, wenn sie mehr wisse. Gero bedankte sich, versuchte ein Lächeln, aber es gelang ihm nicht so recht.

„Irgendetwas mit dem Kopf." Warum sagte man ihm nicht klipp und klar, Ihr Vater hat dieses oder jenes und wird deshalb operiert. Niemand operiert, weil irgendetwas mit dem Kopf ist. Er hatte schließlich Anspruch darauf zu erfahren, was los war.

Was wäre, wenn die Kopfverletzung seines Vaters Pflegebedürftigkeit bedeutete, schoss es ihm durch das Hirn. Zum ersten Mal dachte Gero darüber nach, dass es nur ihn gab, wenn es hieße, sich um den Vater kümmern zu müssen. Den Bruder seines Vaters konnte er in diese Überlegungen nicht mit einbeziehen. Nicht nur, dass Moshe in Tel Aviv lebte, die Brüder waren auch grundverschieden. Man traf sich mal zu Familientreffen, damals, als die Mutter noch lebte, aber jeder war immer stolz darauf gewesen, seinen eigenen Weg zu gehen. Es grenzte schon fast an ein Wunder, dass sich Walter Steiner entschlossen hatte, mit seinem Sohn in ein- und derselben Stadt zu wohnen. Hauptvoraussetzung dafür war das selbst bestimmte Leben eines jeden gewesen und nun das. Wie könnte das also praktisch aussehen, wenn sein Vater ohne seine Hilfe nicht auskommen könnte? Bei wem könnte er sein? Seine eigene Wohnung war dazu nicht geeignet, und sein Leben schon gar nicht. Er war Anwalt mit einer gut laufenden Praxis. Er hatte Mandanten. Und er hatte keine Ahnung von Pflege. Gero überlegte, wen er um Hilfe bitten könnte, wenn man von den üblichen Pflegdiensten mal absähe. Wer würde ihm zur Seite stehen? Das Ergebnis ernüchterte ihn: Niemand, jedenfalls niemand in Berlin.

Mit der Trennung von Julia, die sich vor etwa sechs Monaten nach immerhin vierjähriger Beziehung von ihm - wie sie sagte - freundschaftlich gelöst hatte, waren auch die Kontakte zu ihrem gemeinsamen Berliner Freundeskreis eingeschlafen. Ja, er hatte etliche gute Bekannte in Berlin, aber echte Freunde: nein. Das war es, was ihm an Amerika immer so gefallen hatte: How are you? Du siehst großartig aus. Hey, wo hast du diese Schuhe her? Spitze. Have a nice day. Take care und Schluss. Julia hatte das stets als Oberflächlichkeit abgetan, aber ihm kam diese Freundlichkeit bei gleichzeitig völliger Unverbindlichkeit des Kontakts als erstrebenswert für sich selber entgegen. Und jetzt saß er hier in diesem Klinikcafé und fragte sich plötzlich, wer sich eigentlich um ihn kümmern würde, wenn es darauf ankommen sollte. Julia? Wohl kaum. Sein Onkel Moshe: zu alt und zu weit weg Vielleicht Michael, sein Freund aus Studientagen. Ja, der würde sich einsetzen, auch wenn Gero nicht genau wusste, wie er das von Köln aus bewerkstelligen würde. Aber dennoch, auf Michael, den Kriminalhauptkommissar, konnte er sich verlassen, obgleich er beruflich mindestens ebenso eingespannt war wie er selber. Wie beruhigend wäre es für ihn gewesen, wenn Michael jetzt mit ihm gemeinsam in diesem Café warten würde. Gut war, dass sein Umzug aus beruflichen Gründen vor drei Jahren von Köln nach Berlin ihrer Freundschaft nichts hatte anhaben können, aber Köln war eben nicht Berlin, nicht einfach um die Ecke. Doch sie telefonierten regelmäßig und versuchten, sich allen Umständen zum Trotz so oft es ging zu sehen. Schon allein, um zu laufen, ihrer gemeinsamen Leidenschaft. Gero musste lächeln, als er daran dachte, wie unterschiedlich sie die Sache mit dem Laufen nahmen. Für Michael war es eine ernste Angelegenheit, während er die Sache doch eher entspannt und mit Spaß anging.

Michael würde er also nachher anrufen, wenn er mehr über den Gesundheitszustand seines Vaters wüsste.

Gero stand auf. Jetzt saß er schon gute zweieinhalb Stunden in diesem Café, Zeit genug, wie er fand. Zurück in der Notaufnahme musste er feststellen, dass die freundliche Schwester von vorhin Feierabend hatte und ihre Kollegin von nichts wusste. Nein, einen Walter Steiner könne sie im Computer nicht finden. Wann er denn eingeliefert worden und was die Diagnose sei? Ein Radunfall, irgendeine Sache am Kopf, sagte er. Die Schwester schaute ihn vorwurfsvoll an, dass könne eine Verlegung auf die unterschiedlichsten Stationen bedeuten. Gero überlegte. Professor Brock operiert ihn noch oder hat ihn bereits operiert, ergänzte er. Und richtig, die Schwester fand Professor Brock, bald danach den Patienten, von dem aber niemand den Namen kannte. Als erstes müsse Gero zur Anmeldung gehen und die Personalien des Vater angeben, sagte die Schwester. In der Zwischenzeit würde sie versuchen, mehr herauszubekommen.

Die Sache mit den Personalien seines Vaters hatte Gero schnell erledigt.

Name: Dr. Walter Steiner
geboren: 22. 04. 1945 in Sachsenhausen
wohnhaft: Ebereschenallee 17 in Berlin-Westend
Konfession: jüdisch
Beruf: Pensionär.

Zur Gesundheit seines Vaters wusste Gero nicht mehr anzugeben, als dass er Brillenträger war. Und natürlich: ja, sein Vater war privat versichert.

Zurück in der Notaufnahme erfuhr er von der Schwester, dass die Operation seines Vater gerade beendet worden sei und er sich im Aufwachraum zur Verlegung auf die Intensivstation befände - ein ganz normaler Vorgang bei Eingriffen wie diesem. Es ginge ihm vergleichsweise gut, mehr dürfe sie nicht sagen.

Gerade als Gero sich aufregen wollte, öffnete sich die automatische Schiebetür zum Operationsbereich, und ein älterer Herr bewegte sich in Begleitung zweier weiterer Ärzte auf den Aufnahmetresen zu. Herr Steiner? Professor Brock stellte sich vor. Er teilte ihm ohne weitere Umschweife mit, dass sein Vater infolge des Sturzes einen doppelten Schädelbasisbruch erlitten habe. Aber sein Vater hätte Glück gehabt, sein Helm hatte ihm wohl das Leben gerettet und natürlich die sofort eingeleitete Notoperation. Wie auch immer. Sein Vater würde wieder gesund werden und mit ein bisschen Glück auch keinerlei Spätschäden erleiden müssen.

Gero starrte den Professor fassungslos an. Doppelter Schädelbasisbruch! Wie oft konnte denn ein Schädel überhaupt brechen, fragte er sich. Aber dann, keine Spätfolgen. Diese Nachricht erreichte ihn erst langsam. Das hieß doch, sein Vater und er waren noch einmal davongekommen.

Jetzt lächelte Gero erleichtert, als Prof. Brock ihn beiseite nahm.

Viel interessanter sei – mit Verlaub - jedoch etwas anderes, sagte er. Nach der Rasur des Haupthaares sei am unteren, hinteren Schädelknochen eine tätowierte Ziffernfolge zutage getreten. Die Tätowierung habe er infolge der Operation nicht retten können, aber er habe Fotos gemacht, die in den nächsten Tagen fertig sein müssten. Damit verabschiedete er sich.

Gero stand allein auf dem Klinikflur und spürte mit einiger Beruhigung, wie sich die Dinge wieder unter Kontrolle bringen ließen. Was hatte der Professor von Fotos gesagt? Und eine Tätowierung sollte sein Vater haben? Das war erst einmal nebensächlich. Wichtig war, sein Vater würde wieder ganz gesund werden. Deshalb wollte er sich jetzt auf den Weg machen, um nachzusehen, was aus den Rädern geworden war. Er kannte seinen Vater, das erste, was ihn nach dem Aufwachen aus der Narkose interessieren würde, war sein geliebtes Rennrad.

Natürlich waren beide Räder weg. Gero hatte nichts anderes erwartet. Aber an einem Gartentor hing ein Zettel mit einer Adresse. Das war ein Glück. Wären beide Räder gestohlen worden, so hätte ihm sein Vater diesen Umstand als Nachlässigkeit angekreidet. Während er auf den Klingelknopf drückte, hoffte er, das Rad wenigstens so beschädigt zurück zu bekommen, dass erst einmal Schluss mit den Radtouren war. Auch darin wurde er nicht enttäuscht. Er bedankte sich bei dem aufmerksamen Anwohner und nahm etwa zwölf Kilo verbogenes Metall entgegen, was einmal ein 4.000 Euro teures Rennrad italienischer Manufaktur gewesen war. Sein eigenes Rad war weitestgehend unbeschädigt, und so beschloss er, sich mit den Rädern schiebender Weise auf den etwa zwei Kilometer langen Weg zurück zur Wundtstraße zu machen. Nach diesem Tag würde ihm frische Luft guttun.

Kapitel 3

In seiner Wohnung im zweiten Stock ließ sich Gero erschöpft auf einen Stuhl in der Küche fallen. Die Küche war sein Lieblingsraum, nicht nur, weil er gerne aß, sondern weil ihm in diesem Raum eine ganz besondere Atmosphäre gelungen war. Ansonsten hatte er seine Räume eher minimalistisch, mit ausgesuchten Möbeln möbliert. Aber die Küche beruhigte ihn, soviel war klar. Er lehnte sich zurück und überlegte, was als nächstes zu tun war. Er musste in die Wohnung des Vaters, ein paar persönliche Dinge packen, natürlich, und dann musste er seinen Onkel unterrichten. Und dann blieb nichts als zu hoffen, dass sich der Zustand seines Vaters zwischenzeitlich nicht verschlechtert hatte. Aber erst einmal duschen.

Während er das heiße Wasser über seinen Körper laufen ließ, fiel ihm wieder die Bemerkung des Professors von einer tätowierte Zahlenfolge am Hinterkopf seines Vaters ein.

Eine tätowierte Zahlenfolge am Hinterkopf seines Vaters?! Davon hatte er heute zum ersten Mal gehört. Und ehrlich gesagt, er hätte sich gewünscht, hiervon nichts erfahren zu haben. Er hatte mit all dem nichts zu tun. Nichts mit Sachsenhausen, dem Konzentrationslager, in dem man seinen Vater und seinen Onkel am Tag der Befreiung von den Nazis gefunden hatte, beide erst einige Tage alt. Wann genau sie zur Welt gekommen sind, wer ihre Eltern waren, hat man nie herausgefunden. Deshalb ist ihr Geburtstag der Tag der Befreiung des KZs geworden, so dass Gero dieses Datum nie vergessen konnte, so sehr er es gewünscht hätte. Denn er wollte nichts mehr damit zu tun haben! Nichts mit der Namensänderung seines Onkels von Hermann Steiner in Moshe Liebermann. Und nichts mit der Auseinandersetzung zwischen seinem Vater und seinem Onkel Moshe darüber und wie und wo ein Leben mit dieser Herkunft zu führen sei. Er hatte so die Schnauze voll von alledem.

Mehr und mehr heißer Wasserdampf füllte die Kabine. Er war Gero Steiner, 41 Jahre alt, geboren in Essen, jüdisch. Er war in Deutschland zur

Schule gegangen, hatte ein deutsches Abitur, war hier zum Bund gegangen, hatte an der Ruhr Universität Bochum studiert, war Referendar in Düsseldorf gewesen und nach seinem zweiten Examen jetzt fast zehn Jahre Anwalt. Die schreckliche Vergangenheit spielte in seinem Leben keine Rolle mehr, und wenn, dann lagen die Dinge klar auf dem Tisch: seine Familie zählte zu den Opfern der Naziherrschaft. Seine Großeltern waren von den Nazis in Sachsenhausen ermordet worden, so wie unzählige andere Juden. Das war schon unvorstellbar genug. Sein Vater und sein Onkel hatten wie durch ein Wunder überlebt, ein Umstand, für den sich sein Vater wie sein Onkel bis zum heutigen Tag schuldig fühlten. Und jetzt die Tätowierung. Gero stellte das Wasser ab. Irgendein Naziarschloch wird sich einen Spaß daraus gemacht haben, die Babys nicht am Unterarm, sondern am Hinterkopf als Lagerinsassen zu zeichnen. Was sollte er mit diesem Brock darüber reden. Er kannte das schon, diese Unfähigkeit der Menschen, insbesondere der Deutschen, im Gespräch mit einem Juden über die Verbrechen der Nazis an den Juden angemessen zu reagieren. Brock würde keine Ausnahme sein, er konnte ihm bestenfalls auf die Nerven gehen und im schlechtesten Fall Mitleid zeigen. Mitleid, das nicht angebracht war, denn er hatte in seinem ganzen Leben noch nicht einen Tag gelitten. Plötzlich war die Entscheidung gefallen: er würde das Thema, wenn möglich, umgehen. Das Gute daran war, dass die Tätowierung durch die Operation entfernt worden war. Gero fühlte sich erleichtert. Scheiß Tätowierung.

Der einzige, der ein Recht auf diese Information hatte, war Moshe, der Bruder seines Vaters. Als suchte er eine Bestätigung für die Richtigkeit seiner Entscheidung, betrachtete er sich im Badezimmerspiegel. Aber sein Spiegelbild schaute ihn unsicher an.

Entschlossen, etwas zu tun, wandte er sich ab, zog sich an, nahm das Telefon zur Hand und wählte die Nummer seines Onkels. Bei Moshe Liebermann schaltete sich nur der Anrufbeantworter ein. Gero zögerte, hinterließ aber doch eine Nachricht über den Unfall und den Gesundheitszustand seines Vaters. Er erwähnte noch kurz die Tätowierung und stellte die Frage, ob Moshe etwas davon gewusst habe. Das war alles.

Dann machte sich Gero auf den Weg in die Wohnung seines Vaters. Dort angekommen zögerte er, bevor er die Tür aufschloss. Schließlich war er noch nie ohne den Vater hier gewesen und es beschlich ihn das Gefühl, als dringe er in eine Welt ein, zu der er keinen Zutritt haben sollte.

Im Gegensatz zu seiner eigenen Wohnung hatte er hier das Gefühl, zurück in der Kindheit angekommen zu sein. Er kannte die Schrankwand wie die Essgruppe, die Bilder an den Wänden und die Teppiche schon sein ganzes Leben. Die Räume waren vollgestellt, überall Bücherregale, sein Vater las gern. Diese Leidenschaft hatten sie gemeinsam und so hatten sie es sich zur Gewohnheit werden lassen, sich an bestimmten Tagen in einer Buchhandlung zu treffen, um dort zu stöbern. Im Gegensatz zu ihm konnte sich sein Vater aber von nichts trennen. Alles, was er ein Leben lang gesammelt hatte, Dokumente, Fotos, Zeitungsartikel, hatte sich mit auf den Weg nach Berlin gemacht.

Im Schlafzimmer fand Gero, was er suchte: Wäsche zum Wechseln, so ordentlich gebügelt und gestapelt, dass er sich unvermittelt fragte, ob sein Vater nicht weibliche Unterstützung in Anspruch nahm.

Auf der Suche nach Lektüre blieb sein Blick an einer Reihe von Fotoalben hängen. Sein Vater hatte schon immer gerne fotografiert. Gero nahm eines der Alben aus dem Regal. Er hatte eines der frühen Jahrgänge erwischt, denn die Fotos zeigten seinen Vater und seinen Onkel als Zwanzigjährige, wie er schätzte. Ein Foto fiel ihm besonders auf. Es muss kurz vor seiner Geburt gewesen sein. Sylvester, alle feiern – nur Walter Steiner und Moshe stehen abseits. Gero schaute genauer hin. War das eine dieser Diskussionen zwischen Vater und Onkel, an deren Ende die Auswanderung des Onkels nach Israel stand? Reine Spekulation. Gero blätterte weiter. Aber sein Onkel kam nicht weiter vor. Was für Lebenswege. Gero hatte sich oft gefragt, wie das für seinen Vater gewesen sein musste, als sich der Zwillingsbruder nach den langen Jahren gemeinsamen Aufwachsens erst in Kinder-, dann in Jugendheimen entschieden hatte, gerade nach Israel zu gehen. Und dies zu einem Zeitpunkt, als beide zum ersten Mal in ihrem Leben die Gelegenheit hatten, selbstbestimmt ihr Schicksal in die Hand zu nehmen. So, als hätte sein Onkel die ganze Zeit nur darauf gewartet, sich bei erstbester Gelegenheit aus dem Staub zu machen. Sein Vater hatte seinen Onkel ihm gegenüber immer in Schutz genommen, auch wenn Gero stets den Verdacht hatte, dass er ihm den Entschluss auszuwandern, noch heute übelnahm. Aber Moshe Liebermann konnte nicht anders. Er konnte nicht einen Tag länger als nötig im Land der Täter leben, wie er Deutschland noch heute nannte. Und als Israel rief, war für ihn die Sache klar. Aus seiner Sicht hatte er auch allein das Recht, die Entscheidung seines Bruders zu bleiben, in Frage zu stellen. Es gab Jahre, da hatten die Brüder nicht ein Wort miteinander gesprochen. Erst der Tod von Walter Steiners Frau, Geros Mutter, hatte die Brüder wieder einander nähergebracht.

Gero selbst hatte ein eher förmliches Verhältnis zu seinem Onkel. Der Grund dafür lag zum einen darin, dass Gero zwar Jude war, seinen Glauben aber nicht praktizierte, während sein Onkel mit jeder Faser seiner Persönlichkeit dokumentierte, Jude zu sein, folglich nach innen wie nach außen hin den Regeln seines Glaubens entsprechend lebte und keinen Zweifel daran aufkommen ließ, dass hierin die Bestimmung seines Lebens lag. Zum anderen war sein Onkel bis zu seiner Pensionierung lange Zeit beim israelischen Militär gewesen und hatte dort zuletzt einen Posten inne, über den er nie sprach. Und so waren die seltenen Treffen von Onkel und Neffe weniger von Herzlichkeit denn von wechselseitigem Befremden geprägt, zusammengehalten durch ein filigranes Band familiärer Bindung.

Gero seufzte, klappte das Album zu und stellte es in das Regal zurück. Er nahm ein noch eingeschweißtes Buch, das darauf zu warten schien, gelesen zu werden, packte es hastig in die Tasche und verließ die Wohnung in Richtung Klinik.

Kapitel 4

Walter Steiner lag auf dem Rücken, hatte die Augen geschlossen und schien zu schlafen. Die künstliche Bräune hatte im kalten Neonlicht der Intensivstation einen aschfahlen Ton angenommen. Er sah schlecht aus und machte auf Gero in diesem Krankenhauslicht einen so schmächtigen Eindruck, dass er erschrak. Wo war die Energie vom Vormittag geblieben? Es war ganz still, nur das Piepsen der unterschiedlichen Geräte war zu hören. Um so erschrockener war er, als sein Vater ihn plötzlich anschaute.

„Junge", flüsterte er, „schön dich zu sehen."

„Dad, melde mich mit Wechselwäsche zur Stelle." Gero nahm Haltung an. Das war ein Spiel zwischen Vater und Sohn geworden. Obgleich Gero beim Bund gewesen war, ging er in den Augen seines Vaters ohne die rechte Disziplin durchs Leben. Der Vater hatte keinen Militärdienst geleistet und war deshalb zur Zielscheibe seines Sohnes geworden, wenn es um den klassischen Dreiklang Ordnung, Arbeit, Pflichtgefühl ging.

Walter Steiner lächelte und wollte jetzt ungeschönt wissen, wie es um ihn stand. Gero sah ihm die Erleichterung an, als er ihm mitteilte, was Professor Brock ihm nach der Operation gesagt hatte. Von der Tätowierung sagte er kein Wort. Dafür war später Zeit und Gelegenheit. Dann fragte sein Vater nach seinem Rad. Und jetzt war es Gero, der lächelte und nicht ganz ohne Schadenfreude berichtete, dass das Rad zwar geborgen wäre, sich aber in einem desolaten Zustand befände. Und dann war die Zeit, die die Schwester ihm zugebilligt hatte, auch schon vorbei.

Gero griff nach der Hand des Vaters, drückte sie fest und versprach, am nächsten Tag wiederzukommen.

Als er auf dem Weg zum Ausgang sein Smartphone wieder einschaltete, war der Rückruf des Onkels auf seiner Mailbox gelandet. Der bedauerte den Unfall seines Bruders, war aber auch froh, dass das Schlimmste wohl überstanden wäre und bat um die Telefonnummer des Krankenhauses. Und dann schnauzte er fast schon in den Hörer, dass er selbstverständlich nicht tätowiert sei, auch nicht am Hinterkopf, was ja wohl spätestens bei seiner Musterung aufgefallen wäre. Gero stutzte. Hatte er seinen Onkel gefragt, ob er tätowiert war oder war es ihm nur darum gegangen zu erfahren, ob Moshe etwas über die Tätowierung seines Bruders wüsste. Gero konnte sich nicht erinnern. Viel wichtiger war, dass es seinem Vater in ein paar Wochen schon wieder besser gehen, und es zumindest in absehbarer Zeit keine Radrenntage mehr geben würde.

Mittlerweile wartete Gero am Taxistand vor der Klinik und wäre viel lieber in einen eigenen Wagen gestiegen. Nicht, weil es angefangen hatte zu regnen, sondern weil er gerne alleine gewesen wäre. Aber er war vor Jahren aus dem Kreislauf Anschaffung, Knöllchen, Steuern, Reparatur und Parkplatzsuche und wieder Anschaffung ausgestiegen, nachdem eine ganz normale Inspektion seines Audi-Cabriolets 800,00 Mark kostete. 800,00 Mark für ein bisschen Öl, ein bisschen Einfetten, Nachsehen und Einstellen war für ihn ein Schlusspunkt gewesen. Seitdem lieh er sich Autos bei Leihwagenfirmen, fuhr Bus oder Bahn, oder ging zu Fuß und hatte seine Freude daran, Politessen bei der Arbeit zuzusehen.

Unter Protest der anderen Taxifahrer wählte er eines der besseren Taxis aus der Schlange aus und ließ sich einigermaßen beruhigt nach Hause fahren.

Kapitel 5

Endlich zurück. Was für ein Tag, der so viel versprechend begonnen hatte. Es war kurz vor acht Uhr abends, zu spät und zu regnerisch zum Laufen, wie Gero mit einem Blick aus dem Küchenfenster entschied. Michael hätte darauf keine Rücksicht genommen. Wenn sein Trainingsplan für heute einen Lauf vorgesehen hätte, dann wäre Michael gelaufen, frei nach dem Motto, dass allenfalls die Kleidung, aber nie das Wetter schlecht sei. Aber so war Gero nicht. Er nahm lieber ein vorübergehend schlechtes Gewissen in Kauf, als sich eine Stunde dem Regen auszusetzen.

Jetzt würde er erst einmal Nachrichten schauen und dann weitersehen. Die Tagesschau war einer der Fixpunkte in seinem Leben, von fast ritueller Bedeutung. Er war mit der Tagesschau groß geworden und würde mit ihr alt werden. Schade, dass nicht Sonntag war, denn sonntags würde er gleich im Anschluss Tatort sehen und dann ins Bett gehen. Heute aber war Samstagabend. Er war in Berlin, hatte Geld und alle Möglichkeiten, sich zu amüsieren. Das war die eine Seite der Medaille. Die andere war, dass er weder wusste wo, noch wie. Es war lange her, dass er in einer Disco war. Heute wusste er nicht einmal mehr, ob diese Läden überhaupt noch Discos hießen. Jetzt war überall von Clubs die Rede, von bestimmten DJs und von Musikrichtungen, von denen Gero auch nicht ansatzweise eine Ahnung hatte, wie sie klangen. Nicht, dass Gero sich dafür nicht interessiert hätte, er hatte ganz einfach den Anschluss verloren.

Also Fernsehen. Aber da war gar nichts. Und schon ärgerte er sich über die GEZ-Gebühren, die er zur Finanzierung dieser Frechheit monatlich zu zahlen hatte. Nicht für das Programm, sondern dafür, dass er mit seinem Fernsehgerät in seiner Wohnung die Möglichkeit geschaffen hatte, öffentlich rechtliche Fernsehprogramme zu empfangen. Das war so grotesk, wie einen Metzger nicht für seine Wurst zu bezahlen, sondern dafür, dass man sich für den Kauf eines Kühlschranks entschieden hatte. Aber Gero wollte sich nicht aufregen. Er schaltete das Gerät aus und wünschte sich,

Millionen von Zuschauern würden es ihm zur selben Sekunde gleichtun, quasi als konzertierter Protest einer ansonsten schweigenden Mehrheit. Das hätte was. Da wäre es schon fast egal, ob die Botschaft ankommen oder sich in den endlosen Gängen der Rundfunkanstalten verflüchtigen würde. Samstagabend Fernsehunterhaltung einmal anders. Gero grinste. Es war Zeit, zu telefonieren.

„Liebermann", bellte sein Onkel am anderen Ende der Leitung. Gero erwiderte militärisch knapp und meldete sich als das, was er auch war: „Obergefreiter der Reserve Steiner meldet sich auf die Mailbox-Nachricht." Ähnlich der väterlichen Neckerei war auch dies ein Spiel, nur mit dem Unterschied, dass sein Onkel bis zu seiner Pensionierung als Berufssoldat Dienst in der israelischen Armee, zuletzt im Rang eines Ein-Sterne-Generals, geleistet hatte. Soweit Gero wusste, hatte er es als Computerspezialist zu einigem Ansehen gebracht und war sogar als Berater der israelischen Regierung unter Rabin im Gespräch gewesen. Aber nichts Genaues wusste man in der Familie Steiner. Dabei hatte Moshe Liebermann als israelischer Offizier nur ein mitleidiges Lächeln für die deutsche Bundeswehr übrig. Mehr noch: Deren Wehrpflichtige hielt Moshe Liebermann allesamt für verweichlichte Rockträger, die ohne jede Kriegserfahrung nichts als Freigang, Bier und ihre Rechte im Auge hatten. Aber immerhin hatte sich sein Neffe dieser Herausforderung gestellt und so ging er gnädig auf Gero ein, verkniff es sich aber nicht, ihn eingangs nach seinem wunden Punkt, dem aktuellen Body Maß Index zu fragen. Als sich Geros Wert als um zwei Punkte schlechter erweis als der seines Onkels und das, wie dieser sogleich feststellte, ungeachtet des mehr als zwanzigjährigen Altersunterschiedes, waren die Fronten geklärt und Gero konnte zum Grund seines Anrufes kommen. Moshe Liebermann hatte nie aufgehört, seinen Bruder zu lieben, auch wenn er dessen Entscheidung, in Deutschland zu bleiben und dort zu leben, nicht verstanden hatte. So war es letztlich nicht überraschend, dass die Nachricht von Unfall des Bruders ihn doch mehr getroffen hatte, als es zunächst den Anschein gehabt hatte. Gero schien dafür nicht so sehr der Unfall als solcher ursächlich zu sein, sondern die Diagnose und deren Behandlung, auch wenn seinem Onkel nach seinem Bericht klar sein musste, dass Walter Steiner bei vergleichsweise guter Prognose mit dem Leben davongekommen war. Offensichtlich hatte Moshe Liebermann, der aktiv am Sechs-Tage-Krieg teilgenommen hatte, eine andere Vorstellung davon, was es bedeutete, wenn die Schädelbasis brach. Noch einmal erwähnte Gero seinem Onkel gegenüber kurz die Tätowierung seines Vaters, weil er wissen wollte, ob sein Onkel etwas darüber wüsste. Aber Moshe Liebermann verneinte. Auch hielt er das, was der Arzt ihm da erzählt hatte für ausgemachten Blödsinn. Selbst in Sachsenhausen sollte niemand einen Grund gehabt haben, Säuglingen den Hinterkopf zu tätowieren. Wozu auch? Weiß der Henker, wie sein Bruder zu der Tätowierung gekommen war. Vielleicht musste man sich an den Gedanken gewöhnen, dass auch Walter Steiner seine Geheimnisse hatte. Moshe Liebermann lachte laut auf. Dann notierte er sich die Daten der Klinik sowie die des behandelnden Arztes und erklärte gleichzeitig, sich im Netz über Behandlung und Folgen von Schädelbasisbrüchen kundig zu machen, um Gero den Ärzten gegenüber mit der nötigen Munition für eine Auseinandersetzung über die richtige Therapie zu versorgen. Das war sein Onkel. Jeder tat das, was er konnte, und Moshe Liebermann war offensichtlich geübt darin, das Richtige zu tun. Onkel und Neffe tauschten sich abschließend noch über den Fortgang der wechselseitigen Hobbies aus, die Fliegerei auf der einen und das Laufen auf der anderen Seite, bevor Moshe Liebermann entschied, dass sie genug Geld vertelefoniert hatten, den Bruder grüßen ließ und das Telefonat beendete.

Endlich konnte Gero Michael anrufen. „Gerolsteiner, du stilles Wasser“, war das übliche Hallo, das Michael auch dieses Mal auf Geros stereotypes „Derrick“ erwiderte. Michael war der letzte, der aus dem Kreis seiner Studienkollegen übriggeblieben war und das, obwohl er sich nach zwei Semestern Jura gegen das Studium entschieden hatte und in den Polizeidienst gewechselt war. Aber Gero verband mit Michael von Anfang an ein besonderes Band, und dieses Band war geprägt von Humor und der wechselseitigen Erkenntnis, sich selbst nicht allzu wichtig zu nehmen. Nachdem die beiden Freunde wie in alten Tagen eine Zeit lang herum gefrotzelt hatten, kam Gero auf seinen Vater zu sprechen. Michael wusste um das Auf und Ab der Beziehung zwischen Vater und Sohn Steiner und hatte sich mit Gero darüber gefreut, dass beide nach dem Umzug des Vaters nach Berlin mehr miteinander zu tun bekommen hatten. Er teilte die Erleichterung Geros hinsichtlich der Diagnose und der damit verbundenen Prognose. Er hatte Walter Steiner ein paar Mal getroffen, als Gero noch in Köln wohnte und Vater und Sohn beim Umzug nach Berlin tatkräftig unterstützt. Michael war wie sein Freund gespannt zu sehen, wie Walter Steiner mit dem Dämpfer, den er durch den Unfall erlitten hatte, zurechtkommen würde.

Die Hilflosigkeit und die Scham, die Gero angesichts seines Verhaltens am Unfallort empfunden hatte, konnte Michael gut nachvollziehen. Er selbst, auch wenn im Rang eines Kriminalhauptkommissars Leiter eines Dezernates für Wirtschaftskriminalität, hatte doch einige Übung in der Versorgung von Verletzten. Er hatte gelernt, in schwierigen Situationen das Richtige zu tun und zwar ruhig und besonnen. Michael hasste es, den Besserwisser zu geben, aber er riet seinem Freund, bei nächster Gelegenheit einen Erste-Hilfe-Kurs zu absolvieren, damit er sich in Zukunft mehr gewappnet fühlte.

Schließlich kam Gero auf die Tätowierung zu sprechen. Geheimnis hin, Geheimnis her. Michael konnte sich ebenso wenig wie Gero vorstellen, dass die Tätowierung mit dem Einverständnis Walter Steiners erfolgt sein konnte. Walter Steiner hatte nie ein Doppelleben geführt. Niemals. Auch hatte Michael nichts davon gehört oder gelesen, dass KZ-Häftlingen ihre Kennzahl auf den Hinterkopf tätowiert worden sei. Letztlich fanden die beiden keine überzeugendere Erklärung für die Tätowierung als den Wahnsinn, der dem Vorgang, Babys in einem Todeslager zur Identifizierung zu kennzeichnen, ohnehin zugrunde lag. Die Lebenserfahrung zeigte, dass von allen denkbaren Erklärungen die einfachste am wahrscheinlichsten war. Vielleicht war es im Falle seines Vaters auch schlicht darum gegangen, einmal etwas anderes auszuprobieren. Michael drängte darauf, dass sich Gero die Fotos der Zahlenfolge wenigstens einmal ansehen sollte, weil er es sonst irgendwann bereuen würde, sich kein Bild davon verschafft zu haben. Auf die Frage, ob er dem Vater von dem Mal erzählen sollte, konnte sich der Freund noch kein abschließendes Urteil bilden. Schließlich war die Tätowierung weg. Was also wäre gewonnen, seinem Vater davon zu erzählen, zumal er womöglich 60 Jahre ohne dieses Wissen gelebt hatte. Und zu welchen Erklärungen würde das Wissen um die Tätowierung führen? Auf der anderen Seite gehört es zur persönlichen Selbstbestimmung, über sich, seinen Körper und seine Identität Bescheid zu wissen. Hatte Gero überhaupt das Recht, darüber zu entscheiden, seinem Vater die Information vorzuenthalten? Fragen über Fragen und keine Antwort. Deshalb beschlossen die Freunde, dass jeder für sich nach einer Lösung suchte.

Kapitel 6

Für einen Sonntag viel zu früh, nämlich um 06:58 Uhr, wachte Gero auf. Er schwang die Beine aus dem Bett, erledigte die Morgentoilette in der gebotenen Kurzform und war so kaum zehn Minuten später in seinen Laufklamotten. Das Thermometer zeigte 12 Grad Celsius, was für die Tages- und Jahreszeit, Ende September, eigentlich zu warm war, aber noch kurze Hose und Laufshirt erlaubte. Gero liebte es, sich leicht zu fühlen. Die Strecke war klar: Sophie-Charlotte-Straße, Horstweg, Dackelmannstraße, Spandauer Damm und hinein in den Schlosspark, erst links, dann rechts herum und zwar so weit ausladend wie möglich, bevor es über die Schlossstraße und den Kaiserdamm hinauf über die Sophie – Charlotte-Straße wieder zurück nach Hause in die Wundtstraße ging. Schon nach ein paar Metern wusste Gero, dass es eine perfekte Runde werden würde.

Gero liebte den Schlosspark. Er konnte sich gut daran erinnern, ihn zum ersten Mal nach seinem Umzug nach Berlin durchlaufen zu haben: Der alte Baumbestand, die gepflegten Wege, vor allem aber der fehlende Müll - Dinge, die ihm sofort aufgefallen waren. Und natürlich das Schloss Charlottenburg selbst. Dabei hatte sich auch der innere Grüngürtel in Köln zum Laufen gut geeignet, nur war die Strecke morgens regelmäßig zugemüllt. Er hatte nie verstanden, warum die Leute nicht in der Lage waren, ihren Dreck entweder wieder mit nach Hause zu nehmen oder aber in die bereitstehenden Mülleimer zu entsorgen, statt ihn auf den Wiesen zurückzulassen. Zugegebenermaßen machte es die Stadt den Kölnern auch nicht gerade leicht, was die Mülleimer anging. Gero war lange Zeit versucht, den zuständigen Dezernenten anzuschreiben und zu fragen, ob es nicht noch filigranere Behälter - vielleicht aus japanischem Papier - gegeben hätte. Aber letztlich hatte er es nicht gemacht und sich darauf beschränkt zu überlegen, was wohl der Grund für die Auswahl dieser viel zu kleinen, exquisiten Stadtmöbel gewesen sein könnte. Jetzt aber war er im Schlosspark. Kein Mensch unterwegs, keine Hunde, kaum Straßenverkehr eine glasklare Luft und ein wirklich gutes Gefühl in den Beinen.

Nach dem Lauf würde er erst einmal frühstücken und Zeitung lesen. Gero war bekennender Bild-Leser. Früher in Köln hatte er täglich die Kölner Ausgabe des Express gelesen, die um Längen besser war als die lokale Ausgabe der Bild-Zeitung, nur gab es in Berlin keinen Express. Für Julia war die Bild-Zeitung unakzeptabel gewesen. Immer wieder hatten sie sich über das Blatt gestritten. Julia forderte vehement, die „Bild" wenigstens nicht im Hause ertragen zu müssen, wenn er schon nicht auf seine "Unterhaltung" verzichten wollte. Und wenn er sie dann trotzdem am Wochenende mitgebracht hatte, dann konnte sich Julia letztlich nicht den Überschriften entziehen. Nur zugeben konnte sie das nicht. Wehmut stieg in ihm auf, als ihm bewusst wurde, dass er heute sowohl die Bild als auch den Tagesspiegel für sich allein haben würde.

Gero nahm sich nur am Wochenende die Zeit, zu Hause zu frühstücken. Er liebte die Stille beim Frühstück, auch wenn er Julias Kommentare zu den jeweiligen Themen vermisste. Er hatte es gemocht, wenn sie ihm ungeachtet seiner Lektüre aus ihrer Zeitung vorgelesen und im selben Atemzug zu weiterführenden Erklärungen angesetzt hatte. Und jetzt konnte er sich nur noch mit sich selbst über den Gang der Welt wundern. Diese und andere Belanglosigkeiten gingen ihm durch den Kopf, bis er nach einer guten Stunde zurück in seiner Wohnung war. Er frühstückte das weltbeste Brot der französischen Boulangerie aus der nahen Neuen Kantstraße, deren Namen er nicht wirklich aussprechen konnte, zusammen mit dem italienischen Schinken von Aldi, dazu ein Ei und mehrere Kaffee, gemacht mit seiner ebenfalls italienischen Kaffeemaschine, und zum Abschluss einen Riegel 70%ige Bitterschokolade.

Mit einem Blick auf die Uhr entschied er, sich auf den Weg in die Klinik zu machen, auch um Programmpunkt zwei abhaken zu können. Während er die Spülmaschine einräumte, dachte er darüber nach, was ihn wohl erwarten würde. Wenn alles planmäßig verlaufen war, dann müsste sein Vater bereits auf die normale Station verlegt worden sein. Er hoffte das Beste und wollte so schnell wie möglich zur Klinik. Also gönnte er sich ein Taxi und war knappe zehn Minuten später vor dem Haupteingang des Krankenhauses.

Kapitel 7

Gero hatte Recht behalten. Sein Vater war verlegt worden, keine Zwischenfälle. Walter Steiner, so sagte die Schwester, sei in einem angenehmen hellen Zimmer mit separatem WC und es ginge ihm, den Umständen entsprechend, gut.

Als Gero den Raum betrat, lag sein Vater mit verbundenem Kopf und geschlossenen Augen ganz ruhig da. Gott sein Dank, kein Bettnachbar. Gero hasste es, Zeuge emotionaler Begegnungen Wildfremder zu werden, genauso wie er es hasste, dass Fremde sich ein Bild von seiner Gefühlslage machen konnten. Mit Grauen erinnerte er sich an seine Blinddarmoperation vor Jahren, als sein Zimmergenosse, der bloßen Beobachtung offenbar überdrüssig geworden, dazu übergegangen war, seine Gespräche mit Julia zu kommentieren. Schließlich hatte er sogar Streit mit Julia bekommen, als diese auf die Sprüche seines Bettnachbarn eingegangen war. Schon um sicher zu stellen, zukünftig allein in einem Ein-Bett-Zimmer gesund werden zu können, hatte er sich entschlossen, seinen Krankentarif zu wechseln und seiner Krankenversicherung jeden Monat ein kleines Vermögen zu zahlen. Aber das war ihm die Sache wert.

Gero nahm die Einrichtung des Zimmers genauer unter die Lupe. Alles war da: Stuhl, Schrank, Fernseher, sogar ein DVD – Spieler. Er ging zum Fenster und ließ seinen Blick über das Klinikgelände wandern.

Nach etwa zehn Sekunden unterbrach ein Röcheln seine Inspektion. Gero drehte sich um. Sein Vater hatte die Augen halb geöffnet und gab undefinierbare Geräusche von sich. Wieder befiel ihn diese Lähmung, diese Unfähigkeit, das Richtige zu tun. Es war wie am Unfalltag, aber dann ging er auf das Bett seines Vaters zu und hoffte, sich aus der Nähe ein besseres Bild machen zu können. Jetzt nahm das Röcheln einen bedrohlichen Klang an, irgendwie gepresst entfuhren die Laute dem geöffneten Mund seines Vaters, dessen Körper sich unvermittelt versteifte. Starr vor Schreck berührte er ihn an der Schulter, sprach ihn an. Ohne Erfolg. Gerade als er nach der Klingel greifen wollte, um einen Schwester zu rufen, öffnete sein Vater die Augen und grinste breit. Gero begriff sofort. Sein Vater hatte ihn hochgenommen, und er war darauf hereingefallen. Ein übler Scherz in diesem Moment, fand er, aber er war so erleichtert, dass er in das Lachen einstimmte. Vater und Sohn umarmten sich vorsichtig. Wie es ihm ginge, fragte Gero dann und Walter Steiner klagte nicht. Natürlich tat ihm der Kopf noch weh, aber letztlich sei er froh, überhaupt noch etwas zu fühlen. Er war alles andere als ein Hypochonder. Während Gero jede Veränderung seines Körpers sowie deren Behandlung angstbesetzt zur Kenntnis nahm, war der Vater eher neugierig und voller Bewunderung für die Möglichkeiten der Medizin. So hatte er sich im Zuge der morgendlichen Visite auch im Detail erklären lassen, auf welche Weise sein Schädel wieder zusammengeflickt worden war; Informationen, auf die Gero auch jetzt gerne verzichtet hätte. Der Vater zeigte sich voller Bewunderung für Professor Brock und hob wiederholt hervor, wie anständig er es fand, dass dieser selbst am Sonntag persönlich vorbeikam und sich nach ihm erkundigte. Gero schwieg, dachte nur an den wahrscheinlich 48fachen Satz des Normalen, den er für dieses Gespräch in Rechnung stellen würde. Er wartete darauf, dass sein Vater etwas zu der Tätowierung sagen würde, aber nichts dergleichen geschah. Offensichtlich hatte Professor Brock das Thema ausgespart, und so sah auch Gero keine Veranlassung, davon anzufangen. Die beiden besprachen noch die zu erledigenden Formalitäten und dann wünschte sich sein Vater aus seiner Wohnung noch ein Buch, das sich wissenschaftlich fundiert damit auseinandersetzte, ob es tatsächlich stimmte, dass nichts schneller als das Licht sein konnte, ob die Lichtgeschwindigkeit tatsächlich unter allen Umständen konstant war und welche Folgen sich ergäben, wenn es nicht so wäre. Gero teilte das Interesse seines Vaters für Menschen, die den Mut hatten, allgemein anerkannte Prinzipien auf den Prüfstand zu stellen. Dies um so mehr, wenn diese Menschen als Teil des Apparates, der diese Thesen gemeinhin nach außen als feststehend vertrat, einiges an Reputation zu verlieren hatten. Aber wer war in der Wissenschaftsgeschichte nicht schon verlacht und geächtet worden, bis die Natur die Menschheit eines Besseren belehrte.

Warum hatte Professor Brock seinem Vater nichts von der Tätowierung gesagt? Diese Überlegung ging Gero durch den Kopf, als er zu Hause über seinen Besuch in der Klinik nachdachte. Da er nicht wirklich etwas über die Tätowierung von Juden in Konzentrationslagern wusste, setzte er sich an seinen Computer und fing an zu googeln. Die Wörter „Konzentrationslager, Juden Tätowierung" ergaben 598 Einträge. Einigkeit herrschte darüber, dass es über die Dauer der Naziherrschaft kein einheitliches Tätowierungs-Verfahren in den einzelnen Konzentrationslagern gab. Je nachdem, in welches Lager man kam, waren die vier bis sechsstelligen Zahlenfolgen teilweise ergänzt um einzelne Buchstaben, die mit der Bezeichnung des Konzentrationslagers zu tun hatten. Aber sie dienten auch der Zuordnung der Häftlinge in die jeweilige Kategorie. Die Lagerinsassen wurden nicht nur ihrer Menschenrechte beraubt, sondern verloren mit der Tätowierung auch ihre Identität und ihren Namen.

Gero trennte die Internetverbindung. Er kannte das. Es war wie ein Strudel, der einen, wenn man nicht aufpasste, weiter und weiter hineinzog in das Grauen der Naziherrschaft, weil der menschliche Geist nach einer Erklärung dafür suchte, stattdessen aber nur auf immer weitere Beweise für bodenlose Menschenverachtung stieß. Und jetzt hatte sich diese Menschenverachtung am Hinterkopf seines Vaters manifestiert. Gero schloss die Augen. Für heute sollte es genug sein.

Kapitel 8

05:58 Uhr. Gero streckte sich. Er wusste, er hatte genau zwei Minuten, um rechtzeitig zu den Nachrichten im Badezimmer zu sein. Er liebte seine Riten, sie gaben ihm Sicherheit und das Gefühl, alles richtig zu machen. Tag für Tag. Julia hatte ihm das unbeirrte Festhalten an bestimmten Tagesabläufen gelegentlich vorgeworfen. Sie behauptete dann, sich so zu fühlen, wie ein Programmpunkt in seiner Planung, den es nur noch abzuhaken galt, um den Tag - wie geplant - zu Ende bringen zu können. Manche Programmpunkte hatte Julia dabei liebgewonnen, wie zum Beispiel den Tatort Sonntag abends. Mit anderen hatte sie bis zuletzt echte Probleme gehabt.

Nach der Morgentoilette, 06:14 Uhr, zog Gero die bereit liegenden Laufsachen an. Und genau um 06:30 Uhr zog er die Wohnungstür hinter sich zu, um sich auf seine Lieblingsrunde rund um und auf den Teufelsberg zu machen.

Er lief wie ein Uhrwerk. Je nachdem, wie er die Ampelschaltungen erwischte, dauerte diese Runde zwischen einer Stunde, acht Minuten und einer Stunde dreizehn Minuten. Das war nicht besonders schnell, aber genau das richtige Tempo für ihn, um sich rundherum wohl zu fühlen. Danach duschte er, zog sich an und verließ die Wohnung.

Er hatte sich abgewöhnt, während der Woche zu Hause zu frühstücken. Abgesehen davon, dass er nicht wirklich Hunger hatte, liebte er auch hier einen Ritus: Er fuhr mit dem Bus ins Büro, ging die Schlüterstraße bis fast runter zum Kurfürstendamm und setzte sich dort ins „SETs". Manche fanden das „Einstein" gegenüber am George-Grosz-Platz angesagter, aber Gero hatte sich für seinen morgendlichen Kaffee ganz bewusst für das „SETs" entschieden. Das Publikum hier nahm sich jedenfalls morgens weniger wichtig, was dem Lokal, wie er fand, insgesamt eine entspanntere Atmosphäre verlieh. Außerdem wurde man hier freundlich bedient, es gab leckeres Frühstück, Kuchen und andere Speisen und Ruzica, die Chefin, vermittelte einem stets das Gefühl zu Hause bei Freunden zu sein. Nach einer guten halben Stunde bezahlte er zwei Kaffee und ging rüber in die Kanzlei.

Gero mochte seine Arbeit, auch wenn er Jura seinerzeit mehr aus Verlegenheit als aus Berufung studiert hatte. Er selbst hatte für sich lediglich entschieden, einen Beruf zu erlernen mit dem Potential, damit Geld verdienen zu können. Dabei wollte er auf keinen Fall das werden, was sein Vater war: Chemiker. Und er wollte studieren. Die beiden Berufe, die ihn interessiert hätten, waren ihm aber aufgrund seines vergleichsweisen schlechten Abiturs verwehrt geblieben: Arzt und Astrophysiker. Andere Naturwissenschaften berührten ihn nicht, Wirtschaftswissenschaften hielt er für einen rein virtuellen Lehrgegenstand ohne jeden beweisbaren Bezug zur Realität und so blieb Jura übrig. Heute war er froh, dass er diesen Weg gegangen war, eröffnete ihm dieses Fachgebiet doch die Möglichkeit, sich inhaltlich mit allen Bereichen des Lebens beschäftigen zu können, ohne wirklich Ahnung davon haben zu müssen: Beweis: Sachverständigengutachten. Ihn selbst hatte die Reise durch die Gesetze zu einem Prozessanwalt mit wirtschaftsrechtlichem Schwerpunkt werden lassen. Er beriet seine Mandanten außerdem bei der Auswahl und Gründung der richtigen Gesellschaftsform, formulierte deren Gesellschaftsverträge und vertrat die Interessen seiner Klienten beim An- und Verkauf ihrer Unternehmen im In- und Ausland. Mittlerweile verfügte er über die hinreichende Routine, seinen Job mit der gebotenen Gelassenheit auszuüben.

Gero schloss sein Büro auf, begrüßte seine Mitarbeiterin Frau Hellt, die ihn von Beginn an in Berlin unterstützte, freute sich auf Kaffee, die Post und den anstehenden Tag. Zuallererst aber machte er einen Termin mit Professor Brock für den Nachmittag, nachdem dessen Sekretariat ihm bestätigen konnte, dass die angefertigten OP-Bilder bereits entwickelt worden waren.

Gero bearbeitete die Post, diktierte ein paar Schreiben und widmete sich dann der Erstellung eines Schriftsatzes in einer gesellschaftsrechtlichen Auseinandersetzung, die entgegen seiner Bemühungen um eine einvernehmliche Lösung letztlich doch vor Gericht gelandet war. Inhaltlich ging es um ein Pharmaunternehmen mit Hauptsitz in Bern in der Schweiz, dessen Minderheitsgesellschafter er vertrat. Dieser war von dem Mehrheitsgesellschafter, die Swisspharm, wie Gero fand, in rechtswidriger Weise aus der Gesellschaft ausgeschlossen worden. Dies, nachdem sein Mandant herausgefunden hatte, dass der Mehrheitsgesellschafter Geld an der Gesellschaft vorbei in die eigene Tasche gewirtschaftet hatte. Schon nach der allgemeinen Lebenserfahrung lag der Fall klar auf der Hand und schrie nach einer einvernehmlichen Trennung, nach deren Inhalt sein Mandant - mit einem ordentlichen Schmerzensgeld versehen - seine Gesellschaftsanteile an den Mehrheitsgesellschafter verkaufen würde. Das Problem war hier nicht rechtlicher, sondern menschlicher Natur, denn der Mehrheitsgesellschafter konnte offensichtlich nicht ertragen, beim Betrug erwischt worden zu sein. Also fuhr er Zeugen auf, die dieses und jenes gehört oder gesehen haben wollten, und ließ die Sache auf diese Weise in eine gerichtliche Auseinandersetzung eskalieren. Aber das Schlimmste dabei war, dass er gute Chancen hatte, damit durchzukommen, einmal vorausgesetzt, seine Zeugen hielten, was seine Schriftsätze versprachen. Gero musste die Argumente der Gegenseite erschüttern. Mit sich zufrieden, machte er sich auf den Weg zum Krankenhaus.

Kapitel 9

Professor Brock war wie Gero hochgewachsen, etwa zwei Meter groß. Die beiden Männer gaben sich die Hand und stellten dabei fest, wie selten und daher ungewohnt es war, als langer Mensch seinem Gegenüber geradewegs in die Augen blicken zu können. Dann aber wollte Professor Brock gleich zur Sache kommen, jedenfalls soweit ihm das unter Beachtung seines Verschwiegenheitspflicht möglich war, wie er Gero mit einem Blick in Erinnerung rief.

„Natürlich". Während er die insgesamt vier Fotos aus den zahlreichen Unterlagen auf seinem Schreibtisch suchte, versicherte er Gero noch einmal, dass die Operation seines Vaters zu seiner vollsten Zufriedenheit verlaufen war und dass mit keinerlei Spätfolgen gerechnet werden musste.

Professor Brock machte eine kurze Pause. Er entnahm die Bilder einem Umschlag, auf dem handschriftlich der Name seines Vaters notiert war; er blickte kurz darauf, bevor er sie an Gero weiter reichte. Gero betrachtete die Bilder. Sie zeigten ausschnittsweise den rasierten Hinterkopf seines Vaters, auf dem eine Zahlenfolge abgebildet war. Erst beim näheren Hinsehen konnte man erkennen, dass die einzelnen Zahlen nicht aufgemalt, sondern tätowiert worden waren. Die Farbe war ursprünglich einmal grünlich oder bläulich gewesen, jetzt aber weitgehend verblasst. Und doch waren die einzelnen Ziffern klar zu erkennen. Aber irgendetwas stimmte nicht. Währenddessen hatte Professor Brock ihn über den Schreibtisch hinweg beobachtet, ja fixiert. Er fragte, ob er offen sprechen dürfe. Gero bejahte und wollte gerade zum Lebenslauf seines Vaters ansetzen, als Professor Brock ihn unterbrach. Er eröffnete ihm, dass er sich seit Jahren in seiner Freizeit mit der jüngeren deutschen Geschichte beschäftigte, insbesondere mit dem dritten Reich. Er sei vertraut mit dem Leid der Juden in den Konzentrationslagern, eine Bemerkung, die Gero zusammenzucken ließ, weil das Gespräch genau in die Richtung steuerte, die er befürchtet hatte. Er unterbrach den Redefluss seines Gegenübers, wies auf die ungewöhnliche

Stelle einer Tätowierung hin und darauf, dass er sich selbst schon nach der Erklärung hierfür gesucht habe.

Ja, die Stelle sei ungewöhnlich, aber noch vielmehr irritierten ihn die Zahlen, sagte der Professor mit Nachdruck. Er beugte sich vor. Das Merkwürdige sei, dass die einzelnen Zahlen authentisch waren. Er berichtete, die auf den Fotos abgebildeten Zahlen mit der ihm zur Verfügung stehenden Literatur abgeglichen zu haben. Größe, Typ, Zuordnung untereinander und Farbe, soweit man diese noch erkennen konnte, stimmten danach mit der Art von Tätowierung überein, wie sie die Nazis zur Zeichnung von KZ-Häftlingen benutzt hatten. Aber was keinen Sinn machte, schloss Professor Brock, war die Anzahl der Ziffern. Plötzlich war es Gero klar. Seine Internetrecherche hatte ergeben, dass die Nazis zur Identifizierung der Häftlinge zwischen vier- und sechsstellige Zahlenfolgen benutzt haben, aber keinesfalls 14 Ziffern, wie es bei seinem Vater der Fall war. Warum war ihm das nicht selbst aufgefallen? Aber was soll 's. Sein Vater war Jude. Er war wahrscheinlich im Konzentrationslager Sachsenhausen geboren, jedenfalls dort gefunden worden. Jetzt war eine Tätowierung an seinem Hinterkopf bemerkt worden. Damit hatte sich der Kreis geschlossen. Doch so einfach war es nicht. Gero merkte, dass er die Tätowierung nicht einfach ad acta legen konnte. Als auch die Lebensdaten des Vaters keine weiteren Indizien für den Sinn und Zweck der Zahlen erkennen ließen, wusste er, er musste mit seinem Vater über die Tätowierung sprechen, auch wenn er ahnte, sich hiermit auf dünnes Eis zu begeben. Aber erst einmal wollte er versuchen, selber eine Erklärung zu finden.

Er bedankte sich bei dem Professor, erhob sich und verließ das Zimmer, um nach seinem Vater zu sehen. Er fand ihn in einem Zustand vor, der zu keinerlei Besorgnis Anlass bot. Weil er das gewünschte Buch noch nicht aus der Wohnung geholt hatte, nutzte der Vater die Gelegenheit, zu Vortrag Nummer Drei auszuholen, ein Zeichen, dass es ihm gut ging. Deshalb verabschiedete sich Gero bald, zu sehr drängte es ihn, mehr über das Geheimnis der Tätowierung zu erfahren.

Kapitel 10

38390740060195. Wenn die Zahl keine KZ-Nummer war, musste etwas anderes dahinter stecken. Niemand tätowierte einem Säugling ohne Grund 14 Ziffern in den Hinterkopf.

Als mathematischer Wert war die Zahl zu hoch, um eine Bedeutung zu haben, schlussfolgerte Gero. Er wusste nicht einmal die Bezeichnung einer Zahl mit vierzehn Ziffern. Vielleicht hatte sie irgend etwas mit Sachsenhausen zu tun, einem der vielen Orte des Nazi-Grauens. Er rief sich in Erinnerung, was er in den vergangenen Jahren über das Konzentrationslager zusammengetragen hatte.

Sachsenhausen war ein Ort in Brandenburg. Das Konzentrationslager gleichen Namens wurde dort bereits am 12. 07. 1936 für etwa 8.000 bis 10.000 Häftlinge errichtet. Das KZ-Sachsenhausen nahm eine Sonderrolle als Modell- und Schulungslager für die Ausbildung von SS-Wachmannschaften ein, die später in anderen KZs eingesetzt wurden. Nach den Worten des kurz vor der Errichtung des Lagers zum Chef der deutschen Polizei ernannten Reichsführer SS Heinrich Himmler, stellte die Mordstätte den Prototyp eines modernen, vollkommen neuzeitlichen und jederzeit erweiterungsfähigen Konzentrationslagers dar. Tatsächlich waren in dem Lager bis 1945 mehr als 200.000 Menschen aus 40 Nationen inhaftiert.

Zu Beginn des Lagers bestand die Mehrheit der Insassen aus politischen Gegnern des NS-Regimes, was vielleicht mit der Nähe zu Berlin zu tun hatte, dann in immer größerer Zahl Angehörige der von den Nationalsozialisten als rassisch und biologisch minderwertigen Gruppen wie Juden, Sinti und Roma, Homosexuellen, geistig Behinderte, Zeugen Jehovas und zunehmend Häftlinge aus den besetzten Staaten Europas, unter denen 1944 Russen und Polen den größten Anteil stellten. Genaue Zahlen gab es nicht. In einer schon im Sommer 1945 von ehemaligen Häftlingen für eine sowjetische Ermittlungskommission angestellten Schätzung ging man davon aus, dass im Konzentrationslager Sachsenhausen von den Nazis an die 100.000 Menschen ermordet wurden. Die Menschen starben an Hunger und Erschöpfung, Krankheiten und Kälte, wurden Opfer von Misshandlungen und öffentlichen Hinrichtungen, medizinischen Experimenten oder Massentötungsaktionen. So wurden im Herbst 1941 etwa 13.000 bis 18 000 vornehmlich sowjetische Kriegsgefangene, unter denen sich viele Juden befanden, in einer provisorischen Genickschussanlage erschossen. Anfang 1945 befanden sich noch etwa 80.000 Menschen im Konzentrationslager Sachsenhausen und seinen Außenlagern. In den Morgenstunden des 21. April 1945 wurden von den verbliebenen 36 000 Gefangene 33 000 auf einen Todesmarsch in Richtung Nordwesten befohlen. Befreit wurde das Konzentrationslager nach rund neun Jahren Terror am 22. 04. 1945 von Einheiten der Roten Armee. Zu diesem Zeitpunkt befanden sich im Stammlager Sachsenhausen nur noch etwa 3000 Menschen, die mehr tot als lebendig, jedenfalls aber zu schwach waren, um von den Nazis auf die Todesmärsche mitgenommen zu werden.

Gero fröstelte. Sicher, er würde noch einmal genauer nachsehen, ebenso wie er noch einmal die Anzahl der Ziffern bei üblichen KZ-Tätowierungen überprüfen würde. Aber auf den ersten Blick gab es keine Verbindung zwischen dem Konzentrationslager Sachsenhausen und der auf dem Hinterkopf seines Vaters tätowierten Ziffernfolge. 38390740060195. Vielleicht verbarg sich hinter der Zahl eine Telefonnummer oder sie setzte sich aus mehreren Telefonnummern zusammen? Gero zögerte einen Augenblick. Konnte eine Telefonnummer über 60 Jahre unverändert bestehen? Warum nicht? Er nahm das Telefon und wählte die Vorwahl von Berlin, dann 38390. Denn mehr als fünfstellig, so mutmaßte Gero, dürften die Berliner Anschlüsse bei Kriegsende wohl nicht gewesen sein. Doch die gewählte Nummer war laut Ansage nicht erreichbar. Wahrscheinlich gab es eine solche Rufnummer überhaupt nicht. Aber machte diese Vermutung überhaupt Sinn? 38390740060195 war eine Zahl, deren Bedeutung tiefer verborgen liegen musste. Gero spielte mit den einzelnen Ziffern, Vielleicht ein Code, eine Verschlüsselung, fuhr es ihm durch den Kopf. Ja, das konnte es sein. 38390740060195. „E“ war der am häufigsten gebrauchte Buchstabe des Alphabets. Also lautete die Zahl fortan 3839E74EE6E195. Irgendetwas mit SEE oder MEER oder HEER. Was kam dann?

Gero griff wieder zum Telefon. Vielleicht wusste Michael, sein Freund und Hauptkommissar in Köln, Rat. Michael hörte sich Geros Mutmaßungen geduldig an. Dann teilte er die Überzeugung, dass die Zahl sehr wohl eine Codierung sein könnte. Aus seinen Ermittlungen wusste er, dass im Bereich der Wirtschaftskriminalität Schmiergeld- und andere illegale Zahlungen regelmäßig über eine codierte Buchhaltung geführt wurden. Gerade deutschen Spitzenmanagern war es offenbar nicht möglich, Geld einfach so zu transferieren. Dass in Deutschland auch illegale Machenschaften ihre Ordnung haben mussten, war eine der wenigen Erkenntnisse, auf die sich Michael bei seinen Ermittlungen felsenfest verlassen konnte. Und so fanden die Spezialisten des Landeskriminalamtes versteckt auf Festplatten oder notiert in kleinen Büchlein Tabellen ohne Bestimmung, Listen ohne Wert. Es kostete sie dann oftmals mehrere Wochen, den Code zu knacken, wenn es ihnen überhaupt gelang. Michael notierte die Zahlenfolge und in dem Moment wusste Gero, dass er seinen Freund mit im Boot hatte. Michaels Jagdinstinkt war geweckt, auch wenn er nicht müde wurde, darauf hinzuweisen, dass es natürlich keine offizielle Untersuchung geben könne. Egal, jetzt waren sie zu zweit, was Gero auch daran feststellte, dass Michael das Telefonat ohne die üblichen Frotzeleien beendete.

Er fuhr den Rechner erneut hoch und googlete im Internet die Ziffernfolge. Er war schon oft von der Suchmaschine überrascht worden, aber 38390740060195 war dem weltweiten Internet unbekannt. Auch das sprach am Ende für einen Code, irgendein Geheimnis, das sich hinter den Ziffern verbarg und zu dessen Entschlüsselung es offenbar deutlich mehr verlangte, als er aus dem Stehgreif zu leisten in der Lage war. Gero blickte über seinen Schreibtisch hinaus auf den Lietzensee. Es kam also auf die Art der Verschlüsselung an, welcher sich die Nazis 1945 bedienten, um das Geheimnis zu lüften. Er zögerte. Was, wenn gar nicht die Nazis die Tätowierung gemacht hatten.

Gero seufzte. Es war wie in seinen Fällen. Was anfangs vergleichsweise einfach zu lösen schien, verlangte im Verlaufe des Mandats oftmals eine differenziertere Bewertung, je nachdem, welche Informationen ihm das Mandat auf den Vortrag der Gegenseite noch zukommen ließ. Er konnte nur hoffen, dass sich das Geheimnis um die Zahlenfolge am Ende wie die

Mehrzahl seiner Fälle löste. Denn am Ende seiner Prozesse war deren Lösung dann doch meist wieder ganz einfach. Das Gericht stellte fest, dass dieses oder jenes so oder anders zu werten sei, und deshalb das Ergebnis in dieser oder jener Richtung ausfalle.

Doch auf einmal hatte Gero das Gefühl, etwas übersehen zu haben. 38390740060195. Wieder und wieder betrachtete er die Zahl, kam aber nicht weiter. Stattdessen klingelte mitten in seinen Überlegungen das Telefon.

Walter Steiner. Er wollte sich, wie er sagte, nur kurz in Erinnerung bringen, nachdem er vorhin so schnell verschwunden sei. Mit abfallender Sorge um seinen Gesundheitszustand sei wohl auch das Interesse an seiner Person weniger geworden. Gero versicherte seinem Vater, dass er morgen ganz bestimmt wieder vorbeikommen würde und auch die Sachen aus der Wohnung mitbrächte. Bis dahin allerdings, so sagte er, müsse er sich gedulden. Auch könne er leider nicht dafür sorgen, dass wie früher Julia seinem Vater die Zeit verkürzte. Das war ein Schlag in die Magengrube, aber schließlich war sein Vater auch nicht gerade zimperlich mit ihm umgegangen. Gero wusste, dass Walter Steiner von Anfang an von Julia begeistert war, sie war für ihn die ideale Schwiegertochter. Bis heute hatte er nicht verstanden, warum sein Sohn nicht alles daran gesetzt hatte, um diese Frau zu halten. Auch wenn er sich damit hatte abfinden müssen, dass die Beziehung mit Julia offenbar nicht mehr zu retten war, hoffte er doch insgeheim, dass die Trennung nur vorübergehend war.

Walter Steiner lenkte ein. Er versicherte seinem Sohn, dass alles so schlimm nicht sei, und er ohne weiteres noch einen Tag länger warten könne. Darauf käme es jetzt auch nicht mehr an.

Amüsiert legte Gero den Hörer auf und versuchte es noch einmal im Internet. Er wusste gar nicht, wie er das früher gemacht hätte. Wahrscheinlich wäre er im Brockhaus nach ein paar Grundinformationen bald an Grenzen gestoßen. Dann hätte er sicher noch das eine oder andere Buch über den Holocaust zur Hand gehabt, aber das wäre es dann im Großen und Ganzen gewesen. Heute bedurfte es nur weniger Klicks, und mit ein bisschen Übung war man von seinem Schreibtisch aus innerhalb weniger Sekunden in Datenbanken an jedem beliebigen Ort auf der Welt und hatte Zugang zu den gewünschten Informationen.

Systematisch ging Gero die einzelnen Eintragungen durch, die ihm die Suchmaschine anbot. Durch die Auswahl der Suchbegriffe konnte er die Anzahl möglicher Treffer zielgerichtet eingrenzen. Es klang paradox, aber es war so: Je weniger Treffer, um so höher die Wahrscheinlichkeit, reiche Beute im Netz zu machen. Er erfuhr einiges Neues über KZ-Tätowierungen und war sich am Ende sicher, dass die Zahlenfolge 38390740060195 aufgrund der verwendeten Typen, der Zuordnung zueinander und der Farbe im Konzentrationslager gemacht worden sein musste, die Zahl selber aber nicht zur Identifizierung seines Vaters als KZ-Häftling gedient haben konnte. Die Nummern hatten die Namen der Häftlinge zu ersetzen, wurden also statt der Namen gerufen. Und zwar unterteilt in Lautgruppen. Aus der Nummer 5647 wurde das Kommando „Sechsundfünfzig Siebenundvierzig", die Zahlenfolge 13080 wurde „Dreizehn Null Achtzig" gebrüllt und aus der Ziffer 173614 wurde in der Ansprache durch die Lageraufseher die beiden Lautgruppen „Einhundertdreiundsiebzig Sechshundertvierzehn" gebildet. Diese Vorgehensweise war praktikabel bis zu sechs Ziffern. Eine vierzehnstellige Zahl konnte keine KZ-Häftlingsnummer im eigentlichen Sinne sein. Das Ergebnis war eindeutig, daran war nicht zu rütteln.

Geros Gedanken überschlugen sich. Womit musste ausgerechnet er sich plötzlich beschäftigen? Er wollte das nicht! Seine Welt war doch in Ordnung gewesen. Sicher, wenn sich die Tätowierung als eindeutige KZ-Nummer herausgestellt hätte, hätte ihn das auch nach so vielen Jahren erschreckt. Die Entdeckung hätte aber nicht ausgereicht, sein eigenes oder das Leben seines Vaters zu hinterfragen. Denn das war das eigentliche Problem. Er wusste, er war der Sohn seiner Eltern, aber sein Vater wusste nicht, wessen Sohn er war, weil er als namenloser Säugling aufgefunden wurde. Und so lag letztlich auch seine Herkunft im Dunkeln. Eine KZ-Nummer wäre daher eine mögliche Quelle für die Identität des Vaters und somit auch seiner eigenen Lebensgeschichte gewesen.

Eines war nun schon sicher: Auch wenn die Tätowierung keine der üblichen KZ-Kennung war, bedeutete sie doch, dass sein Vater kurz vor der Befreiung des Konzentrationslagers Sachsenhausen dort tätowiert wurde. Dass er nicht wusste, von wem und zu welchem Zweck, konnte an dieser

Tatsache ebenso wenig etwas ändern wie an der Tatsache, dass sie Juden waren. Sein Vater, sein Onkel wie auch er, der Sohn und Neffe, waren beschnitten. Sein Vater war im Konzentrationslager Sachsenhausen gefunden worden, gemeinsam mit seinem Onkel. Keine Eltern, keine Verwandten sonst. Das ließ keinen Raum für Zweifel. Alles war, wie es sein ganzes Leben war und nichts war geschehen, etwas ändern zu müssen.

Gero barg den Kopf in seinen Händen. Wie gut wäre es, jetzt Julia an der Seite zu haben. Plötzlich vermisste er sie schmerzlich, ihre Art, auch in den schwierigsten Situationen einen klaren Verstand zu behalten, ihre Ruhe und Eindeutigkeit. Sie hätte begriffen, warum er so aufgewühlt und durcheinander war und hätte Worte für ihn gefunden. Aber Julia war nicht da und er hatte Schuld daran.

Langsam beruhigte er sich. Vielleicht hatte sein Vater ja Recht und es gab doch noch eine Möglichkeit, Julia zurück zu gewinnen. Auch die Zahlenfolge würde irgendwann ihr Geheimnis preisgeben. Er setzte auf Michael und seine Experten aus dem Landeskriminalamt, die hoffentlich schon bald Antworten hätten.

Kapitel 11

Nachdem Gero vor Gericht für einen Mandanten einen wirtschaftlich sinnvollen Vergleich hatte aushandeln können, hatte er sich am anderen Tag in bester Laune zu seinem Vater aufgemacht. Die Türklinke noch in der Hand, spürte er schon die Spannung im Krankenzimmer.

Walter Steiner hatte den Kopfteil seines Bettes senkrecht gestellt, die Arme vor dem Oberkörper verschränkt und blickte abwechselnd auf die vor ihm ausgebreiteten Fotos und dann in das Gesicht seines Sohnes.

Aufgebracht fuhr er ihn an, ob er ihm überhaupt etwas von der Tätowierung erzählt hätte, wenn nicht Professor Brock so freundlich gewesen wäre? Und wenn ja, wann? Weihnachten? Was bloß mit ihm los sei! Walter Steiner war außer sich. Offensichtlich hatte er seit der Morgenvisite auf ihn gewartet, und offensichtlich war auch, dass sich seine Wut seither aufgestaut hatte. Ob er sich nicht vorstellen könne, dass eine so schwere Verletzung seiner körperlichen Integrität Grund genug sei, ihn ohne Umschweife sofort und vollständig zu informieren? Ob er wisse, wie er, Walter Steiner, sich jetzt fühle, müsse er doch davon ausgehen, dass alle auf der Station ihn für ein Nazi-Opfer hielten? Doch er, Walter Steiner, wollte kein Opfer sein. Er wollte stark sein. Und schon gar nicht wollte er es im Alter von sechzig Jahren noch einmal mit den Nazis zu tun haben. Dieses Kapitel sei abgeschlossen. Endgültig.

Walter Steiner holte tief Luft. Er wartete, was sein Sohn zu seiner Verteidigung sagen würde.

Gero hatte den Wortschwall seines Vaters über sich ergehen lassen und machte keinen Versuch, ihn zu unterbrechen.

Er hatte nicht damit gerechnet, dass Professor Brock ihm nach ihrem Gespräch zuvorkommen würde. Aber er wusste, dass es zu seiner Verteidigung nicht viel zu sagen gab. Er war beschämt, entschuldigte sich und räumte ein, die Sache falsch eingeschätzt zu haben. Als mildernden Umstand für sich möge der Vater aber gelten lassen, dass sein Gesundheitszustand es ihm angeraten hatte lassen, ihn nicht zusätzlich aufzuregen. Dass sein Vater diese Tätowierung habe, hätte ihn persönlich mehr aus den Angeln gehoben, als er gedacht hatte.

Wenn das so sei, dann könne er sich ja ansatzweise vorstellen, wie er sich jetzt fühlte, sagte sein Vater.

Immer noch zeigte Walter Steiner nicht die geringste Bereitschaft, auf seinen Sohn zuzugehen.

Gero kamen die Berichte KZ-Überlebender in den Sinn, die er anlässlich der Recherche gelesen hatten. Stumm blickte er zu Boden. Was konnte er seinem Vater noch sagen? So schlimm die Tatsache mit der Tätowierung auch war, sein Vater sollte jetzt alles erfahren.

Und Walter Steiner hörte zu. Am Ende seines Berichts hatte Gero den Eindruck, seinen Vater mit seinen Anstrengungen, mehr über die Tätowierung zu erfahren, etwas besänftigt zu haben. Oder hatte er ihn über Gebühr beansprucht?

Walter Seiner hatte die Augen geschlossen, aber die Lider zuckten. Gero konnte annehmen, dass alles zu viel für ihn war. Die Tatsache, in Sachsenhausen tätowiert worden zu sein, hatte ihm sicherlich arg zugesetzt. Das war schlimm genug, stand aber nicht in Widerspruch zu seiner Herkunft. Nachdem, was Gero ihm jetzt eröffnet hatte, musste er eine tiefe Verunsicherung spüren, was seine Identität betraf. Denn hier gab es einen Mosaikstein, der nicht passen wollte, egal wie man ihn drehte und wendete. Aber er musste passen, wenn das Lebensbild seines Vaters keinen Schaden nehmen sollte.

Gero merkte, wie die Wut allmählich aus dem Gesicht des Vaters verschwand. Walter Steiner öffnete die Augen, sah seinen Sohn nachdenklich und forschend an und sagte dann, es gelte, den Blick nach vorne zu richten, aber es fiel ihm im Moment kein weiterführender Ansatz ein, jedenfalls nicht auf die Schnelle. Er bat seinen Sohn um Verständnis dafür, dass er jetzt mit dem neuen Wissen um die Zahlenfolge allein sein wolle und beschwor ihn, den Kreis der Eingeweihten nicht ohne seine vorherige Zustimmung zu erweitern.

Gero zögerte: Musste er seinem Vater nicht von seiner Unterredung mit Moshe berichten, was die Tätowierung anging? Und von seinem Gespräch mit Michael? Blitzschnell versuchte er das Für und Wider abzuwägen. Dann entschied er, dass sie für heute genug Aufregung gehabt hatten.

Er verabschiedete sich etwas unbeholfen und nahm sich vor, in Zukunft mehr auf seinen Vater einzugehen. Auch wenn er so tat, als sei er jemand, den nichts mehr erschüttern konnte, war er der Verletzlichere von ihnen beiden.

Kapitel 12

Wieder in der Kanzlei sah Gero die Notizzettel durch und stellte fest, dass nichts von alledem heute noch erledigt werden musste. Er holte sich ein Wasser aus der Spülküche und rief seinen Freund Michael an. An seinem Tonfall merkte er, dass Michael noch im Dienst war und nicht frei reden konnte. Es hörte sich daher vergleichsweise unpersönlich an, dass er ihm jetzt noch nichts mitteilen könnte, sich aber später melden würde. Das hieß noch gar nichts, weder in die eine noch in die andere Richtung, entschied Gero.

Dann läutete sein Telefon. Obwohl es keinen Grund gab zu erschrecken, zuckte er zusammen, doch es war nur sein Mandant, dessen Fall er heute Vormittag, wie er fand, erfolgreich verglichen hatte. Er wollte sich noch einmal kurz bedanken, nichts weiter. Gero bedankte sich seinerseits, legte auf und überlegte im selben Moment, was er als nächstes tun sollte. Die Luft war raus. In Köln wäre er jetzt zu Michael gegangen, hätte ihn von der Dienststelle abgeholt, und dann wären sie beide zum Österreicher essen gegangen. Er aber befand sich in Berlin und war letztlich alleine. Er überlegte, wie er mit dieser Erkenntnis umgehen sollte. Also versuchte er es analytisch: Als erstes stellte er fest, dass ihn das Alleinsein an sich nicht schreckte. Als er noch mit Julia zusammen war, hatte er immer gedacht, dass er nicht mehr brauchte als sie und seine Laufstrecken. Und daran hatte sich nicht wirklich etwas geändert. Er war aufgrund der Erfahrungen, die er in seinem Leben gemacht hatte, der Auffassung, dass man in den Momenten, in denen es wirklich darauf ankam, sowieso auf sich allein gestellt war: Das fing schon in der Schulzeit an. Er war alleine gewesen, als der Schulzahnarzt seine Visite gemacht hatte, und er hatte zuletzt alleine in der Sporthalle gestanden, wenn es darum gegangen war, Mannschaften zusammenzustellen. Und natürlich gab einem niemand Halt, wenn Klassenarbeiten zurückgegeben und Zeugnisse ausgehändigt wurden. Später dann bei der Musterung hatte er sich der Situation alleine stellen müssen; genauso war es, als es darum ging, den Brief mit den Noten seiner juristischen Examen zu öffnen. Von den mündlichen Prüfungen einmal ganz zu schweigen. Alleine wäre man natürlich auch beim Arzt, wenn einem über den Tisch hinweg die Diagnose mitgeteilt würde. Niemand wäre da, wenn auf dem Ultraschallbild Flecken zu erkennen wären, die da nicht hingehörten. Und, ja: Sterben müsste man schließlich auch alleine. So weit war er gekommen, als sein Telefon klingelte: Michael. Gero lachte laut auf. Was für ein Timing.

Michael berichtete kurz, dass er die Zahlenfolge an das Landeskriminalamt zur Entschlüsselung weitergegeben hatte.

Ein Freundschaftsdienst der Kollegen. Frühestens in einer Woche, eher noch in zwei Wochen wüsste man mehr. Bis dahin hieß es warten. Aber vielleicht wüsste Moshe Liebermann mehr mit der Zahl anzufangen, meinte Michael. Im Gegensatz zu Walter Steiner hätte er sich über die Jahre weitaus intensiver mit seiner Herkunft, seinem Glauben und den sich daraus ergebenden Verpflichtungen auseinandergesetzt. Als Ergebnis dieser Auseinandersetzung wäre Moshe Liebermann schließlich nach Israel ausgewandert und hätte seinen Bruder und dessen Familie zurückgelassen.

Gero musste seinem Freund den Wind aus den Segeln nehmen. Hatte Moshe ihm doch eindeutig erklärt, selbst nicht tätowiert zu sein und auch von einer Tätowierung seines Bruders nichts zu wissen. Da er seinem Vater versprochen hatte, die Sache mit der Tätowierung weitestgehend diskret zu behandeln, war die Einbindung seines Freundes sowieso schon mehr als heikel. Nein, die Entscheidung, Moshe Liebermann offiziell in das Team aufzunehmen, sollte sein Vater treffen.

Mehr gäbe es dann erst einmal nicht zu bedenken, sagte Michael. Aber er habe mit dem Training für den Rom-Marathon begonnen.

Damit waren sie beim Thema. Auch für Gero wurde es Zeit, die Dauer der Laufeinheit zu steigern. Nachdem er im Juni den Stockholm-Marathon mitgelaufen war, hatte er, wie er Michael gegenüber ausdrücklich betont, in Übereinstimmung mit allen Ratgebern im Juli ganz mit dem Laufen ausgesetzt und erst im August wieder mit lockeren Ein-Stunden- Läufen dreimal in der Woche angefangen. Diese Einheiten hatte er dann einmal die Woche um eine halbe Stunde verlängert und war jetzt im Oktober soweit, die Zweistunden-Marke anzugehen. Michael wollte von so viel Vernunft nichts hören. Für ihn gab es keine Pause. Er lief und lief und lief, wenn ihn nicht gerade irgendeine Verletzung zum Pausieren zwang, und hatte wenig Verständnis für eine bewusste Reduzierung der läuferischen Leistung, so wie sein Freund das praktizierte. Aber Gero hörte auf seinen Körper und wusste, dass er über die Zweistundenläufe im Oktober die Zweieinhalbstundenläufe im November problemlos schaffen konnte, um dann Anfang Januar mit dem wöchentlichen Dreistundenlauf zu beginnen. Sein Plan war, bis zum 11. März insgesamt auf zehn Dreistundenläufe zu kommen, in der Woche vor dem Marathon ganz auf das Laufen zu verzichten um dann am 18. 03. 2008, dem Tag des Marathons, mehr oder weniger locker unter fünf Stunden durchlaufen zu können. Das war sein Ziel.

Michael wollte die Strecke in drei Stunden schaffen und so seiner bisherigen Leistungsfähigkeit treu bleiben. Am Ende des Telefonates freuten sich die Freunde schon jetzt auf ihre gemeinsame Gewinnerzigarre nach dem Lauf. Michael versprach, sich sofort zu melden, falls er Neuigkeiten zur Entschlüsselung erfuhr. Bis dahin sollte das Leben in seinen gewohnten Bahnen weiterlaufen. Ein Gedanke, der Gero, je mehr er darüber nachdachte, richtig gut gefiel.

Kapitel 13

Schließlich war es soweit, dass sein Vater aus der Klinik entlassen wurde. In den letzten Tagen seiner Besuche im Krankenhaus hatten Gero und sein Vater immer weniger über die Tätowierung gesprochen. Auch hatte er seinem Vater gestanden, Michael um Unterstützung zur Lösung des Rätsels um die Ziffernfolge gebeten zu haben, was wider Erwarten dessen Zustimmung gefunden hatte. Entscheidend hierfür war gewesen, dass die Untersuchungen des LKA anonymisiert durchgeführt wurden. Dann hatte sich sein Interesse auf die Frage reduziert, ob Gero schon etwas von Michael gehört hatte. Er verneinte wahrheitsgemäß und hatte seinerseits den Antrieb verloren, sich weiter mit dem Thema zu beschäftigen. Anfangs hatte er noch versucht, sich mit dem Thema Codierung und Entschlüsselung auseinanderzusetzen und die Definition dessen, was ein Code ist, im Brockhaus nachgelesen. Danach war ein Code eine Vorschrift für die eindeutige Zuordnung eines Zeichenvorrates; die Regeln zur Bildung der Signale, Verschlüsselung, Übertragung, Empfang, Entschlüsselung und Verarbeitung. Aber dann wurde das Terrain unübersichtlich und er verstand, warum es der Experten in diesem Zusammenhang bedurfte. Es gab eine Vielzahl von Verschlüsselungsmethoden, deren zugrunde liegenden Prinzipien so unterschiedlich waren wie deren Herkunft.

Aufgegeben hatte er, als er las, dass es auch zwei- und mehrstufige Codierungen gab, dass also nicht zwingend damit gerechnet werden konnte, dass sich die Ziffernfolge 38390740060195 in einem Schritt in etwas Sinnvolles verwandeln würde. Und als sein Vater es dann ungeachtet der Erfolglosigkeit aller Bemühungen mit Hinweis darauf, keine Neuauflage der Auseinandersetzung mit seinem Bruder riskieren zu wollen, kategorisch abgelehnt hatte, diesen in die Lösung des Rätsels um die Tätowierung einzubeziehen, waren sein Leben, seine Fälle und seine Interessen in das Zentrum seiner Aufmerksamkeit gerückt.

Heute nun holte Gero seinen Vater ab, half beim Packen seiner Sachen, das Buch, ein Grisham, war immer noch eingeschweißt. Wenn sein Vater nicht wollte, dann wollte er nicht. Walter Steiner fand bei der Verabschiedung für jede der diensttuenden Krankenschwestern ein persönliches Wort und wenn Gero in die strahlenden Augen der einzelnen Schwestern blickte, war er fast ein bisschen eifersüchtig auf die Zuneigung, die seinem Vater von Seiten der Stationsbesetzung entgegen schlug. Das hätte er in der kurzen Zeit nie geschafft, dazu fehlte ihm das Interesse am Schicksal des anderen. War er doch zu oberflächlich, wie Julia immer vorwurfsvoll bemerkt hatte? Er wusste keine Antwort.

Endlich zurück in der Wohnung, schien alles zur Zufriedenheit seines Vaters zu sein. Gero hatte seine Putzhilfe um Unterstützung gebeten und für die nächste Woche eingekauft. Seinem Vater sollte es an nichts fehlen. Und doch war es so, als würde sich sein Vater ein wenig unsicher durch die ihm vertrauten Räume bewegen. Gero spürte, dass sein Vater es gerne gehabt hätte, wenn er noch geblieben wäre, aber fast war er froh, dass ein Termin drängte und er sich verabschieden musste. So konnte er gerade auch noch ein Gespräch über die Gestaltung der zukünftigen Vatertage verhindern und war erleichtert, als er vor dem Haus stand, keine Verpflichtung eingegangen zu sein. Sein Vater musste erst einmal sehen, wie er mit seiner Entlassung klarkam. Und je eher er damit begann, desto besser.

Ein Wind hatte sich aufgemacht, heute war der Himmel grau, es fing leicht zu nieseln an und Gero klappte den Kragen seines Mantels hoch, als er sich auf den Weg zur U-Bahn Richtung Kanzlei machte. Da klingelte sein Smartphone. Michael.

Er hätte neue Nachrichten und die lauteten: Es gab keinen Code. Die Experten des LKA hätten jetzt beinahe drei Wochen immer mal wieder mit der Ziffernfolge gearbeitet, hatten die Computer damit gefüttert, gerechnet, gewartet und wieder gerechnet, aber am Ende kein Ergebnis gefunden. Es hätte sogar einen Kontakt zu russischen und polnischen Kollegen gegeben, aber auch diese konnten nicht weiterhelfen. Mit den mehr oder weniger gängigen Entschlüsselungsmethoden wäre der Zahl nicht beizukommen, und für weiterführende Untersuchungen brauchte es jetzt eines offiziellen Ermittlungsverfahrens und damit einer Straftat. Eine Straftat läge aber nach dem bisherigen Stand der Dinge nicht vor. Es entstand eine Pause. Gero überlegte. Sein Vater war als Säugling gegen seinen Willen und den seiner Eltern tätowiert worden. Das war allenfalls eine gefährliche Körperverletzung, und die war unter jedem strafrechtlichen Blickwinkel lange verjährt, so viel wusste auch er. Also Ende der Fahnenstange? Ob er noch dran sei, fragte Michael. Als Gero bejahte, fuhr Michael fort, dass rechtlich gesehen ein Verbrechen nicht vorläge und wohl auch nicht konstruiert werden könnte, um ein offizielles Ermittlungsverfahren anzukurbeln, zumal weiterführende Ergebnisse wenig wahrscheinlich seien.

Michael bedauerte die Entwicklung. Gero hingegen fühlte sich erleichtert. Sie hatten versucht, eine Erklärung zu finden. Das war ihnen nicht gelungen. Punkt. Die Tätowierung war entfernt. Das Leben von Vater und Sohn konnte unverändert weitergehen. Das war nicht das allerschlechteste Ergebnis und so kamen sie überein, die Sache auf sich beruhen zu lassen.

Auch sein Vater machte, als er ihn kaum, dass er ihn verlassen hatte, anrief und informierte, aus seiner Erleichterung keinen Hehl. Er versuchte sogar, einen Scherz über den Vollidioten zu machen, der seinerzeit offensichtlich zu blöd gewesen war, um seinem Tun einen Sinn zu geben. Zu blöd, um vierzehn Ziffern in Folge zu schreiben. Wahrscheinlich hatte er sich verschrieben. Gero sagte nichts. Aber darauf, so Walter Steiner weiter, käme es jetzt nicht mehr an. Sie hätten ihr Bestes versucht, sogar Fachleute an der Zahl herumdoktern lassen und kein Ergebnis bekommen. Dann wäre das ebenso. Ihr Leben würde weiter gehen wie bisher und Gero war sich seiner Sache sicher, dass Walter Steiner von sich aus das Thema Tätowierung nicht mehr ansprechen würde.

Nur gut, so dessen abschließende Bemerkung, dass sie seinen Bruder Moshe nicht in die Geschichte einbezogen hatten.

Gero ließ diese Bemerkung unkommentiert. Die Sache mit der Tätowierung war erledigt.

In der Kanzlei besprach Gero mit Frau Hellt die anstehenden Sachen. Sein nächster größerer Termin stand für übermorgen an: Der mit den Stimmen des Mehrheitsgesellschafters gefasste Beschluss, seinen Mandanten als Minderheitsgesellschafter aus der gemeinsamen schweizerischen Pharmafirma Swiss Pharm auszuschließen. Gero wusste, dass es hier nicht damit getan war, die Akte kurz vor dem ersten Verhandlungstermin noch einmal zu überfliegen. Der Mehrheitsgesellschafter war ein mächtiger Mann und hatte schwere Geschütze aufgefahren. Er würde sich den Vorgang morgen noch einmal intensiv ansehen, um die seiner Meinung nach gegebene Nichtigkeit, jedenfalls aber die bestehende Rechtswidrigkeit des angefochtenen Beschlusses gegebenenfalls auch mündlich darlegen zu können.

Rechtlich war die Sache vergleichsweise klar, nur die Beweislage stellte sich als schwierig dar. Letztlich ging es um die Frage, ob der Mehrheitsgesellschafter unter Verstoß gegen seine Treuepflicht Gewinne an dem gemeinsamen Pharmaunternehmen vorbei realisiert hatte. Die Gegenseite hatte behauptet, dies zu dürfen, und hatte mit der Klageerwiderung einen Gesellschafterbeschluss aus der Zeit, als die Gesellschaft nur einen Gesellschafter hatte, vorgelegt, den sein Mandant zuvor noch nie gesehen hatte. Sein Mandant hatte daraufhin unter Hinweis auf ein Sachverständigengutachten die Echtheit des betreffenden Gesellschafterbeschlusses angefochten und den Mehrheitsgesellschafter angezeigt. Dies mit der Folge, dass er mit den Stimmen des Mehrheitsgesellschafters mit sofortiger Wirkung aus der Gesellschaft ausgeschlossen worden war. Dieser Ausschluss konnte – wenn überhaupt – nur dann gerechtfertigt sein, wenn sich der in Rede stehende Gesellschafterbeschluss als echt herausstellen würde. Sollte die Urkunde indes unecht sein, erwiese sich der angefochtene Beschluss der Gesellschafterversammlung, seinen Mandanten auszuschließen, ohne weiteres als unbeachtlich. Denn in diesem Fall lag kein den Ausschluss rechtfertigender wichtiger Grund vor.

Mittlerweile war es früher Abend geworden. Gero rechnete damit, dass das Gericht einen Beweisbeschluss zur Frage der Echtheit des befreienden Beschlusses fassen würde. Aber letztlich konnte man nie wissen. Und so arbeitete Gero sich weiter durch die Akte, las noch einmal die zuletzt gewechselten Schriftsätze, überprüfte die vorgelegten Beweismittel und fand seinen Vortrag nach wie vor schlüssig, auch wenn er im Nachhinein den einen oder anderen Satz gerne umformuliert hätte.

Nachdem er seine Vorbereitung beendet hatte, packte er die Prozessunterlagen samt seiner Robe in seine Aktentasche. Er hatte sich entschieden, morgen früh direkt von seiner Wohnung ins Landgericht zu gehen, und legte Frau Hellt eine entsprechende Notiz auf den Schreibtisch.

Kapitel 14

Die Parteien waren im Sitzungssaal vollständig vertreten und konnten bereits ihre Plätze einnehmen, da die vorangegangene Sache offenbar früher als geplant abgeschlossen worden war. Die Tür zum Beraterzimmer flog auf, und die Kammer trat in voller Besetzung ein. Alles erhob sich, um nach einem kurzen Wink des Vorsitzenden gleich wieder Platz zu nehmen. Der Vorsitzende blickte in die Runde. Er blätterte kurz in der Akte, fand dann seinen Sitzungszettel, sammelte sich kurz und fragte monoton die Anwesenheit für das Protokoll ab. Dann wurde es einen Moment still im Saal und wie aus dem Nichts richtete der Vorsitzende das Wort an Gero. Das verhieß zunächst nichts Gutes. Nach seiner Erfahrung war die Regel die, dass derjenige, der zuerst angesprochen wurde, die schlechteren Karten hatte. Der gegnerische Anwalt lehnte sich zurück, und Gero glaubte, ein Grinsen in dessen Gesicht bemerkt zu haben. Das Gericht, so der Vorsitzende, habe sich noch keine abschließende Meinung gebildet. Entscheidend komme es jedoch auf die Echtheit des Gesellschafterbeschlusses an, so dass heute wohl noch keine Entscheidung fallen könne. Vielmehr habe das Gericht vor, einen Beweisbeschluss zur Echtheit des den Mehrheitsgesellschafter vom Wettbewerbsverbot befreienden Beschlusses zu erlassen. Gero entspannte sich. Vor dem Hintergrund der mit einem Sachverständigengutachten verbundenen Kosten versuchte der Vorsitzende dann, die Chancen eines Vergleichs auszuloten. Das machte Sinn, nicht nur, weil Gerichte schon von Gesetz wegen den Abschluss vergleichsweiser Lösungen vorziehen, sondern auch deshalb, weil seinem Mandanten, egal wie dieser Prozess hier ausgehen würde, jedenfalls eine Abfindung für seine Geschäftsanteile zu zahlen war. Alles sprach also für eine wirtschaftliche Lösung, die es beiden Parteien ermöglichte, das Gesicht zu wahren.

Gero erklärte für seinen Mandanten, sich einem Vergleich grundsätzlich nicht entziehen zu wollen, nur sei es an der Gegenseite, hier ein erstes Angebot zu machen.

Dazu sah sich der gegnerische Kollege jedoch nicht in der Lage. Jedenfalls jetzt noch nicht, da die nach dem Gesellschaftsvertrag für eine Abfindung erforderlichen Zahlen noch nicht ermittelt seien. Im Übrigen ging es ihm aber noch darum, Ausführungen zur Höhe der angeblich an der Gesellschaft vorbei geschleusten Gelder zu machen. Ihm seien leider erst heute Morgen Duplikate der einschlägigen Kontoauszüge der Hausbank des Unternehmens übersandt worden, in dessen Interesse sein Mandant tätig geworden sei. Danach könne entgegen der Klageschrift sicher nicht die Rede davon sein, dass insgesamt mehr als 500.000,00 Euro dem gemeinsamen Unternehmen vorenthalten worden seien. Wenn überhaupt, dann stünden allenfalls noch 200.000 Euro zur Debatte. Der gegnerische Kollege erhob sich und begab sich mit den Kontoauszügen und vorsorglich angefertigten Kopien zur Richterbank.

Also machte auch Gero sich auf den Weg. An der Richterbank angekommen, hatte der Kollege die Kontoauszüge bereits vor dem Vorsitzenden ausgebreitet. Gero warf einen Blick darauf: Da war der Name des Unternehmens, für das die betreffende wettbewerbswidrige Tätigkeit erbracht worden war, in der Kopfzeile des Auszugs als Kontoinhaberin aufgeführt. Dann folgte die Kontonummer und gleich daneben auf derselben Zeile die Bankleitzahl des beauftragten Instituts. Darunter standen schließlich das Datum, der Betrag und der Zweck der Überweisung.

Das war es! Gero starrte auf den Auszug. Sein Kragen nahm ihm die Luft zum Atmen. Die Zahlen sprangen ihm förmlich entgegen. Seine rechte Hand krallte sich in der Richterbank fest, bis die Knöchel weiß hervortraten. Der Vorsitzende hatte den Wechsel seiner Körperspannung bemerkt und ihn angesprochen. Aber Gero reagierte erst auf die zweite Ansprache. Er brauche sich nicht aufregen, natürlich bekomme er als Klägeranwalt hinreichend Gelegenheit zur Stellungnahme.

Gero hörte kaum, was da auf ihn eingeredet wurde. Als er sah, dass sich der Anwalt der Gegenseite zurück auf seinen Platz begab, ging auch er zurück, wurde aber noch einmal zur Richterbank gerufen, weil er den für ihn bestimmten Satz der Kopien der Kontoauszüge dort liegen gelassen hatte. Das Richtergremium sah ihn unverhohlen neugierig an. Ob alles in Ordnung sei?

Gero fasste sich: „Ja selbstverständlich, danke“, brachte er ohne rechte Stimme heraus.

Ein Vergleich, so der Vorsitzende, könne danach für heute wohl ausgeschlossen werden und begann den angekündigten Beweisbeschluss ins Protokoll zu diktieren.

Gero starrte auf die Kontoauszüge. Dass er darauf nicht früher gekommen war.

Das Gericht gab der Gegenseite außerhalb des Protokolls mit auf den Weg, die Zahlen zur Ermittlung des Abfindungsguthabens beizubringen, und gewährte Gero eine zweiwöchige Frist zur Stellungnahme. Dann schloss der Vorsitzende die Verhandlung.

Gero notierte sich die Frist und beeilte sich dann, den Saal zu verlassen. Draußen setzte er sich auf einen im Flur an der Wand montierten Stuhl, öffnete seine Tasche und zog eine der Kopien heraus. Kein Zweifel, das war es: “Geschäftsgirokonto Rüttlibank 649524 BLZ 800 303 88“ war da schwarz auf weiß zu lesen. 649524 BLZ 800 303 88. 64952480030388. 38390740060195. Die Tätowierung war eine Bankverbindung: Kontonummer 383907 BLZ 400 601 95. Und plötzlich war alles wieder da. Man hatte seinem Vater 1945 im Konzentrationslager Sachsenhausen mit dem für diese Zeit und diesen Ort unter Vorspiegelung einer KZ-Identifizierungsnummer eine Bankverbindung in den Hinterkopf tätowiert. Eine Bankverbindung. Gero atmete ein paar Mal kräftig durch. Wenn es eine Bankverbindung war, dann gab es auch einen Kontoinhaber und somit auch eine Antwort auf die Frage, die seinen Vater, seinen Onkel wie auch ihn selbst ein ganzes Leben lang beschäftigt hatte: Was oder besser wer waren ihre Wurzeln? Wer war er?

Gero hatte seine Ellenbogen auf die Knie gestützt, seinen Kopf in den Händen vergraben und blickte auf seine Schuhspitzen. Plötzlich rückten zwei weitere Schuhspitzen in sein Gesichtsfeld. Eine Hand berührte seine Schulter. Gero blickte auf: Der Vorsitzende schaute ihn freundlich an. Ob er ihm helfen könne. Gero bedankte sich und gab vor, wohl etwas Falsches gegessen zu haben. Der Vorsitzende nickte erleichtert, wünschte gute Besserung und ging zu seinen wartenden Richterkollegen zurück.

Gero versuchte seiner Aufregung Herr zu werden. Er war Wirtschaftsanwalt. Wie konnte es sein, dass ihm nicht aufgefallen war, dass Länge und

Struktur der Zahl eine Bankverbindung sein konnte.

Der einzige, der ihm jetzt schnell und zuverlässig weiterhelfen konnte, war Michael, schoss es durch seinen Kopf.

Er hatte Glück, sein Freund war sofort am Apparat. Er bemerkte gleich, dass etwas passiert war. Als er Geros Erklärung hörte, entfuhr ihm ein anerkennender Pfiff. Ja, das könnte tatsächlich sein, sagte er, als er parallel zu Geros Bericht die Tätowierung als Kontoverbindung niedergeschrieben hatte: Kontonummer 383907 BLZ 400 601 95. Wahrscheinlich hatten sie die Sache von Anfang an verkompliziert, als sie der Ziffernfolge wie selbstverständlich einen Code unterstellten. Gleichwohl, befand sein Freund, hätten seine Kollegen vom LKA die Möglichkeit einer Bankverbindung nicht außer acht lassen dürfen. Dass es dennoch passiert war, läge wohl daran, dass nicht das ganze Programm abgerufen werden konnte. Michael war viel zu sehr mit der Qualität der von seinen Kollegen gezeigten Leistung beschäftigt, um auf die tiefere Bedeutung, welche diese Erkenntnis für seinen Freund und dessen Familie haben musste, zu kommen. Erst als Gero mit der Feststellung schloss, dass er jetzt womöglich die Chance habe, nunmehr endlich zu erfahren, woher er kam, war auch ihm klar, worum es eigentlich ging. Michael versprach, umgehend mit der Recherche zu beginnen und sich dann sofort wieder bei ihm zu melden. Gero bedankte sich und legte auf.

Er erhob sich, der Brocken in seinem Magen wog nicht mehr so schwer. Gleichwohl war ihm schlecht. Kalter Schweiß stand ihm auf der Stirn, und nur langsam war es ihm möglich, sich zu beruhigen. Er hatte sich etwas vorgemacht. Die ganze Zeit. Hatte so getan, als wäre er darüber hinweg, nichts über seine Herkunft, seine Wurzeln zu wissen. Jetzt wusste er, dass dem nicht so war. Er steckte nach wie vor und mehr denn je drin in dieser Dritte-Reich-Nachkriegs-Scheiße. Aber wenigstens war er nicht allein.

Jetzt stand er am Fenster und blickte nach draußen, ohne wirklich wahr zu nehmen, was er sah, als er seinen Vater anrief. Der freute sich, von seinem Sohn zu hören. Aber Gero hielt sich nicht lange mit der Begrüßung auf. Er bat seinen Vater, sich etwas zu schreiben und ein Blatt Papier zu besorgen und seine Bankverbindung aufzuschreiben. Offensichtlich hatte er dies in einem Ton getan, der seinen Vater entsprechend handeln ließ, ohne weiter nachzufragen. Gero hörte seinen Vater die Bankverbindung murmeln, während er sie aufschrieb: “Walter Steiner, Havelbank Berlin, Kontonummer 952 753 BLZ 700 205 65.“

„Und jetzt“, fuhr Gero fort, „schreib die Tätowierung darunter.“ Die Anspannung war mit den Händen zu greifen. Gero hörte aus seinem Smartphone nichts als das Atmen seines Vaters und das Kritzeln seines Bleistifts auf dem Notizzettel. Dann Stille. Drückende Stille. Zwei, drei Sekunden. Dann rief Walter Steiner nach seinem Gott. Und dann wurde die Leitung getrennt.

Gero stürmte aus dem Gericht, sprang ins Taxi und stand keine zehn Minuten später vor der Tür seines Vaters. Er klingelte, wartete aber eine Reaktion nicht ab, sondern schloss die Wohnungstür mit seinem Schlüssel auf.

Sein Vater saß in der Diele neben dem Telefon auf einem Stuhl. Er starrte auf den in seinen Händen befindlichen Notizzettel, erhob sich langsam und ging auf seinen Sohn zu. Der Zettel entglitt seiner Hand, und dann umarmten sich Vater und Sohn. Gleichzeitig brach es aus ihnen heraus. Sie weinten. Sie standen sich einander umarmend in der Diele und weinten.

Später würde Gero sagen, dass Zeit und Raum in diesem Moment stillgestanden haben. So nah waren sich Vater und Sohn zuvor nie gewesen. Und ebenfalls später waren die Tränen sowohl Gero als auch seinem Vater peinlich, so dass sie nie wieder darüber sprachen.

Die beiden kehrten zu ihrer Art des sachlichen Umgangs zurück, indem sie sich darüber Gedanken machten, was geschehen sollte, wenn Geros Vermutung sich als richtig erwies.

Und sie traf zu. Das bestätigte ihnen Michael am Telefon. Der letzte Teil der tätowierten Ziffer, also die Zahlenfolge 400 601 95 war tatsächlich die Leitzahl einer Bank, wenn auch nicht nach dem aktuellen System der Bankleitzahlen, was auch erklärte, warum seine Kollegen den Ansatz nicht weiter verfolgt hatten. Nachdem die Ziffernfolge zunächst keiner Bank zugeordnet werden konnte, hatte Michael bei seiner Recherche den Stand der Bankenkennung von vor sechzig Jahren zugrunde gelegt. Schnell war klar geworden, dass die Ziffernfolge grundsätzlich das Potential hatte, als Bankleitzahl zu dienen, wenn auch nicht für eine Bank mit Sitz in Deutschland. Deshalb hatte Michael sein Augenmerk auf das nahe liegende

Ausland gerichtet und war fündig geworden. Tatsächlich gab es eine Bank, die 1945 über die Ziffernfolge 400 601 95 zu identifizieren war. Dabei handelte es sich um die „Züricher Kantonsbank“, einer großen Handelsbank mit Hauptsitz in Zürich. 383907, der erste Teil der Zahl, müsse daher entweder die Nummer eines Kontos oder eines Schließfachs sein. Natürlich hatte Michael bereits versucht, telefonisch mehr zu erfahren, war aber mit Hinweis auf das Bankgeheimnis ebenso freundlich, wie bestimmt auf den Dienstweg verwiesen worden. Natürlich.

Gero bedankte sich abermals bei seinem Freund und erzählte seinem Vater die Neuigkeit. Vater und Sohn blickten sich an und dachten ganz offensichtlich dasselbe: Sie mussten nach Zürich.

Kapitel 15

Das letzte Mal war Gero mit seinem Vater in der Kindheit verreist. Damals lebte die Mutter noch. Wahrscheinlich war es irgendwohin an die See gegangen. Wenn er an die Familienreisen zurückdachte, sah er immer Bilder von Sonne, Strand und Meer, endlosem Meer. Auch wenn die Familie über die Jahre nicht immer an denselben Ferienort gefahren war, so lagen die Ziele doch stets am Meer. Dann war die Zeit gekommen, in der Gero ohne die Eltern über den örtlichen CVJM verreiste. Dies, obwohl die Familie Steiner nicht wirklich einen christlichen Lebensstil pflegte, aber das war das einzige Angebot am Ort gewesen, wenn Kinder ohne ihre Eltern verreisen wollten. Das waren Ferienlager mit allem Drum und Dran: unglaublich lange Busfahrten zum Zielort irgendwo in Deutschland, meistens in Bayern, Wanderungen, Schnitzeljagden, Lagerfeuer, Grillen, Liederabende, Mutproben und Ausflüge. Rückblickend hatte Gero sich hier immer wohl gefühlt. Später als Jugendlicher war er allein, also entweder mit seinen Freunden oder mit seiner jeweiligen Freundin verreist. Zuerst mit dem Mokick und später dann mit dem Motorrad, einer unglaublich eleganten silberfarbenen Suzuki GS 400, einem Viertakter mit 27 PS. Gero erinnerte sich gerne an die nicht enden wollenden Diskussionen mit Michael, der einen Zweitakter, eine 250er Yamaha fuhr und überhaupt kein Verständnis dafür aufbringen konnte, wie Gero sich für eine Nähmaschine wie die 400er Suzi begeistern konnte.

Und jetzt sollte Gero wieder mit seinem Vater verreisen. Geros Vater war sofort Feuer und Flamme gewesen. Dabei hatte Gero den Eindruck, als wäre seinem Vater die Nähe zum Sohn ebenso wichtig wie der Anlass der Reise. Wenn Gero sich befragte, war er sich nicht schlüssig über seine Gefühle. Aber sein Vater nahm ihm ziemlich schnell seine Unsicherheit, in dem er die Organisation in die Hand nahm. Walter Steiner hatte vor, im „Baur au Lac“ abzusteigen, einem Fünf-Sterne-Haus, das in zentralster Lage mit Privatpark am Zürichsee lag, und einen wunderbaren Blick auf den See und die Alpen bot. Gero stutzte. Er hatte im „Baur au Lac“ vor Jahren einmal eine Besprechung gehabt, und war von dem Hotel, seiner Einrichtung und seinem Service, aber auch von seinen Preisen beeindruckt gewesen. In diesem Zusammenhang stellte Gero fest, dass er eigentlich nichts über die wirtschaftlichen Verhältnisse seines Vaters wusste. War Walter Steiner reich oder vermögend? Er wusste es nicht. Wenn er den Lebensweg seines Vaters betrachtete, sollte schon etwas hängen geblieben sein. 30 Jahre Bayer Leverkusen, das Reihenhaus seiner Kindheit, da musste schon etwas auf der hohen Kante liegen, zumal seine Eltern nicht verschwenderisch gelebt hatten. Andererseits, wie gut kannte er seinen Vater wirklich? Sie hatten nie über seine Finanzen gesprochen, und letztlich ging es ihn ja auch nichts an. Als sein Vater das „Baur au Lac“ vorschlug und das Zögern seines Sohnes bemerkte, sagte er, dass er selbstverständlich die Hotelkosten übernehme. War es das, was Gero wollte? Einerseits, andererseits: Gero konnte sich das Luxushotel leisten. Es ging ihm wirtschaftlich gut. Sicher, er könnte besser dastehen, aber er hatte sich vor langer Zeit, als er noch mit Julia zusammen war, grundsätzlich entschieden, Geld nicht anzuhäufen, sondern auszugeben. Schließlich hatte er jetzt die Zeit und die Gelegenheit, die damit verbundenen Annehmlichkeiten zu genießen und er hatte keinen Erben. Für wen oder was also die Erfüllung seiner Träume auf später verschieben? Der Freundeskreis seiner Eltern zeigte, dass nicht eines dieser Paare, soweit beide überhaupt noch lebten und zusammen waren, aus gesundheitlichen oder aus anderen persönlichen Gründen in der Lage war, den Lebensabend wie geplant, etwa auf gemeinsamen Reisen zu verbringen. Irgend etwas war immer dazwischengekommen. Und so saßen diese Paare in ihren mittlerweile viel zu großen Häusern, deren Erhalt sie ebenso wie die Pflege des dazugehörenden Gartens überforderte und ließen die Zeit verrinnen. Gero hatte eine andere Planung. Er nahm in Kauf, länger zu arbeiten und weniger im Alter zu haben, hatte aber dafür mit Julia am Fuße der Pyramiden gestanden, den Atlantik mit der Queen Elisabeth 2 überquert, Europa bereist, New York gesehen und das eine oder andere Mal Porsche gefahren, wenn auch nur gemietet. Wieder musste Gero grinsen. Das mit dem Porsche fahren hatte jedes Mal zu einiger Diskussion mit Julia geführt. Natürlich war das mit dem Porsche ein Spleen, aber von Zeit zu Zeit brauchte er das Fahren mit einem 911er schlicht für sein Ego. Und tatsächlich hatte er viel Spaß mit den jeweiligen Autos gehabt. Julia nicht. Sie mochte die Art, wie er dann fuhr, nicht und sie konnte sein Vergnügen auch nicht nachvollziehen, aber wahrscheinlich störte sie vielmehr die Motivation, die ihn zur Anmietung des Sportwagens bewog, nämlich schlicht Angeberei, wie sie fand.

Aber im Prinzip hatte Gero eine ganz gesunde Balance zwischen Geldeingang und Ausgeben gefunden. Was Zürich anging, legte er Wert darauf, sein Zimmer selbst zu bezahlen, denn schließlich war er erwachsen. In einem waren sich die beiden sofort einig. Sie wollten die Reise so schnell als möglich angehen, um Licht in das Dunkel zu bringen.

Über das Internet buchte Gero bei Air Berlin die zwei Hin- und Rückflüge. Er liebte diese Art der Geschäftsabwicklung: Einfach, präzise und schnell. Im Hotel „Baur au Lac" reservierte er zwei ruhige Nichtraucherzimmer mit See- und Alpenblick und bat um Bestätigung der Buchung per Telefax unter seiner Kanzleinummer. Dann rief Gero bei der Züricher Kantonsbank an. Als er seinen Namen und die Kontonummer genannt und darum gebeten hatte, mit dem zuständigen Kontosachbearbeiter verbunden zu werden, erfuhr er, dass die Bank ihr Privatkundengeschäft dezentral organisiert hatte, und daher jeder der kontoführenden Sachbearbeiter der Bank zuständig sei, es sei denn, man spräche über ein Vermögen von mehr als 25 Millionen Schweizer Franken. Eine Pause entstand. Ob er denn einen Kundenberater namentlich benennen könne. Wenn nicht, sei es das Beste, persönlich vorbei zu kommen, dann würde man weitersehen. Die Bank sei jedenfalls am Freitag während der üblichen Öffnungszeiten geöffnet, und man freue sich, ihn, Herrn Gero Steiner, persönlich begrüßen zu dürfen.

Nach fünfzehn Minuten war alles erledigt. Gero rief seinen Vater an, der sich für die Information bedankte und dann erklärte, sich um das kulturelle Programm zu kümmern, schließlich habe man ja den ganzen Samstag und fast den ganzen Sonntag Zeit. Gero enthielt sich eines Kommentars und beschloss, den Tatendrang seines Vaters erst einmal hinzunehmen und abzuwarten, was dabei herauskommen würde. In zwei Tagen würden sie in Zürich sein und dann würde er schon sehen.

Am Tag vor der Reise musste er seinem Vater aber doch Einhalt bieten, als der ihn allen Ernstes daran erinnern wollte, seine Klettersachen nicht zu vergessen. Klettern? Er? Bei nur zwei Tagen in Zürich? Ausgeschlossen. Gero beschwor seinen Vater, nicht mehr mitzunehmen, als in das Handgepäck passte, schon um zu vermeiden, stundenlang auf Gepäck warten zu müssen. Er würde allerdings seine Laufsachen mitnehmen und vielleicht hätte sein Vater ja auch Spaß daran, es einmal mit Laufen zu probieren. Walter Steiner gab sich geschlagen. Aber, ob er auf das Angebot seines Sohnes eingehen würde, wusste er noch nicht.

Am nächsten Morgen trafen sich Vater und Sohn froh gelaunt und rechtzeitig im Flughafen Berlin-Tegel gleich am Gate und checkten gemeinsam ein. Sie hatten Glück. Die Dame am Schalter hatte ein Einsehen mit den zwei vor ihr stehenden, körperlich langen Fluggästen und entschied ohne viel Aufhebens, ihnen Plätze in der ersten Sitzreihe, jeweils am Gang, zuzuweisen, die sie über das Internet nicht hatten reservieren können. Gero hätte sie umarmen können. Was hatte er schon für Diskussionen geführt, wenn ihm ohne plausible Erklärung gesagt wurde, dass es ungeachtet seiner Körpergröße leider nicht möglich sei, ihn auf einen für ihn bequemen Sitz in der ersten Reihe im Flieger oder am Notausgang hinzusetzen. Reine Schikane, wie er fand. Dass es heute anders war und der Tag gut begann, deutete er als ein gutes Omen für das, was seinem Vater und ihm bevorstand.

Etwa zehn Minuten nach der Landung in Zürich-Kloten nahm Gero bereits die Schlüssel seines Mietwagens entgegen, den Frau Hellt für seinen Zürich-Aufenthalt gebucht hatte. Bei Anblick der beiden langen Männer vor ihrem Schalter hatte auch diese Mitarbeiterin Mitleid und stellte ihnen eine Mercedes Limousine mit Navigationssystem zur Verfügung, obwohl Gero nur einen Kleinwagen hatte reservieren lassen. Das lief ja ausgesprochen gut an.

Gero war nicht oft in Zürich gewesen und sein Vater, wie sich herausstellte, auch nicht. Tatsächlich hatten seine Eltern, wie ihm sein Vater auf dem Hinflug erklärt hatte, vor Jahren einmal im „Baur du Lac“ residiert. Walter Steiner war seinerzeit zum Abteilungsleiter befördert worden und das war ihnen diese Reise wert gewesen. Und er ließ keinen Zweifel darüber aufkommen, dass diese eine Woche im „Baur au Lac“ zu der schönsten Zeit zählte, die er mit seiner Frau erleben durfte.

Nach einer halben Stunde Fahrtzeit parkten sie vor dem Eingang des Hotels, überließen die Schlüssel einem Pagen, nahmen die beiden Reisetaschen vom Rücksitz, checkten ein und inspizierten die Zimmer. Geros Erwartungen wurden nicht enttäuscht. Alles war vom Feinsten: die Möbel, die Teppiche, die Bilder an den Wänden. Frische Blumen auf dem Tisch, daneben eine Willkommenskarte, die ihn namentlich begrüßte. Im Badezimmer registrierte er dicke Handtücher unterschiedlichster Größe ohne den nervigen Hinweis, sie nach der Benutzung wieder an den Haken zu hängen, um Wäsche zu sparen.

Gero öffnete die Tür zu seinem kleinen Balkon. Ein Wahnsinnsblick über den See bis hin zu den Alpen, die zum Greifen nah erschienen. Er atmete tief. Hier würde er sich wohlfühlen. Das „Baur au Lac" war tatsächlich ein Ort, an dem man sich, wie es schien, wunderbar entspannen konnte.

Gero sah auf die Uhr. Er musste sich beeilen, wenn er seinen Vater nicht warten lassen und einen Vortrag riskieren wollte. Zwei Minuten vor der Zeit stand er in der Hotelhalle und schüttelte lachend den Kopf, als Walter Steiner auf ihn zu kam. Er hatte sich für eine Wanderkluft entschieden: Brauner Anorak, Rucksack, rotweiß kariertes Hemd, beige Knickerbocker, wadenlange Strümpfe, Wanderschuhe und natürlich seinen Fotoapparat, eine Spiegelreflexkamera von nicht unerheblicher Größe. Aber sie waren nicht zum Wandern verabredet. Sie wollten zur Bank, um zu erfahren, wer das Konto seiner Zeit eröffnet hatte und sich bestenfalls über ein paar Milliönchen freuen, danach irgendwo Mittagessen, bevor sein Vater sich hinlegen sollte. Und am Nachmittag ein Gang durch die Altstadt rund um das berühmte Fraumünster. Aber gut, jeder so, wie er will.

Die Züricher Kantonsbank präsentierte sich wenig einladend. Kleine Fenster, eingelassen in eine hohe Fassade dunklen Mauerwerks, signalisierten dem Passanten eher draußen zu bleiben als reinzukommen. Da half auch der gläserne Eingangsbereich nichts, zumal sich keine Schalterhalle anschloss. Offensichtlich rechnete man hier nicht mit regem Publikumsverkehr.

Die Empfangsdame schenkte den beiden Herren, die unterschiedlicher nicht sein konnten, ein freundliches, fast nachsichtiges Lächeln, bevor sie fragte, womit sie helfen könne. Gero nannte seinen Namen, den seines Vaters und den Grund ihres Besuches, etwas über das Konto der Nummer 383907 erfahren zu wollen. Die sehr freundliche Dame nickte, Steiner, selbstverständlich, der Name stehe auf ihrer Liste. Sie bat Vater und Sohn, Platz zu nehmen und um ein wenig Geduld. Herr Dr. Durli würde sofort zu ihnen kommen.

Wie aus dem Nichts stand Dr. Durli dann vor ihnen, stellte sich vor und bat Vater und Sohn, ihm in den Besprechungsraum zu folgen. Hinter dem Eingangsbereich überraschte die Bank mit zeitgenössischer internationaler Kunst, heller, moderner Einrichtung und einem wirklich atemberaubenden Blick über die Stadt. So abweisend, wie sich die Bank zur Straße hin gab, so weltoffen präsentierte sie sich auf der Rückseite des Gebäudes.

Sie hatten in einem großzügigen Raum an einem USM-Haller Tisch auf ebenso unvermeidlichen Charles Eames Stühlen Platz genommen, als Dr. Durli Vater und Sohn Steiner noch einmal herzlich im Namen der Bank begrüßte. Er erkundigte sich nach der Reise und stellte fest, dass es ihn immer wieder erstaune, wo man überall um 12:00 Uhr in Europa sein konnte, wenn man nur früh genug aufbrach. Dann beglückwünschte er die Steiners zu deren Hotelwahl und berichtete, dass sich das „Baur au Lac" seit dessen Eröffnung im Jahr 1844 in Familienbesitz befinde. Genug des Small -Talks, fand Gero, und brachte sein und seines Vaters Anliegen noch einmal vor, ohne jedoch die Tätowierung seines Vaters zu erwähnen.

Dr. Durli verstand. Er hörte aufmerksam zu und kam seinerseits schnell zu Sache. Ja, soviel könne er sagen, die Nummer 383907 werde in ihrem Hause geführt, jedoch bezeichnete sie nicht ein Konto, sondern ein Schließfach. Um genauer zu sein: ein Dokumenten-Schließfach, soviel könne er sagen. Das Problem sei hier nicht die Nummer, sondern die Tatsache, dass sich der rechtmäßige Inhaber nicht über die Nummer allein, sondern über ein dazugehörendes Kennwort zu legitimieren habe, er also eine Öffnung des Schließfachs nur ermöglichen könne, wenn ihm Nummer und Kennwort genannt würden.

Gero ließ die Worte auf sich wirken. Über ein zusätzliches Kennwort hatte er sich zuvor keine Gedanken gemacht. Dazu hatte auch keine Veranlassung bestanden. Er schaute seinen Vater an, der nur mit den

Achseln zuckte.

Dr. Durli erklärte weiter, dass das Schließfach im März 1945 hier bei der Züricher Kantonsbank für die Dauer von 100 Jahren angemietet und bezahlt worden sei, also noch rund vierzig Jahre im Keller der Bank vorgehalten werde. Nein, so fuhr Dr. Durli auf die Frage Walter Steiners fort, dies sei nicht ungewöhnlich, die Mehrzahl ihrer Kunden belegten ihre Schließfächer über Generationen. Dies sei den auf den Friedhöfen der Stadt befindlichen Familiengruften ähnlich, die auch über Generationen im Besitz einer Familie blieben. Bei Schließfächern dieses Alters böte der Zugang über die Nummer und ein Kennwort eine zusätzliche Sicherheit, weil der Kontoinhaber oft nicht gewusst hätte, ob und wie er das Kriegsende überleben würde. Ein zweiter Schlüssel als Zugangsvoraussetzung hätte verloren gehen und letztlich nur als Ballast empfunden werden können, so dass die Banken die Kennwort-Lösung angeboten hätten. An diese Gepflogenheiten müsse sich die Bank auch heute noch halten, auch wenn er natürlich verstehen könne, wie ärgerlich das für die Familie Steiner sein müsse. Nein, das gehe natürlich nicht, den Namen des Mieters zu nennen, Bankgeheimnis, das müsse Gero Steiner als Rechtsanwalt doch verstehen, rutschte es Dr. Durli heraus.

Gero horchte auf, man hatte sich also über ihn erkundigt. Man wusste, wer er war und was er machte, soviel war klar. Allenfalls die Anwesenheit seines Vaters könnte hier für Überraschung gesorgt haben. Nichts desto trotz war an der Position des Bankers nichts auszusetzen. Wenn zur Öffnung des Schließfachs ein Kennwort erforderlich war, dann war die Bank bis zum Ablauf der Mietzeit des Schließfachs daran gebunden, und wenn sie tausendmal die richtige Nummer wussten. Gero überlegte.

Nein, es sei kein Problem, noch einmal wiederzukommen, wenn die Sache mit dem Kennwort gelöst sei, erwiderte Dr. Durli auf die Frage Walter Steiners. Es sei wie bei einem Reinigungszettel: Wer den Zettel hat, bekommt den Pelz, versuchte sich Dr. Durli in Humor. Woher der Zettel käme, interessiere hier ebenso wenig wie das Wissen darüber, wie jemand zu dem Kennwort gekommen sei. Wer Schließfachnummer und Kennwort nenne, dem werde der Safe geöffnet. Und ja, sie könnten es in Anbetracht der Umstände gerne auch mit einer Liste von Kennwörtern versuchen.

Dann war die Unterredung beendet.

Dr. Durli geleitete Walter und Gero Steiner zum Eingangsbereich zurück, wünschte den beiden viel Glück bei ihren Bemühungen, noch eine gute Zeit in Zürich und verabschiedete sich.

Kapitel 16

Zur gleichen Zeit legte Bankdirektor Dr. jur. Ferdinand Zerhagen vier Stockwerke über dem Besprechungsraum den Telefonhörer auf die Gabel zurück.

Er hatte die Besprechung seines Mitarbeiters Durli mit den Herren Steiner über die Abhöranlage mitverfolgt und hatte keine Zweifel: Es war tatsächlich ein Code 45. Was das bedeutete, war klar.

Ferdinand Zerhagen rief sich die Geschichte des Codes in Erinnerung. Ende 1945 lagen bei den 63 größten Schweizer Banken bilanzwirksame ausländische Guthaben im Gesamtwert von 1335.5 Mio. Schweizer Franken. Bei einem Großteil dieser Guthaben handelte es sich um sogenannte nachrichtenlose Vermögen. Per Definition der Schweizerischen Bankiervereinigung waren dies Konti/Guthaben, die vor dem 9. Mai 1945 eröffnet/hinterlegt wurden und seit diesem Datum keine Benachrichtigung, respektive Transaktion mehr erfahren hatten. Und genau das traf auf das Schließfach der Nummer 383907 zu. Bis jetzt hatte sich niemand darum gekümmert, aber dann hatte vor einigen Tagen erst dieser Hauptkommissar aus Deutschland, Michael Berger, und dann der Rechtsanwalt Gero Steiner aus Berlin mehr darüber wissen wollen.

Zerhagen überlegte. Er hatte die Geschäftsführung der Züricher Kantonsbank Anfang der 60er Jahre übernommen und in all den Jahren ein Gespür dafür entwickelt, wenn Unannehmlichkeiten das Ansehen der Bank Gefahr bedrohten. Und jetzt hatte er das sichere Gefühl, dass die beiden Anrufe aus Deutschland nichts Gutes bedeuteten. Obwohl: historisch betrachtet war der Finanzplatz Schweiz schon immer ein sicherer Ort für Fluchtkapital. Eine besondere Note erhielt diese Tatsache dadurch, wenn man sich vergegenwärtigte, dass Fluchtkapital sich stets aus zwei Komponenten zusammensetzt. Nämlich einerseits aus Kapital von Opfern, die ihr Geld und sonstigen Vermögenswerte vor unberechtigtem Zugriff sichern möchten, und andererseits aus Tätern, die ihr erbeutetes Geld sicher zu verstecken versuchen. Und so lagen in der Welt des Geldes die Güter der Täter und Opfer einträchtig nebeneinander, während außerhalb der Tresore ein Kampf ums nackte Überleben tobte. Das Bankgeheimnis vor und während des zweiten Weltkrieges war für viele Kunden, für Täter und Opfer der Naziherrschaft gleichermaßen, ein entscheidender Grund dafür, ihre Vermögenswerte in die Schweiz zu transferieren, weil Nummernkonten und ähnliche Kontoarten, aber auch Schließfächer, eine Zuflucht für Kapitalsicherung boten. Und genau dieser Schutz erschwerte die Suche der Hinterbliebenen, eventuell geerbte Vermögenswerte aufzufinden. Dass das Bankgeheimnis sich in dieser Situation gegen die Opfer wandte, interessierte die Schweizer Banken nur am Rande.

Zerhagen lächelte. Hatte er doch in unzähligen Konferenzen an der Entwicklung von Strategien mitgewirkt, um die Zuordnung nachrichtenlosen Vermögens weiter hinauszuzögern und zu erschweren. Erst 1962 beugte sich die Schweizer Regierung dem zunehmenden internationalen Druck in dieser Angelegenheit. Es kam zu dem am 20. Dezember 1962 abgesegneten Beschluss über die Meldepflicht von erblosen Vermögen, der am 1. September 1963 in Kraft trat. Danach galt, dass die Banken und andere Vermögensverwalter bis Ende Februar 1964 Zeit hatten, betroffene Vermögen, deren letztbekannte Eigentümer Ausländer waren, von denen seit dem 9. Mai 1945 zuverlässige Nachrichten fehlten, und von denen man wusste oder vermutete, dass sie Opfer rassischer, religiöser oder politischer Verfolgung geworden waren, bei einer extra geschaffenen Meldestelle anzugeben. Aber seine Kollegen und er selbst auch hatten auch diese Klippe im Interesse des schweizerischen Bankplatzes erfolgreich umschiffen können. Tatsächlich waren bis Ende Februar 1964 von schweizerischen Finanzinstituten Guthaben im Wert von lediglich 9,5 Millionen Schweizer Franken gemeldet worden. Dies auch deshalb, weil die schon kurze Zeit später aufgekommenen ersten Zweifel, dass die Mehrzahl der Banken ihrer Meldepflicht nicht oder nicht vollständig nachgekommen seien, folgenlos blieben, obwohl sie berechtigt waren, wie Zerhagen nur zu gut wusste. Denn den Banken, Versicherungen und anderen Vermögensverwaltern war es erfolgreich gelungen, neben dem Bankgeheimnis mit einem Vertrauensschaden zu Lasten der Schweiz zu argumentieren. 1975 wurde das Gesetz schließlich außer

Kraft gesetzt. Dies mit der zu erwartenden Folge, dass nach der Auflösung der Meldepflicht es immer stiller um die nachrichtenlosen Vermögenswerte wurde.

Damals wurde in dem nichtöffentlichen Teil der jährlichen Konferenz der in der Schweizerischen Bankversammlung zusammengeschlossenen Großbanken des Landes der Code 45 beschlossen. Er betraf die nachrichtenlosen Vermögen der Banken, welche diese entgegen der Anmeldepflicht der Meldestelle nicht angezeigt hatten. Dabei handelte es sich aus naheliegenden Gründen ausschließlich um Großvermögen, welche die Banken nicht zugunsten von Opferverbänden oder anderer internationaler gemeinnütziger Einrichtungen aufgeben, sondern in ausschließlich eigenem wirtschaftlichem Interesse mehren wollten. Schließlich war man der Meinung, der Zentralstelle für Flüchtlingshilfe mit insgesamt 1‘060‘035 Schweizer Franken beziehungsweise dem Israelitischen Gemeindebund mit 2‘120‘067 Schweizer Franken und anderen Berechtigten mit 1,3 Mio. Schweizer Franken genug überwiesen zu haben. Warum sonst waren von den im Verlaufe der Jahre gemeldeten Vermögenswerten von insgesamt 10,757 Mio. Schweizer Franken rund die Hälfte wegen Nichtzuständigkeit der Meldestelle an die Vermögensverwalter zurückgeflossen?

Zerhagen verwunderte das bis heute nicht sonderlich, denn es lag weitestgehend im Dunkeln, um was für Werte es sich bei den Vermögenswerten im Einzelnen handelte, wenn auch punktuell gewisse Mutmaßungen möglich waren. Aber welcher Herkunft all die Gelder und Güter waren, welche die Banken in den Tresoren seit Kriegsende horteten, war das Geheimnis der Konto- und Schließfachinhaber. Dabei wollte es die Bankversammlung letztlich so genau auch nicht wissen, man wollte nur Sicherheit erhalten, das hieß, man wollte sich nicht als Verwahrer illegaler Nazi-Gelder an den Pranger gestellt wiederfinden. Der Code 45 besagte folgendes: Wann immer jemand nach einem nachrichtenlosen Konto oder Schließfach fragte, so der Beschluss der Direktoren, sollte man sich über eine Telefonkette informieren. Von Direktor zu Direktor. Nichts Schriftliches. Der Code 45 sollte als solcher ausdrücklich ausgerufen, der Zeitpunkt der Kontaktaufnahme, die Nummern der betroffenen Konten oder Schließfächer und die Namen der Kontaktpersonen sollten genannt werden. Sonst nichts. Dann sollte jede Bank über etwaige Konsequenzen aus dem Code 45 für sich entscheiden. Eine weiterführende Auseinandersetzung über den jeweiligen Code 45 war nicht vorgesehen, und hatte in den letzten Jahren, soweit Zerhagen sich erinnern konnte, auch nicht stattgefunden. Vielleicht hatte der Code 45 sich deshalb so gut bewährt. Niemand wusste Genaues, niemand konnte der Mitwisserschaft bezichtigt werden, wenn die eine oder andere Bank in der Vergangenheit der Verwahrung illegaler Nazigelder bezichtigt wurde. Aber jede einzelne Bank wurde über die Information, dass ein Code 45 vorläge, Zeit genug bekommen, etwaige Spuren in Zusammenhang mit den Kontaktdaten des einzelnen Codes in ihrem Hause zu verwischen. Und so würde es auch dieses Mal laufen, nur sicher war sich Zerhagen auch jetzt nicht. Dafür war der Name des Inhabers des Schließfachs zu gefährlich.

Für Zerhagen war es an der Zeit, die Telefonkette in Gang zu setzen. Dr. Richard Grechtler Junior, jetzt Ende sechzig, Direktor der Rüttlibank, ebenfalls mit Sitz in Zürich, glaubte seinen Ohren nicht getraut zu haben. Ein Code 45. Jetzt, nach so viel Jahren der Ruhe! Der Name des Inhabers der von ihm verwalteten nachrichtenlosen Konten, zu denen ein Zugang nur über das Schließfach bei der Züricher Kantonsbank möglich war, hatte sich in sein Bewusstsein eingebrannt wie kein anderer Name seiner Kunden: Kaim. Das Besondere an diesem Kunden war, dass er es geschafft hatte, sich zu Lebzeiten dem Rampenlicht erfolgreich zu entziehen. Dabei war er, wie es die Erforschung des Dritten Reichs gezeigt hatte und wie Grechtler nur zu gut wusste, einer der schlimmsten Naziverbrecher gewesen. Grechtler Junior hatte von seinem Vater, der Kaim noch persönlich begegnet war, davon gehört, auch selber darüber gelesen, aber das war lange her.

Und jetzt sollte das Schließfach von Kaim bei der Züricher Kantonsbank zum Leben erweckt werden. Wieso? Nach allem, was seine Recherchen ergeben hatten, war Kaim kinderlos und ohne Verwandtschaft gestorben. Dass sich jetzt jemand meldete, konnte nichts Gutes bedeuten, nicht für ihn selbst, nicht für die Rüttlibank. Grechtler Junior wusste nur zu gut: Hier konnte es um alles gehen. Noch war die Rüttlibank nicht in das Visier der Anfrage gerückt, das betreffende Schließfach in der Züricher Kantonsbank noch nicht geöffnet worden, jedenfalls nicht von einem Berechtigten. Das war seine Chance. Die Chance der Bank. Dass die Anfrage nach den

Konten Kaims nicht unmittelbar an die Rüttlibank gerichtet, sondern über die Züricher Kantonsbank erfolgen würde, konnte nur eines bedeuten: In dem Schließfach dort musste die Zugangsberechtigung für die Kaim-Konten in seinem Hause liegen. Was er also brauchte, war das Kennwort. Zusammen mit der Nummer konnte er selbst die Öffnung des Schließfaches veranlassen, der Zugangsberechtigung habhaft werden und damit die Gefahr bannen.

Zeit war nicht zu verlieren. Er musste jetzt handeln, damit die Angelegenheit nicht eskalierte. Sein Körper straffte sich und entschlossen nahm er sein persönliches Notizbuch zur Hand, suchte nach einer bestimmten Telefonnummer und wählte.

Kapitel 17

Gero und Walter Steiner gingen die Bahnhofstraße bis zum Bürkliplatz hinauf, überquerten den Zürichsee über die Quaibrücke, hielten sich dann links und waren an ihrem Ziel angekommen: Das Restaurant Kronenhalle. Walter Steiner hatte darauf bestanden, handelte es sich bei der Kronenhalle doch um jenes legendäre Restaurant, das nicht nur für seine Küche, sondern auch für seine Kunstsammlung bekannt war. Wo sonst war es Normalsterblichen schon möglich, unter einem echten Varlin oder Picasso zu speisen.

Sie gaben ihre Bestellung auf und dann war es Walter Steiner, der sagte, jetzt sei der Zeitpunkt gekommen, seinen Bruder Moshe in Israel anzurufen.

Gero nickte, auch wenn er befürchtete, dass ihm neuer Ärger drohte. Genau genommen waren sie jetzt da, wo sie gestanden hatten, als sie von der Tätowierung erfahren hatten. Bloß aufgeben konnten sie nicht mehr.

Moshe Liebermann war direkt am Apparat. Gero hörte seinen Vater von der Tätowierung und deren Bedeutung erzählen und konnte dann den fragenden und vorwurfsvollen Blick seines Vaters nur hilflos erwidern. Ja, er hatte mit Moshe schon über die Tätowierung gesprochen, allerdings, bevor er seinem Vater das Versprechen gegeben hatte, den Kreis der Eingeweihten nicht zu erweitern.

Walter Steiner legte das Smartphone schweigend auf den Tisch, ordnete in aller Ruhe das Besteck vor sich und ließ seinen Sohn zappeln. Gerade als Gero anhob, seinen Vater nach Moshes Antworten zu befragen, unterbrach dieser ihn mit der Bemerkung, dass er doch ohnehin schon alles wisse: Moshe sei nicht tätowiert und hielte das mit der Tätowierung ohnehin für groben Unfug.

Erleichtert stellte Gero fest, dass sein Vater ihm nicht böse zu sein schien. Anscheinend hatte er begriffen, wie sehr er von der ganzen Angelegenheit überrumpelt worden war.

Moshe hätte gesagt, fuhr Walter Steiner fort, dass endlich Schluss sein müsse mit dem Bohren nach den Wurzeln und er hätte empfohlen, sie sollten ihre lebhaften Phantasien kreativ nutzen, statt sich im Rahmen pseudo kriminalistischer Untersuchungen aufs Glatteis führen zu lassen. Ach ja, und dann hätte Moshe noch geraten, dass sie ihre Koffer packen und nach Hause fahren sollten. Da sein Bruder von einem Kennwort nichts zu wissen schien, müssten sie nun woanders suchen, um es in Erfahrung zu bringen, sagte er.

Gero schaute seinen Vater bewundernd an. Er ließ sich nicht klein kriegen, jetzt wollte er es genauso wissen wie er selber. Gut, er persönlich hatte Spaß an Kriminalromanen oder am sonntäglichen Tatort, aber hier ging es um die Wirklichkeit und sie waren mitten drin. Aber was beide hassten, waren unabgeschlossene Fälle. Zum ersten Mal dachte Gero, dass er doch viel mehr mit seinem Vater gemeinsam hatte als er immer geglaubt hatte.

Vater und Sohn machten sich daran, eine Liste mit Wörtern zu erstellen, die sie am anderen Tag in der Bank versuchen wollten: Sachsenhausen, Gold, Hitler, SS, aber auch Zion, Jerusalem, Jahwe, Thora und Berlin waren einen Versuch wert.

Anschließend schlug Gero vor, den Fall einmal juristisch aufzuarbeiten. Er war zwar kein Bankrechtler, aber er konnte sich nicht vorstellen, dass es angesichts der besonderen Umstände um das Schließfach der Nummer 383907 bei der Züricher Kantonsbank keinen juristischen Weg geben sollte, die Bank zur Auskunft zu zwingen.

Egal, was dabei herauskäme, die Sache mit der Tätowierung hätte auch etwas Gutes bewirkt, nämlich ihre Annäherung, sagte Walter Steiner.

Gero merkte, wie er errötete. Ihm war es peinlich, dass sein Vater ihren sachlichen Bemühungen eine emotionale Wendung gab. Er murmelte etwas von, das sei doch selbstverständlich und er freue sich auch und drängte dann zum Aufbruch. Als er neben seinem Vater in Richtung Hotel ging, dachte er, dass er sich ihm noch nie so nah gefühlt hatte wie jetzt. Und das machte ihn glücklich.

Kapitel 18

Sein Vater hatte sich zurückgezogen. Gero hatte Zeit. Das Wetter war fantastisch, der See lag vor der Tür, was gab es Besseres, als zu laufen.

Zehn Minuten später hatte er das Seeufer erreicht und wusste, dass er sich richtig entschieden hatte. Er hatte seinen Rhythmus gefunden und lief jetzt wie ein Uhrwerk. Gero blickte über den See auf das Alpenpanorama, das fast wie eine Filmkulisse wirkte. Zu perfekt, um wahr zu sein und doch real. Plötzlich war er sich sicher, dass am Ende alles gut würde. Sie würden das Kennwort irgendwie herausbekommen und wenn er die Bank vor Gericht zerren würde. Nachdem, was sie heute wussten, musste es dem Verursacher der Tätowierung darum gegangen sein, die Nachricht über das Schließfach, dessen Ort und Zugangsberechtigung für die Nachwelt zu erhalten. Wenn der Tätowierer aber wollte, dass sein Vater irgendwann einmal Zugang zu dem Schließfach erhalten sollte, dann musste er auch das Kennwort so hinterlassen, dass sein Vater die realistische Chance hatte, darauf zugreifen zu können. Sein Schritt verlangsamte sich, ohne dass er das bemerkte. Sein Vater hatte aber keine zweite Tätowierung.

Gero verfiel in ein schnelles Gehen. Wem aber konnte das Kennwort sonst in die Haut geritzt worden sein? Jemand, von dem er wusste, dass der Kontakt zu der betreffenden Person mit großer Wahrscheinlichkeit nicht abreißen würde. Jetzt war er stehen geblieben. Es gab nur diese eine Lösung. Alles andere machte keinen Sinn. Sich selbst zu tätowieren, schied aus, denn allem Anschein nach sah sich der Täter nicht als geeigneten Träger der Zugangsdaten für das Schließfach an. Das Kennwort musste dem Zwillingsbruder seines Vaters, seinem Onkel Moshe mit auf den Weg gegeben worden sein. Alles sprach dafür, dass der Tätowierer davon ausgegangen war, dass Walter Steiner Sachsenhausen lebend verlassen würde und damit hatte er Recht behalten. Sein Vater hatte überlebt. Und so muss es wahrscheinlich gewesen sein, dass auch Moshe das Konzentrationslager überleben würde. Alles andere machte keinen Sinn. Sein Onkel, Moshe Liebermann, musste eine Tätowierung haben und wusste nichts davon. Schließlich war die seines Vaters auch über sechzig Jahre unentdeckt geblieben.

Gero drehte um. Er beschleunigte sein Tempo. Er wollte so schnell wie möglich ins Hotel zurück, um seinen Vater, wenn es sein musste, zu wecken und mit ihn gemeinsam seine Überlegungen noch einmal durchzugehen. Je mehr er darüber nachdachte, umso sicherer war er sich. Das Kennwort musste über seinen Onkel heraus zu bekommen sein.

Ob es möglich war, dass er etwas wusste und sie nur nicht einweihen wollte? Was hatte er noch einmal gesagt, dass Schluss sein müsste mit dem Bohren nach den Wurzeln? Egal, er war entschlossen, seinen Vater dazu zu bringen, den Onkel eindringlich anzugehen. Noch einmal würde er sie nicht abweisen. Er musste sie weiterbringen, in welche Richtung auch immer.

Zurück im Hotel, eilte Gero durch die Halle in Richtung Aufzug, aber es war keiner da. Warten. Dann musste er erst eine Frau und zwei Männer aussteigen lassen, von denen einer offensichtlich gerade auf der Toilette gewesen war, wie er mit Blick auf dessen Hose amüsiert feststellte. Ihm war das auch schon ein paar Mal passiert, dass der Wasserhahn unerwartet unter hohem Druck stand und beim Händewaschen die Hose bespritzt wurde. Der Mann quittierte sein Grinsen im Vorbeigehen mit einem Achselzucken, als wolle er sagen, solche Dinge passieren eben.

Als Gero endlich vor dem Zimmer seines Vaters stand, fand er die Tür nur angelehnt. Er klopfte trotzdem.

„Dad?“ Keine Antwort. Er stieß die Tür auf und in derselben Sekunde wusste er, dass hier etwas nicht stimmen konnte. In dem Zimmer herrschte Chaos. Die Blumen waren vom Tisch gestoßen, die Stühle umgeworfen, der Inhalt der Reisetasche über den Boden verteilt. Das passte nicht zu seinem ordentlichen, beinahe pingeligen Vater. Zögernd ging er weiter in den Raum hinein, auf den kleinen Balkon, blickte hinunter und fragte sich in demselben Moment, was er da machte. Sein Vater hatte doch keinen Grund, in die Tiefe zu springen.

Gero schüttelte den Kopf. Er drehte sich um und betrachtete ratlos das Durcheinander. Er musste seinen Vater verfehlt haben, dachte er. Wahrscheinlich stand er in diesem Moment unten an der Rezeption und meldete den Einbruch. Gero atmete erleichtert auf.

Als er das Zimmer verlassen wollte, bemerkte er Licht im Badezimmer. Das würde seinem Vater nicht passieren, das Licht brennen zu lassen, wenn er den Raum verließ.

Er stieß die Badezimmertür auf. Sein Vater lag reglos über die Badewanne gebeugt, mit dem Kopf zur Hälfte in etwa zwanzig Zentimeter hohem Wasser. War das wieder einer seiner Späße? Wie damals im Krankenhaus, als der Vater anfing zu röcheln und er handlungsunfähig am Fenster stand? Mit einem Schritt war Gero jetzt bei seinem Vater. Er packte ihn an der Schulter und zog ihn über den Wannenrand, so dass der Körper auf den Boden des Badezimmers zu liegen kam. Dann sah er das Gesicht seines Vaters, dessen Ausdruck ihm völlig fremd war: angstverzerrt, panisch. Die Augen, weit aufgerissen, blickten ihn starr an. Der Mund war geöffnet - er konnte sehen, dass ein Schneidezahn seines Vaters angeschlagen war -, aber kein Laut entfuhr den Lippen. Sollte er ausgerutscht sein, als er sich eine Wanne einlaufen ließ? Jetzt schüttelte er seinen Vater, schrie ihn an, er solle aufhören mit dem Quatsch. Aber keine Reaktion. Gero stürzte zum Telefon, meldete sich mit seinem Namen und seiner Zimmernummer, brüllte den Mann von der Rezeption an, nach einem Notarzt zu telefonieren. Zurück im Bad kniete er neben dem reglosen Körper und beatmete seinen Vater im Wechsel mit der Herzmassage, das hatte er inzwischen gelernt. Mal hatte er den Eindruck, sein Vater hätte sich bewegt, mal wollte er resigniert aufgeben. Aber er gab nicht auf. Erst als der Notarzt ihn mit Hilfe zweier Sanitäter von seinem Vater wegzerren ließ, hörte er auf.

Er beobachtete, wie der Notarzt eine erste Spritze setzte und dann nach dem Defibrillator rief. Keine zwanzig Sekunden später erfüllte ein Knall das Badezimmer, und der inzwischen nackte Oberkörper seines Vaters bäumte sich in derselben Sekunde auf. Also lebte sein Vater noch? Ein zweiter Knall, ein zweites Aufbäumen. Gleichzeitig bekam sein Vater eine zweite Injektion. Dann wieder ein Knall, und wieder bäumte sich sein Vater auf. Gero beobachtete die Szenerie wie in Zeitlupe. Die Zeit schien sich mehr und mehr zu verlangsamen. Plötzlich stand sie still. Der Notarzt hatte von seinem Vater abgelassen. Dessen Körper lag ohne jede Bewegung da. Notarzt und Sanitäter wechselten Blicke, der Arzt schüttelte den Kopf. Das

Rettungsteam erhob sich vom Badezimmerboden. Der Notarzt kam auf ihn zu und erklärte, dass er leider nichts mehr habe tun können. Arzt und Sanitäter sprachen Gero ihr Beileid aus. Da erst begriff er, was geschehen war: Sein Vater war tot.

Ein Gefühl von unendlicher Leere machte sich in Geros Körper breit. Er war zu keinem klaren Gedanken fähig. Er sah seinen Vater auf dem Boden liegen. Dann sah er das Bild, wie er ihn gefunden hatte, sein Vater gebeugt über den Wannenrand. Konnte man auf diese Weise in einer Badewanne ertrinken? Sein Blick fiel auf den Körper seines Vaters, ihm fiel der angeschlagene Schneidezahn ein. Was war hier geschehen?

Gero kniete sich neben ihn. Er ergriff die Hände seines Vaters. Sie waren warm. Er hatte noch nie einen Toten gesehen, geschweige denn berührt. Und jetzt hielt er die leblosen Hände seines Vaters in seinen Händen. Etwas ritzte seine Haut, der Nagel des rechten Mittelfingers seines Vaters war eingerissen. Gero kannte seinen Vater. Das musste kurz vor seinem Tod passiert sein. Er beugte sich ganz zu seinem Vater hinunter und gab ihm einen Kuss auf die Stirn.

Dann berührten Hände ihn an der Hüfte. In derselben Sekunde drangen Stimmen an sein Ohr. Ein Sicherheitsmann des Hotels half ihm auf und begleitete ihn in sein Zimmer, wobei er nicht wusste, ob er ihn beschützen oder von der Flucht abhalten wollte. Egal. Er schloss sein Zimmer auf, auch hier dasselbe Bild. Totales Chaos. Der Sicherheitsmann gab Gero zu verstehen, am Zimmereingang zu warten. Er sprach in ein kleines Funkgerät, und schon zwei Minuten später standen sie zu zweit vor seinem Zimmer.

Gero wartete, als sein Zimmer durchsucht wurde, dann wurde ihm Gelegenheit gegeben, sich etwas zum Anziehen auszusuchen. Er entschied sich für die Sachen, die er zuvor angehabt hatte, was auch den Vorteil hatte, dass er alle seine persönlichen Papiere sowie sein Smartphone und den Autoschlüssel dabei hatte. Danach schoben ihn die Sicherheitsleute ebenso freundlich wie bestimmt auf den Hotelflur zurück. Dort stand er und versuchte zu überlegen, was das Richtige sei, jetzt und hier in dieser Situation. Jemand brachte ihm einen Kaffee. Jemand anderer stellte ihm einen Stuhl hin. Was war zu tun? Offensichtlich hatte das Hotel bereits erste Schritte eingeleitet. Gut so. Was blieb für ihn übrig? Was? Telefonieren. Er fischte sein Smartphone aus der Manteltasche. Michael. Michael würde da sein. Er erreichte ihn auf seiner Dienststelle in bester Laune. Es brauchte ein, zwei Minuten, bis es aus ihm herausbrach und er sich soweit gefasst hatte, um in Michaels Bericht über einen soeben verbuchten Fahndungserfolg mit der Nachricht vom Tod seines Vaters hineinzuplatzen. Michael verstummte. Er bot ihm an, sofort nach Zürich zu kommen. Aber Gero wollte das nicht. Er wollte Stärke zeigen und sagte nur, dass er sowieso schon am Sonntag nach Berlin zurückflöge. Dann erzählte er Michael von den näheren Umständen, von dem Chaos in den Zimmern und wie er seinen Vater gefunden und dessen Wiederbelebung versucht hatte. Wie dann auch der Notarzt aufgeben musste und davon, dass er jetzt hier saß und auf die Polizei wartete. Aus der verhaltenen Reaktion seines Freundes schloss er, dass es in Michael arbeitete. Das Zimmer durchsucht. Der Vater tot. Für Michaels Reflexe genug Anreize, um sich noch einmal der Fakten zu vergewissern. Das Ganze war innerhalb einer knappen Stunde passiert, in der Zeit nach dem Mittagessen, während sein Freund joggen war, fasste Michael das Geschehen zusammen. Gero holte tief Luft. Das waren die Fakten, ja. Und Fakt war auch - jetzt hatte er Mühe, ein Schluchzen zu unterdrücken -, dass er keinen Vatertag mehr mit seinem Vater verbringen würde. Nicht einen. Fakt war, dass es keine Frotzeleien am Telefon mehr geben würde. Der Vater war tot. Seine Eltern waren tot. Er hatte jetzt keine Eltern mehr, schoss es ihm durch den Kopf. Niemanden, nur noch seinen Onkel Moshe. Den musste er jetzt anrufen.

Er bedankte sich bei Michael, dass er mit den örtlichen Polizeibehörden hier vor Ort Kontakt aufnehmen wollte, nur um sicher zu gehen, dass es keine Komplikationen geben würde. Offensichtlich löst die Nachricht vom Tod eines Menschen das Bedürfnis aus, etwas zu tun, als ginge es darum, dem Unfassbaren und Unabänderlichen auf diese Weise die Stirn zu bieten.

Moshe Liebermann war erfahren genug, um am Tonfall seines Neffen sofort zu merken, das etwas passiert war. Auf seine Frage brach es aus Gero heraus: der Vater wäre tot, in der Badewanne ertrunken bei nur zwanzig Zentimeter Wasser! Jetzt begann er zu weinen. So starb man doch nicht. In der Wanne als erwachsener Mensch mit gerade einmal zwanzig Zentimeter Wasser. Sein Onkel brüllte Geros Namen durch die Leitung. Ob ihm an seinem Vater sonst etwas aufgefallen sei. Gero stotterte etwas von einem angeschlagenen Schneidezahn und dem eingerissenen Nagel, ohne weiter darüber nachzudenken. Wie durch Watte hörte er seinen Onkel abermals seinen Namen rufen. Gero! War irgendetwas Außergewöhnliches passiert?

Gero brachte es fertig, seinem Onkel detailliert von dem Termin in der Züricher Kantonsbank zu berichten, vom Schließfach dort und dem fehlenden Kennwort. Aber wieder unterbrach Moshe Liebermann seinen Neffen. Ziemlich barsch fragte er ihn, ob er definitiv bestätigen könne, dass die tätowierte Nummer am Hinterkopf von seinem Bruder in ihrer Machart tatsächlich den Tätowierungen entspreche, die von den Nazis im KZ-Sachsenhausen gemacht worden wären. Wenn das so sei, dann wisse er das Kennwort wahrscheinlich.

Gero hatte das Gefühl, als schwanke der Boden unter seinen Füßen. Moshe wusste also etwas! Er hatte richtig gedacht. Sein Onkel kannte das Kennwort! Aber warum hatte er so aufgebracht reagiert, als er ihn nach der Tätowierung gefragt hatte? Wieso die ganze Geheimniskrämerei?

Moshe Liebermann gab seinem Neffen keine Gelegenheit, zu Wort zu kommen. In einem Tonfall, der keinen Widerspruch, aber auch keine Fragen duldete, gab er Gero zu verstehen, dass er in Lebensgefahr schwebe. Es gebe drei Möglichkeiten: Offensichtlich wollte jemand das Kennwort von Walter Steiner erpressen oder aber verhindern, dass Walter Steiner das Kennwort in Erfahrung bringen würde oder, drittens, jemand wollte sicher gehen, dass Walter Steiner, falls er das Kennwort inzwischen erfahren haben sollte, es nicht mehr weitergeben konnte. Und egal, welche Möglichkeit zutraf, jede einzelne bedeutete Lebensgefahr für Gero Steiner. Denn Walter Steiner war tot. Gewaltsam umgebracht, nachdem ihn das Wissen um die Tätowierung an seinem Hinterkopf nach Zürich geführt hatte.

Gero verstand gar nichts. Er blickte auf den Teppichboden und fragte sich, wie es möglich war, ein derart geschmackloses Muster einem solchen Hotel verkaufen zu können. Dann holte Moshe Liebermann seinen Neffen wieder in die Realität zurück, indem er ihn aufforderte, ihm genau zu beschreiben, wo er sich gerade befände und wer bei ihm wäre. Über Jahre sei er trainiert worden, Gefahren zu erkennen und darauf angemessen zu reagieren. Er bat seinen Neffen, ihm jetzt und hier zu vertrauen. Er solle keine

Fragen mehr stellen und nur das tun, was er ihm sage. Und zwar sofort. Unter dem Vorwand, die Toilette aufsuchen zu müssen, solle er in Richtung Lift gehen. Moshe Liebermanns Stimme klang hart und abgehackt. Dann mit dem Lift bis runter in die Tiefgarage fahren, sich dort ins Auto setzen und ohne irgendeinen Halt auf der Autobahn in Richtung Basel fahren. In Rheinfelden von der Autobahn runter, über die Grenze nach Deutschland und dort im Ortskern auf ihn warten. Er würde ihn finden. Ob er das verstanden habe?

Gero bejahte. Ob er das so machen würde? Gero bejahte. Und dann gab Moshe Liebermann ihm noch auf, nicht zu telefonieren, nicht mit dem Smartphone, und auch sonst nicht. Er verbot ihm, mit seiner Kreditkarte zu zahlen oder die EC-Karte zu benutzen und er solle sich unauffällig verhalten. Ob er das verstanden habe?

„Ja." Moshe erklärte, den nächsten Flieger nach Zürich zu nehmen und ihn dann morgen, am Samstag, in Rheinfelden zu treffen. Dann war die Verbindung unterbrochen.

Kapitel 19

Gero fühlte sich unendlich leer. Aber wenigstens hatte er jetzt etwas zu tun. Sein Onkel hatte es ihm gesagt. Er steckte das Smartphone zurück in seine Manteltasche, atmete zwei-, dreimal kräftig durch und stand auf. Sofort hatte er die Aufmerksamkeit des Sicherheitspersonals auf sich gezogen. Er solle sich doch ausruhen. Nur noch wenige Minuten, dann sei die Polizei da. Gero ignorierte den Sicherheitsmann und fragte in die Runde nach der Toilette. Blicke wurden gewechselt, wortlos. Man deutete ihm den Weg, rechts um die Ecke, am Lift vorbei am Ende des Ganges. Und Gero ging. In Höhe des Zimmers seines Vaters wagte er noch einen letzten Blick: Alles unverändert. Kein böser Traum, aus dem es ein Erwachen gab. Sein Vater war tot.

Niemand hielt Gero auf. Unbemerkt gelangte er in die Tiefgarage, aber er hatte keine Ahnung, wo der Hotelservice den Mercedes abgestellt hatte. Man hatte lediglich den Fahrzeugschlüssel in seinem Zimmer auf den Tisch gelegt, ohne eine Parkplatznummer anzugeben. Er drückte auf die Fernbedienung seines Schlüssels, und hinten links in der Garage leuchteten die Warnblinker verbunden mit einem sekundenlangen Hupton auf. Alles klappte reibungslos. Gero fühlte nichts, er funktionierte.

Eine halbe Stunde später war er auf der Autobahn Richtung Basel und eineinhalb Stunden später erreichte er Rheinfelden auf dem Gebiet der Bundesrepublik Deutschland.

Er parkte den Wagen, lehnte sich erschöpft zurück und schloss die Augen. Vor wenigen Stunden erst war er mit seinem Vater von Berlin nach Zürich aufgebrochen, sie hatten einen wunderschönen Tag gehabt mit einem Gefühl von Nähe wie noch nie zuvor, und jetzt, um 19.00 Uhr war sein Vater tot.

Gero hatte Angst. Er wollte nicht noch einmal das durchmachen, was er beim Tod seiner Mutter erlebt hatte. Seine Mutter war nach langer schwerer Krebserkrankung zu Hause gestorben. Sein Vater und er waren dabei gewesen, aber sie beide hatten damals keinen Frieden, hatten nicht zueinander gefunden. Im Gegenteil. Der Tod der Mutter hatte sie nur noch weiter voneinander entfernt. Da wurden Erwartungen enttäuscht, Ansprüche nicht erfüllt, und so war am Ende jeder mit der Trauer um die Mutter allein gewesen. Und gerade jetzt, wo sich ihr Verhältnis zu ändern schien, war auch sein Vater tot, und er würde auf viel schmerzlichere Weise allein sein. Mehr noch: Es gab niemanden, der ihm in seiner Trauer beistehen würde. Michael war zu weit weg. Enge Freunde sonst hatte er nicht, aber er würde sie auch nicht an sich heranlassen. Nur Julia. Aber sie hatte sich von ihm getrennt. Ein Schluchzen schüttelte Gero.

Und plötzlich liefen die Tränen um seinen Vater, aber auch um sich selbst über seine Wangen hinunter. Er weinte, bis keine Tränen mehr da waren. Danach fühlte er sich etwas besser. Es muss weiter gehen, sagte er sich, er brauchte nur Zeit. Morgen würde sein Onkel Moshe kommen. Er wusste nicht warum, aber er fühlte sich gut bei diesem Gedanken.

Kapitel 20

Moshe Liebermann trug einen schwarzen Regenmantel, einen dunkelgrauen Anzug, darunter ein weißes Hemd, schwarze Schuhe, und hielt in der rechten Hand eine ebenfalls schwarze Reisetasche. Sein Haar war kurz geschoren, an den Schläfen grau meliert. Moshe Liebermann trug keinen Bart, Sein Teint von gesunder Hautfarbe, seine Augen wach, seine Körperhaltung gerade: Moshe Liebermann sah aus, als wäre er gerade aus einem Fitnessstudio um die Ecke gekommen und nicht aus Israel.

Seit er zwanzig war, hatte er gewusst, dass er diese Reise eines Tages würde antreten müssen. Nur dass er es unter diesen Bedingungen tun würde, hätte er nicht für möglich gehalten. Dies um so mehr, als er alles versucht hatte, die alten Geschichten ruhen zu lassen. Aber jetzt war sein Bruder Walter tot. Dass er ermordet wurde, daran gab es keinen Zweifel. Die ganzen Jahre hatte Moshe Liebermann gedacht, die Dinge unter Kontrolle zu haben. Deshalb hatte er geschwiegen, als ihm Gero von der Tätowierung berichtet und auch, als Walter ihn angerufen hatte.

Nie würde er die Aufregung bei seinem Eintritt in den israelischen Militärdienst vergessen, als er sich gleich nach seiner Ankunft aus Deutschland freiwillig gemeldet hatte. Er war gerne genommen worden, jung und gesund wie er war, stand er für die Zukunft des Landes.

Man hatte ihm, wie allen Rekruten den Kopf kahl geschoren, und plötzlich waren sie zu sehen, die Buchstaben: Unmissverständlich, klar und deutlich eine Botschaft aus der Vergangenheit, eingeritzt in seine Kopfhaut: OSTARA. Die Tätowierung war fotografiert und genau untersucht worden. Nach einiger Zeit glaubte man seinen Beteuerungen, nichts davon gewusst zu haben und entschied gemeinsam mit ihm, die Tätowierung operativ zu entfernen und die Sache auf sich beruhen zu lassen. Aber Moshe konnte die Tätowierung nicht vergessen. Nicht während seiner Grundausbildung und auch nicht in all den Jahren danach. Jemand hatte ihn, als er ein Säugling war, im Konzentrationslager Sachsenhausen unmittelbar vor dessen

Befreiung tätowiert und ihm ein Wort in den Hinterkopf eingeritzt. Wer machte so etwas und aus welchem Grund? Moshe Liebermann hatte angefangen zu recherchieren. An keiner Stelle hatte er jedoch einen Bericht darüber gefunden, dass den Häftlingen über Buchstaben und Zahlen auch Wörter in die Haut geritzt wurden. Was also hatte das zu bedeuten? Moshe Liebermann stand vor einem Rätsel.

Im Zuge seiner Recherchen fand er heraus, dass „Ostara" der Name für eine nordische Gottheit war - in anderen Kulturkreises wurde sie Eos, Aurora, Astarte oder Eostre genannt, die Göttin des strahlenden Lichts, des wiederkehrenden Frühlings, der Erneuerung, des beginnenden Lebens. „Ostara" war das Symbol der aufgehenden Sonne, ihr Attribut ein Sonnenei. Überliefert ist, dass „Ostara" Kinder liebt. Sie soll den Mythen nach sogar einen Vogel in einen Hasen verwandelt haben, nur, um Kindern Spaß zu bereiten. Sonnenei und Hase machen „Ostara" auch zur Göttin der Fruchtbarkeit. Und Eier waren schon immer das Symbol für die Wiedergeburt. Das war die eine Seite der Medaille. Die andere Seite war, dass die Nazis den nordischen Gottheiten zu getan waren, und sich derer in ihrer Ideologie gerne bedienten. Und so taucht „Ostara", die Göttin des Lebens, auch in Schriften des Todes auf. Schriften, in welchen die Nazimörder sich als die Verkörperung der Verheißungen der „Ostara" sahen. Hätte es etwas geändert, wenn er seinem Bruder und seinem Neffen von all dem erzählt hätte? Wenn Walter das Kennwort gewusst hätte, würde er dann noch leben? Moshe Liebermann glaubte das nicht. Schließlich hatte Walter seinen eindringlichen Rat, die Dinge auf sich beruhen zu lassen, ignoriert und war in der Folge völlig unvorbereitet auf einen offensichtlich skrupellosen Gegner getroffen, dessen Entscheidung, Walter Steiner zu töten, nach Moshes Einschätzung nur bedingt etwas mit dem Kennwort zu tun hatte. Moshe schob die Gedanken um den Tod seines Bruders beiseite. „Ostara" Er selber hatte sich, um mit der Tatsache klar zu kommen, für die positive Bedeutung entschieden. Er nahm „Ostara" als Botschaft eines Mithäftlings, dass die Hoffnung auf bessere Zeiten nicht erloschen war. Wahrscheinlich war allein die Tatsache, einen lebenden Säugling in den Armen halten zu können, Wunder und Anlass genug, an die Überwindung des Naziregimes zu glauben. Der Säugling war der Beweis, und das sollte die Tätowierung jedem vor Augen führen, der den Säugling halten würde. All die Jahre war Moshe Liebermann davon ausgegangen, die richtige Entscheidung getroffen zu haben. Aber jetzt war sein Bruder tot und „Ostara" hatte sich als mehr erwiesen, als es den Anschein gehabt hatte. Es war ein Kennwort, dass gemeinsam mit der tätowierten Zahlenfolge auf dem Hinterkopf seines Bruders eine Schließfachverbindung bildete. Das war es. Also hatte jemand 1945 eine Absicht verfolgt und als Vollstrecker zwei Säuglinge ausgesucht. Eines wusste Moshe genau: was immer in diesem Schließfach verborgen sein würde, würde sein Leben verändern.

All das ging Moshe Liebermann durch den Kopf, als er auf Gero zu ging und ihn schließlich fest in die Arme nahm. Die beiden standen da, mitten auf der Straße in Rheinfelden und umarmten sich schweigend. Worte fielen keinem ein, aber es war gut, zusammen zu sein. Als Gero dann zu sprechen begann, ignorierte Moshe Liebermann seine Fragen. Jetzt nicht. Später. Sie würden noch Zeit genug haben, im Auto.

Wie selbstverständlich setzte sich Moshe ans Steuer, lenkte den Wagen durch die Stadt und dann über Landstraßen in Richtung Basel. Dass sein Neffe nach fünfzehn Minuten Fahrt eingeschlafen war, war Moshe sehr recht.

Die Rückgabe des Mietautos hatte keine Schwierigkeiten gemacht und nun standen Onkel und Neffe auf dem Gleis 8, Badischer Bahnhof Basel und warteten auf einen Regionalzug, der sie zurück nach Zürich bringen sollte. Jetzt wollte Gero das beharrliche Schweigen seines Onkels nicht mehr länger hinnehmen. Es war zu offensichtlich, dass Moshe Liebermann einen Plan hatte und Gero wollte wissen, welchen. Wenn sein Onkel schon nicht über seine Tätowierung sprechen wollte, so war doch der Zeitpunkt gekommen, ihn einzubeziehen. In diesem Moment fuhr der Zug ein, ein kurzer Aufschub für Moshe, um seine Gedanken zu ordnen. Obgleich es nicht seiner über viele Jahre bewährten Vorgehensweise als Einzelkämpfer entsprach, war ihm klar geworden, dass er seinen Neffen als gleichberechtigten Partner behandeln musste. Anders ging es nicht. Dass es jedoch so schnell gehen würde, durchkreuzte seine Überlegungen. Wahrscheinlich hatte er seinen Neffen, den er als ziemlich unreifen und oberflächlichen Burschen in Erinnerung hatte, unterschätzt.

Es blieb ihm nichts anderes übrig, als ihn einzuweihen.

„Ostara" sagte Gero, nachdem sein Onkel ihm die Geschichte erzählt hatte, erst einmal nichts. Außerdem schien ihm das Wort viel zu freundlich. Aber vielleicht war „Ostara" gerade deshalb von den Nazis als Kennwort ausgesucht worden. Als sie auf die Zahlenfolge zu sprechen kamen, stellte Gero für sich fest, dass im Gegensatz zu seinem Onkel für ihn das Schließfach und sein Inhalt viel von seiner magischen Bedeutung verloren hatte. Für ihn stand es in unmittelbarem Zusammenhang mit dem Tod seines Vaters, der jede sachliche Herangehensweise zunichte gemacht hatte. Er hatte sich klar gemacht, dass sein Vater noch leben würde, wenn sie die Sache mit der Tätowierung auf sich hätten beruhen lassen und nicht nach Zürich gefahren wären. Mehr brauchte Gero nicht zu wissen, um sich schuldig zu fühlen. Er wollte weg von dem verdammten Schließfach, weg von der Tätowierung, nur noch nach Hause und das so schnell als möglich.

Moshe wollte davon nichts hören. Seiner Ansicht nach war die Büchse der Pandora in dem Moment geöffnet worden, als Gero bei der Züricher Kantonsbank angerufen hatte. Dieser Anruf hatte - bei wem auch immer - die Vorstellung zerstört, dass das Schließfach der Nummer 383907 bei der Züricher Kantonsbank auch weiterhin nachrichtenlos bleiben würde. Und ganz offensichtlich hatte dieser Jemand gehandelt. Sie mussten davon ausgehen, dass sein Vater wegen des Schließfachs hatte sterben müssen.

Nach Geros Kenntnis war es allein die Züricher Kantonsbank, die von der Existenz des Schließfachs wusste. Aber konnte die Bank auch wissen, was sich in dem Schließfach befand? Theoretisch ja, aber praktisch neigte Gero dazu, dies ausschließen. Letztlich, das war seine Erfahrung als Wirtschaftsanwalt im Umgang mit Banken, wollten Geldhäuser nicht genau wissen, woher die Werte kamen, die ihnen anvertraut wurden. Es reichte, dass das Geld da war, wenn es da sein sollte. Nein, die Züricher Kantonsbank hatte mit dem Tod seines Vaters nichts zu tun. Das wäre ja auch ziemlich dämlich, nach 60 Jahren Funkstille den Erstbesten zu töten, der sich nach dem Schließfach erkundigt.

Moshe stimmte dem nach einigem Hin und Her zu. Aber jetzt ginge es darum, den Inhalt des Schließfachs in Erfahrung zu bringen und zu sichern. Die Dinge seien in Bewegung gekommen. Sie aufzuklären, das waren sie

Walter Steiner schuldig. Schließlich war er nicht einfach so gestorben, er war gewaltsam getötet worden, ermordet. Jemand hatte das Zimmer seines Vaters durchsucht, und war vielleicht dabei von ihm überrascht worden. Sein Vater wurde brutal ins Gesicht geschlagen, obwohl oder vielleicht, weil er sich gewehrt hatte. Und dann hat man ihn ins Badezimmer gezerrt. Dort wurde Wasser in die Wanne eingelassen, nicht viel: 20 Zentimeter reichten aus, um dem Kopf seines Vaters unter Wasser zu halten, ihm das Atmen unmöglich zu machen. Wahrscheinlich hatte man Walter Steiner eine Zeit lang in Intervallen immer wieder die Möglichkeit gegeben, Luft zu schnappen. Aber dann war sein Tod beschlossene Sache. Walter Steiners Todeskampf muss brutal, schmerzvoll und lang andauernd gewesen sein.

Moshe Liebermann sah die Bestürzung in den Augen seines Neffen. Er selbst hatte gleich gewusst, dass sein Bruder keines natürlichen Todes gestorben war. 20 Zentimeter Wasser in der Badewanne, das sprach eindeutig für professionelles Vorgehen. In seiner aktiven Militärzeit hatte er wiederholt Berichte von Folteropfern gelesen, denen auf genau diese Art und Weise erschreckendes Leid angetan wurde. Er griff nach der Hand seines Neffen, sah ihm in die Augen. „Das Schließfach, sein Inhalt, das ist das erste, was wir sichern müssen. Alles andere kommt später."

Gero erwiderte den Blick seines Onkels sekundenlang, fragend, als suche er nach etwas in dessen Gesicht. Er musste sich entscheiden, so viel stand fest. Und dann willigte Gero ein, zuerst den Inhalt des Schließfachs zu sichern und dann die Angelegenheiten, um die Überführung seines Vaters nach Berlin zu erledigen.

Moshe Liebermann lehnte sich zurück. Hätte sich Gero anders entschieden, hätte das auch nichts an seiner Reihenfolge geändert. Er hatte alles was er brauchte - Zahl und Kennwort – und er wäre diesen Weg notfalls auch ohne seinen Neffen gegangen. Aber so war es besser. Es sah so aus, als würden sie doch noch ein Team werden. Jetzt war es Zeit, die Dinge in Bewegung zu bringen.

Kapitel 21

Nein, es mache kein Problem, noch heute, am Samstagnachmittag, das Schließfach zu öffnen, sagte Dr. Durli, als Gero ihn auf dem Smartphone anrief. Er selbst sei noch bis 18:00 Uhr in der Bank und würde gerne persönlich die Öffnung begleiten, wenn das Kennwort stimme.

Um genau 17:28 Uhr betrat Gero das Foyer der Bank, in seiner Hand einen neuen silberfarbenen Rimowa-Aktenkoffer. Der Empfangsdame erklärte er sein Anliegen. und zwei Minuten später trat Dr. Durli aus dem Aufzug. Die Männer begrüßten sich freundlich und Dr. Durli bat Gero, ihm in den Tresorraum zu folgen. Sonst sprachen sie kein Wort. Offensichtlich hatte Dr. Durli noch nichts von dem gewaltsamen Tod des Touristen im „Baur au Lac“ gehört. Vor dem Tresorraum angekommen, führte Dr. Durli Gero in einen kleinen angrenzenden Besprechungsraum. Niemand sonst war hier unten zu sehen. Auf dem Tisch lag eine schwarze Dokumenten-Ledermappe. Dr. Durli entnahm der Mappe einen Vordruck, offensichtlich eine Art Protokoll für die anstehende Schließfachöffnung. Er kontrollierte Geros Personalien anhand von dessen Personalausweis, notierte diese wie auch die Nummer des Ausweises und trug dann auch seinen eigenen Namen, das Datum und die Uhrzeit in das Formular ein. Dann bat er Gero, die Nummer und das Kennwort des Schließfachs in Druckbuchstaben auf ein gesondertes weißes Blatt Papier zu schreiben.

Gero schrieb: 383907, OSTARA. Dr. Durli nahm das Blatt Papier an sich und legte es vor sich auf den Besprechungstisch. Dann entnahm er der linken Innenseite seines Sakkos einen braunen wattierten Briefumschlag in Standardgröße. Gero beobachtete jede seiner Bewegungen. Er bemerkte, dass auf dem Briefumschlag der Name der Züricher Kantonsbank gedruckt war, nicht aber deren aktuelles Logo, und eine Ziffernfolge, die offenbar die Nummer des Schließfaches war, um das es ging. Dr. Durli kontrollierte die Nummer. Dann bat er Gero, sich davon zu überzeugen, dass der Briefumschlag ungeöffnet vorlag. Gero nahm den Briefumschlag in seine Hand.

Das Papier fühlte sich trocken, alt und ohne Spannung an. Er drehte den Umschlag in seiner Hand. Die Rückseite war blanko. Sie war verklebt und überdies mit einem Siegel der Bank gesichert. Das Siegel war unversehrt. Gero bestätigte die Unversehrtheit von Umschlag und Siegel, und Dr. Durli machte ein Kreuz in seinem Formular. Gero wog den Umschlag in seiner Hand. Der Moment der Wahrheit. Und wieder, schoss es ihm durch den Kopf, war er allein. Dann nickte er und Dr. Durli brach mit einem geübten Griff das Siegel, bevor der den Briefumschlag mit einem bereitliegenden, schweren Brieföffner sauber aufschlitzte.

Gero hörte sich öffnende Aufzugstüren. Jetzt um 17:30 Uhr an einem Samstag? Dann waren Schritte zu hören.

Dr. Durli bemerkte Geros Anspannung und erklärte, dass es reine Routine sei. Wann immer in der Züricher Kantonsbank ein Schließfach geöffnet werde, dürfe dies nur in Gegenwart von Sicherheitspersonal geschehen. Alles habe seine Ordnung, der Beamte würde vor dem Tresorraum seinen Posten beziehen, nichts weiter.

Gero hätte sich gerne entspannt, aber nicht eine Faser seines Körpers wäre hierzu in der Lage gewesen. Ein bisschen war es so wie beim Marathonstart, dachte er: Monate und Wochen der Vorbereitung fokussieren sich auf diesen einen Moment des Starts, die Läufer zählen die Sekunden runter, bevor es los geht, plötzlich der Startschuss, man passiert endlich die Startlinie und dann gibt kein Zurück mehr. So wie hier und jetzt im Untergeschoss der Züricher Kantonsbank.

Dr. Durli entnahm dem Briefumschlag ein bräunliches Blatt Papier, das mit Schreibmaschine beschrieben war. Offensichtlich ein weiteres Formular. Dr. Durli überflog die Zeilen stumm, wobei sich seine Lippen bewegten, legte das Formular neben das von Gero beschriebene Blatt Papier und stellte fest, dass das Kennwort stimme: „OSTARA". Dann gab Dr. Durli das von Gero beschriebene Blatt in einen offensichtlich unter der Tischplatte befindlichen Reißwolf. Geros Atem beschleunigte sich. Dr. Durli beglückwünschte Gero, als er ihm das bräunliche Formular aus dem Umschlag übergab und schüttelte den Briefumschlag, bis ein Schließfachschlüssel auf die Tischplatte glitt. Dr. Durli nahm den Schlüssel in die Hand und kontrollierte dessen Gravur. Dann las er laut jede einzelne Ziffer vor: 3 8 3 9 0 7 und trug diese nacheinander in das Protokollformular ein.

Gero hatte das Gefühl, bereits eine Ewigkeit hier unter der Erde in diesem fensterlosen Raum zu sein. Tatsächlich waren gerade erst neun Minuten vergangen, seit er die Bank betreten hatte, wie Moshe Liebermann nicht ganz dreihundert Meter von der Bank entfernt in einem Café mit Blick auf seine Armbanduhr feststellte. Dr. Durli kontrollierte noch einmal das von ihm ausgefüllte Protokoll und bat Gero dann, das Papier zu unterschreiben. Nachdem dies erledigt war, händigte Dr. Durli ihm zunächst einen Durchschlag des Protokolls und dann den Schließfachschlüssel aus.

Gero faltete beide Blätter, ohne sie genauer anzusehen und steckte sie in die linke Innentasche seines Sakkos. Die Männer erhoben sich. Dr. Durli führte Gero in den Tresorraum. Dieser maß etwa 15 mal 25 Meter und war nur durch eine massive, mehrere Zentimeter dicke kreisrunde Stahltür zu betreten, deren Schließzylinder von beeindruckendem Durchmesser waren. Dr. Durli wandte sich sogleich der linken Raumhälfte zu und bewegte sich schnurstracks auf die Nummer 383907 zu. Dann standen sie vor dem Schließfach, das sich etwa in Augenhöhe befand. Dr. Durli verabschiedete sich mit den Worten, dass er Gero für weitere Fragen gerne zur Verfügung stünde und über das Haustelefon, Durchwahl 147, erreichbar sei. Auch der Sicherheitsbeamte wäre gern behilflich. Ansonsten könne er sich alle Zeit der Welt lassen, und natürlich stehe ihm der Besprechungsraum so lange wie er wolle zur Verfügung. Dann gaben sich die beiden Männer die Hand, und schon hatte Dr. Durli den Tresorraum verlassen.

Gero blickte auf seine Uhr. Erst 17:42Uhr, nahm er erstaunt zu Kenntnis. Jetzt sollte alles schnell gehen. Er führte den Schlüssel in das Schließfach ein und drehte ihn langsam nach links. Obwohl das Schloss über sechzig Jahre nicht bewegt worden war, funktionierte der Schließmechanismus einwandfrei. Das Schließfach öffnete sich dann aber doch mit einem hörbaren Quietschen und er sah in das geöffnete Fach: ein geschlossener dicker, brauner Din A 4 Umschlag. Darauf lagen eine Pistole und gleich daneben ein kleines Kästchen. Sonst war das Schließfach leer.

Er nahm den Umschlag, die Pistole und das Kästchen heraus und verstaute alles in seinem Aktenkoffer, schloss das Schließfach und ging auf direktem Weg an dem Sicherheitsmann vorbei zurück in den Besprechungsraum, den er gerade erst mit Dr. Durli verlassen hatte. Dort angekommen nahm er den Din A4-Umschlag aus dem Koffer und öffnete ihn. Darin befanden sich etwa 25-30 Maschinen geschriebene Dokumente, die den Namen einer Rüttlibank trugen, wie er mit einem ersten Blick feststellte. Außerdem war da noch eine Liste mit Namen deutscher Industrieller, von denen einige ihm bekannt waren, sowie eine notarielle Urkunde und zwei mit Füllhalter handgeschriebene, blasse Seiten Papier, auf denen ein großes Hakenkreuz gedruckt war. Er riss sich zusammen, alles zu seiner Zeit. Er breitete die Dokumente auf dem Konferenztisch aus und nahm sein Smartphone zur Hand. Er fotografierte jedes einzelne Blatt zweimal und speicherte die Bilder auf der Festplatte des Geräts in einem hierfür vorbereiteten Ordner ab. Eine reine Vorsichtsmaßnahme, die Moshe vorgeschlagen hatte. Dann schob er die Blätter zusammen, faltete sie und steckte sie in die rechte Innentasche seines Sakkos.

In diesem Moment klopfte es an der Tür des Besprechungsraums.

Sein Herz setzte einen Schlag aus. Aber es war nur der Wachmann, der durch die geschlossene Tür wissen wollte, ob alles in Ordnung sei.

Er bejahte. Dann nahm er die Pistole und das Munitionskästchen aus dem Aktenkoffer und legte beides auf den Tisch. Er steckte sein Smartphone zu den ersten Papieren in die linke Innentasche seines Sakkos, während er die Pistole an seinem Rücken zwischen Hose und Hemd festklemmte, so, wie er es in unzähligen Filmen zuvor gesehen hatte, entleerte schließlich das Munitionskästchen in seine Hosentasche, zog aus der rechten Außentasche seines Jacketts ein beschriebenes Blatt, welches er mit dem Kästchen in den Aktenkoffer legte, neben den jetzt leeren Umschlag, klappte den Deckel zu, blickte sich noch einmal im Raum um, ob er etwas zurückgelassen hatte und öffnete die Tür. Er ging an dem Sicherheitsmann auf seinem Weg zurück in den Tresorraum vorbei, nickte kurz, deponierte den leeren braunen Umschlag sowie das Munitionskästchen an seinem Platz in Schließfach 383907, schloss ab und legte den Schlüssel in das Münzfach seines Portemonnaies. Hatte er alles richtig gemacht? Warum er die Pistole und die Munition mitgenommen hatte, hätte er nicht beantworten können. Aber sonst war er sich sicher, Moshes Instruktionen genau befolgt zu haben. Er drehte sich um und verließ den Tresorraum in Richtung Aufzug. Oben angekommen, musste er feststellen, dass der Empfangsbereich immer noch besetzt war. 17:55 Uhr. Er nickte der Empfangsdame zu und nahm im Wartebereich Platz. Alles lief wie geplant. Er nahm sein Smartphone aus der Innentasche seines Sakkos. Dann rief er die Kontakte auf, wählte Moshes Eintrag, klickte dort die E-Mail Funktion an und bereitete eine entsprechende Sendung an die E-Mail-Adresse vor, die er auf Geheiß seines Onkels dort eingegeben hatte: molima@gmx.de. Ohne eine weitere Nachricht einzutippen, hängte er die Datei der soeben von den Dokumenten gemachten Bilder an und schickte die Nachricht ab. Kurze Zeit später bestätigte sein Smartphone die Sendung durch einen Signalton. Jetzt brauchte er nur noch zu warten, dass Moshe den Eingang der Nachricht bestätigen und auch der Rest ihres Plans aufgehen würde.

Um Punkt 18:00 Uhr loggte sich Moshe Liebermann über seinen Laptop in das Internet ein - eine neue, ungelesene Nachricht war eingegangen. Alles lief wie besprochen. Er öffnete erst die Nachricht, dann die angehängten Dateien und kontrollierte die Bilder. Gestochen scharf waren Dokumente zu erkennen und zwei Blatt handgeschriebener Zeilen. Mehr interessierte ihn auf den ersten Blick nicht. Es ging also um Papiere, was angesichts der Größe des Schließfachs keine wirkliche Überraschung für ihn war. Entscheidend war, heraus zu finden, wofür die Dokumente standen. Er schloss die Datei und aktivierte die Weiterleitungsfunktion. Dann sandte er den Anhang an eine vertrauliche E-Mail-Adresse, über die er noch aus seiner Zeit beim Militär verfügte. Das Programm bestätigte die erfolgreiche Versendung, und so löschte er wie geplant Geros Nachricht auf dem gmx-Server. Anschließend rief er Gero auf seinem Smartphone an, ließ es zweimal klingeln und unterbrach dann die Leitung. Gero hatte das Zeichen verstanden. Jetzt würde sich zeigen, ob Moshe Recht behalten würde mit seiner Vermutung.

Wie verabredet schlug Gero den Weg nach links, runter zum See ein, um den Koffer auf der zur Straße gelegenen Seite tragen zu können, ohne die Hand wechseln zu müssen. Moshe beobachtete, wie Gero an dem Café vorbeiging. Er hatte schon vor einigen Minuten gezahlt und so konnte er gleich aufstehen und das Lokal verlassen, um seinem Neffen in einigem Abstand zu folgen. Kaum hatte Moshe den Bürgersteig betreten, hörte er schon das Motorengeräusch eines Motorrollers. Das wunderte ihn ein wenig. Er hatte gedacht, sie würden es mit einem Fahrrad machen. Fahrräder waren in Großstädten mobiler und sie hatten keine Nummernschilder. Das Motorengeräusch kam näher. Er hatte Gero eingebläut, seinen Schritt nicht zu beschleunigen, sondern normal zu gehen, sich nicht umzudrehen und sich so unauffällig wie möglich zu verhalten. Dann war der Roller auf Moshes Höhe. Es war eine Vespa, darauf zwei Männer. Beide trugen schwarzes Leder und beide hatten einen Vollvisierhelm auf. Er sah dem Roller nach und bemerkte, dass dessen Kennzeichen zum großen Teil verdreckt war. Natürlich. Jetzt würde sich zeigen, aus welchem Holz Gero geschnitzt war. Gero selbst spannte jeden Muskel seines Körpers an. Das Motorengeräusch des Zweitakters hob sich deutlich vom übrigen Motorengeräusch der Straße ab und es kam näher und näher. Er lockerte den Griff um den Aktenkoffer ein wenig und machte sich bereit. Und dann ging alles blitzschnell. Für eine Sekunde schien es ihm, als wollte der Fahrer der Vespa ihn rammen. Tatsächlich streifte der Roller ihn nur, letztlich aber doch so stark, dass er das Gleichgewicht verlor und stürzte. In demselben Moment ließ er den Koffer los, und da war er auch schon weg, aufgegriffen von dem Beifahrer der Vespa. Der Fahrer gab Gas, und noch bevor er wieder auf den Beinen war, war der Roller aus seinem Gesichtsfeld verschwunden. Sofort bildete sich eine Menschentraube um Gero. Moshe Liebermann hatte inzwischen aufgeschlossen und gab seinem Neffen im Vorbeigehen mit einem Blick zu verstehen, dass er seine Sache gut gemacht hatte. Die Nachricht würde seinen Adressaten erreichen, dessen war er sich sicher. Es war Krieg, und sie hatten die erste Schlacht gewonnen, auch wenn ihr Feind das zum jetzigen Zeitpunkt noch nicht wissen konnte.

Kapitel 22

Geros Herzschlag hatte sich schnell wieder beruhigt. Das war das Gute, wenn man Ausdauersport betrieb: Herz und Kreislauf kamen nach erfolgter Anstrengung schnell wieder ins Gleichgewicht. Er bedankte sich bei den Menschen, die um ihn herumstanden und noch ganz erschrocken von dem Überfall Anteil nahmen. Aber keiner hatte mehr gesehen als zwei schwarz gekleidete Männer auf einem Motorroller. Es wäre einfach zu schnell gegangen. Ein dickerer Herr drückte ihm seine Visitenkarte in die Hand für den Fall, dass er einen Zeugen benötigte für die Versicherung. Und dann löste sich die Ansammlung langsam auf. Gero winkte nach einem Taxi und wies den Fahrer an, ihn über den Hauptbahnhof zur Polizeihauptstelle in Zürich zu fahren. Er konnte unmöglich mit einer Pistole und Munition im Kommissariat auftauchen, also hatte er sich für einen Umweg entschieden, und kurze Zeit später waren Waffe samt Munition dort für die längst mögliche Dauer in einem Schließfach sicher deponiert. Auf der Polizei nannte er dem Beamten an der Sicherheitsschleuse seinen Namen und dass er im Mordfall Steiner käme. Der Beamte bat ihn durch den Metalldetektor hindurch zu gehen und wer Gero kannte, hätte das leise Lächeln auf seinen Lippen bemerkt. Moshe wäre zufrieden mit ihm gewesen. Er setzte sich auf der anderen Seite des Detektors auf einen der an der Wand aufgereihten Stühle und wartete. Er nahm es als gutes Zeichen, dass er schon bald aufgerufen wurde. Offensichtlich arbeitete man mit Hochdruck an der Aufklärung des Mordes an seinem Vater. Gero wurde in den zweiten Stock des Gebäudes geleitet und fand sich schon bald in einem Vernehmungszimmer wieder, wo man ihn wieder warten ließ, allein. Er schaute sich um. Das war wie im Fernsehen. Der Raum war etwa sechs mal fünf Meter groß. Es hingen keinerlei Bilder an den Wänden, an der Decke eine nackte Neonröhre, und die einzige Möblierung waren ein Tisch und zwei Stühle. Dann flog schon die Tür auf, und es stellte sich ein etwas untersetzter, aschfahler Mann so um die fünfzig als Hauptkommissar Grund vor mit der

Bemerkung, bereits alle Wortspiele um seinen Nachnamen zu kennen. Als Gero sich seinerseits vorstellen wollte, erklärte Grund barsch, er wisse, mit wem er es zu tun habe und fragte dann direkt, wo er eigentlich gewesen sei. Schließlich sei sein Vater gewaltsam getötet worden. Da verschwände man nicht so einfach. Gero atmete tief durch und erklärte dann, ihn habe die Situation völlig überfordert und er hätte nicht mehr gewusst, was richtig und was falsch sei. Sein Vater tot, plötzlich so viele Leute! Immerhin, jetzt sei er da, aus freien Stücken, wie er betonte. Pause. Jetzt würde sich zeigen, ob die von ihm und Moshe entwickelte Version, die sie sich für seine Abwesenheit zurechtgelegt hatten, glaubwürdig war. Also berichtete er von der gemeinsamen Anreise und davon, mit seinem Vater die Züricher Kantonsbank aufgesucht zu haben. Von dem Schließfach erzählte er erst einmal nichts.

Und nur deshalb seien sie aus Deutschland angereist, fragte Grund. Gero widersprach. Nicht wegen der Bank, sondern aus sentimentalen Gründen seien sie nach Zürich gefahren. So habe sein Vater den Tod seiner Frau nicht wirklich verwunden und ihn, Gero, seinen Sohn, gebeten, gemeinsam mit ihm an den Ort zu fahren, wo Vater und Mutter glückliche Stunden verlebt hätten: im „Baur au Lac“ am Züricher See. Das sei das eigentliche Ziel der Reise gewesen, die Bank sei nur dazwischengekommen, quasi als Extra, wo man doch schon mal in Zürich war. Und jetzt sei sein Vater tot, ermordet im „Baur au Lac“.

Ja, das sei ein Unglück, stimmte Grund schon ein wenig milder zu, und fragte dann, ob ihm etwas bei seiner Rückkehr vom Joggen aufgefallen sei. Grund hatte also schon im Hotel recherchiert.

Gero ließ sich mit der Antwort Zeit. Er rief sich die Ereignisse ins Gedächtnis zurück und ließ den Kommissar daran teilhaben, wie sie vom gemeinsamen Mittagessen zurück über die Brücke ins Hotel gegangen waren, wie sein Vater ihm auf dem Weg gedankt und über seine Freude über ihre neue Vertrautheit gesprochen, wie er seinen Vater dann zum letzten Mal in der Halle des „Baur au Lac“ gesehen hätte, wie er joggen und dann nach einer knappen halben Stunde wiedergekommen wäre.

Grund folgte Geros Erzählung zuerst in dessen Zimmer und dann in das ebenfalls durchsuchte Zimmer des Vaters, dessen Zimmertür er angelehnt vorgefunden habe. Der Kommissar sah dann mit den Augen Geros den leblosen Walter Steiner über die Wanne gebeugt im Badezimmer liegen. Er massierte mit den Händen Geros den Brustkorb Walter Steiners, versuchte dessen Wiederbelebung und erlebte schließlich das Scheitern Geros, als wäre er selbst vor Ort im Badezimmer dabei gewesen. Gero schloss mit den Worten, nicht weiter nachgedacht zu haben, sondern einfach nur fortgefahren zu sein. Weg vom Tod seines Vaters. Er sei dann los in Richtung Basel gefahren, sei dort ohne Sinn und Verstand die Nacht herumgeirrt und habe schließlich total erschöpft den Wagen an der dortigen Rückgabestation seines Vermieters zurückgegeben, um mit dem Zug zurück nach Zürich zu kommen. Und jetzt sei er hier und wisse auch nicht weiter.

Grund lehnte sich auf seinem Stuhl zurück. Er bat um Verständnis dafür, seine Adresse für etwaige Rückfragen notieren zu müssen und empfahl, als Gero erklärte, nicht ins „Baur au Lac“ zurückzuwollen, das „Marriott“, ebenfalls am See gelegen.

Jetzt war es an Gero, sich die Adresse zu notieren, bevor er ansetzte, nach dem Leichnam seines Vaters zu fragen.

Grund erklärte, dass Walter Steiner wegen der besonderen Brisanz des Falles - schließlich werde nicht alle Tage ein deutscher Tourist in einem der angesehensten Hotels der Stadt ermordet - bereits gerichtsmedizinisch untersucht worden sei. Nach dem vorläufigen Bericht des Pathologen sei Walter Steiner tatsächlich ertrunken. Die Lunge sei voll mit Leitungswasser gewesen. Eine Selbsttötung könne ausgeschlossen werden. Offensichtlich habe Walter Steiner sich seiner Tötung zur Wehr gesetzt, was Hämatome an Armen und Beinen verrieten, was aber auch aus dem eingerissenen Fingernagel an der rechten Hand zu schließen sei. Zudem habe man Hautpartikel unter den Fingernägeln des Opfers gefunden. Letztlich habe Gero ja auch gesehen, dass das Badezimmer teilweise unter Wasser stand. Auch das sei ein sicheres Zeichen dafür, dass Walter Steiner es seinem Mörder nicht einfach gemacht habe.

Geros Gesichtsausdruck verhärtete sich: „Seinen Mördern“, entfuhr es ihm. „Es waren zwei, mindestens zwei“, sagte Grund.

Plötzlich hatte Gero ein Bild vor Augen: eine Frau und zwei Männer, die aus dem Lift getreten waren. Einer von ihnen hatte Wasserflecke auf der Hose und er hatte ihn noch angegrinst, hatte geglaubt, der Mann hätte sich beim Händewaschen bespritzt. Er hatte den Mörder seines Vaters angegrinst und - sein Magen zog sich krampfhaft zusammen - der Mann hatte mit einem Achselzucken zurückgelächelt. Es hatte eine Sekunde eine stille Übereinkunft zwischen ihm und dem mutmaßlichen Mörder seines Vaters gegeben.

Grund verstand nicht sofort, als er Geros Bericht hörte, handelte aber dann ebenso schnell wie entschieden. Er ordnete die Anfertigung eines Phantombildes an, musste aber bald akzeptieren, dass Gero nur das abgespeichert hatte, was er in den Männern zu sehen geglaubt hatte: Hotelgäste nämlich, austauschbar und ohne Gesicht. So reduzierte sich die Begegnung letztlich auf nicht viel mehr als ein Körpermaß und eine Haarfarbe, von der Gero glaubte, dass sie dunkel war. Er war schon immer ein schlechter Zeuge gewesen. Bedauerlich für Grund, aber er war am Ende bereit, Gero gehen zu lassen, nicht ohne ihn zu bitten, sich noch einmal vor seinem Abflug morgen nach Deutschland zu melden. Da es schon kurz nach halb zehn abends sei, bot Grund ihm an, ihn über das „Baur au Lac" ins Marriott fahren zu lassen. Man könne nie wissen. Gero stutzte: „Was könne man nie wissen?" Wusste der Kommissar mehr, als es den Anschein hatte? Plötzlich schoss ihm Moshes Bemerkung durch den Kopf, dass sein Leben in Gefahr sei. Dies um so mehr, als die Mörder seines Vaters das Kennwort nicht erfahren hatten. Er konnte nicht vorsichtig genug sein. Und deshalb dankte er für das Angebot.

Der Geschäftsführer des „Baur au Lac" erwartete Gero bereits. Er ließ es sich nicht nehmen, ihm persönlich sein Beileid auszusprechen, die Zimmer gingen selbstverständlich aufs Haus und er habe sich erlaubt, einem renommierten Beerdigungsinstitut - hier die Adresse - die wesentlichen Informationen zur Überführung des verstorbenen Herrn Vaters zu geben. Und dann war sein Gepäck auch schon in dem Polizeiwagen verstaut und Gero auf dem Weg ins Marriott. Dort hatte Grund offenbar alles vorbereitet. In Begleitung eines Polizisten in Zivil gelangte Gero in sein Zimmer, ohne vorher an der Rezeption einchecken zu müssen. Der Polizist schloss das Zimmer auf, überzeugte sich kurz, dass niemand sonst in dem Raum war, übergab Gero den Schlüssel mit der Anweisung, niemanden herein zu lassen und ließ ihn mit den zwei Gepäckstücken allein zurück. Gero setzte sich auf die Ecke des Kingsize-Bettes. Regungslos saß er dort und tat nichts als auf das Muster des Teppichs zu starren. Keine Gedanken, keine Bilder. Nur Starren.

Erst der Eingang einer SMS ließ ihn aufschrecken: Michael, ob alles soweit ok sei? Ja, soweit alles ok, Danke, antwortete er und schaltete sein Telefon aus. Gut, dass er mit Moshe verabredet hatte, erst am Sonntag wieder Kontakt aufzunehmen. Er konnte nicht mehr. Er zog sein Sakko aus und legte es über die Lehne eines am Schreibtisch platzierten Stuhls. Beim Umdrehen registrierte er aus den Augenwinkeln eine Bewegung. Die Papiere aus der Bank, das Protokoll, das Formular und die beiden handgeschriebenen Blatt Papier aus dem Schließfach waren aus der Innentasche des Sakkos geglitten und auf den Boden gefallen.

Er hob die Papiere auf. Dabei fiel sein Blick auf die handgeschriebenen Zeilen und das von jeder Seite ihm entgegenspringende Hakenkreuz, aber vor allem auf die Anrede, die der Absender des Briefes seinen Zeilen vorangestellt hatte: „Jungs", stand da mit fester Hand geschrieben. „Jungs. "

Offensichtlich hatte ein Vater an seine Söhne geschrieben. Aber wer war der Vater? Wer waren die Söhne? Gero nahm das zweite Blatt und überflog die letzte Zeile: „Im Vertrauen darauf, dass ich das Richtige getan habe, und ihr das Richtige tun werdet. Und dann: Euer Vater, Dr. Hermann Kaim. Heil Hitler"

Was hatte dieser Brief aus dem Schließfach mit der Tätowierung, der Nummer und dem Namen an den Köpfen von zwei Brüdern, die als Säuglinge in Sachsenhausen gefunden worden waren, zu tun? fragte sich Gero. Er setzte sich an den Schreibtisch und begann den ganzen Brief zu lesen.

Teil 2

Kapitel 1

Es war spät geworden. Dr. Grechtler wandte seinen Blick von der Wanduhr ab, hin zu dem silbernen Alukoffer, der vor ihm auf dem Schreibtisch lag. Darin lag nichts als ein Blatt Papier, Din A5, mit einer Nachricht, die dieser Steiner ihm hatte zukommen lassen: „Wir haben, was Sie wollen. Wenn Sie vorher Kontakt aufnehmen wollen, geben Sie eine Traueranzeige für Walter Steiner im Berliner Tagesspiegel auf."

Wir haben, was Sie wollen. Sah dieser Steiner zu viele Agentenfilme? Der schien wie selbstverständlich davon ausgegangen zu sein, dass man versuchen würde, ihm den Inhalt des Schließfachs abzunehmen, und er hatte seine Vorkehrungen getroffen. Und offensichtlich hatte Steiner einen Plan: „Wenn Sie vorher Kontakt aufnehmen wollen." Vor was? Jetzt war es Grechtler, der wie ein Schuljunge dastand. War dieser Steiner völlig verrückt? Sein Vater war gerade erst gestorben, umgebracht, und er spielte Spielchen? Grechtler erhob sich mühsam aus dem Schreibtischstuhl - seine Hüfte machte ihm zu schaffen - und ging zum Fenster, von dem sich ein wunderbarer Blick über das nächtliche Zürich bot.

Irgendetwas war falsch gelaufen. Schließlich war es nicht der erste Code 45, mit dem er in all den Jahren als geschäftsführender Gesellschafter der Rüttlibank Erfahrung machen musste. Allerdings hatte ihn der Name, den der Inhaber des Schließfaches trug, Kaim, in höchste Alarmbereitschaft versetzt.

Als Grechtler die Geschäfte von seinem Vater, dem Gründer der Rüttli-Bank übernommen hatte, waren sie den Kundenstamm durchgegangen, und nur bei Kaim war sein Vater in seinen Ausführungen von der rein geschäftlichen Bedeutung des Kontoinhabers für die Bank abgewichen. Kaim war, soviel wusste Grechtler auch, ein Stratege des Grauens gewesen. Es war bekannt, dass er mit seinen Versuchen für eine Automatisierung des Mordens gesorgt hatte, und zwar in der Art, dass den Handelnden vor Ort stets nur ein kleiner Teil eines mörderischen Prozesses anvertraut worden war. Diejenigen, welche die Opfer aus den Häusern trieben, waren andere, als diejenigen, welche am Sammelplatz das Ausziehen der Kleider und Abgeben ihrer persönlichen Sachen bewachten. Und dann waren es wieder andere Kameraden, Soldaten, aber auch Polizisten, welche die Menge in Gruppen vom Sammelplatz weg hin zum Ort der Erschießung trieben und dort am Rand der Grube ihren Henkern übergaben. Im Rahmen des Tötungsprozesses hatte jeder der Täter den ihm zugewiesenen Teil zur rechten Zeit am rechten Platz zu erbringen, damit der Prozess im Ganzen nicht ins Stocken geriet, ohne sich aber für das Morden verantwortlich fühlen zu müssen.

Wie Grechtler wusste, hatte Kaim persönlich seinem Vater eröffnet, dem Reich noch auf andere Weise dienlich gewesen zu sein. Grechtlers Atem schlug sich auf der kalten Fensterscheibe nieder. Sein „Meisterstück", so hatte ihm sein Vater mit einiger Bewunderung berichtet, war Kaim nach dessen Schilderungen vom Führer persönlich in Auftrag gegeben worden. Dabei ging es darum, dass im Zuge der Vertreibungen und des Mordens freiwerdende volks- und staatsfeindliche Vermögen aufzuspüren, vollumfänglich einzuziehen, sonstige Vermögenswerte zu Geld zu machen und alle Erlöse für den Fortbestand des Reiches zu sichern. Wörtlich hatte sein Vater wiedergegeben, was Kaim vom Führer abverlangt worden war: „Kaim, Sie stehen mir persönlich dafür gerade, dass das Reich werden kann, wenn die Zeit gekommen ist." Das Perfide an dem historisch unvergleichbaren Raubzug war, dass Beschlagnahmung und Einziehung des Vermögens der Verfolgten durch das Naziregime weitestgehend durch Gesetze und Verordnungen geregelt waren, die ihrerseits - gemessen an den vermeintlich rechtsstaatlichen Rahmenbedingungen des Dritten Reichs - ordnungsgemäß zustande gekommen, also in dem historischen Kontext verfassungsgemäß waren. Exemplarisch fielen Grechtler das Devisenausfuhrverbot von 1933 und die Reichsfluchtsteuer ein, das Gesetz über die Einziehung kommunistischen Vermögens vom 26. 05. 1933, das Gesetz über die Einziehung volks- und staatsfeindlichen Vermögens vom 14. 07. 1933 sowie die Verordnung über die Anmeldung des Vermögens von Juden vom 26. 04. 1938, mit welcher den Juden aufgegeben wurde, ihr gesamtes Vermögen darzulegen, zu bewerten und Veränderungen anzuzeigen. Dann war da noch die Durchführungsverordnung zur Sühneleistung von 1,12 Milliarden Reichsmark vom 21. 11. 1938, die Verordnung über den Einsatz jüdischen Vermögens vom 3. 12. 1938 und die Erhöhung der Judenvermögensabgabe von 20% auf 25% vom 23. 10. 1939. Und nicht zu vergessen die Vielzahl weiterer gesetzlicher Regelungen und Führerweisungen, die im Rahmen der beabsichtigten sogenannten „Gesamtentjudung“ der Wirtschaft und des Grundbesitzes seit 1938 das Vermögen der Nazis vergrößerten, deren Bezeichnungen Grechtler aber entfallen waren. Behalten aber hatte er einen Auszug aus einem Erlass Hermann Görings, dem im Anschluss an die Novemberprogrome 1938 Geltung verschafft wurde und in dem es ausdrücklich hieß, dass die Übernahme jüdischer Betriebe und sonstiger jüdischer Vermögenswerte aus jüdischem Besitz nur auf streng gesetzlicher Grundlage gemäß den dafür erlassenen Grundlagen zu erfolgen hatte. Das muss man sich einmal vorstellen. Feine Juristen. Grechtler wandte sich vom Fenster ab. Es stimmte: Auch die Finanzverwaltung war im Kampf der Nationalsozialisten gegen das Judentum und die anderen Verfolgten des Regimes in vorderster Front im Einsatz.

Zurück am Schreibtisch fiel sein Blick auf den Aktenkoffer. Er zwang sich nachzudenken, sich auf das Wesentliche zu konzentrieren.

Nach dem Kettenanruf, den der Direktor der Züricher Kantonsbank Zerhagen in Gang gesetzt und der die Banker über die bevorstehende Wiederbelebung der Bankverbindung informiert hatte, war er vorbereitet gewesen. Er hatte die Erstellung eines Dossiers über die Kontaktperson Gero Steiner anfertigen lassen, wusste bereits nach kurzer Zeit, wer dieser Steiner war, und was er von ihm zu erwarten hatte. Dank seiner Kanäle war es letztlich ein Leichtes gewesen, mehr über den Vorgang bei der Züricher Kantonsbank herauszubekommen. Die Leute redeten halt gerne und noch lieber, wenn sie sich wichtig machen konnten. Sicher hatte Kaims Schließfach auch bei den Kollegen der Züricher Kantonsbank eine besondere Bedeutung. Und so wurde ihm bestätigt, was er nach Zerhagens Anruf schon gemutmaßt hatte, nämlich dass es eines Kennwortes bedurfte, welches aber Vater und Sohn Steiner erst einmal nicht genannt hatten. Um das zu erfahren, hatten seine Männer ganze Arbeit geleistet. Den Tod des alten Mannes hatte er nicht einkalkuliert, aber die Dinge liefen eben manchmal anders.

Der sture Bock hätte nur das Kennwort sagen müssen! War das angesichts des sicheren Todes zu viel verlangt? Walter Steiner hatte doch sechzig Jahre ganz gut ohne nennenswertes Vermögen gelebt. Alles, was er Walter Steiner zugutehalten konnte, war, dass er auf die Situation, in der er sich wieder befunden hatte, nicht gewappnet sein konnte. Vielleicht hätte er gerade deshalb reden sollen. Aber Walter Steiner hatte geschwiegen. Und jetzt war er tot, ohne das Kennwort preisgegeben zu haben. Und nun war Steiner Junior plötzlich in der Züricher Kantonsbank mit Nummer und Kennwort aufgetaucht, hatte das Schließfach geöffnet und hielt den Schlüssel zu einem unschätzbaren Vermögen in der Hand, das es tatsächlich nicht mehr gab, wie Grechtler nur zu gut wusste, das investiert und dann zur Sicherung des Fortbestands der Rüttlibank gebraucht worden war. Aber wieso jetzt, nach all den Jahren?

Grechtler fühlte sich vorgeführt. Er war der weise alte Mann im Hintergrund. Er war es, der die Fäden zog, und er würde sich ganz bestimmt nicht zum Hampelmann machen lassen. Gero Steiner wollte Spielchen. Er sollte Spiele haben. Er würde Steiner von zwei Seiten in die Mangel nehmen.

Kapitel 2

Moshe Liebermann hatte nicht eine Sekunde geschlafen, als sein Smartphone ging. Gero. Jetzt nicht. Er wollte nicht reden.

Auf dem Schreibtisch seines Hotelzimmers lagen die Dokumente aus dem Schließfach, hoch kopiert und ausgedruckt. Auch ein handgeschriebener Brief. Wieder und wieder hatte er ihn gelesen, erst neugierig, dann ungläubig, dann erstarrt. Unfähig, die ganze Tragweite zu erfassen, wusste Moshe Liebermann seit dieser Nacht, dass nichts in seinem Leben mehr so sein würde wie es war. Nur, wie sollte er mit dem neuen Wissen umgehen?

Dann las er die Zeilen noch einmal.

„Zürich, den 23. März 1945
Meine Jungs,

habt Ihr es also geschafft. Bis hier hin. Bis in den Tresorraum der treuen alten Züricher Kantonsbank. Was für ein Glück. Was für eine Befriedigung, dass Ihr jetzt vor dem Schließfach steht, vor dem auch ich im Frühjahr 45 stand. Heil Dir, Deutsches Blut!

Welches Jahr mag es wohl sein, dass sich die Vorsehung erfüllt? Wie alt musstet ihr werden, um Euer Dasein zu verstehen, um Eure Bestimmung anzunehmen. Ich hoffe nicht, zu alt. Ist doch jedes Jahr ohne die Visionen eines Führers vom Schlage Adolf Hitler ein verlorenes Jahr. Für Euch und für die Welt. Ich weiß das, Euer Blut weiß das. Und alle unsere tapferen Kameraden, die für unsere Sache auf den Kriegsfeldern Europas gestorben sind, wissen das.

Bei einem bin ich mir sicher: Leer und ohne Sinn ist Euch das Leben vorgekommen. Und doch, Ihr habt gespürt, was mit Euch ist, gemerkt, dass etwas nicht stimmen konnte an Eurem Lebenslauf. Ihr werdet verstehen und Ihr werdet verzeihen: ich konnte Euch nicht die Gnade des Freitods erweisen. Ich habe meine Frau, Eure Mutter erschossen und ich werde mich erschießen, aber Ihr musstet um der Sache willen leben. Das zu besorgen, war mein Verdienst, aber auch mein Opfer, das letzte, das ich stolz erbringen durfte.

Und so habe ich Euch beschnitten, habe Euch das sichtbare Zeichen des Bundes mit dem Judengott auf den Weg gegeben. Dies, um zu verhindern, dass man Euch mordet, nur weil Ihr von meinem Blut seid. Und man hätte Euch ermordet, das weiß ich am besten: Denn es sind die Säuglinge, die erwachsen werden, und dann sind es Männer und Frauen des Widerstandes. Da ich bin sicher. Ihr seid der Anfang einer Bewegung, an dessen Ende das Reich steht, so glanzvoll, beständig, rein und gut, wie es mir nicht vergönnt war, es zu erleben. Dies zu besorgen ist Eure Pflicht.

Ihr findet in dem Schließfach neben diesen Zeilen die Kontoeröffnungsblätter von insgesamt 25 Nummernkonten, die ich bei der Rüttlibank eingerichtet habe. 25 Konten, über die ihr dank der Dokumente nun verfügen könnt. Es ist das Geld der Feinde des Reichs, der Feinde deutschen Bluts.

Ich habe es zu Franken gemacht. Geld, das ich unter Ostaras schützender Hand gesichert habe für Euch, für die Wiederauferstehung des Reiches.

Und jetzt ist es an Euch, meinem Handeln Sinn zu geben. Ihr und die Nachkommen derer, die ich Euch in der Liste nenne. Erfüllt Eure Pflicht, so wie ich meine Pflicht erfüllt habe. Enttäuscht mich nicht und zeigt der Welt, von welchem Blut Ihr seid: meinem Blut.

Euer Vater, Dr. Hermann Kaim. Heil Hitler“

Und wieder schwankte der Boden unter Moshes Füßen. Das, was sich hier offenbarte, war grauenhaft. Aber etwas war noch viel grauenhafter als diese Offenbarung: die Erkenntnis, dass er, Moshe Liebermann, kein Jude war, erschütterte ihn bis ins Mark. Er war der Sohn eines Naziverbrechers. Noch weigerte sich sein Verstand, dies zu akzeptieren. Kein Jude zu sein, das drohte ihn zu zerreißen, brach sein Herz. Was bedeutete es schon angesichts dieser Tatsache, dass er mit seiner Volljährigkeit Deutschland den Rücken gekehrt, seinen Bruder allein zurückgelassen hatte und nach Israel gegangen war. Dass er seinen ihm von christlichen Schwestern verliehenen Namen abgelegt und einen jüdischen angenommen hatte, war für die Frage seiner Zugehörigkeit zum jüdischen Volk ohne Bedeutung. Jude war, so die Traditionalisten, wer als Kind einer jüdischen Mutter geboren oder eine dem jüdischen Religionsgesetz, der Halacha, entsprechende Konversion vorgenommen hatte. Aber seine Mutter war stramme Nationalsozialistin gewesen, ebenso wie sein Vater Nazi war. Ihn und seinen Zwillingsbruder hatte man als Säuglinge in Sachsenhausen gefunden, beschnitten. Damit war für alle der Fall klar gewesen. Deshalb hatte er, obgleich er nach Kriegsende in einem Kinderheim von evangelischen Schwestern getauft wurde, nicht zum jüdischen Glauben konvertieren müssen, was noch etwas anderes gewesen wäre. Es hatte keinen Zweifel darüber gegeben, dass Walter Steiner und sein Bruder Moshe von Geburt Juden waren und für sie hatte kein Anlass bestanden, zu konvertieren. Bis heute. Sein Bruder war in Deutschland geblieben, hatte seine spätere Frau während seiner Lehrzeit kennen und lieben gelernt und es hatte für ihn keine Rolle gespielt, dass sie evangelischer Konfession war, so wie für sie der jüdische Glaube ihres Mannes keine Rolle gespielt hatte. Für Moshe war es unmöglich gewesen, im Land der Mörder zu leben. Die Auseinandersetzung, die er deswegen mit seinem Bruder geführt hatte, hätte beinahe zur Entzweiung geführt. Sein Bruder wollte, wie er ihm gesagt hatte, mit seiner Anwesenheit im Deutschland der Nachkriegszeit mahnen. Er wollte ein Zeichen setzen, wollte Mut machen und in seinem bescheidenen Rahmen der Versöhnung der Völker den Weg bereiten. Eine Entscheidung, die Moshe nicht nachvollziehen konnte. Moshe war nach Israel gegangen, hatte den jüdischen Glauben in all seinen Facetten gelebt und seinem Volk gedient. Wer Jude ist, gehört nicht nur einer Glaubensgemeinschaft an, sondern wird auch Teil eines Volkes. Genau das hatte Gott Abraham gesagt, dass er seine Nachkommen zu einem großen Volk machen werde. Jetzt musste Moshe Liebermann nicht nur seine Identität neu definieren, er hatte auch seine Glaubensgemeinschaft und damit die Zugehörigkeit zu seinem Volk verloren.

Wie sein Onkel versuchte auch Gero in dieser zweiten Nacht nach dem Mord an seinem Vater seine Gedanken zu ordnen. Das war ihm in den letzten Stunden nicht wirklich gelungen, und es würde ihm auch jetzt nicht gelingen. Die Ereignisse hatten sein Leben völlig aus den Fugen geraten lassen. Die Bilder vom toten Vater über der Badewanne, die allmähliche Bewusstwerdung des Unwiderrufbaren, all das stürmte auf ihn ein. Und jetzt dieser Brief, der mit „Euer Vater, Dr. Hermann Kaim. Heil Hitler", schloss und in dem das Unfassbare an sich zu lesen war.

Gero rief sich die Fakten auf, schließlich war er Anwalt. Zunächst einmal: Sein Großvater war ein Nazi gewesen. Nicht irgendein Nazi, sondern ein Funktionsträger, ein Entscheider. Sein Großvater hatte offensichtlich über Leben und Tod entschieden. Er hatte den Tod von Menschen befohlen und er hatte seine Frau, die Mutter seines Vaters, Moshes Mutter, seine Großmutter, erschossen und dann sich selbst gerichtet. Und er hatte dem Leben seiner Söhne eine Bestimmung gegeben, indem er sie tätowiert und beschnitten hatte. Walter Steiner und Moshe Liebermann sollten das Werk ihres Vaters fortsetzen, gemeinsam mit anderen Nachkommen. Was bedeutete das alles? Er versuchte sich zu beruhigen. Was bedeutete das für seinen Vater, für Moshe, aber auch für ihn? Wohl zum fünfzigsten Mal stand er auf und drehte seine Runde in dem Hotelzimmer.

Das alles war einfach zu viel. Noch weit entfernt davon, den Tod des Vaters verstanden, geschweige denn akzeptiert zu haben, stand er schon wieder vor einer Wand, die sich vor ihm erhob. Schwarz und undurchdringlich. Sein Großvater ein Mörder in Sachsenhausen, einer, der den Todgeweihten erst die letzte Habe und dann das Leben genommen hatte. War es das, was der Brief ihm sagen wollte? Und dann die Dokumente. Er hatte die Bilder auf seinem Smartphone hochgezoomt und die Dokumente tatsächlich als Kontoeröffnungsunterlagen identifizieren können. 25 Konten, und wenn er recht gelesen hatte, belief sich das darauf im Frühjahr 1945 überwiesene und eingezahlte Vermögen auf insgesamt mehr als 250 Millionen Schweizer Franken. Was mochte das Geld heute wert sein? Er erschrak bei diesem Gedanken. Er wusste nicht weiter. Er wusste überhaupt nichts mehr. Und dann die Liste namhafter, aber auch ihm gänzlich unbekannter Unternehmen aus Deutschland und Europa. Er fühlte sich wie auf Glatteis. Ohne Halt. Losgelassen.

Das Beste wird Laufen sein, dachte er. Er musste sich bewegen, einen klaren Kopf bekommen.

Die Uhr zeigte 05:00 Uhr, als er sich seine Sportklamotten anzog und sich zu einer Runde durch das morgendliche Zürich entschloss. Er liebte die Morgenstimmung gerade in Städten. Alles war ruhig. Nur ein paar verlorene Nachtschwärmer und erste Lieferanten selbst heute am Sonntag. Gero fand schnell seinen Rhythmus: Vier Schritte ausatmen, vier Schritte einatmen entsprachen etwa 65% seiner maximalen Herzfrequenz und das war sein normales Tempo. Aber jetzt lief er schneller. Bewusst. Aus Erfahrung wusste er, dass es so möglich sein würde, an nichts zu denken, da seine ganze Konzentration zur Beibehaltung seines Tempos erforderlich war. Was für eine Befreiung nach der Enge des Zimmers.

Er verausgabte sich mehr und mehr und spürte dann, dass er es langsamer angehen lassen musste, wenn er weiterlaufen und nicht gehen wollte. Kaum war sein Puls wieder im aeroben Bereich, kamen sie zurück, die Gedanken an den Tod des Vaters, den Großvater, den Nazi, an das, was er gemacht hatte und an das Geld aus dem Schließfach. Vier Schritte einatmen, vier Schritte ausatmen. Wie ein Mantra wiederholte er die Regeln der aeroben Atmung, nur um keine Antworten finden zu müssen. Plötzlich war er wieder am See angelangt und bog auf die Uferpromenade ein. Als Gero zuletzt hier am Ufer gelaufen war, war sein Vater in höchster Gefahr gewesen, hatte um sein Leben gekämpft, den Kopf unter Wasser, während er seinem Sport nachgegangen war. Er fühlte sich so hilflos, Tränen schossen ihm in die Augen. Er hatte seinen Vater im Stich gelassen. Sein Vater könnte noch leben, hätte er nur die Gefahr erkannt. Aber für ihn war diese Tätowierung eben nur eine Zeichnung gewesen. Mehr nicht.

Er wischte sich mit den Handballen die Tränen aus den Augen, atmete tief durch und versuchte sich wieder auf das Laufen zu konzentrieren. Da vor ihm, etwa 200 Meter entfernt, kam ihm ein dunkler Schatten entgegen. Ein Läufer so wie er. Athletisch, schnelles Tempo. Aber am Sonntag um halb sechs? Gero fühlte, wie sein Körper sich verspannte. Umdrehen, zurücklaufen? Er blickte sich um, kein Mensch weit und breit, außer ihm und dem Schatten war niemand unterwegs. Es machte wenig Sinn, die Gefahr im Rücken zu haben. Also entschied er sich, auf der Promenade zu bleiben, sich aber auf der dem Wasser abgewandten Seite zu bewegen. Da fiel ihm Julia ein. Wie oft hatte sie ihn gebeten, auf seinen langen Läufen durch den Grunewald das Smartphone mitzunehmen. Nur für alle Fälle. Und wie oft hatte er sich darüber lustig gemacht. Er wollte nicht erreichbar sein, er wollte noch nicht einmal wissen, wer ihn zu erreichen versuchte. Für ihn war nur die Zeit ohne Smartphone Freizeit, Befreiung – eine Sichtweise, die Julia angesichts der Vorteile des Mobilfunks nicht gelten lassen wollte. Aber jetzt hätte er seine Seele für ein Smartphone verkauft. Mittlerweile hatte der Schatten Konturen bekommen. Eindeutig ein Mann, der ihm da entgegenkam, und zwar von kräftiger Statur und trotzdem geschmeidig in seinen Bewegungen. Der Mann lief wie ein Uhrwerk. Gero fasste den Entschluss, stehen zu bleiben. Er setzte sich auf eine der Bänke der Promenade und tat so, als habe er ein Problem mit seinem rechten Schuh. Tatsächlich wollte er vorbereitet sein, genau, wie er auf die Attacke der Mopedfahrer vorbereitet gewesen war, wollte nicht im Vorbeilauf gestoßen und zu Boden gerissen werden. So positioniert fixierte er den Mann, der jetzt nur noch einige Meter entfernt war. Und dann erkannte er ihn: Moshe. Gero war erleichtert wie selten zuvor in seinem Leben. Vor seinem geistigen Auge hatte er sich schon im Kampf mit der Gestalt gesehen und er war nie gut darin gewesen, sich zu prügeln.

Moshe umarmte ihn lange und fest. Und wie bei ihrer ersten Begegnung sprach auch jetzt keiner von beiden ein Wort. So standen sie da einige Minuten unbewegt in der Morgendämmerung. Dann setzten sich die beiden Männer mit Sicht auf das unvergleichliche Alpenpanorama auf die Bank.

Moshes Blick fragte und Geros Nicken bestätigte, dass auch er den Brief Hermann Kaims gelesen hatte. Keiner fand Worte. Nicht Moshe. Nicht Gero. Drückende Stille machte sich zwischen den Männern breit. Es dauerte einige Zeit, dann brachte Gero flüsternd die Frage hervor, was das alles zu bedeuten habe. Aber Moshe schüttelte nur den Kopf. Er erhob sich, ein bisschen Gehen würde ihnen beiden jetzt guttun.

Ohne es zu merken, standen sie plötzlich vor dem Marriott, dem Hotel, in dem sie offensichtlich beide untergekommen waren, ein Umstand, über den sie lachen mussten. Wahrscheinlich wäre ihnen das Lachen vergangen, hätten sie bemerkt, dass sie von der gegenüberliegenden Seite des Hotels aus einem schwarzen Van heraus fotografiert wurden.

Wer war Hermann Kaim? Moshe Liebermann und Gero saßen im „Business Center“ und wollten es wissen. Der Name
war dem weltweiten Datennetz ein Begriff, zumindest in Verbindung mit den Suchbegriffen „Nationalsozialismus“ und „Sachsenhausen“.

Moshe und Gero entschieden sich, es gleich mit dem ersten Link zu probieren, den die Suchmaschine ausgeworfen hatte. Es dauerte einen Moment, bis sich die Seite aufgebaut hatte, und es war, als verlangsamte sich die Zeit. Atemlos überflogen die beiden Männer Zeile um Zeile. Es konnte kein Zweifel bestehen. Kaim war SS-Offizier gewesen, einer, der bereits in den ganz frühen Jahren in der NSDAP seine Chance gesehen hatte. Seine Partei-Mitgliedsnummer war entsprechend niedrig. Der Autor der Seite ging davon aus, dass Kaim schon sehr früh persönlichen Kontakt zu allen Größen der Naziherrschaft gehabt haben musste. Und dementsprechend hatte Kaim Karriere gemacht. In der Partei und in den ihr angeschlossenen Organisationen, bis er zuletzt im Rang eines Generaloberst der Waffen-SS für besondere Aufgaben seinen Dienst im Konzentrationslager Sachsenhausen versehen hatte. Mit Blick auf die Fotos der Website stellte Gero überrascht fest, dass Kaim, aber auch Hitler und die anderen Nazi-Größen, zum Zeitpunkt der Machtergreifung so Anfang, Mitte Vierzig, also in seinem jetzigen Alter gewesen waren. Dessen war er sich nicht bewusst gewesen. So jung, und dennoch waren sie in der Lage gewesen, einen politisch und historisch so verhängnisvollen Wendepunkt in der Geschichte Deutschlands, Europas und der Welt zu setzen. Gero konzentrierte sich wieder auf die angegebenen Informationen. Danach war Kaim so etwas wie der Logistiker des Todes gewesen, dessen Forschungen und Experimenten die Nazis die Perfektion der Massenermordungen während des Naziterrors zu verdanken hatten, auch wenn sein Name nicht in das Bewusstsein der Öffentlichkeit gelangt war. Gero konnte nicht mehr tun, als die bloße Information als solche aufnehmen, so wie man ein Bild zum ersten Mal betrachtet oder eine Komposition zum ersten Mal hört. Er blickte seinen Onkel aus den Augenwinkeln an.

Moshe starrte auf den Monitor. Sein Blick hing fest an dem Foto einer Grube, halbvoll gefüllt mit nackten Menschenleibern, an deren Rand Kaim stand. Offensichtlich gab er einem der Schützen Anweisungen. Vielleicht führte er aber auch nur eine Unterhaltung. Es war so unwirklich, und doch war es geschehen. Moshe bemerkte den Blick seines Neffen.

Die ersten Bilder und Texte, die das Internet über Dr. med. Hermann Kaim, den Naziverbrecher ausspuckte, hatte Moshe noch als Information aufnehmen und verarbeiten können. Die unaussprechliche Tatsache aber, dass sein Vater nicht Opfer, sondern ein vor nichts zurückschreckender Täter gewesen war, verdrängte er immer noch. Alles was Moshe wusste, war, dass dieser Tatbestand sein Leben veränderte und zwar vollständig. Während Gero von einem Treffer zum nächsten geklickt war, hatte Moshe ohne jede erkennbare Regung nach außen daneben gesessen und versucht zu verstehen, was da vor seinen Augen passierte. Aber es war, als wäre ihm die Kontrolle über sich entzogen: Atmung, Bewegung, Wahrnehmung, alles fremdbestimmt. Er konnte nur dasitzen und sich von einer zur nächsten Minute zwingen. Immer wieder hämmerte es: sein Vater war nicht Opfer, er war ein Mörder gewesen. Und sein Vater war auch kein Jude, seine Mutter keine Jüdin. Was waren dann er und sein Bruder?

Moshe konnte den Aufruhr in einem Innersten kaum beherrschen. Natürlich, so sagte er sich, waren sie Opfer der Nazis geworden, nur anders, als er das 60 Jahre gedacht hatte. Oder stimmte das gar nicht, war er jetzt, bedingt durch das Morden seines Vaters, auch dem Täterkreis zuzurechnen oder war er Opfer und Täter? Moshe konnte keinen klaren Gedanken fassen. Alles, was er sah, waren die angstbesetzten Augen der todgeweihten Menschen und die ihn jetzt, sechzig Jahre später in einem Business Center aus einem Monitor heraus anstarrten. Und Dr. Hermann Kaim war schuldig daran. Moshe hatte entsprechende Fotografien aus Sachsenhausen, aber auch aus anderen Konzentrationslagern schon oft gesehen. Menschen, abgebildet, voller Angst, ohne jede Hoffnung. Diese Bilder hatten sich ihm eingebrannt, sie waren Teil seines Ichs geworden, sein Antrieb und seine Berufung. Und jetzt? Moshes Gedanken rasten in seinem Kopf, ohne Halt zu finden. Alles, was er im Stande war zu tun, war seinen Körper zu stabilisieren. Konzentration. Mit beiden Füßen den Boden zu berühren, bewusst zu atmen, langsam ein, langsam aus. Sich auf das zu fokussieren, was zu tun war, jetzt, als nächstes. Das hatte er vor langer Zeit beim Militär gelernt, eine Technik, die ausblendet, die verdrängt, die den Körper zwingt zu funktionieren und die so manches Mal sein Leben gerettet hatte. Weil er erst einmal einfach weitermachen und alles andere auf später verschieben konnte. Der Unterschied lag nur darin, dass ihn jetzt persönlich die grauenhaften Ereignisse dieser Zeit aus einer Richtung getroffen hatten, auf die er nicht vorbereitet war. Aber es gelang ihm schließlich, sich auf die reale Situation um ihn herum zu konzentrieren.

Er riss sich von dem Bild los und bedeutete Gero, fürs erste genug gelesen zu haben. Gero schloss die Internet-Seite und schaltete dann den Computer aus, auch wenn dem aufgerufenen Link zu Kaims besonderen Aufgaben in Sachsenhausen nichts Weiterführendes entnommen werden konnte. Vielleicht war ja der Brief der Schlüssel zu diesen Aufgaben. Vielleicht hatte Hermann Kaim das Kapital der Todgeweihten konzentriert und schließlich den Schweizer Banken anvertraut, erst der Züricher Kantonsbank und dann der Rüttlibank.

Die Männer verließen das Business-Center. Sie konnten jetzt eine Stärkung vertragen. Dann kamen Onkel und Neffe überein, sich hier in Zürich auf das zu beschränken, was noch erledigt werden musste. Am Abend wollten sie versuchen, den Flieger zurück nach Berlin zu nehmen. Moshe würde seinen Neffen begleiten und ihm in dieser schwierigen Situation beistehen. Gero fühlte Erleichterung. Wie gut, dass er nicht alleine sein würde und auch für seinen Onkel würde es gut sein, selbst wenn er so tat, als sei er jeder Situation gewachsen.

Zuerst mussten sie mit dem hiesigen Beerdigungsinstitut, die Überführung des Leichnams klären. Aber konnte Walter Steiner als Jude beerdigt werden, wenn er doch gar kein Jude war? Fragen über Fragen. Selbst Moshe wusste keine Antwort. Aber in Berlin wäre Zeit und Gelegenheit, auch das zu klären.

Der nächste Punkt der Erledigungen schien komplizierter. Moshe und Gero waren einer Meinung, dass ihnen mit den Bankunterlagen ein

Vermögen zugefallen war, das jetzt, sechzig Jahre nach der Kontoeröffnung einen weitaus höheren Wert als 250 Millionen Schweizer Franken haben dürfte, und das galt es jetzt zu sichern. Aber wie? Nach einigen Überlegungen hatte Gero den richtigen Ansatz zur Lösung dieses Problems gefunden. Schließlich waren sie in der Schweiz. In Zürich. Da könnte es, wenn es um das Thema Geld ginge, auch an Sonntagen kein Problem geben, jedenfalls keines, was sich nicht lösen ließe.

Gero ließ sich mit dem Hotel „Baur au Lac" verbinden und fragte höflich, aber bestimmt nach dem Geschäftsführer. Natürlich hatte man dort den Zwischenfall vom Freitag nicht vergessen, und so dauerte es nicht lange, bis sich der Geschäftsführer des ehrwürdigen Familienunternehmens meldete. Die Rüttlibank war diesem natürlich ein Begriff. Auch war ihm der Name des Direktors geläufig: Dr. Friedrich Grechtler, und ja, man könne einen Kontakt kurzfristig, sicher auch heute noch am Sonntag herstellen. Gero hinterließ seine Smartphone Nummer und bedankte sich herzlich. Tradition hatte auch ihr Gutes.

Jetzt hieß es warten, genug Zeit, um sich mit dem Schweizer Bestatter in Verbindung zu setzen.

Nach einer halben Stunde schienen alle Fragen beantwortet, die Formalitäten erledigt zu sein. Der Leichnam seines Vaters würde am Mittwoch mit einem Lufthansa-Flug über München nach Berlin geflogen und dort bei einem befreundeten Bestattungsunternehmen gelagert, bis die weiteren Modalitäten klar waren. Gero bedankte sich und freute sich mit Moshe, dass sie wenigstens hinter diesem Punkt einen Haken machen konnten. Die Uhr zeigte jetzt 11:15 Uhr.

Moshe und Gero entschieden, die Zimmer zu räumen, auszuchecken und dann in der Halle das weitere Vorgehen zu überlegen, falls sich der Bankdirektor bis dahin nicht gemeldet haben sollte. Es war völlig irrational, aber Gero hatte das Gefühl, dass die Dinge begannen, sich zum Guten zu wenden. Und so verscheuchte er düstere Gedanken, die in seinem Unterbewusstsein nur auf einen schwachen Moment warteten, um unvermindert hervorbrechen zu können.

Er war gerade im Bad seines Hotelzimmers und packte sein Waschzeug zusammen, als sein Smartphone erneut klingelte. Dr. Friedrich Grechtler,

Direktor der Rüttlibank, Zürich. Er drückte Gero sein Mitgefühl zum Tod des Vaters aus und fragte, womit er dienlich sein könne. Gero entspannte sich. Dr. Grechtler hatte eine warmherzige Stimme. Sicher war er ein gebildeter, älterer Herr mit schlohweißem Haar, der am Ende des Tages ganz froh war, auch am Sonntag seiner Bank zur Verfügung stehen zu können. Gero bedankte sich für die Anteilnahme und entschuldigte sich sogleich für die sonntägliche Störung, bat aber um Verständnis, da es genau die Umstände des Ablebens seines Vaters seien, die ihm keine Wahl ließen. Dr. Grechtler verstand und versicherte, kein Problem damit zu haben. Worum es denn ginge? Gero kam ohne Umschweife zur Sache: die Rüttlibank sei Verwalterin eines Vermögens in Höhe etwa 250 Millionen Franken, verteilt auf 25 Konten, das ihr im Frühjahr 1945 von Herrn Dr. Hermann Kaim anvertraut worden war. Kaim hatte, den Dokumenten aus dem Schließfach nach zu urteilen, hinsichtlich der Konten bei der Rüttlibank mit einer notariell beglaubigten Urkunde verfügt, dass der oder diejenigen, welche die Kontoeröffnungsunterlagen im Original vorzulegen in der Lage seien, berechtigt sind, uneingeschränkt über das darauf befindliche Guthaben zu verfügen. Gero wunderte sich über sich selbst. Ihm kam die Geschichte mit dem Schließfach so selbstverständlich über die Lippen wie der Name Kaim, so als habe er seit Jahren Kenntnis davon gehabt und nur auf den rechten Augenblick gewartet.

Das, so Dr. Grechtler am Telefon, sei natürlich ein gewichtiger Grund, dessen Besprechung sicher keinen Aufschub duldete. So führe die Rüttlibank wie andere Schweizer Banken auch eine Vielzahl nachrichtenloser Konten, und ja, er sei um jedes Konto froh, das nach so langer Zeit seinem rechtmäßigen Besitzer zugeordnet werden könne. Natürlich gebe es im Zusammenhang mit der Prüfung der Zugriffs-Berechtigung um solche Konten ein bewährtes Verfahren, von dem in begründeten Einzelfällen natürlich abgesehen werden könne. Dr. Grechtler ließ keinen Zweifel aufkommen, sich an den Bestand zu erinnern, handelte es sich doch um 25 Nummernkonten zu 250 Millionen Schweizer Franken. Er schlug vor, dass es wohl das Beste sei, sich in der Bank zu treffen, zumal Gero vorhabe, die Stadt noch am Abend zu verlassen. Alles, was er brauche, sei sein Personalausweis und die zu den Konten gehörenden Originalunterlagen einschließlich der angesprochenen notariellen Verfügung, denn sicherlich sei es ihm klar, dass es sich bei den Konten um Nummernkonten handele, deren Freigabe neben der Prüfung der angesprochenen Verfügung und Originaldokumente eine nicht unaufwendige weitere Prüfung verlangte. Aber Kaim dürfte auch bei großzügiger Auslegung allgemein üblicher Lebenserwartung zwischenzeitlich das Zeitliche gesegnet haben. Gero bejahte und so verabredete er sich um 15:00 Uhr mit Dr. Grechtler in der Bank, nicht ohne zuvor bestätigt zu haben, alleine kommen zu wollen. Dann war das Gespräch auch schon beendet.

Zehn Minuten später traf Gero Moshe in der Hotelhalle, aber seinem Onkel schien die Kooperation des Bankdirektors nicht koscher, wie er meinte. Wer trennte sich schon gerne von soviel Geld. Aber andererseits gab es nichts, was Grechtler dagegen tun konnte. Und damit waren sie am eigentlichen Punkt: Es war jetzt kurz nach zwölf, und Gero hatte ebenso wenig wie Moshe auch nur den Hauch einer Ahnung davon, was sie mit dem Geld machen sollten. Geld, das wenn man dem Brief glauben wollte, Blutgeld war, das den todgeweihten Verfolgten des Naziregimes geraubt worden war.

Grechtler, seit dem frühen Morgen in der Bank, legte den Hörer auf die Gabel zurück, als sein Smartphone den Eingang einer E-Mail Nachricht anzeigte. Seine Sicherheitsleute hatten ihm Bilder übermittelt, die Gero Steiner zusammen mit einem unbekannten Mann vor dem Marriott zeigten. Das konnte eine zufällige Sportbekanntschaft sein, musste es aber nicht. Denn schließlich hatte ihn Gero Steiner schon einmal überrascht. Das würde ihm kein zweites Mal passieren. Also rief Dr. Grechtler im Marriott an. Das Hotel veranstaltete den jährlichen Presseball der Stadt, an dessen Finanzierung die Rüttlibank einen erheblichen Anteil hatte. Man würde ihm sicher behilflich sein. Grechtler kündigte dem Hotel die Übersendung eines Fotos verbunden mit der Bitte an, ihm die Personalien des Hotelgastes mitzuteilen. Das sei natürlich streng vertraulich und ohne jedes Risiko für das Hotel. Selbstverständlich. Es dauerte keine zehn Minuten und Grechtler hatte die Kopie eines Reisepasses als PDF-Datei auf seinem Rechner: Moshe Liebermann stand da zu lesen, geboren am 22. 04. 1945 in Sachsenhausen, Deutschland, wohnhaft in Rabinallee 67, Tel Aviv, Israel. Sein Gefühl hatte ihn nicht getäuscht. Es konnte kein Zufall sein, dass dieser Steiner hier in Zürich aus dem Nichts auftauchte, ein nachrichtenloses Konto öffnete und das alles im Beisein eines Israeli, der offensichtlich Verfolgter des Nazi-Regimes war. Grechtler stöhnte leise. Er musste jetzt die Nerven behalten, durfte nichts Unüberlegtes tun. Er musste wissen, wer dieser Moshe Liebermann war, der sich bislang so erfolgreich im Hintergrund gehalten hatte. Da das Geburtsdatum und der Geburtsort den Daten entsprachen, die ihm das in Auftrag gegebene Dossier bezüglich Gero Steiner über seinen Vater verraten hatte, war Grechtler zu der Überzeugung gekommen, dass es sich bei Moshe Liebermann nur um dessen Zwillingsbruder handeln müsste. Und er sollte Recht behalten.

Unter dem Bilder-Link gab er den Namen Walter Steiner ein und kurze Zeit später strahlte ihm der Gesuchte aus dem Flachbildschirm entgegen.

Es war ein Foto aus der Betriebszeitung der Chemischen Werke Bayer Leverkusen, die ihren langjährigen Mitarbeiter mit einem Artikel und einem Foto für seine Verdienste um das Unternehmen ehrte. Und der, der Grechtler da nicht ohne Stolz anblickte, hätte genauso gut Moshe Liebermann sein können, wie Grechtler zufrieden feststellte. Als er dann den Namen Moshe Liebermann eingab, war das Ergebnis ernüchternd: 61.100 Einträge. Das führte zu nichts, zumal die ersten acht Einträge allesamt auf Partnervermittlungen mit Sitz im osteuropäischen Raum hindeuteten, deren Kandidatinnen offensichtlich den Traum vom „lieber Mann" noch nicht aufgegeben hatten. Also zurück. Nachdenken, die Dinge vereinfachen. Worum es hier ging, war klar: Geld. Und möglicherweise hatte er mit Moshe Liebermann die Erklärung für das ungewöhnliche Tempo, das Gero Steiner bei der Klärung seines Anliegens an den Tag legte, gefunden. Die Antwort lag auf der Hand: die JCC, die Jewish Claim Conference hatte es auf das Geld abgesehen. Ja, so musste es sein. Diese Vereinigung war, wie Grechtler nur zu gut wusste, aus einem Treffen von 23 bedeutenden nationalen und internationalen jüdischen Organisationen in New York im Jahre 1951 hervorgegangen, und zwar einen Monat nach Erklärung des damaligen deutschen Bundeskanzlers Konrad Adenauer in einer Rede vor dem deutschen Parlament, dass die Bundesrepublik Deutschland Israel für die Aufnahme von Holocaust – Opfern entschädigen wollte. Nur sechs Jahre nach Kriegsende war es zu einem ersten direkten Kontakt gekommen zwischen dem späteren Chef der JCC, Nahum Goldmann, der im Auftrag des israelischen Ministerpräsidenten David Ben Gurion für Israel auftrat, und dem Kanzler der Deutschen, Konrad Adenauer. Für Grechtler war dies bis zum heutigen Tage kaum nachvollziehbar, und zwar um so mehr, als Deutschland die Anerkennung einer Kollektivschuld am Holocaust Israel gegenüber erfolgreich abgelehnt hatte, und stattdessen lediglich die Rede war von „unsagbaren, im Namen des deutschen Volkes begangenen Verbrechen".

Grechtler selbst hatte sich im Gegensatz zu seinem Vater nie als Nationalsozialist empfunden, auch wenn ihm gegenüber wiederholt ein entsprechender Vorwurf gemacht worden war. Es hatte sogar Demonstrationen gegeben vor seiner Bank, seinerzeit, Ende der sechziger Jahre, als es um das Nazi-Geld in den Tresoren der Banken gegangen war. Natürlich war er gegen das Morden gewesen, keine Frage, aber in einem war er einig mit der Nazi-Ideologie: Es waren die Juden, die Deutschland und Europa wirtschaftlich fest in ihren Händen gehalten hatten. „Wie Schraubstöcke", hatte sein Vater stets gemeint. Und es waren die Juden, die mit Geld so unglaublich geschickt umzugehen wussten, was in Grechtlers Augen eine verharmlosende, sehr diplomatische Ausdrucksweise darstellte. Erwartungsgemäß hatte der JCC seine Sache mehr als gut gemacht. Wenn er sich recht erinnerte, so hatten die Deutschen auf die Verhandlungen mit der JCC bis heute um die 50 Billionen Euro zur Entschädigung jüdischer Ansprüche, vertreten durch die JCC gezahlt. 50 Billionen Euro waren nicht genug gewesen. Natürlich nicht. Grechtlers Miene verhärtete sich. Die JCC hatte immer mehr jüdischen Besitz, der während des Holocaust entzogen wurde, sichern wollen, um ihn seinen rechtmäßigen Eigentümern zurückzugeben. Rechtmäßig, was hieß das schon? Wie schon sein Vater, war auch Grechtler der Auffassung, dass Ausgangspunkt aller Überlegungen doch die Feststellung hätte sein müssen, dass zunächst einmal die deutsche Nation jüdisches Vermögen aus reinem Selbstschutz rechtmäßig eingezogen hatte. Aber davon durfte keine Rede sein. Stattdessen rückten die Schweizer Banken ins Visier, als von Deutschland selbst nichts mehr zu holen war. Was waren das für unheilvolle Jahre zwischen 1964 bis 1975, in denen die Schweizer Banken im Fokus des öffentlichen Interesses standen, als wenn die Juden in den Tresorräumen von Schweizer Banken ermordet worden wären. Grechtler hatte das bis heute nicht verstanden. Die Rüttlibank hatte - wie andere Schweizer Banken auch - Geschäfte gemacht, mit Nationalsozialisten ebenso wie mit Juden. Die Geschäfte waren im Rahmen der geltenden Schweizer Gesetze unter Einhaltung der Allgemeinen Geschäftsbedingungen für das Schweizer Bankgewerbe eingegangen und abgewickelt worden, und also hatte man Pflichten, die einzuhalten er versprochen hatte. Und eine dieser Pflichten bedeutete, das Bankgeheimnis zu wahren. Das war nicht irgendein Kleinkram. Das Bankgeheimnis war eine der tragenden Säulen, auf der die Schweizer Wirtschaft geruht hat und noch heute ruhte. Das aufzugeben, war ausgeschlossen gewesen, wenigstens darüber waren sich alle einig in der Schweiz der sechziger Jahre, auch wenn nicht jeder nach außen dafür eingetreten war. Und so war es ihnen letztlich gelungen, den Kampf um die nachrichtenlosen Konten zu gewinnen, auch wenn die eine oder andere Schlacht verloren gegeben werden musste. Bis heute, wie Grechtler gerade erst schmerzlich erfahren hatte. Denn im Rahmen des von der Jewish Claim Conference vor dem U.S. District Court New York betriebenen sogenannten „Swiss Bank Settlement“ würden die Schweizer Banken zur Entschädigung der jüdischen Opfer des Nazi-Regimes weiter, zahlen, zahlen, zahlen. War Liebermann ein Mann der JCC? Das würde sich bald herausstellen. Schließlich hatte er überall einflussreiche Freunde in der Welt. Auch in Israel. Für heute musste es reichen zu wissen, dass im Hintergrund jemand die Fäden zog. Da waren sie immerhin zu zweit. Und schon bald, um 15:00 Uhr würde er mehr wissen. Da war er sich ganz sicher.

Was tun mit dem Geld? 250 Millionen Schweizer Franken, oder welcher Betrag auch immer daraus mittlerweile geworden war, waren eine abstrakte Größe. Gero hatte sich immer gefragt, was er wohl mit einer Million Euro machen würde. Die Antwort war immer dieselbe: Er würde sich als erstes einen Porsche 911 kaufen. Ein C 4 Coupé neuester Baureihe in Silber, Leder schwarz, mit Vollausstattung. Julia hatte ihn immer wieder damit hochgenommen, aber für Gero war es eben dieses Auto, das er sich kaufen würde, was für Julia wiederum um so bemerkenswerter war, als er gar kein Auto brauchte. Bei dem Punkt angelangt, hatte Gero stets darauf hingewiesen, dass darin ja gerade das Geheimnis des Porsche lag. Mit keinem Auto konnte man über Jahrzehnte billiger fahren als mit einem 911er, wenn man gar kein Auto brauchte.

Moshe stimmte lachend zu, auch wenn er selbst sich für etwas anderes als einen Porsche entschieden hätte. Wenn es in seinen Träumen um Reichtum ging, dann sah er sich immer in der Rolle desjenigen, der andere daran teilhaben ließ, das Geld verteilte, Kindergärten einweihte und Schulen baute und am Ende als armer Mann dastand, der zwar kein Geld mehr, aber viel Gutes geleistet hatte.

Gero fühlte sich ertappt. Ein wenig schämte er sich auch. Natürlich würde auch er spenden, einmal vorausgesetzt, das würde klappen mit so viel Geld. Er blickte auf und geradewegs in Moshes lachendes Gesicht. Er war seinem Onkel auf den Leim gegangen. Moshe war offensichtlich nicht der Samariter, für den er sich ausgegeben hatte. Er würde sich als erstes eine neue Cessna kaufen, um endlich vom Flugverein befreit fliegen zu können, wann immer er wollte und nicht, wenn es die Reservierungen der anderen Clubmitglieder erlaubte. Aber jetzt mussten sie eine Antwort auf die Frage finden, was sie mit 250 Millionen Schweizer Franken machen sollten.

In einem waren sich Moshe und Gero vollkommen einig gewesen. Für beide war es unvorstellbar, das Geld für eigene Zwecke zu behalten. Nicht einen einzelnen Franken wollten sie von dem Vermögen haben. Wer immer Anspruch auf das Vermögen hatte, sie waren es jedenfalls nicht. Das war ein erster Schritt. Und obwohl ihnen diese Entscheidung selbstverständlich erschien, begann die Sache dann komplizierter zu werden. Es zeigte sich, dass die Vorstellungen der beiden Männer auseinander gingen, was die Verwendung des Geldes anging. Moshe drängte darauf sicher zu stellen, dass das Vermögen dem Staate Israel zugute kam. Schließlich sei es heute kaum mehr möglich zu rekonstruieren, welcher Teil des Vermögens wem geraubt worden war. Gero gefiel dieser Plan nicht. Ihm war der Staat Israel zu unpersönlich, zu fremd. Was würde passieren? Es gebe nichts als eine Überweisung aus der Schweiz nach Israel, und damit wäre die Sache erledigt. Israel würde damit Haushaltslöcher stopfen, die sich im folgenden Jahr an anderer Stelle wieder auftun würden. Das Vermögen würde verpuffen. Außerdem lebte nicht jedes der Opfer bzw. deren Nachkommen in Israel, und konnte man wirklich davon ausgehen, dass jeder Jude weltweit Moshes Auffassung, was die Unterstützung des Staates Israel anging, teilen würde? Moshe wollte sich gerade über die Unkenntnis seines Neffen mit Blick auf den Staat und das Volk Israel aufregen, als sein Smartphone klingelte.

Mit einem Blick auf das Display gab er Gero zu verstehen, das Gespräch annehmen zu müssen. Moshe sprach hebräisch. Anschließend kam er sofort zur Sache. Der Anruf gerade sei aus Israel gekommen. Er habe einen Kameraden aus alten Zeiten gebeten, einmal zu checken, was in Israel über die Rüttlibank und deren Direktor bekannt war. Und das, was er gehört hatte, bedeutete nichts Gutes. Die Rüttlibank war relativ jung. Sie war erst 1903 in Zürich gegründet worden und zwar von dem Vater des jetzigen Direktors, Dr. Friedrich Grechtler Senior. Der Senior hatte nach seiner Recherche seines Freundes den Nazis während des Krieges unzweifelhaft nahegestanden. Es lagen Informationen darüber vor, dass Grechtler Senior nach dem Krieg sogar versucht hatte, in Zürich einen nationalsozialistischen Kreis zu gründen. Dies war ihm, wenn man den öffentlichen Quellen glauben durfte, wohl nicht gelungen. Gleichwohl gehörten einflussreiche Nationalsozialisten zu dem Kundenkreis der Bank. Es hieß, dass die Rüttlibank vor und während des Krieges wesentlich zur Finanzierung der

Waffen-SS beigetragen haben sollte. Noch Jahre nach Kriegsende waren die Tantiemen aus der Verwertung des Buches „Mein Kampf" auf ein Konto der Rüttlibank geflossen. Und dann war noch bemerkenswert, dass es der Bank kurz nach dem Krieg gelungen war, die historische Zäsur scheinbar unbeschadet zu überstehen. Mehr noch: Die Rüttlibank hatte im Vergleich zu den anderen Banken blendend dagestanden. Viele vermuteten, dass das Geheimnis des wirtschaftlichen Erfolgs weniger mit dem Talent der Banker, als vielmehr dem Umstand zu verdanken war, dass der Grundstock der Bank Blutgeld war, für das sich niemand mehr interessiert hatte. Sein Freund hatte in diesem Zusammenhang darauf hingewiesen – und hier stockte Moshe Liebermann die Stimme – dass Grechtler Senior nach den Ermittlungen der JCC zumindest in den letzten Kriegsjahren eng vertraut, wenn nicht gar befreundet mit Kaim war, dem Mörder und Verbrecher gegen die Menschlichkeit. Gero hielt dem Blick seines Onkels stand. Kaim, sein Großvater, Kaim der Mörder, Kaim, der Menschen beraubt und ermordet hatte und doch Moshes Vater war. Die Bank selbst hatte dies stets bestritten, und auch der Nachfolger ihres Gründers, Friedrich Grechtler Junior überzog jeden mit Prozessen, der entsprechende Behauptungen aufstellte. Grechtler Junior war offensichtlich ein Mann des Neuen Marktes gewesen und deshalb hatte seine Bank viel Lehrgeld zahlen müssen. Als das Kirchimperium zusammengebrochen war, hatte die Rüttlibank neben der Deutschen Bank Europaweit die höchsten Verluste zu verzeichnen. Nur war die Rüttlibank weitaus kleiner als die Deutsche Bank. Und so mutete es vielen Branchenkennern geradezu als ein Wunder an, dass die Rüttlibank auch diese schwierige Phase überstanden hatte. Heute schien es so, als habe sich die Bank erholt, nur wusste man dies in Israel nicht mit Sicherheit. Grechtler Junior schließlich habe sich in den Verhandlungen des Swiss Bank Settlement mit Bemerkungen hervorgetan, die ihn nicht als Nationalsozialisten gebrandmarkt hatten, die aber immerhin so waren, dass selbst seine Schweizer Bankkollegen öffentlich auf Distanz gegangen waren. Aber was das bedeutete, schloss Moshe seinen Bericht, wisse man ja aus der Vergangenheit um die Auseinandersetzungen mit der Schweiz in Hinblick auf ihr Verhalten bei den nachrichtenlosen Konten.

Gero war beeindruckt. Offensichtlich hatte Moshe wenig von seinem

Einfluss verloren und er musste gute Quellen haben. Mit dem Wissen, dass die Bank zweimal scheinbar unbeschadet aus der Krise hervorgegangen war, konnten Moshe und Gero davon ausgehen, dass die von Kaim geraubten und gebunkerten 250 Millionen Franken bestimmt dazu beigetragen hatten, die Bilanz der Bank zu entlasten. Wenn das so war, dann konnten sie nicht wie selbstverständlich davon ausgehen, dass das Geld noch da war. Und selbst wenn es noch da war, dann war nicht klar, ob Grechtler so ohne weiteres über einen Betrag in der zur Rede stehenden Höhe würde verfügen können.

Moshes Instinkte waren geweckt und meistens lag er richtig mit seinem Bauchgefühl. Hier war Vorsicht angesagt, ganz eindeutig. Gero hatte dem nichts entgegenzusetzen, auch wenn sein Gefühl positiv war. Grechtler hatte sich in dem Telefonat als ebenso freundlich wie kooperativ erwiesen. Andererseits hatte der wahrscheinliche Kontakt zwischen Grechtler Senior und Kaim auch ihn alarmiert. Also wie vorgehen?

Nach einer Weile hatten sie sich entschieden. Moshe Liebermann sollte auch weiterhin im Hintergrund bleiben. Die 25 Nummernkonten wollten sie zuerst einmal auflösen, um das Vermögen von den Fesseln der Vergangenheit zu befreien und auf ein neues, ganz normales Konto zu transferieren, das Gero in seiner Funktion als Rechtsanwalt als Treuhandkonto eröffnen sollte. Alles andere würde sich zeigen.

Geros Erwartung bestätigte sich ganz und gar: Grechtler machte einen eleganten Eindruck. Er war ein wenig untersetzt, insgesamt aber von schlanker Statur und hatte tatsächlich schlohweißes Haar. Er trug ausgesuchten Zwirn, edle Schuhe und hatte sich zum Wochenende ein Halstuch statt Krawatte gestattet, wie Gero amüsiert feststellte. Die Männer begrüßten sich freundlich. Ob Herr Steiner denn trotz allem Gelegenheit gehabt habe, ein wenig von Zürich kennen zu lernen, wurde er gefragt.

Nein, nicht einmal die berühmten Kirchenfenster habe er geschafft.

Das sei äußerst schade, bedauerte Grechtler, aber es würde sich bestimmt noch einmal die Gelegenheit bieten, Zürich unter besseren Vorzeichen einen Besuch abzustatten.

Auf ihrem Weg waren sie niemandem begegnet. Im Gegensatz zu der Züricher Kantonsbank arbeitete hier keiner. Es hing auch keine zeitgenössische Kunst an den Wänden. Das, was Gero registrierte, waren riesige Ölgemälde, die allesamt mit der Bergwelt zu tun hatten: Sonnenaufgänge. Sonnenuntergänge. Jagdszenen. Gewitterlagen.

Das Büro Grechtlers war von einer eigentümlichen Gemütlichkeit. Warme Hölzer in verschiedenen Brauntönen, Kunst, vor allem aber beherrschte ein Portrait an der dem Schreibtisch gegenüberliegenden Wand den Raum.

Grechtler bemerkte Geros Blick: „Dr. Friedrich Grechtler Senior, Gründer der Rüttlibank, mein Vater, Gott habe ihn selig."

Gero bedankte sich noch einmal, heute am Sonntag empfangen worden zu sein und dann hielt er sich nicht lange mit der Vorrede auf. Nach etwa 20 Sekunden war alles gesagt: Auflösung der Nummernkonten bei gleichzeitiger Eröffnung eines Treuhandkontos durch ihn, Gero, in seiner Funktion als Rechtsanwalt für einen Mandanten, der namentlich nicht genannt werden wollte.

Grechtler ließ sich nichts anmerken, während er die ihm übergebenen Dokumente aus dem Schließfach studierte, obgleich es in ihm tobte:

Die Nummernkonten aufzulösen, war zunächst einmal eine gute Sache. Auf diese Weise würde das Geld endgültig aus den Büchern der Banken verschwinden. Deshalb hatte Grechtler sich auch vorgenommen, es mit der Prüfung der Zugriffs-Berechtigung dieses Steiner nicht so genau zu nehmen. Denn eigentlich verlangte das Verfahren neben einer Sterbeurkunde insbesondere auch ein Testament desjenigen, der sich hinter dem Nummernkonto verbarg. Aber Kaim konnte nicht mehr leben, und entscheidend war, dass er mit einiger Wahrscheinlichkeit ausschließen konnte, dass nicht morgen, übermorgen oder in zehn Jahren erneut jemand auftauchte und 430 Millionen Schweizer Franken verlangen konnte. Er wusste von Zerhagen, dass Kaims Schließfach mit dem Kennwort geöffnet worden war. Kaims Wille war erfüllt worden. Also musste, wer zukünftig auch immer an die 25 Konten wollte, diese Regelung gelten lassen. Darauf kam es an und darauf, die Bank von Kaim und den damit verbundenen Risiken für sein Geldhaus zu befreien. Andererseits würde die Auflösung der Nummernkonten den Ruin der Bank, seinen Ruin bedeuten, wenn das Geld einem anderen Kreditinstitut überwiesen werden sollte. Denn das Geld war weg, jedenfalls größtenteils, bis auf ein paar Millionen. Die Bank hatte sich erst in den Nachkriegsjahren bedient und später noch einmal, als es galt, die Verluste auszugleichen, die er, Grechtler Junior, am Neuen Markt erlitten hatte. Blieb das Geld der Rüttlibank jedoch verbunden, sprachen sie letztlich über bedrucktes Papier. Deshalb entschied sich hier und jetzt das Schicksal des jungen Mannes aus Berlin, denn Grechtler hatte nicht vor, seine Existenz und die seiner Bank aufs Spiel zu setzen.

Seiner Stimme war von all diesen Überlegungen nichts anzumerken, als er Gero zunächst eröffnete, dass die ursprünglichen 250 Millionen Schweizer Franken in der Zwischenzeit zu einem Vermögen von insgesamt 430 Millionen Schweizer Franken angewachsen war, um dann gänzlich unaufgeregt nach der beabsichtigten Bankverbindung zu fragen. Gero nahm die Summe ohne sichtbares Erstaunen zur Kenntnis, da ein entsprechender Betrag bei konservativer Anlage zu erwarten gewesen war, auch wenn sich ihm die wirtschaftliche Dimension eins solchen Vermögens nicht wirklich erschlossen hatte. Wie zuvor mit Moshe besprochen, sagte er, das Geld sollte der Rüttlibank anvertraut bleiben, es sollte nur gesammelt und auf ein handelsübliches, verkehrsfähiges Girokonto der Bank überwiesen werden. So könnten sie schnell und einfach über das Vermögen verfügen, wenn es darauf ankam.

Was für ein Glück, dass Sonntag war! Grechtler wusste sofort, dass es ihm so noch leichter fallen würde, einen sogenannten „Dummy" anzulegen. So nannten sie in Bankkreisen ein Konto, dass zwar alle Eigenschaften eines Kontos aufwies, tatsächlich aber nur virtueller Natur war. Auf Geros Kontoauszug konnten ebenso gut 430 Millionen Schweizer Franken wie 430 Billionen Schweizer Franken stehen. Solange der Betrag der Rüttlibank oder einem mit ihr verbundenen Bankinstitut gutgeschrieben war, spielte das keine Rolle.

Alle hatten, was sie wollten: Steiner hatte die Nummernkonten aufgelöst und die Rüttlibank hatte den bedauerlichen Umstand, dass es kein Vermögen mehr gab, das von den Nummernkonten hätte transferiert werden können, nicht offenbaren müssen. Grechtler fühlte sich hervorragend, denn sein Plan hatte alle Chancen, aufzugehen. Grechtler strahlte Gero an, rieb sich die Hände und machte sich dann ans Werk.

Gero war erleichtert. Das Geld war noch da gewesen, wenn er auch kurz geschluckt hatte, als Grechtler ihm offenbarte, dass die Bank natürlich auch von seinem Vermögen den auf die betreffenden Nummernkonten entfallenden Anteil des Betrages einbehalten müsste, den die Rüttlibank zur Entschädigung der Verfolgten des Nazi Regimes bereits gezahlt hatte und noch zahlen würde. Grechtler hatte sich diesen kleinen taktischen Exkurs aus reinem Übermut gegönnt, auch wenn es rein rechnerisch keinen Sinn machte. Denn von null Guthaben konnte es keinen anteiligen Betrag geben. Schließlich war alles erledigt. Grechtler hieß Gero als neuen Kunden der Rüttlibank willkommen, übergab ihm die Bankunterlagen zusammen mit dem ersten Kontoauszug, und nach knapp einer Stunde stand Gero, wie er glaubte um 430 Millionen Schweizer Franken reicher, wieder auf der Straße vor der Rüttlibank.

Als er den Geldautomaten gleich neben der Eingangstür entdeckte, wollte er es wissen. Er führte die nagelneue Kundenkarte in den Schlitz, am Display leuchtete das erste Dialogfenster auf, er wurde aufgefordert, seine PIN-Nummer einzugeben, und dann drückte er den Kontostand-Button auf der rechten Seite des Fensters. Das Dialogfenster wechselte. Und dann erschien schwarz auf weiß sein Name und daneben sein Kontostand: CHF 430.000.000,00.

Alles war gut gegangen. Sie hatten Zeit gewonnen und würden jetzt in aller Ruhe überlegen können, was sie mit dem Geld machen würden.

Die Koffer waren gepackt, Moshe wartete in der Odeon-Bar, denn Gero wollte sich, wie abgemacht, vor der Fahrt zum Flughafen noch bei Kommissar Grund telefonisch melden.

Der Kommissar war sofort am Apparat. Er hätte Geros Geschichte überprüft und sie wäre ihm bestätigt worden, auch wenn er den Mitarbeiter der Baseler Autovermietung nicht hatte sprechen können. Aber ihm läge das von ihm unterzeichnete Rückgabeformular vor und das reiche ihm. Zudem versicherte er, dass der Freigabe des Leichnams seines Vaters nichts mehr entgegenstehe, so dass diese am Mittwoch nach Deutschland überführt werden könne. Seine Ermittlungen konzentrierten sich jetzt auf die beiden Männer aus dem Fahrstuhl. Bis jetzt hätte die Auswertung der Videobilder aus der Hotelhalle noch zu keinen konkreten Ergebnissen geführt. Zwar habe man die Sequenz der Begegnung vor der Lifttür mittlerweile gefunden, nur sei die Qualität der Bilder so schlecht, dass man von einer Identifizierung der Täter noch weit entfernt sei. In den nächsten Tagen würde sich erweisen, ob sich mittels modernster Bildbearbeitungstechnik etwas machen ließe. Das sei seine einzige Hoffnung, auch wenn es noch einige Proben aus dem Badezimmer gebe, die bislang nicht zugeordnet werden könnten. Im Übrigen habe sich herausgestellt, dass es sich bei der Frau aus dem Aufzug um einen Gast aus dem Hotel gehandelt habe, die zweifellos nichts mit den Vorgängen um seinen Vater zu tun habe und leider nichts Konkretes zum Aussehen der Männer beitragen könne. Das einzige, woran sie sich erinnern könne, wäre ein schwitzender Mann mittleren Alters in Sportkleidung, der darauf gewartet habe, den Fahrstuhl zu betreten.

Grund versprach, ihn auf dem Laufenden zu halten, und Gero seinerseits versprach, für Rückfragen jederzeit zur Verfügung zu stehen. Dann bedankte er sich, Grund wünschte eine gute Heimreise, und das Gespräch war beendet.

Grund war ein guter Mann, und Gero hatte das Gefühl, dass er, wenn auch nicht über die Identität des Täters, so doch noch einiges mehr über die Umstände erfahren würde, die zum Mord an seinem Vater geführt hatten.

Kurze Zeit später saß er mit seinem Onkel im Taxi zum Flughafen, dicht gefolgt von einer silbernen Limousine. Grechtler wollte sicher gehen, dass Steiner und Liebermann tatsächlich das Land verließen und er wollte wissen, wohin. Um 18:00 Uhr hatte er Gewissheit: Beide hatten für den Air Berlin Flug 433 nach Berlin-Tegel eingecheckt und würden gegen 19:15 Uhr die Schweiz endlich verlassen haben.

Der Flug startete pünktlich, keine Turbulenzen. Gero schloss die Augen. Was hatte es mit dem Geld auf sich? Seine und auch Moshes Meinung war eindeutig: Kaim hatte das Geld von den Juden geraubt, also war es wie auch immer den Juden zurückzugeben. Mit Zins und Zinseszins. Doch da waren noch jene, die ihm den Koffer entrissen hatten.

Klar war jetzt, dass die Banken nichts damit zu tun hatten. Mit den Banken hatte alles geklappt. Und trotzdem musste der Mord an seinem Vater wie auch der Überfall irgendwie mit den Banken zu tun haben. Denn beide Verbrechen machten nur im Hinblick auf das Vermögen Sinn, über das er jetzt durch den Inhalt des Schließfachs wusste. Wie war das mit Nummernkonten? Nummernkonten waren ja streng genommen keine anonymen Konten, nur tauchte im Geschäftsverkehr und auch sonst der wahre Name des Kontoinhabers nicht auf. Vielmehr erledigten die Banken das die Nummernkonten betreffende Geschäft im Auftrag ihrer namentlich ungenannt bleibenden Kunden. Gleichwohl kannten ein paar Personen innerhalb der Bank die Namen der Inhaber der von ihnen verwalteten Nummernkonten. Also musste irgendwo bei den Banken der Schlüssel liegen. Jemand, der über Kaim Bescheid wusste. Vielleicht wusste dieser Jemand auch, was Kaim vor sechzig Jahren mit dem ganzen Geld beabsichtigt hatte. Dann hätten sie es mit Nazis zu tun, die das Geld sicher als das ihre betrachteten. Aber wenn es Nazis waren, warum hatte Kaim vor sechzig Jahren seinen Kameraden nicht alles anvertraut? Kaim musste seine Entscheidung kurz vor der Befreiung des Lagers durch die Russen getroffen haben. Sicher war er gemeinsam mit dem Lagerkommandanten einer der ranghöchsten Nazis in Sachsenhausen, und der Kommandant würde ebenso wenig überleben wie er. Alles andere wäre unwahrscheinlich gewesen. Es lag auf der Hand:

Kaim kannte niemanden, dessen Überleben hinreichend sicher war. Also hatte er sich für die Tätowierung seiner Söhne entschieden, für deutsches Blut, und damit hatte er nicht falsch gelegen. Wie auch immer: Was Gero wusste, war, dass dieser Jemand, ob Nazi oder nicht, ganz offensichtlich das Kennwort nicht kannte und erst jetzt, nach sechzig Jahren, seine Chance hatte kommen sehen, als er, Gero, sich nach dem Schließfach erkundigte. Und dann hatte dieser Jemand zuerst seinen Vater getötet und dann den Aktenkoffer geraubt. So viel Gewalt. Gero öffnete die Augen. Dieser Jemand hatte viel riskiert und dabei gezeigt, dass er sein Ziel mit allen Mitteln verfolgte. Moshe hatte recht: Wer immer es war, er hatte keine Veranlassung, jetzt Ruhe zu geben. Deshalb hatten sie diesem Jemand die Nachricht in dem Koffer zukommen lassen. Sie wollten die Initiative an sich reißen, dem Gegner den Wind ins Gesicht blasen. Sie wollten wissen, mit wem sie es zu tun hatten, Was auch immer passieren würde, am Ende sollte der Mörder Walter Steiners seine gerechte Strafe bekommen. Was die gerechte Strafe für Mord war, darüber waren sich Moshe und er, Gero, nicht einig.

Kapitel 8

Berlin empfing die beiden Rückreisenden zu später Stunde. Nur mit Handgepäck verließen sie zügig die Ankunftshalle, bestiegen ein Taxi, das sie schnell in Geros Wohnung brachte.

Der Onkel hatte sich sofort zurückgezogen. Jetzt legte Gero die Füße hoch und hörte die Stille in seinen vier Wänden. Vor drei Tagen hatte er sich mit seinem Vater nach Zürich wie zu einem Kurzurlaub aufgemacht und was war inzwischen nicht alles passiert. Sein Vater war ermordet worden, in einer Badewanne, sein Onkel aus Israel war gekommen, das viele Geld, er selbst war überfallen worden. Das war mehr als zu viel. Gero musste sich ablenken. Er griff sich die Fernbedienung und schaltete den Fernseher an. Gero war ein Zapper. Er war sich sicher, bereits nach den Bruchteilen einiger Sekunden erfasst zu haben, um was für ein Programm es sich gerade handelte: Nachrichten, Show, Dokumentation oder was auch immer. Einen Sekundenbruchteil weiter wusste er den Titel der Sendung und noch bevor die Sekunde vorbei war, hatte er bereits seine Entscheidung getroffen und weitergeschaltet. Julia hatte dies rasend gemacht. Sie wollte jedem Programm eine wirkliche Chance geben und hatte ihm zu keiner Zeit geglaubt, dass seine Auffassungsgabe tatsächlich so schnell war. Aber heute schaltete Gero das Gerät aus. Früher, vor Julia, hatte er das nicht gekonnt. Und sicher hätte er auch jetzt irgendein Film gefunden, der ihn bis weit nach Mitternacht unterhalten hätte. Nicht jetzt. Er schloss die Augen. Hier in seiner Wohnung, in seinem Sessel zu sitzen, war so normal. Konnte das sein, nach allem was passiert war? Er horchte in sich hinein.

Gero hatte sich früher mit Julia einige Male darüber unterhalten, wie es wohl sei, einen geliebten Menschen zu verlieren. Und sie waren übereinstimmend zu dem Ergebnis gekommen, dass es dafür keine Norm gab. Der Tod war erstmals in Geros Nähe gekommen, als seine Mutter nach schwerer Krankheit starb. Damals war er schon seit vielen Jahren ausgezogen, und mit der Zeit hatten sich die Begegnungen mit der Mutter auf ein paar

Treffen im Jahr im Familienkreis beschränkt. Bei diesen Gelegenheiten hatten sie nicht viel miteinander gesprochen, und das, was sie miteinander geredet hatten, betraf in der Regel den Alltag: Wie es ging, was die Geschäfte machten, die Gesundheit, Bekannte aus Kindheitstagen und so weiter. Auf diese Weise waren sie sich über die Jahre nicht wirklich begegnet. Tatsächlich wusste Gero nicht, was seine Mutter bewegte, welche Musik sie hörte, welche Bücher sie las, ob sie überhaupt las und so weiter. Der Grund war, dass es ihn seinerzeit letztlich nicht interessiert hatte, wobei er sich bis heute nicht sicher darüber war, ob seine Mutter eine emotionale Nähe überhaupt zugelassen hätte. Denn wenn er an seine Kindheit zurückdachte, war seine Mutter zwar immer da gewesen, hatte sich gekümmert, ihm eine angst- und gewaltfreie Kindheit bereitet, keine Frage, aber sie war ihm nicht als herzlich in seiner Erinnerung geblieben. Und dann war sie krank geworden, und mit ihrer Krankheit hatten sie die Gelegenheit verpasst, sich als Erwachsene auf einer persönlichen Ebene noch einmal zu begegnen. Gero hatte keine Erfahrung mit Trauer, und so war es gut gewesen, dass er sich auf den Tod seiner Mutter hatte vorbereiten können. Aber als es dann passiert war, hatte es ihn doch erschüttert. Dies umso mehr, als seine Mutter bis zuletzt gekämpft und ihr Schicksal alles andere als gelassen genommen hatte. Deshalb beschäftigte ihn ihr Tod sehr, auch wenn ihm seine Mutter als Mensch viel früher verloren gegangen war. Dabei kreisten seine Gedanken nicht um Schuld, es war schlicht die Feststellung der zwischen ihnen über die Jahre eingetretenen Entfremdung, die ihn umtrieb. Dass Menschen, die miteinander verwandt waren, sich auch miteinander auseinandersetzen mussten, war nichts als eine Idee der Werbeindustrie und hatte mit der Wirklichkeit nichts zu tun. Mehr noch: Menschen, die miteinander verwandt waren, mussten sich nicht einmal lieben. Und doch hatte Gero sich mit der Vorstellung getröstet, dass seine Mutter ihm über das, was sie ihm über all die Jahre mitgegeben hatte, verbunden blieb. Aber er hätte ihr von Herzen noch ein paar gemeinsame Jahre mehr mit seinem Vater gewünscht. Und jetzt war sein Vater tot. Hatte er ihn geliebt? Gero stand auf, ging ans Fenster und blickte hinunter auf den Lietzensee. Auch sein Vater war in seiner Kindheit und Jugend immer da gewesen, aber körperlich präsent war er selten. Walter Steiner war abwesend. Er hatte Geld zu verdienen und hatte das gerne gemacht. Das Haus musste finanziert, Essen, Kleidung und Ausbildung mussten bezahlt werden. Meistens war er morgens schon außer Haus, wenn er frühstückte und abends war er schon lange im Bett, wenn Walter Steiner endlich aus dem Betrieb kam. Heute würde er sagen, dass sein Vater ein Wochenendvater war. In seiner Erinnerung hatte er ihn manchmal am Samstag mit ins Chemiewerk genommen, immer dann, wenn es etwas Aufregendes zu sehen gab. Regelmäßig gab es mindestens einen Spaziergang am Wochenende, und dann war das Wochenende auch schon wieder vorbei. Machte er das seinem Vater jetzt zum Vorwurf, sich nicht gekümmert, sich nicht wirklich eingebracht zu haben? Nein. Walter Steiner hatte es nicht besser gewusst. Er hatte die Rolle des Verdieners übernommen und sich, was die Erziehung anging, auf korrigierendes Eingreifen beschränkt, wenn seine Frau nicht mehr weiterwusste. So hatten es wahrscheinlich bis auf die Lehrerfamilien alle gemacht im Deutschland der Sechziger Jahre. Wirtschaftswunder. Rollenverteilung. Und dann war ihm die Zeit zwischen den Fingern zerronnen. Auf einmal war sein Sohn groß, aus- und weggezogen. Gero hatte feststellen müssen, dass er keine emotionale Nähe zu seinem Vater entwickelt hatte. Auch deshalb hatte er, als die Mutter gestorben war, dessen Nähe gesucht und sich gefreut, als Walter Steiner nach Berlin gezogen war. Aber das war damals weniger ein Ausdruck von Liebe gewesen. Das war mehr das Gefühl, etwas richtig zu machen, sich zu kümmern. Vielleicht entsprach das, was Gero zuletzt seinem Vater gegenüber empfunden hatte, dem, was Walter Steiner in der Lage gewesen war, ihm in seiner Kindheit und Jugend entgegenzubringen. Und das Traurige war, dass er anders als bei seiner Mutter im Verhältnis zu seinem Vater das Gefühl hatte, dass ihre Beziehung sich weiter entwickeln konnte. Der Unfall und die Entdeckung der Tätowierung hatten sie auf eine Weise zu einander gebracht, wie Gero es nie erwartet hatte. Jetzt aber, wo sein Vater keine Antworten mehr geben konnte, würde er nie mehr erfahren, ob Walter Steiner ihn geliebt hatte. Er musste sich mit den Momenten zufriedengeben, die gezeigt hatten, wie nahe sie sich doch standen. Schade, dass sie nicht früher angefangen hatten, sich zu mögen, als Vater und Sohn und als Freunde. Gero unterdrückte ein Schluchzen und entschied, ins Bett zu gehen. Morgen früh würde er als erstes seine Lieblingsstrecke um den

Teufelsberg laufen und danach ins SETs und dann ins Büro gehen.

Kapitel 9

Moshe hatte eindeutig das bessere Los gezogen. Er würde den Tag in den Berliner Museen verbringen, erst in der Alten, dann in der Neuen Nationalgalerie und erst abends wieder zurück sein.

Gero hingegen erwartete ein Tag in seinem Büro, und ehrlich gesagt war er um jedes Stückchen Normalität froh, das sich ihm bot. Er hatte sich entschieden, Frau Hellt in Kenntnis zu setzen, was den Tod seines Vaters anging. Er hatte lange überlegt, wie weit er gehen sollte, sich dann aber dazu durchgerungen, ihr das Gefahrenpotential nicht vorzuenthalten. Ob Frau Hellt letztlich begriff, was er ihr versuchte klarzumachen, vermochte Gero nicht wirklich abzuschätzen. Womöglich war Mord zu weit weg, um von ihr als reale Bedrohung akzeptiert werden zu können. Aber mehr konnte er jetzt nicht tun. Er ordnete sicherheitshalber an, die Haustür nicht einfach so auf Zuruf durch die Sprechanlage aufzudrücken und die Eingangstür zur Kanzlei erst nach einem Blick durch den Spion zu öffnen. Frau Hellt versprach, sich daran zu halten, auch wenn ihr Blick keinen Zweifel daran ließ, dass sie die Aufregung für übertrieben hielt. Und dann hatte sie das Tagesgeschäft wieder.

Tatsächlich war in den wenigen Tagen von Geros Abwesenheit nicht viel Neues passiert. Am Freitag war er mit seinem Vater nach Zürich aufgebrochen und jetzt hatte er das Gefühl, Wochen weg gewesen zu sein.

Gero hatte einige Erwiderungen anzufertigen und Termine nachzuholen, aber gegen Mittag hatte er die liegengebliebene Arbeit soweit aufgeholt. Es gab keine Ausrede mehr, die es ihm erlaubte, sich noch weiter zu drücken. Er griff zum Hörer und rief den für seinen Bezirk zuständigen Rabbiner der Stadt an. Er hatte Glück, sie könnten sich gleich treffen. Also Gott statt Mittagspause, wie Gero mit einem Blick auf die Uhr feststellte.

Rabbi Reutelmann sah so gar nicht nach einem Rabbi aus. Gero hatte sich einen älteren Herrn vorgestellt, der mit leiser Stimme weise die Welt erklärte. Tatsächlich war Rabbi Reutelmann etwa in seinem Alter und von annähernd gleicher Statur, nur schlanker. So begegnete man sich auf Augenhöhe, was bei zwei Metern nicht selbstverständlich war. Rabbi Reutelmann hörte der Geschichte Walter Steiners aufmerksam zu. Er hörte vom Leben, aber auch vom Sterben des Mannes, der Zeit seines Lebens davon ausgegangen war, Jude zu sein, tatsächlich aber keiner war. Reutelmann hatte Geros Vater gekannt. Er berichtete Gero von einigen Gesprächen, die er mit seinem Vater über den Holocaust und die Verantwortlichkeit der Deutschen in diesem Zusammenhang geführt hatte. Auch hatte Walter Steiner Rabbi Reutelmann von seiner Auseinandersetzung mit seinem Bruder Moshe erzählt. Wieder stellte Gero fest, wie wenig er eigentlich über seinen Vater wusste. Ohne dass er etwas dagegen tun konnte, stieg Eifersucht in ihm auf. Da war jemand genauso alt wie er, hatte seinen Vater aber erst vor kurzer Zeit kennen gelernt und schon mehr über ihn erfahren, als es Gero möglich gewesen war. Rabbi Reutelmann spürte, dass sich die Gesprächsatmosphäre verdunkelt hatte. Deshalb kam er rasch auf das eigentliche Anliegen des Besuchers zurück: die Beerdigung. Er wisse natürlich nicht, inwieweit Gero mit den jüdischen Gesetzen vertraut sei, nur könne er sich sicher vorstellen, dass es so einfach nicht sei, eine Entscheidung zu treffen. Ginge man den Sachverhalt rein formal an, dann komme eine jüdische Beerdigung nicht in Betracht, denn Walter Steiner könne nach keiner der unterschiedlichen Glaubensschulen seiner Religionsgemeinschaft als Jude angesehen werden. Tatsächlich sei Walter Steiner Sohn einer Nicht-Jüdin und als solcher zunächst einmal nicht der jüdischen Glaubensgemeinschaft zugehörig, auch wenn er jüdische Bräuche in weiten, aber eben nicht in allen Teilen seines Lebens beachtet hatte. Reutelmann hatte auch dies wiederholt Walter Steiner gegenüber zum Thema gemacht. Aber andererseits, wer befolgte schon alle Regeln jüdischen Lebens? Gero erinnerte sich an das, was sie zu Hause immer religiöse Verrenkungen genannt hatten. Es sei vertrackt. Denn Reutelmann könne sich Walter Steiner in keiner anderen Religionsgemeinschaft als der jüdischen vorstellen. Hätte Walter Steiner gewusst, kein Jude zu sein, so wäre er auf der Stelle konvertiert, dessen war sich Rabbi Reutelmann sicher. Reutelmann blickte ihn direkt an. Fragend. Ob er jemals mit seinem Vater über das Sterben gesprochen habe? Oder über seine Beerdigung? Tatsache war, dass Gero mit seinem

Vater weder über den Tod an sich, noch über das Sterben, geschweige denn über die Formalitäten seiner Beerdigung gesprochen hatte. Selbst als seine Mutter gestorben war, kam es zu keiner Auseinandersetzung darüber. Es war klar, dass Walter Steiner seine Frau nach evangelischem Brauch beerdigen ließ. Seiner Mutter war das wichtig gewesen, aber seinem Vater auch? Ein Gespräch hatte es darüber nicht gegeben. Walter Steiner hatte den Wunsch seiner Frau respektiert, nicht mehr und nicht weniger. Auch hatte sein Vater hinsichtlich seiner eigenen Beerdigung keinerlei Anspielungen gemacht. Doch, sein Vater hatte einmal einen griechischen Philosophen für sich in Anspruch genommen: Epikur. Reutelmann zuckte mit den Schultern. Gero bemühte sich, die losen Enden seiner Erinnerungen zu einem Gesamtbild zusammen zu fügen. Epikur kümmerte der Tod nicht weiter: Da wo der Tod war, konnte das Leben nicht sein, und umgekehrt war der Tod da ausgeschlossen, wo Leben war. Also folgerte der Philosoph weiter, dass es keinen Sinn mache und auch keinen Nutzen bringe, sich über den Tod Gedanken zu machen, solange man lebte. Und so hatte es Walter Steiner wohl auch mit dem Tod gehalten, schloss Gero.

Der Leichnam seines Vaters würde erst übermorgen, am Mittwoch, in Berlin eintreffen. So wäre etwas Zeit gewonnen. Vielleicht fände sich auch noch ein Testament in der Wohnung seines Vaters.

Reutelmann wollte bis dahin den Sachverhalt mit seinem Oberrabbiner besprechen. Er persönlich wäre der Meinung, dem Vater eine jüdische Beerdigung in diesem speziellen Fall zu gestatten.

Wäre es um Moshe gegangen, so hätte Gero keinen Zweifel daran gehabt, alles zu versuchen, um ein jüdisches Begräbnis sicherzustellen. Im Gegensatz zu seinem Vater hatte Moshe Liebermann sein Leben ganz nach dem jüdischen Glauben ausgerichtet. Er hatte sich sogar von dem bürgerlichen Namen getrennt, den ihm die Schwestern in Bayern gegeben hatten. Hermann Steiner war ein deutscher Name, den zu tragen Moshe Liebermann unmöglich war. Gero erschrak angesichts der Brutalität, mit der das Schicksal in Moshes Leben eingriff und ihn jetzt unbarmherzig mit seiner Herkunft konfrontierte. Kaum auszuhalten. Sein Onkel aber musste einen Weg finden, um damit zurechtzukommen. Bloß wie, wenn schon er nicht aus noch ein wusste.

Grechtler hatte keine Zeit verstreichen lassen. Er hatte seine Kontakte aus dem Swiss Bank Settlement aktiviert und war über drei Ecken an jemanden geraten, von dem es hieß, jede Information über jeden Israeli bekommen zu können, wenn nur der Preis stimmte. Den vagen Andeutungen nach handelte es sich dabei um einen Mann des israelischen Geheimdienstes Mossad, der sich auf diese Weise ein Zubrot verdiente. Und so hatte Grechtler tief in die Tasche greifen müssen, als dieser wusste, wer er war und was er wollte. Aber es hatte sich gelohnt: Moshe Liebermann, so erfuhr er, war 1968 in die israelische Armee eingetreten. Er war Kriegsteilnehmer und hatte aufgrund seiner Entschlossenheit und seines Mutes schnell Karriere gemacht, zuerst in der Armee und dann im Geheimdienst, dem zu dienen er sich unter dem Deckmantel seines Offiziersrangs verschrieben hatte. Seine wahre Berufung hatte Moshe Liebermann dann als Nazijäger gefunden. Und das machte ihn noch gefährlicher, als wenn es nur um Geld gegangen wäre, denn diese Tatsache bedrohte das Ansehen seines toten Vaters und damit das Renommee der Bank. Denn diesen Leuten ging es nicht um Geld. Diese Leute hatten ihr Leben dem Ziel gewidmet, noch den letzten Naziverbrecher, und sei er noch so alt, zu identifizieren und seiner gerechten Strafe zuzuführen. Auf hinreichend gesicherter historischer Basis wurde geschätzt, dass etwa 250.000 Männer und Frauen während des Naziregimes ganz offiziell - in welcher Funktion auch immer - am Holocaust beteiligt waren. Dazu kamen sicher noch einige Hunderttausende Deutsche, die aus eigener „Berufung" für die Naziherrschaft gemordet hatten. Dieser Zahl standen die geschätzten elf Millionen Menschen, Juden und Nichtjuden, gegenüber, die allein in den Konzentrations- und Vernichtungslagern ermordet wurden. Das war die eine Seite. Und die andere? Wie viele Urteile gab es, wie viele Täter wurden zur Rechenschaft gezogen? Auch hierüber gab es Zahlen, wie Grechtler in Erinnerung behalten hatte. Und diese Zahlen waren ein Schlag ins Gesicht, besonders in das der Israelis, das musste

Grechtler zugeben. Denn während sich vor den Gerichten der Siegernationen im Ausland immerhin noch rund 60.000 Täter für ihr Handeln verantworten mussten, fielen die Zahlen für Deutschland beschämend niedrig aus. So hatte es im Osten Deutschlands 12.881 Verfahren gegen die Verbrecher gegeben, während es im Westen gerade einmal 6.498 Verfahren gegen die Täter gab, von denen nur knapp 1000 Tötungsdelikte zum Gegenstand hatten. Ähnlich ernüchternd verlief das so genannte Verfahren zur Entnazifizierung der deutschen Gesellschaft, jedenfalls was den amerikanischen Sektor anging. Danach hatten 13, 4 Millionen Deutsche, die älter als 18 Jahre waren, jeweils insgesamt 131 Fragen zu beantworten und wurden je nachdem wie ihre Antworten ausfielen, eingestuft als Hauptschuldiger, Belasteter, Minderbelasteter, Mitläufer oder Entlasteter. Im Ergebnis hatte die Entnazifizierung der amerikanischen Zone Ende 1949 lediglich 22.122 Belastete und nur 1.654 Hauptschuldige ergeben. Die Nazis mussten sich in Luft aufgelöst haben. Nicht ganz, wie Grechtler mit Blick auf den Kundenstamm seiner Bank wusste. Als dann die junge Bundesrepublik bereits im Dezember 1949 dazu übergegangen war, „tabula rasa“ zu machen, wie es Bundeskanzler Adenauer seinerzeit ausgedrückt hatte, und ein erstes Amnestiegesetz auf den Weg brachte, in dessen direkter Anwendung bis zum 31. Januar 1951 genau 729.176 Personen in den Genuss der Strafbefreiung kamen, war das Fass übergelaufen. Die Idee der Nazijäger entstand. Israel hatte sich entschlossen, aus den eigenen Reihen für Gerechtigkeit zu sorgen. Dies um so mehr, als es 1954 zu einer zweiten Amnestie kam, nach deren Inhalt auch Straftaten, die während des Zusammenbruchs der Naziherrschaft in der Zeit zwischen Oktober 1944 und Juli 1945 begangen wurden, strafrechtlich folgenlos blieben, wenn sie in der Annahme einer Amts-, Dienst- oder Rechtspflicht, insbesondere eines Befehls begangen worden waren. Und genau darauf hatten sich ja eine Vielzahl gerade der übelsten NS-Verbrecher berufen, nicht anders gehandelt haben zu können, als einem Befehl gefolgt zu sein. Dass sie damit jetzt durchkommen sollten, war ein weiterer Schlag ins Gesicht der Opfer gewesen. Dies um so mehr, als man heute wusste, dass es einen solchen Befehlsnotstand tatsächlich nicht gegeben hatte. Im Gegenteil: Es gab eine Vielzahl historischer Belege dafür, dass jemand, der sich am Grubenrand weigerte zu morden, selbst nicht getötet wurde. Er wurde vielleicht mit Hohn und Spott bedacht, vielleicht auch niederen Diensten zugeteilt oder aus der Kameradschaft ausgestoßen, aber er wurde nicht getötet. Und deshalb hatten es sich die Nazijäger zur Aufgabe gemacht, die Täter zu identifizieren, ihrer habhaft zu werden und sie der Justiz zu überstellen - und Moshe Liebermann war einer von ihnen gewesen. Wenn er seinen Informationen trauen durfte, war Liebermann bis zu seiner Versetzung in den Ruhestand einer der Besten in seinem Fach gewesen. Er war sehr gut vernetzt, hatte überall auf der Welt Kontaktpersonen, die ihm zuarbeiteten, und er war beharrlich. Er hatte für eine Vielzahl spektakulärer Ermittlungsergebnisse gesorgt, die in der Folge zu einschlägigen Verurteilungen geführt und so manche Regierung, einschließlich der deutschen Bundesregierung, bloßgestellt hatten. Und jetzt war Moshe Liebermann seinem Vater und der Rüttlibank auf die Spur gekommen. Aber irgendetwas stimmte nicht. Wenn Liebermann seinen toten Vater post mortem und damit die Dienste der Rüttlibank bei Kriegsende entlarven wollte, dann war die Auflösung der Nummernkonten geradezu kontraproduktiv. Nein, alles sprach dafür, dass Moshe Liebermann keine Ahnung hatte, was im Frühjahr 1945 in der Bank passiert war. Wüsste Liebermann auch nur im Ansatz Bescheid, dachte Grechtler, dass die Existenz der Rüttlibank im Wesentlichen auf dem geraubten Geld ermordeter Juden fußte, dann hätte er seinen Vater und die Bank an den Pranger der Weltöffentlichkeit gestellt. Dass er das nicht getan hatte, war für ihn der schlagende Beweis seiner Unkenntnis.

Doch Grechtler brauchte Gewissheit. Er wählte die Nummer der Auslandsauskunft und ließ sich mit dem Berliner Tagesspiegel verbinden. Er hatte ein Gespür für gutes Timing: die Todesanzeige sollte genau an dem Tag erscheinen, an dem die sterblichen Überreste Walter Steiners in Berlin eintreffen würden. Er hatte eine Schlacht verloren, ja, aber der eigentliche Krieg würde erst jetzt beginnen.

Teil 3

Kapitel 1

Onkel und Neffe begannen den Dienstag mit einem Lauf durch den Schlosspark in Charlottenburg. Moshe Liebermann war ganz vernarrt in die Symmetrie, mit welcher Schloss und Park angelegt worden waren, und ihn faszinierte, wie sauber der Park war, obschon er mitten in einer Weltstadt lag. Dass Gero Ende März am Marathonlauf in Rom teilnehmen wollte, war für Moshe ganz unverständlich. Eine Strecke von 42,195 Kilometern laufend anzugehen, steigerte weder die Fitness, noch war es gesund.

Da wäre etwas dran, räumte Gero ein, denn Marathon bedeutete, seinem Körper einen Ausnahmezustand zuzumuten, aber das Training war es, was zählte. Letztlich sei der Stadtmarathon das letzte große Abenteuer, das Männer in kurzen Hosen in den Hauptstädten dieser Welt bestehen konnten. Er selber war in den vergangenen Jahren in Köln, in New York, in Berlin, in Paris, in London dabei gewesen und zuletzt in Stockholm in das älteste noch betriebene Leichtathletikstadion Europas eingelaufen. Ob er sonst keine Ziele habe, fragte Moshe in vorwurfsvollem Ton.

Das sei eine interessante Frage, die er da anspräche. Schließlich war er Anfang Vierzig, seit zehn Jahren Anwalt und nicht wenige unterstellten den Marathonläufern eine handfeste Midlifecrisis.

Gero und Julia hatten vor Jahren in Köln ein so genanntes Marathon-Camp besucht und dort alles gelernt, was man über gesundes Laufen und effizientes Training wissen musste. Dabei war alles ganz einfach. Seitdem rannte er nicht durch die Parks, sondern trottete seiner Statur entsprechend bis auf ein paar Tempoläufe eher über die Wege. Und nie würde er vergessen, wie glücklich er Julia am Kölner Dom nach seinem ersten Lauf in die Arme gefallen war.

Moshe hörte geduldig zu, war aber nicht zu überzeugen. Er würde bei seinen 10 Kilometer Läufen bleiben und für alle längeren Distanzen entweder das Fahrrad oder das Auto nehmen.

Für Gero aber wurde es jetzt, mitten im Herbst, so langsam Zeit, die Laufeinheiten zu verlängern, von einer auf eineinhalb, dann auf zwei Stunden, um sich langsam dem magischen Drei Stunden Lauf zu nähern. Vor Rom wollte er mindestens zehn lange Läufe absolvieren und deshalb musste er in der ersten Januar Woche auch seinen ersten Dreier machen. Moshe sagte nichts mehr.

Nach Dusche und der Verabredung in der Wohnung von Walter Steiner am Nachmittag verabschiedete sich Moshe ins Regierungsviertel, um ein bisschen von der Stadt mitzubekommen.

Gero saß in seiner Kanzlei und stürzte sich in die Arbeit. Bloß keine Zeit für Gedanken. Aber nichts Aufregendes erwartete ihn. Nur der letzte Eintrag auf seiner Telefon-Liste überraschte ihn dann doch.

Eine Schweizer Nummer, aber keine, die er kannte. Kein Anschluss aus Zürich. Aber Gero wusste sofort, worum es gehen musste, um den aus dem Swisspharm-Unternehmen zu Unrecht ausgeschlossenen Minderheitsgesellschafter, der herausgefunden hatte, dass der Mehrheitsgesellschafter unter Verletzung seines Wettbewerbsverbotes Geld an dem gemeinsamen Unternehmen vorbeigeschleust hatte. Stand der Dinge war, dass derzeit auf seinen Antrag hin die Echtheit eines von ihm in dem Verfahren vorgelegten Befreiungsbeschlusses geprüft wurde, das Ergebnis des Sachverständigen aber noch nicht vorlag. Die Parteien hatten eine wirksame Gerichtsstandsvereinbarung getroffen und so wurde der Fall hier in Berlin vor der Kammer für Handelssachen verhandelt. Bislang hatte Gero nur mit dem gegnerischen Anwalt zu tun gehabt und war umso gespannter, was der Justitiar des Pharmaunternehmens Swisspharm jetzt von ihm wollte.

Sekunden später hatte er einen Dr. Spurglis in der Leitung. Nach verbindlichen Eingangsworten, die Gero sich schweigend anhörte, fragte er, ob Gero denn schon Gelegenheit gehabt habe, die vorgelegten Kontoauszüge zu prüfen. Als Gero verneinte, nahm Dr. Spurglis das Ergebnis vorweg. Tatsächlich sei es so, dass man bei größtmöglicher Auslegung in des Klägers Sinne dem Unternehmen knapp 200.000 Schweizer Franken vorenthalten worden waren.

Also doch. Was die 200.000 Schweizer Franken anging, würde Gero genau den Betrag haben wollen, der dem Geschäftsanteil seines Mandanten am Unternehmen betrug, 80.000,00 Schweizer Franken. Ein befreundeter

Wirtschaftsprüfer hätte nach der Abfindungsformel aus dem Gesellschaftsbetrag aufgrund der Bilanzen eine Summe von insgesamt 450.000,00 Schweizer Franken errechnet. Da sein Mandant letztlich die gemeinsame Gesellschaft verlassen würde, käme er mit dem Schmerzensgeld auf ein Gesamtpaket von mindestens 550.000,00 Schweizer Franken.

Gesamtpaket? Was er sich denn vorgestellt habe, fragte Spurglis. Gero grinste. Vorgestellt habe er sich, dass sein Mandant die gemeinsame Arbeit in der Gesellschaft fortsetzt.

Das sei ausgeschlossen, sagte Spurglis. Also 450.000,00 alles in allem. Wenn das so sei, könne man sich die weiteren außergerichtliche Bemühungen sparen, sagte Gero. Unter 600.000 Franken sei mit ihm nichts zu machen.

Gero verwies auf ein ihm vorliegendes Gutachten zur Höhe der Abfindung, das allein hierfür einen Betrag in Höhe von 500.000,00 ausweise, so dass, wenn man die 200.000 Franken teile genau 600.000 Schweizer Franken herauskämen.

Wieso teilen? Der Anteil seines Mandanten an diesem Betrag belaufe sich auf höchstens 40 % entsprechend seiner Anteile an der Gesellschaft also auf 80.000,00 Franken“, entrüstete sich Spurglis.

Das stimme, aber dann sei da noch das Schmerzensgeld dafür, dass seinem Mandanten Geld vorenthalten und ihm auch noch dieser Prozess zugemutet worden wäre. 600.000,00 Franken, und die Prozesskosten müsse das Unternehmen übernehmen, sonst würde es einen Vergleich nicht geben. Ob das sein letztes Wort sei?

Gero zögerte keine Sekunde, als er die Frage bejahte. Spurglis bedankte sich und kündigte einen Rückruf noch für diesen Tag an, nachdem er sich mit der Geschäftsführung der Swiss Pharm besprochen hatte.

Mit seinem Mandanten, der hoch erfreut war über die Aussicht, das Verfahren auf diese Weise abzukürzen, verständigte sich Gero auf 550.000,00 Franken als unterste Grenze, ansonsten habe er freie Hand, den Deal zu machen. So machte sein Beruf Spaß.

Gero war gespannt, was der Tag noch bringen würde, auch wenn ihm vor dem nachmittäglichen Termin mit seinem Onkel in der Wohnung seines Vaters graute. Er verscheuchte den Gedanken mit einem Blick auf die

Uhr und fand, dass es Zeit war für ein kleines Mittagessen im Keno, einem Restaurant um die Ecke mit einem leckeren Mittagstisch und erstklassigem Service. Tatsächlich meinte er damit auch einen erstklassig aussehenden Service. Die Kellnerinnen waren allesamt eine Augenweide, charmant und professionell in ihrer Arbeit.

Auf dem Weg zurück ins Büro läutete sein Smartphone: Dr. Spurglis, der ihm ohne Umschweife eröffnete, seinem Mandanten die geforderten 600.000 Schweizer Franken und auch die Prozesskosten zahlen zu wollen. Das Angebot könne nur heute angenommen werden und zwar durch Unterzeichnung und Rücksendung einer entsprechenden Vereinbarung, die ihm als Telefax in die Kanzlei gesendet werde.

Gero staunte. Jetzt hatten sie fast ein Jahr vor Gericht gestritten, und nun musste alles ganz schnell gehen. Aber das war es nicht, was Gero irritierte. Sie waren auf seine Maximalforderung eingegangen. Hieß das, dass sie noch mehr Leichen im Keller hatten? Vielleicht hätten sie auch 700.000 Franken bezahlt, wenn Gero diesen Betrag gefordert hätte. Andererseits. Vor Gericht hätte er im besten Fall nicht mehr als 550.000 Franken erstreiten können. Alles in allem ein guter Deal.

Sein Mandant gratulierte Gero zu seinem Erfolg und gab die Order, das Angebot nach Prüfung zu unterzeichnen und zurückzusenden, wenn das Papier der Gegenseite halbwegs in Ordnung war. Gero stutzte. Vielleicht hatte ja auch sein Mandant noch die eine oder andere Leiche im Keller, von der er nichts wusste. Wie auch immer: Für diesen Monat war sein Umsatz gesichert.

Moshe wartete bereits vor dem Haus. Er war noch ganz beeindruckt von der Architektur des Regierungsviertels und

Gero teilte seine Begeisterung. Das war wirklich gelungen, was da um den Reichstag entstanden war, und natürlich war auch der Reichstag selbst eine Sensation. Gero konnte sich noch gut daran erinnern, als das Parlament den Beschluss gefasst hatte, von Bonn nach Berlin zu ziehen. Das, was ihn am meisten geärgert hatte, war nicht der Umzug an sich, sondern die Tatsache, dass das Parlament zukünftig in einem Haus tagen sollte, das Reichstag genannt wurde und so dieselbe Bezeichnung trug, wie die Stätte, von der aus das Naziregime regiert hatte. „Bundestag" war für Gero die richtige Bezeichnung gewesen, mit der war er groß geworden und die hatte der mit dem Dritten Reich verbundenen historischen Zäsur Rechnung getragen. Aber dann hatte sich die Bezeichnung Reichstag durchgesetzt. Und heute wunderte sich Gero über sich selbst, wie locker ihm das Wort über die Lippen kam.

Die Wohnung von Walter Steiner war penibel aufgeräumt. Alles war an seinem Platz, als wenn der Besitzer jeden Moment zurückkehren würde. Gero und Moshe fühlten sich, wie sie da in der Diele standen, wie Diebe: Sie kamen flüsternd überein, ihre Suche nach einem Testament oder einer sonstigen Verfügung Walter Steiners in dessen Arbeitszimmer zu beginnen. Gero ging vor. Dann übernahm Moshe die Führung. Mit geübten Griffen sah er die Unterlagen erst auf, dann im Schreibtisch seines Bruders durch, bevor er seine Aufmerksamkeit dem Regal widmete. Walter Steiner hatte es ihnen einfach gemacht. Alles war in Ordnern sortiert und alles war ordentlich beschriftet: „Bayer Leverkusen". „Steuern". „Krankenkasse". Dann standen da reihenweise gebundene Jahresausgaben seiner Lieblingslektüre, dem naturwissenschaftlichen Magazin „Nature". Und schließlich gab es Ordner mit der Korrespondenz, die er über die Jahre geführt hatte: „Briefe Moshe". „Briefe Gero". Und dann noch ein Ordner: „Privat". Aber auch darin war nichts, als Unterlagen, die das Leben und Sterben seiner Frau betrafen. Von einem Testament weit und breit keine Spur.

Gero fiel das Gespräch bei Rabbi Reutelmann ein: Tod und Leben hatten sich für seinen Vater anscheinend tatsächlich ausgeschlossen. Morgen würde der Leichnam Walter Steiners in Tegel eintreffen und spätestens dann mussten sie dem Bestatter eine Richtung vorgeben. Und wieder war es Moshe, der die Initiative ergriff. Sie saßen sich im Wohnzimmer gegenüber, als er seine Sicht der Dinge vortrug. Richtig war, dass Walter Steiner sich dem jüdischen Glauben nahe fühlte. Er hatte sich nach dem, was der Rabbi angedeutet hatte, auch um die Einhaltung vieler, wenn auch nicht aller Regeln jüdischen Glaubens bemüht. Aber er hatte nicht wirklich am Leben der jüdischen Gemeinde teilgenommen. Walter Steiner hatte seinen deutschen Namen behalten und als er die Gelegenheit hatte, nach Israel zu gehen, war er dageblieben. Er hatte das Gespräch mit dem Rabbi, nicht aber die Nähe der jüdischen Gemeinschaft gesucht. Seine Frau war nun mal evangelischen Glaubens und so hatte er seinen Sohn in diesem christlichen Bewusstsein groß werden lassen. Offensichtlich war Walter Steiner, was die Religion anging, nicht entschieden, auch wenn er trotz erfolgter Taufe den christlichen Kirchen den Rücken zugewendet hatte.

Deshalb schlug Moshe eine Beerdigung fern jeder Glaubensrichtung vor. Gero war überrascht, aber er konnte sich sofort mit dem Gedanken anfreunden. Sein Vater war ebenso wie Moshe trotz ihrer Beschneidung christlich getauft worden. Beide hatten dies stets als Ausdruck der Hilflosigkeit der bayerischen Schwestern abgetan, die es in Ermangelung jüdischer Gemeinden im Nachkriegsdeutschland nicht besser wussten. Aber Mitglied einer christlichen Kirche waren sie schon seit Ewigkeiten nicht mehr, nämlich seit dem Tag, an dem sie selbst über sich bestimmen durften und den jüdischen Glauben für sich angenommen hatten. Eine Entscheidung, die sie, wie sie glaubten, ihrer Herkunft schuldig waren.

Also eine religionsfreie Beerdigung.

Gero hatte davon gehört, dass der Senat vor einigen Wochen den ersten Friedwald genehmigt hatte, kein Friedhof in klassischem Sinne, sondern ein Stückchen Wald, in dem sich die Hinterbliebenen als Platz für die Urne einen Baum aussuchen konnten, wo sie zukünftig des Verstorbenen gedenken konnten.

Walter Steiner in den Kreislauf der Natur zurückzugeben, gefiel Moshe, dem Bruder, aber auch Gero, dem Sohn. So sollte es sein.

Moshe hatte sich den Ordner „Briefe Moshe" unter den Arm geklemmt und drängte zum Aufbruch.

Zu Hause angekommen willigte Gero ein, mit Moshe ein Bierchen auf das Andenken an Walter Steiner, Bruder und Vater, der er gewesen war, zu trinken. Es war, als ob hier und jetzt neue Bande geknüpft würden. Bande, die mit einem weiteren Bierchen besiegelt werden mussten. Sie waren übereinstimmend der Meinung, ihre Sache bis hierhin gut gemacht zu haben. Auch wenn sie sich nicht wirklich gekannt hatten, so bestätigten sie sich, in dem jeweils anderen einen Vertrauten gefunden zu haben. Das hätte Walter Steiner sicher gerne gesehen. Grund genug für ein weiteres Bier. Moshe erzählte von der Wut, die er empfunden hatte, als feststand, dass sein Bruder nicht nach Israel nachkommen würde. Wut, die später in Enttäuschung und zuletzt in Sehnsucht umgeschlagen war. Aber er war allein gewesen in Israel, hatte eine Heimat erst in der jüdischen Gemeinschaft und dann im Militär gefunden, und es hatte eine Zeit lang gedauert, bis er seine Lebensmitte wiedergefunden hatte. Gero holte ein weiteres Bier aus dem Kühlschrank. Der Krieg hätte ihn dann überzeugt, die richtige Entscheidung getroffen zu haben. Denn nur der beherzte Einsatz der israelischen Armee hätte die Existenz des Staates Israel gesichert, und darauf wäre es angekommen nach dem Holocaust. Den Juden endlich eine Heimat zu geben und diese zu erhalten, zu verteidigen. Bis heute hätte er nicht verstanden, wie sein Bruder sich diesen Gedanken hatte verschließen können. Aber Walter Steiner hatte sich nicht überzeugen lassen, er wollte im Land der Täter seinen Beitrag dafür leisten, dass sich so etwas wie das Naziregime nicht wiederholen konnte. Dafür hätte er, Moshe, nur Spott übriggehabt. Ob er denn nicht verfolgt hätte, was in Deutschland passiert war, dass Nazibeamte, 160.000 an der Zahl, über den Hunderteinunddreißiger-Artikel des Grundgesetzes wieder rehabilitiert worden waren, dass Polizisten, Staatsanwälte und Richter, die bereits unter den Nazis Karriere gemacht hatten, wieder eingestellt wurden und ihren Dienst in der Bundesrepublik verrichten konnten! Aber Walter Steiner hatte davon nichts hören wollen. Allein seine Anwesenheit in Deutschland als Jude, der er meinte zu sein, integriert in die Gesellschaft, verheiratet und beschäftigt, sollte ein Zeichen setzen: So wie das Wasser in der Lage ist, den Stein zu formen. Moshe lachte auf, schüttelte den Kopf. Was für eine Verschwendung: Nichts hatte sein Bruder bewirkt. Er aber hatte Zeichen gesetzt, obgleich er, wie er jetzt wusste, kein Jude war, aber das würde er ändern.

Gero verstand nicht. Als Moshe aus der Küche mit einem weiteren Bier in der Hand zurückkam, fixierte er seinen Onkel. Er, Moshe Liebermann, hätte so manchem Lebensabend die Ruhe genommen. In Argentinien. In Chile, den USA, aber auch in Deutschland, Norwegen und Schweden. Er hätte ihnen nachgespürt, sie gefunden, Nazi-Generäle, Gestapo-Schergen, Verbrecher und Mörder und andere „Größen" des Naziregimes und er hätte sie aus ihrem neuen Leben gerissen. Hätte sie festgenommen oder festnehmen lassen ohne jede Vorwarnung, ohne Rücksicht. Manchmal vom Frühstückstisch weg, vor den Augen ihrer Frau und ihrer Kinder, manchmal aber auch vom Arbeitsplatz weg. Und wenn es gar nicht anders gegangen wäre, hätte er sie entführt und nach Israel gebracht, wo ihnen der Prozess gemacht wurde. Das wären Zeichen, die verstanden wurden, in Deutschland und überall auf der Welt. Nirgendwo sollten sich die Nazimörder noch sicher fühlen, und allein der Gedanke, dass noch heute der eine oder andere Mörder sein Dasein als geachteter, liebenswerter alter Mann fristeten konnte, mache ihn krank vor Wut. Moshe setzte die Bierflasche hart auf dem Tisch ab. Er hätte sein Leben der Verfolgung von Nazimördern gewidmet, das war seine Erfüllung geworden.

Gero war sprachlos. Dass sein Onkel beim Militär gewesen war, war in der Familie allgemein bekannt, nicht aber, dass er dort für die Verfolgung von Naziverbrechern eingesetzt war. Ob sein Vater von der eigentlichen Berufung seines Bruders gewusst hätte, wollte er wissen.

Moshe ignorierte die Frage seines Neffen und fuhr weiter fort, dass er, wann immer es gegangen wäre, bei der Verurteilung und Hinrichtung der von ihm gefassten Mörder dabei war und nie eine Sekunde Zweifel daran gehabt hätte, das Richtige zu tun. Er hätte den Gnadengesuchen, zu denen er aufgefordert wurde, eine Stellungnahme abzugeben, nichts als Fotos aufeinandergeschichteter Leichen beigefügt, Männer, Frauen und Kinder, deren Tod nach dem Ergebnis seiner Ermittlungen dem jetzt um Gnade flehenden Täter zuzurechnen war. Denn dieser hätte auch keine Gnade gekannt.

Gero hatte dem Ausbruch seines Onkels weiter regungslos und schweigend zugehört. Sein Onkel war ein Nazijäger gewesen. Ging es bei der Auseinandersetzung zwischen seinem Vater und seinem Onkel nur vordergründig um die Frage, wer wo lebte und warum? Ging es nicht dabei im Kern vielmehr darum, wie sie als Überlebende des Naziterrors auf die Gräuel zu reagieren hatten? Auge um Auge, Zahn um Zahn, das war der Weg, den Moshe gewählt hatte, oder sollte gegebenenfalls die andere Backe hingehalten werden, nachdem die eine schon geschlagen war, so wie es Walter Steiner für sich entschieden hatte? Gero traute sich nicht, die Frage an seinen Onkel zu richten. So aufgewühlt hatte er Moshe noch nie gesehen. Gero nahm einen großen Schluck aus der Flasche.

Wie es wäre, einen Menschen sterben zu sehen, fragte Gero seinen Onkel unvermittelt in die eingetretene Stille. Das käme darauf an, ob er auf den Krieg oder auf Hinrichtungen anspielte. Gero zuckte mit den Schultern. Im Krieg dauerte das Sterben zu lang, am Galgen zu kurz, das war Moshes Erfahrung. Gero knallten die Worte entgegen, kurz und abgehackt. Er hatte keine Ahnung vom Leben seines Onkels. Er verstand ja schon sein Leben kaum, aber das, was sein Onkel durchgemacht haben musste, stand auf einem ganz anderen Blatt. Gewalt hatte einen großen Raum im Leben des Moshe Liebermann eingenommen, während das Leben seines Vaters geradezu friedfertig, ja heimelig verlaufen war, wenn er an das Reihenhaus seiner Kindheit dachte. Unterschiedlicher konnte man auf den Naziterror wohl kaum reagieren. Mehr noch: Dass das Terrorregime der Nazizeit auf das Leben seines Vaters und Onkels einen solchen richtungweisenden Einfluss hatte ausüben können, war Gero erst in diesem Moment bewusst geworden. Dies, obwohl ihm durchaus klar war, dass mit der Zerstörung des „Dritten Reiches" die Naziideologie nicht aufgehört hatte fortzuwirken, sie war nur der Insignien Staat, Volk und Macht beraubt worden. Ihm fielen die Erklärungsansätze zum Terrorismus der Rote-Armee-Fraktion ein. Dass nämlich der Terror der RAF letztlich nichts anderes war, als der Ausdruck ohnmächtiger Wut und grenzenloser Enttäuschung darüber, dass die

Bundesrepublik im Wesentlichen nicht anders auf die Jahrtausendverbrechen der Nazis reagiert hatte als durch Verdrängen und Vergessen. So, als könne man mehr oder weniger zur Tagesordnung übergehen. Insoweit war der Schatten der Nazis lang, der da nach wie vor über der Bundesrepublik lag. Wenn er jetzt darüber nachdachte, fragte er, warum hatte es eigentlich keinen Mittelweg gegeben. Warum gab es nur den Terror auf der einen und das Verdrängen und Vergessen auf der anderen Seite?

Moshe holte tief Luft. Nach seiner Erfahrung hätte das damit zu tun, dass die Verbrechen der Nazis für den menschlichen Verstand zu monströs waren, um sich jedenfalls nach so kurzer Zeit schon damit intellektuell auseinandersetzen zu können. Er jedenfalls hätte keine Ahnung, wie eine dem Naziregime angemessenere Form der gesellschaftlichen Auseinandersetzung aussehen könnte, als die, die Verbrechen in ihren vielfältigen Dimensionen nicht in Vergessenheit geraten zu lassen. „Niemals!"

Gero nickte. Vergessen war das Schlimmste, was der zivilisierten Welt schon um ihrer selbst willen passieren konnte. Wenn eines Tages nicht mehr die Rede vom Holocaust und seinen Opfern war. Wenn sich das Bild verklärte. Das zu verhindern, war das Gebot der Stunde. Jetzt war Gero an der Reihe, Bier zu holen.

Aber noch etwas lag Gero am Herzen: wie sei mit der Schuldfrage in diesem Zusammenhang umzugehen? Damit sei nicht die Frage gemeint, wer die Verantwortung zu tragen hatte, das sei klar: Die Deutschen hatten die Ermordung der Juden und anderer Volksgruppen beschlossen und diesen Beschluss mit Grauen erregender Perfektion umgesetzt. Schuld war danach jeder, der alt genug war und der mit gemacht hatte oder die sich unzweifelhaft bietenden Hinweise ignoriert und weggeschaut hatte. Das war ebenso einfach wie eindeutig. Dabei erschien die Bemerkung mit der Gnade der späteren Geburt nicht geeignet, das Maß der eigenen Schuld zu mindern. Gero hatte zwar keine Ahnung, ob er den Mut aufgebracht hätte, ins Treppenhaus hinaus und auf den SS-Gruppenführer zuzutreten, wenn er gehört hätte, wie die Nachbarsfamilie erst aus ihrer Wohnung, dann aus dem Haus getrieben und schließlich fortgebracht worden wäre. Aber was hatte die Frage nach der Verantwortlichkeit anderer mit der eigenen persönlichen Verantwortung zu tun?

Nichts, bestätigte Moshe, aber woraus wolle er hinaus? Der Punkt sei, sagte sein Neffe, dass die Handhabung der Schuldfrage in seiner und den nachfolgenden Generation dazu führe, dass dem Holocaust aus dem Weg gegangen werde, von der Ermordung anderer Glaubens- und Volksgruppen durch die Nazis ganz zu schweigen. Da die Nachgeborenen daran keine Schuld hätten und erst recht keine aufgeladen bekommen wollten, beschäftigen sie sich nicht wirklich mit dem Thema. Schlimmer noch, es gäbe eine Tendenz bei den Jüngeren, und da insbesondere unter den linken „Antifaschisten", die es vorzöge, sich über die vermeintlich noch größeren Verbrechen der Juden in Israel an den Palästinensern bzw. Libanesen zu ereifern, ohne den historischen Zusammenhängen gerecht zu werden. Der Anfang vom Vergessen sei, keine Ahnung zu haben. Und die Gefahr sei, dass die übermächtige, über allem schwebende Schuld die Auseinandersetzung mit dem Terror des Dritten Reichs und seiner Ursachen erdrücke, quasi im Keim ersticke und somit die Gefahr eines neuen Antisemitismus in sich trüge. Dabei würde die Antwort auf die Schuldfrage noch am Ende der Welt unverändert ausfallen.

Jetzt hatte Gero sich in Rage geredet. Deutsche haben sich der schlimmsten Verbrechen gegen Menschen und gegen die Menschlichkeit schuldig gemacht. Aber käme es jetzt unter Beibehaltung und unverrückbarer Anerkennung dieser Tatsache nicht darauf an, den Fokus auf die Frage der Verantwortlichkeit für die Zukunft zu richten, damit sich ein solches Regime nicht wiederholen kann.

Moshe hatte seinem Neffen aufmerksam zugehört. Für ihn hatte immer die Schuldfrage im Vordergrund gestanden. Zeit seines Lebens. Irgendjemand musste schuld sein,

bezahlen für all das Leid, das die Nazis über die Menschen gebracht hatten. Und jetzt sollte die Frage der Schuld ein Punkt unter vielen sein, wenn vom Holocaust die Rede war? Mit diesem Gedanken musste er sich erst noch anfreunden. Er hatte jedoch schon ein Problem damit gehabt, anzuerkennen, dass es eine Kollektivschuld nicht gab, auch wenn das viele in Israel anders sahen. Aber das war etwas anderes als die Frage nach der Schuld der nachgeborenen Deutschen. War es möglich, dass Deutsche in die Welt hinaus gingen in dem Bewusstsein, frei von Schuld zu sein?

Moshe hatte diese Frage laut gestellt und Gero antwortete darauf so unvermittelt, dass er sich nicht sicher war, ob er nicht besser geschwiegen hätte.

Dann müsse er, sein Onkel, sich auch schuldig fühlen und zwar mehr noch als andere.

Moshe schaute Gero verständnislos an. Plötzlich traf ihn die Erkenntnis mit voller Wucht. Hermann Kaim, der sein Vater war, war einer der schlimmsten Naziverbrecher gewesen und hatte wie kaum ein anderer Schuld auf sich geladen. Und jetzt sollte sich er, Moshe Liebermann, Jude und Nazijäger, schuldig fühlen am Holocaust? Das war nicht nur völlig ausgeschlossen, das war Wahnsinn!

Gero beobachtete, wie es in seinem Onkel arbeitete. Moshe griff nach der Hand seines Neffen und zog ihn zu sich heran. Dann legte er seinen Kopf wortlos an Geros Kopf und umfasste ihn mit der einen Hand, mit der anderen drückte er ihn fest an sich, dass sich Gero wie von einem Schraubstock umklammert fühlte. Er bekam kaum Luft. Die Enge war ihm unangenehm, aber er wagte nicht, sich zu befreien.

Eine Minute verging. Dann hatte sich sein Onkel gefasst. Er drückte Gero noch fester an sich. „Ich muss nachdenken. Eine Antwort finden. Aber für heute reicht es“, flüsterte er. Er erhob sich und verschwand in das Gästezimmer.

Gero hatte das Gefühl, erst ein, zwei Stunden geschlafen zu haben, als es gegen seine Tür polterte. Er hörte, wie Moshe seinen Namen rief, aber er war noch viel zu benommen und reagierte nicht. Ein Blick auf den Wecker verriet ihm, dass es tatsächlich schon kurz vor sieben Uhr war.

Die Tür flog auf, offensichtlich war Moshe schon laufen gewesen, denn er breitete die Mittwochsausgabe des Berliner Tagesspiegel auf seinem Bett aus.

„Schau dir das an", sagte er. Moshe hätte das, was Gero sehen sollte, nicht zu markieren brauchen, denn ihm sprang eine Traueranzeige entgegen, die ein Viertel der gesamten Seite einnahm.

Walter Steiner
Geb. 22. 04. 1945 Gest. 10. 10. 2007

Die Berliner Kameradschaft 45 trauert um einen treuen und tapferen Kameraden. Walter Steiner war Gründungsmitglied der Kameradschaft. Seinem unermüdlichen Engagement hat die Kameradschaft das hohe Ansehen zu verdanken, das sie unter Gleichgesinnten weit über die Grenzen Berlins hinaus genießt. Mit Walter Steiner verliert die Kameradschaft eine Führungspersönlichkeit, für die Vaterland, Ehre, Treue, Disziplin, Tradition und Verantwortung mehr als Worte, sondern Verpflichtung waren. Die Beisetzung findet statt im engsten Kreis der Kameradschaft am Freitag, den 21. Oktober 2007, 10:00 Uhr, Friedhof Grunewald Forst, Berlin-Grunewald.

Also steckten die Nazis hinter dem Raub des Aktenkoffers! Auf Moshes Geheiß hatte Gero in den ansonsten leeren Koffer ein Blatt deponiert, mit der Aufforderung, als Kontaktaufnahme eine Traueranzeige für Walter Steiner im „Berliner Tagespiegel" zu schalten. Und da war sie.

Gero ließ die Zeitung sinken. Nazis hatten erst seinen Vater ermordet und dann den Aktenkoffer geraubt.

Berliner Kameradschaft 45. Moshe schüttelte den Kopf, dieser Name war ihm bis zum heutigen Tag nicht begegnet. Aber das musste nichts heißen. Nationalsozialistische Gruppierungen entstanden und gingen unter, entscheidend waren die Männer und Frauen dahinter. Wer tauchte unter welchem Deckmantel wo wieder auf?

Gero las die Traueranzeige noch einmal: Vaterland, Ehre, Treue, Disziplin, Tradition, allesamt Begriffe, die für sich genommen erst einmal keine Bedrohung darstellten.

Erst der Absender, verbunden mit der Jahreszahl, füllte die Begriffe aus und sorgte für ein Gefühl der Angst.

Jetzt waren wieder Moshe und Gero am Zug. Sie mussten sich kundig machen. So schnell als möglich mussten beide ihre Quellen anzapfen, Moshe seine Freunde aus vergangenen Tagen und Gero würde Michael bitten, für ihn zu recherchieren. Viel Zeit hatten sie nicht, Freitag war schon übermorgen. Aber noch war es zu früh für die Telefonate. Erst einmal den Tag beginnen.

Kapitel 4

Zehn Kilometer von Gero und Moshe entfernt, im feinen Berliner Stadtteil Zehlendorf, war Hermann Kocher die Traueranzeige sofort aufgefallen. Nicht wegen des Verstorbenen, sondern wegen der Vereinigung, die als Urheber der Annonce hervortat: „Berliner Kameradschaft 45". Was hatte das zu bedeuten?

Kocher ließ die Zeitung sinken. Er war zwar Anfang neunzig, aber so schlecht war sein Erinnerungsvermögen nicht. Mit der Freilassung Albert Speers aus der Haft 1966 hatte sich die Kameradschaft offiziell aufgelöst. Die Kameradschaft war öffentlich nicht mehr in Erscheinung getreten, sondern hatte im Verborgenen gewirkt. Jahrzehntelang. Ein überschaubarer Kreis tapferer Kriegsteilnehmer und verdienter SS-Offiziere hielt daran fest, den Verfolgten der Siegerjustiz Unterstützung im In- und Ausland zukommen zu lassen. Die Idee war aus dem Kreis ihrer Förderer gekommen. Warum das Netzwerk brach liegen lassen, wenn verfolgte Nationalsozialisten überall in der Welt davon profitieren konnten. Und so vergingen die Jahre. Die tapferen Männer des Dritten Reichs starben weg, und jetzt war nur noch er übriggeblieben, mal abgesehen von den drei, vier Kameraden in Südamerika und Südeuropa.

Die vor ihm liegende Traueranzeige war ein Ding der Unmöglichkeit. Schließlich hatte er sie nicht aufgegeben. Oder hatte Manuel, ein wenig zuverlässiger Kerl, den man ihm als Zivildienstleistenden zugewiesen hatte, der aber in seinen Augen nichts als ein feiger Kriegsdienstverweigerer war, in seinen Sachen geschnüffelt und sich einen üblen Scherz auf Kosten der Kameradschaft erlaubt? Diesen Gedanken wischte er fort. Zwar sprach er mit dem jungen Mann über Geschichte und Politik, aber er hatte es aus gutem Grund vermieden, seine politische Überzeugung offenzulegen. Also wusste er auch nichts von der Berliner Kameradschaft 45.

Und andere soziale Kontakte hatte Kocher nicht. Er war in der Nachbarschaft beliebt, wurde hier und da auch eingeladen, aber wirkliche Nähe wollte er in seinem Leben nicht mehr zulassen. Am Grab seines letzten Kameraden, hier in Berlin, hatte er beschlossen, das Kapitel Freundschaft in seinem Leben zuzuschließen. Und einen Walter Steiner hatte es darin nicht gegeben. Das wusste Kocher genau.

„Friedhof Grünewald-Forst." Gero kannte den Ort zu Moshes Verwunderung. Der Friedhof lag an einer seiner Laufstrecken durch den Grunewald. Gero hatte sich seine Laufaktivitäten durch den Grunewald mit einer touristischen Wanderkarte erschlossen, nachdem er sich einmal hilflos verlaufen hatte. Der Karte waren eine Vielzahl von Sehenswürdigkeiten zu entnehmen, die der Wald außer seiner Natur zu bieten hatte: Jagdschloss, Grunewaldturm, Abhörstation, Teufelssee um nur einige zu nennen. Und eben auch den Friedhof Grunewald Forst. Sehenswert schon deshalb, weil seine Geschichte weit zurückreichte und vergleichsweise kurios war. Bereits 1879 angelegt, wurde der Friedhof im Volksmund „Selbstmörder-Friedhof" genannt. Der Grund dafür war, dass Selbstmörder, die sich oberhalb im Verlauf der Havel in das Wasser gestürzt hatten, bedingt durch die Strömung etwa in Höhe des Friedhofs in der Schildhornbucht angeschwemmt wurden. Selbstmördern war es jedoch verwehrt, in geweihter Erde bestattet zu werden. Die Leichen wurden früher vielmehr der Wissenschaft zu Forschungszwecken zur Verfügung zu gestellt. Dies zu vermeiden, war das erklärte Ziel der Angehörigen, die das Gelände des heutigen Friedhofs über viele Jahre hinweg für heimliche Bestattungen ihrer Verwandten genutzt hatten. Erst später, als die Strafbarkeit des Selbstmords als Verbrechen aufgehoben und in der Folge auch die Beerdigungen der Haveltoten legal wurden, wandelte sich die Fläche in einen ordentlichen Friedhof. Aber es waren diese wilden Beerdigungen, die noch heute in der Vorstellung der Besucher für einigen Grusel sorgten. Gero war es nicht anders ergangen, besonders dann, wenn er die Friedhofsmauer früh morgens noch in der Dunkelheit passierte.

Dass man ausgerechnet einen Selbstmörder-Friedhof als Treffpunkt gewählt hatte, war in Moshes Augen indes kein Zufall. Das war eine Botschaft. Jemand wollte ihnen die Aussichtslosigkeit ihres Tuns vor Augen führen. War es tatsächlich ein Selbstmordkommando zu glauben, mit 430 Millionen Schweizer Franken einfach so davonkommen zu können? Moshe hatte in den vielen Jahren seiner Militärlaufbahn die Erfahrung gemacht, dass Menschen für viel weniger bereit waren zu töten.

Auf dem Weg zur Kanzlei dachte Gero an das Gespräch mit Moshe zurück, das sie heute morgen am Küchentisch geführt hatten. Er war dafür gewesen, sich jetzt mit Michaels Hilfe der Polizei anzuvertrauen. Moshe konnte zwar die Gründe dafür verstehen, war aber anderer Meinung. Die Polizei am Treffpunkt würde die Nazis nur vergraulen. Ein Treffen würde gar nicht erst zustande kommen und wer wisse schon, was sich die Nazis dann einfallen ließen, um an das zu gelangen, was sie wollten. Bis jetzt hatten sie das Geld noch nicht angerührt und solange sie das nicht taten, war die Situation auch nicht wirklich gefährlich. Letztlich waren sie übereingekommen, die Polizei nicht einzuschalten und sich erst dann den Behörden anzuvertrauen, wenn sie mehr wüssten. Gero hatte noch immer ein ungutes Gefühl. Die Ursache dafür war weniger das Treffen, denn tot würde er den Nazis in der Tat, jedenfalls zum jetzigen Zeitpunkt, nichts nutzen, ganz im Gegenteil. Ihn irritierte etwas anderes. Er war sich nicht sicher, ob er Moshe uneingeschränkt trauen konnte. Hatten sie noch dasselbe Ziel, nämlich das Geld zu sichern und den Opfern des Holocaust und deren Nachkommen zukommen zu lassen, oder wollte Moshe mehr? Vielleicht hatte Gero aber auch nur irritiert, dass sein Onkel über Jahrzehnte eine Tätigkeit ausgeübt hatte, von der die Familie keine Ahnung gehabt hatte. Aber gerade diese Tätigkeit war es, die seinen Onkel in Zusammenhang mit der Berliner Kameradschaft jetzt möglicherweise auf eigene Rechnung vorgehen ließ. Dafür wollte Gero sich keinesfalls in Gefahr bringen. Aber sie hatten gemeinsam die Entscheidung getroffen, der Polizei nichts vom Treffpunkt zu sagen, und daran würde er sich halten.

Michael war jedenfalls die Berliner Kameradschaft 45 kein Begriff gewesen. Er hatte aber versprochen, die Fachkollegen auf die Spur zu setzen und mahnte Gero zur Vorsicht. Offensichtlich meinten diese Nazis es ernst. Die Sache geriete aus den Fugen. Walter Steiner könnte möglicherweise noch leben, wenn sie von Anfang an die Polizei einbezogen hätten.

Jetzt wüssten sie, dass sie es mit einem ernst zu nehmenden Gegner zu tun hätten.

Aber Gero wollte davon nichts wissen. Keine Polizei!

Nach Beendigung des Telefonats hatte Michael keine Sekunde gezögert, wie Gero später erfuhr. Er rief das Landeskriminalamt Berlin an und ließ sich mit dem dortigen Leiter der Abteilung NN, Neonazis, verbinden, wie das zuständige Dezernat intern hieß. Dies, um den Kollegen nicht nur den Namen der Gruppe, sondern auch Ort und Zeitpunkt des anstehenden Treffens durchzugeben, ohne jedoch die weiteren Hintergründe zu erläutern. Auf diese Weise konnten die Kollegen zumindest ihre Beobachtungen machen und nebenbei seinem Freund Gero Schutz bieten. Wie Michael erleichtert erfuhr, war die Abteilung NN in Berlin bereits durch die Traueranzeige im Tagesspiegel alarmiert und beriet ihrerseits ihre Vorgehensweise. „Berliner Kameradschaft", das war ein dicker Hund. Insbesondere die Kennung 45 bereitete den Ermittlern dort Sorgen. So hatte man bereits die zentrale Stelle zur Aufklärung nationalsozialistischer Verbrechen in Ludwigsburg kontaktiert und um Amtshilfe gebeten. Denn so weit zurück gingen die Archive der Dienststelle hier vor Ort in Berlin nicht. Michael verstand zwar nicht wirklich, was das alles bedeuten sollte, bedankte sich aber und hängte auf.

Ein schlechtes Gewissen hatte Michael nicht. Es ging darum, seinen Freud zu schützen. Und erfahren würde Gero von alldem ohnehin nichts.

Moshe hatte es sich zur Gewohnheit gemacht, seine Telefonate in Geros Wohnung vom Wohnzimmerfenster aus mit Blick auf den Lietzensee zu erledigen. Er war ganz vernarrt in die Aussicht. Jetzt, im Herbst, lag der See vor ihm wie mit einem dunklen Tuch bedeckt, die Bäume hatten noch bunte Blätter, aber bald würde der Wind sie von ihren Ästen wehen, Zeit für den Winter. Diesen erkennbaren Wechsel der Jahreszeiten hatte er immer in Israel vermisst.

Das Gespräch mit seinem Kontaktmann war gut gewesen, denn er hatte gleich verstanden, dass seine Anfrage nach der Berliner Kameradschaft 45 von einiger Bedeutung war. Nicht nur, weil Moshe Liebermann um Recherche gebeten hatte, sondern auch deshalb, weil sie mit der Gruppe einer Vereinigung möglicher Nationalsozialisten auf die Spur gekommen waren, die sich wegen ihrer Kennung unmittelbar auf das Kriegsende zurückführen ließ. Die Gruppe war also nicht von irgendwelchen Neonazis gegründet worden, sondern von Männern des Dritten Reiches. Und das bedeutete immer die Möglichkeit, noch einem der Verbrecher der Naziherrschaft habhaft werden zu können. Moshe war das sofort klar gewesen, als er den Absender der Traueranzeige gelesen hatte. Sein Instinkt war geweckt worden und solange er sich zurückerinnern konnte, hatte ihn sein Instinkt noch nie getäuscht.

Das Ergebnis war ebenso ernüchternd wie irritierend. Übereinstimmend hatten die Quellen herausgefunden, dass es tatsächlich einen Bund überzeugter Nationalsozialisten, allesamt Kriegsteilnehmer, gegeben hatte, der sich unter dem Deckmantel militärischer Zusammengehörigkeit im Mai 1945 in Berlin mit der Bezeichnung „Berliner Kameradschaft 45" gegründet hatte. Die Gruppe hatte es sich zur Aufgabe gemacht, die ihrer Ansicht nach zu Unrecht inhaftierten Kameraden aus Kriegstagen während ihrer Haftdauer nicht nur moralisch zu unterstützen, sondern auch finanziell. In den Blick der Öffentlichkeit geraten war die Gruppe lediglich durch ihren prominentesten Schützling, Albert Speer, den Architekten des Führers. Dessen Unterstützung durch die Kameradschaft war von der Presse wiederholt zum Gegenstand ihrer Berichterstattung gemacht worden. Dies auch deshalb, weil eine Reihe Berliner, aber auch bundesdeutscher Wirtschaftsunternehmen zu dem Kreis der Gönner und Förderer der Vereinigung gehörten. Es handelte sich um die Unternehmen, oder besser Unternehmer, die aufgrund israelischer Erkenntnisse dem Anschein nach zu den Unterstützern der Berliner Kameradschaft gezählt werden mussten, auch wenn man einen positiven Beweis für diese Annahme bislang nicht gefunden hatte. Moshe sah dies anders. Er hatte die Datei der abfotografierten Liste namentlich aufgeführter Wirtschaftsunternehmen aus dem Schließfach der Züricher Kantonsbank geöffnet und ausgedruckt. Dabei ergab sich aus dem Vergleich der Listen immerhin eine Übereinstimmung von fast 75 Prozent. Das bedeutete, dass fast drei Viertel derjenigen Unternehmer, bei denen Kaim 1945 davon ausgegangen war, dass sie der Sache treu bleiben würden, tatsächlich die Nazi-Schergen im Nachkriegsdeutschland und noch lange danach - womöglich bis zum heutigen Tage - unterstützten. Offensichtlich wurde da so manche alte Rechnung bezahlt. Entscheidend war, dass es eine Verbindung geben konnte zwischen Kaim auf der einen und der Kameradschaft auf der anderen Seite. Vielleicht war es tatsächlich so, dass Kaim zwar niemandem außer seinen Söhnen den Schlüssel zu dem von ihm konzentrierten Vermögen hatte anvertrauen können, gleichwohl aber sein Tun nicht unbemerkt geblieben war. Es irritierte nur, dass man bisher geglaubt hatte, die Gruppe hätte sich mit der Freilassung Speers aufgelöst, denn seit diesen Tagen war sie nicht mehr in Erscheinung getreten. Aber jetzt musste man davon ausgehen, dass man sich wohl geirrt hatte. Die Berliner Kameradschaft 45 hatte über all die Jahre weiter bestanden, und sie alle hatten davon nichts mitbekommen. Auch das sprach dafür, sich jetzt um so mehr mit der Vereinigung auseinanderzusetzen.

Deshalb war es Moshe wichtig, so lange nicht mit der deutschen Polizei zusammenzuarbeiten, bis er mehr über die Kameradschaft wusste und sicher sein konnte, dass die Polizei, wenn es darauf ankam, auch wirklich auf seiner Seite stehen würde. Vielleicht würde es ihm hier in Berlin, wo die Vernichtung seines Volkes – Moshe hielt inne: seines Volkes? Er verdrängte den Gedanken und nahm seinen Faden wieder auf. Dort, wo die Vernichtung der Juden mit dem Beschluss der Wannsee-Konferenz vom 20. Januar 1942 endgültig und unumkehrbar seinen Lauf nahm, würde es ihm womöglich gelingen, einen großen Fang zu machen. Eine solche Gelegenheit würde er sich nicht entgehen lassen. Niemals.

Kapitel 8

Grechtler hatte keine Ahnung, was seine Anzeige im fernen Berlin ausgelöst hatte. Er hatte sich nicht wirklich viel Mühe geben müssen, einen Namen für die von ihm ausgedachte Nazigruppe zu finden. Dunkel erinnerte er sich in diesem Zusammenhang an einen mit vertraulicher Korrespondenz gefüllten Aktenordner seines Vaters, den er nach dessen Tod unter den privaten Unterlagen seines Vaters gefunden hatte. Darin hatten sich unter anderem eine Reihe von Briefen befunden, die Grechtler Senior mit einer in Berlin direkt nach Kriegsende entstandenen Kameradschaft geführt hatte, die es sich zum Ziel gesetzt hatte, Opfer der Siegerjustiz zu unterstützen. Sein Vater war, wie er damals dem Briefwechsel entnommen hatte, von der Gründung einer solchen Zelle auch in Zürich begeistert gewesen, nur hatte er nicht genügend Mitglieder akquirieren können. Daher war der Kontakt relativ schnell eingeschlafen.

Alles, was Grechtler noch getan hatte, war, den Namen über das Internet zu prüfen, aber er hatte keine existierende Vereinigung mit dem Namen „Berliner Kameradschaft 45“ gefunden. Das hatte ihm gereicht. Ihm war es darum gegangen, Steiner und seinem Onkel am Freitag einen gehörigen Schrecken einzujagen. Was er am Selbstmörder-Friedhof vor hatte, würde seine Wirkung nicht verfehlen. Da war er seiner Sache ganz sicher.

Grechtler war zufrieden. Dies auch deshalb, weil Plan B seines Vorhabens ebenso gut lief. Die „Swisspharm“, ein Unternehmen, an dem die Rüttlibank zu 40% beteiligt war, hatte sich gemeldet und um Rückruf gebeten. Ein Minderheitsgesellschafter war dem von ihm gemeinsam mit dem Mehrheitsgesellschafter sehr fein ausgeklügelten System der Geldwäsche auf die Spur gekommen, nicht ganz, aber immerhin, und hatte die Swisspharm in echte Schwierigkeiten gebracht. Denn der vorgelegte befreiende Gesellschafterbeschluss war in der Tat unecht, nämlich vordatiert und so war nicht auszuschließen, dass ein Sachverständiger ihnen auf die Schliche kommen würde. Für die Gegenseite war ein gewisser Rechtsanwalt Gero

Steiner aufgetreten. Aus Berlin. Dieser Zufall konnte nicht besser sein! Denn das gab Grechtler die Gelegenheit, diesen Steiner zu kaufen, ihn abhängig zu machen, und zwar ohne dass er es merken würde. Das war Plan B, quasi sein Sicherheitsnetz für den Fall, dass Steiner den Helden spielen wollte. Also rief er Swisspharm zurück und freute sich zu hören, dass die Sache um den Minderheitsgesellschafter aus der Welt war. 600.000 Schweizer Franken waren zwar viel Geld, aber es war ein Nichts im Vergleich zu dem, was Gero Steiners Mandant eigentlich hätte verlangen können, wenn er gewusst hätte, was Grechtler wusste. Durfte man einen so fähigen Rechtsanwalt ziehen lassen? Grechtler musste laut auflachen. Nein, natürlich nicht. Und so gab er dem Justitiar der Swisspharm weitere Anweisungen, was Steiner betraf.

Kapitel 10

Heute war ein guter Tag zu laufen. Gero hatte es gleich nach den ersten Metern gewusst. Leichte Beine. Es war jetzt kurz nach sechs Uhr am Donnerstag morgen, und Moshe hatte Wort gehalten und war aufgestanden, um gemeinsam mit ihm den Friedhof Grunewald Forst in Augenschein zu nehmen. Für Gero war der anstehende Lauf über die Heerstraße bis hin zum Postfenn, runter zur Havelchaussee, dann links bis zum Schildhornweg, von dem aus es dann zum Friedhof ging, ein erster von den längeren Läufen. Denn er hatte nicht vor, von da aus auf dem direktesten Weg wiederzurückzulaufen, sondern wollte den Grunewald am Teufelssee vorbei ganz bis auf die andere Seite zur Avus durchqueren und von dort über den Eichkamp und Messedamm zurück zur Wundtstraße gelangen. Und Moshe wollte mitmachen, nur um mal ein Gefühl für längeres Laufen zu bekommen, wie er meinte. So früh am Morgen war kein anderer Läufer unterwegs. Ab und zu kam ihnen ein Auto entgegen, aber sonst war Ruhe. Nach etwa 45 Minuten hatten sie den Schildhornweg erreicht, der um diese Uhrzeit nicht befahren war. Wenigstens wurde es minütlich heller. Dann verengte sich der Weg zunehmend, bis er sich kurz vor dem Friedhofsgelände auf einem davor befindlichen Grünstreifen wieder öffnete. Sie waren am Friedhof angekommen. Der Platz erwies sich zu dem von der Kameradschaft angedachten Zweck mehr als geeignet. Er war als Treffpunkt ideal: Mitten im Wald gelegen wäre es ohne die den Friedhof umgrenzende Mauer schwierig gewesen zu entscheiden, wo der Wald aufhörte und der Friedhof anfing. Ein perfektes Gelände, stellte Moshe fest, jedenfalls dann, wenn man nicht gesehen werden wollte. Sie trabten an der Mauer längs, bis sie den Eingang erreicht hatten, ein etwa vier Meter hohes Tor mit Rosettenverzierungen und einem Holzdach. Moshe rüttelte an der Klinke, aber der Friedhof war noch nicht aufgeschlossen. Also blickten sie über die Mauer, suchend, aber eigentlich hatten sie keine Vorstellung davon, wonach sie eigentlich Ausschau hielten. Da war nichts Besonderes: Ein kleines Häuschen, ein Glaskasten für Bekanntmachungen, Gießkannen, Bäume, Wege, Grabsteine, Abfalleimer, alles so, wie es sein sollte und alles sehr gepflegt. Und vor allem war keiner außer ihnen sonst hier. Jedenfalls waren sie in keine wilde Beerdigung geplatzt, wie Moshe mit einem Lachen feststellte. Sie führten ihre Runde wie geplant zu Ende und Gero war mit sich und seiner Leistung zufrieden. Auch hatte ihn der gewonnene Eindruck vom Gelände ein Stück weit beruhigt. Sicher war der Friedhof für einen Hinterhalt bestens geeignet. Aber nicht um zehn Uhr morgens. Da war es längst hell und wahrscheinlich wären auch Leute da. Moshe hatte recht, sie brauchten keinen Polizeischutz bei dieser Kontaktaufnahme.

So gesehen konnte sich Gero entspannt seinen Hauptgeschäften zuwenden, die er in den letzten Tagen ziemlich vernachlässigt hatte. Doch in der Kanzlei ging alles seinen normalen Gang. Die Originale des mit dem Pharmaunternehmen ausgehandelten Vergleichs waren bereits von der Gegenseite unterzeichnet per Kurier eingetroffen. Gero unterschrieb auch diese Ausfertigungen. Dann veranlasste er die Rücksendung des für die Gegenseite bestimmten Exemplars, nicht ohne sich für die konstruktive Zusammenarbeit bedankt zu haben. Im Anschluss erledigte er andere anstehende Sachen, telefonierte, diktierte und korrigierte und konnte so eine Akte nach der anderen zur weiteren Veranlassung zurück in die ebenso zuverlässigen wie bewährten Hände seiner Mitarbeiterin reichen. Gegen siebzehn Uhr kam Frau Hellt mit der Unterschriftsmappe und nachdem er die darin befindlichen Schriftstücke unterzeichnet und so den Ball wieder dem Gegner zuspielt hatte, lehnte er sich seufzend, aber mit sich zufrieden, zurück.

Bis zu seiner Verabredung um zwanzig Uhr am Prenzlauer Berg im „Nolas´“ hatte er noch ein bisschen Zeit.

Wie gerne hätte er jetzt Julia angerufen. Er wusste, sie hätte ihm zugehört, ihn ermuntert oder besänftigt. Sie hätte begriffen, wie sehr sein Leben aus den Fugen geraten war. Er aber hatte zu spät erkannt, wie wichtig ihm ihre Beziehung gewesen war, was Julia ihm bedeutete. Er hatte zwar nicht wie ein Mönch gelebt seit ihrer Trennung, aber keine der Frauen hatte es mit Julia aufnehmen können. Sie hatte ihn viel mehr verändert als ihm bewusst gewesen war. Er wollte wieder mit Julia zusammen sein, aber er wusste nicht, wie er das anstellen sollte. Wenn es ihm tatsächlich gelingen würde, sie zurück zu erobern, dann würde er alles anders machen.

Aber genug. Für heute machte Gero Feierabend. Er beschloss, den Kudamm hinaufzugehen bis zum Bahnhof Zoo und von dort aus mit der S-Bahn weiter zu fahren. Zeit genug hatte er. Überpünktlich kam er im Nolas´ an und Moshe winkte ihm überschwänglich von einem der hinteren Tische zu. In dem Moment wusste Gero, dass sie einen angeregten Abend miteinander verbringen würden.

Kapitel 11

An insgesamt vier Stellen der Stadt machte man sich am Freitagmorgen auf den Weg zum Friedhof Grunewald Forst. Da waren selbstverständlich Moshe und Gero, aber sie waren nicht die ersten. Früher als sie waren Beamte der Abteilung NN aufgebrochen und hatten sich gut getarnt vor Ort eingerichtet.

Aus Zehlendorf machten sich Kocher und sein Zivildienstleistender auf den Weg.

Und dann kamen noch zwei Männer einer Sicherheitsdienstfirma mit Sitz in der Schweiz, die für die Rüttlibank tätig und von Grechtler geschickt worden waren.

Zur Überraschung aller sollten sie aber nicht allein bleiben. Punkt zehn Uhr traf ein Wagen einer Bestattungsfirma vor dem Friedhof ein, gefolgt von einem voll besetzten Reisebus. Offensichtlich eine Trauergesellschaft.

Moshe und Gero blickten einander an. Sie hatten sich abseits aufgebaut, an einer Stelle des Geländes, die ihnen erlaubte, fast den gesamten Friedhof, vor allem aber die Anfahrt im Auge behalten zu können. Bis jetzt hatten sie nur einen alten Mann mit einem jugendlichen Begleiter auf dem Friedhofsgelände ausgemacht. Deren Auto war bislang auch das einzige, das auf dem Grünstreifen vor dem Friedhof geparkt war. Offensichtlich ein Großvater mit seinem Enkel. Der alte Mann bewegte sich unsicher an der Seite des Jüngeren, der ihn mit kräftigen Armen stützte. Die beiden verharrten nun schon eine ganze Weile regungslos vor einer Grabstätte und hätten über den Grabstein hinweg das Friedhofsgelände beobachten können, wenn sie gewollt hätten. Von diesen beiden ging keine Gefahr aus. Gleichwohl machte Moshe in einem unbemerkten Moment ein Foto von ihnen, mehr als Test, denn als ernst gemeinte Aktion.

Die Beerdigung nahm ihren Lauf. Die Träger griffen den Sarg und setzten ihn auf eine dafür vorgesehene Karre, die sie in ihre Mitte nahmen und die dann von den vorangehenden Mitarbeitern gezogen wurde. Dahinter formierte sich der Trauerzug, etwa vierzig bis fünfzig Leute, alle schwarz gekleidet, nichts Auffälliges. Moshe und Gero waren zu weit weg, um die Rede des Pfarrers in allen Einzelheiten verstehen zu können. Aber offensichtlich handelte es sich bei dem Verstorbenen um einen verdienten Angehörigen der hiesigen Forstverwaltung, der leider viel zu früh von ihnen gegangen sei. Schließlich trat ein Trauergast nach dem anderen an das offene Grab, schaufelte Erde auf den Sargdeckel, verharrte einen Moment und trat dann beiseite. So ging das, bis auch der letzte der Tradition entsprochen und sich zurück auf den Weg zum Bus gemacht hatte. Dann war es wieder ruhig auf dem Friedhof Grunewald Forst. Bald würden die Friedhofsmitarbeiter erscheinen und das Grab zuschaufeln.

Moshe und Gero blickten sich um. Inzwischen hatten auch der alte Mann und sein Begleiter den Friedhof verlassen, jedenfalls standen sie nicht mehr an der Grabstätte, an der sie zuvor die ganze Zeit verharrt hatten. Die Uhr zeigte jetzt zehn Uhr dreißig. Sie warteten noch eine halbe Stunde, aber nichts geschah. Irgendetwas musste schiefgelaufen sein. Vielleicht wollte man aber auch nur testen, ob sie kommen würden und ob sie alleine kommen würden, mutmaßte Moshe. Zu Geros Erstaunen nahm Moshe nicht den direkten Weg zum Ausgang, sondern wählte einen Umweg an der Grabstätte vorbei, an welcher der Großvater mit dem Enkel so lange andächtig gestanden hatten. Das ergab keinen Sinn. Der Grabstein informierte darüber, dass an dieser Stelle der am 6. September 1879 verstorbene erste Amtssekretär der Forstverwaltung Grundwald, Kurt Tretow, beerdigt worden war und neben ihm seine Frau Elsa, die ihm zwei Jahre später gefolgt war. Zu dieser Zeit konnte selbst der alte Mann noch nicht gelebt haben. Moshe fotografierte den Grabstein, damit ihm die Daten später geläufig waren, man konnte ja nie wissen. Dann machten sie sich auf den Weg zum Ausgang, nicht ohne sich noch einmal umgeschaut zu haben. Aber da war nichts und niemand.

Und dann war es Gero, der einer Eingebung nachkam, bevor sie den Friedhof in Richtung Mietwagen verließen. Er wusste nicht warum, aber vielleicht spielte es eine Rolle, wer da gerade eben beerdigt worden war. Und so schwenkte er kurz vor dem Ausgang ab auf den Glaskasten mit den Bekanntmachungen zu und erstarrte. Denn hinter dem Glas war neben der

Friedhofsordnung ein selbstklebender, gelber Post-It-Zettel angebracht, auf der eine Maschinen geschriebene Nachricht zu lesen war:

„Kaims Geld gehört uns. Alles. Zahlung bis Montag 24. 10. 2007, online: Kto.: 23456478 BLZ 599 45 300“

Kein Absender, keine Unterschrift. Moshe öffnete den Kasten, entnahm ihm die Nachricht, verschloss ihn dann wieder, ohne eine Spur zu hinterlassen. Sie blickten sich noch einmal um, aber da war nach wie vor niemand. Es hatte keine Kontaktaufnahme gegeben, lediglich diesen einen Befehl: Zahlen Sie!

Geros Kopf drohte zu zerplatzen. Er war zu keinem Gedanken fähig. Zahlen Sie! Hier wurde nicht verhandelt, hier kam es nicht auf Strategien an. Hier wurde befohlen. Soviel war klar. Auch Moshe sagte nichts. Aus dem Augenwinkel sah er, wie es im Inneren seines Neffen wühlte. Er selbst hatte noch keine Idee, wie es weiter gehen sollte. Gut, dass sie in Zürich die Voraussetzungen geschaffen hatten, die Zahlung überhaupt so schnell vornehmen zu können. Das verschaffte ihnen Zeit zu überlegen. Denn im Zweifel könnten sie die Überweisung noch am Montag um elf Uhr neunundfünfzig tätigen. Alles, was ihm jetzt einfiel, war, auf dem schnellsten Wege herauszubekommen, welcher Art die Bankverbindung war und ob sich daraus etwas herleiten ließ. Er fotografierte die Nachricht ab, um die Daten später als Bilddatei nach Israel übermitteln zu können. Dann hatten sie den Friedhof verlassen und sich auf den Weg zurück zum Auto gemacht, das sie vorsichtshalber unten an der Havelchaussee hatten stehen lassen.

Kapitel 12

„Kaims Geld gehört uns". Kocher hatte sich die ganze Rückfahrt über nicht mehr beruhigen können. Nachdem klar war, dass nichts weiter passieren würde, hatten Manuel und er den Friedhof noch während der Trauerfeier verlassen. Er hatte sich am Eingangstor bei dem Glaskasten abgestützt, als er darauf wartete, dass der Wagen vorfuhr. Und da war ihm die Nachricht ins Auge gesprungen. Kaim hatte es also tatsächlich geschafft. Sie hatten seinerzeit in Sachsenhausen oft darüber geredet, was Kaim mit den Vermögenswerten des Judenpacks vorhatte, aber Kaim hatte dann immer nur milde gelächelt und darauf verwiesen, dass es sich um eine geheime Kommandosache handele, die es ihm leider nicht erlaube, darüber zu reden. So hatte er sich darauf beschränkt, ihm und den anderen Kameraden der Führungsriege in Sachsenhausen zu versichern, dass der Führer persönlich ihm den Auftrag gegeben hatte, das Vermögen des Reichs zu sichern. Kocher hatte dies damals für Aufschneiderei sondergleichen gehalten und entschieden, Kaim als notorischen Angeber nicht weiter ernst zu nehmen. „Vom Führer persönlich." Als wenn den Führer die paar eingenähten Scheine groß interessiert hätten. Aber da musste mehr dahintergesteckt haben. Offenbar hatte er Kaim Unrecht getan. Darauf kam es jetzt nicht mehr an. Kaim hatte sich umgebracht, ohne irgendeinen Hinweis hinterlassen zu haben. Er selbst hatte Kaim in seiner Blutlache liegen sehen, und da war kein Brief, keine Botschaft gewesen, nichts. Irgendetwas musste er übersehen haben, irgendetwas, das heute der Schlüssel zu einem Vermögen sein musste. Er versuchte sich zu erinnern. Nein, da waren nur noch die Säuglinge gewesen, die er dem Feind überlassen hatte. Sonst nichts. „Kaims Geld gehört uns." Der Absender, wer immer es auch war, hatte den Nagel auf den Kopf getroffen. Das Geld Kaims gehörte der Berliner Kameradschaft 45. Denn Kaim hatte das Geld als überzeugter Nationalsozialist zusammengebracht, womöglich tatsächlich auf direkte Anweisung des Führers, womit das Geld Eigentum der Nationalsozialisten war. Und wer sonst, als er, der letzte noch lebende Kamerad Kaims, Dr. med. Kocher, er hielt inne und korrigierte sich in Gedanken mit einem kaum sichtbaren Lächeln: Dr. med. Ley, war legitimer Erbe dieses Vermögens. Niemand anderer. Es war das Geld der Berliner Kameradschaft 45. Das war entschieden. Jetzt ging es nur noch darum, seinen berechtigten Anspruch anzumelden und durchzusetzen. Zeit genug war noch. Erst am Montag gegen zwölf Uhr würde das Geld wieder im Nichts verschwinden. „Kaims Geld gehört uns." Der Absender hatte gar keine Ahnung, wie Recht er hatte. Kocher alias Ley war die Diktion der Zahlungsaufforderung nicht entgangen. Kein Wort zu viel, kein Wort zu wenig. Vor allem keine Drohung. Das war ein starkes Zeichen. Offensichtlich war sich der Absender seiner Macht bewusst und konnte auf entsprechende Mätzchen verzichten. Das bedeutete aber auch, dass die Kameradschaft die beiden Typen, die mit ihnen auf dem Friedhof gewartet hatten, links liegen lassen konnte. Wären sie die Absender der Nachricht gewesen, hätten sie sich als solche zu erkennen gegeben. Hatten sie aber nicht. Die beiden hatten ja noch nicht einmal gemerkt, dass er den Friedhof verlassen hatte, so sehr waren sie auf die Trauergemeinde fixiert. Viel wahrscheinlicher war, dass sie es waren, die über die Traueranzeige von dem großen Unbekannten auf den Friedhof bestellt worden waren. Sonst war ja niemand da. Dann war es weiter wahrscheinlich, dass sie das Geld oder die Verfügungsgewalt darüber hatten, und wenn das so war, dann war es weiter wahrscheinlich, dass sie auch zahlen würden. Ohne es zu bemerken, hatte Ley begonnen, mit den Fingern auf seinem Oberschenkel zu trommeln. Den Seitenblick seines Zivis ignorierte er. Er konnte in seinem Auto machen, was er wollte. Der Jüngere der beiden vom Friedhof sah nicht danach aus als wenn er viel einstecken könnte. Viel zu nervös. Der würde die Zahlung nicht verweigern, der würde sich, wenn überhaupt, dann hinter der Polizei verstecken. Seine Hand ruhte jetzt auf seinem Oberschenkel. Ley hatte einen Blick dafür, aus was für einem Holz jemand geschnitzt war. Das hatte er sich in Sachsenhausen antrainiert und manchmal hatte er seine eigenen Experimente einzig aus dem Grund bis zum Ende durchgeführt, um herauszufinden, ob er richtig gelegen hatte oder nicht. Und meistens hatte er richtig gelegen. Wie auch immer: Sein eigentlicher Gegner war der Überweisungsempfänger, der Absender der Nachricht im Glaskasten. Mit dem musste er sich auseinandersetzen. Denn selbst, wenn es ihm, Ley, gelänge, den Typen vom Friedhof das Geld abzujagen, würde am Ende der große Unbekannte an seine Tür klopfen. Dann konnte er auch gleich gegen diesen in die Schlacht ziehen. Schließlich eilte ihm ein entsprechender Ruf voraus. Und wer Kaim kannte, der musste auch ihn kennen. Jetzt nahm Ley das Trommeln wieder auf, aber nur, um dem Kriegsdienstverweigerer auf die Nerven zu fallen.

Wie Moshe und Gero nicht bemerkt hatten, dass der alte Mann und sein Begleiter während der Trauerfeier den Friedhof verlassen hatten, hatten sie nicht bemerkt, dass ihr Auto in der Zwischenzeit geöffnet und erkennungsdienstlich behandelt worden war. Und auch nicht, dass Männer der Abteilung NN des Berliner Landeskriminalamtes nicht nur gestochen scharfe Bilder von ihnen, sondern auch von der Nachricht im Glaskasten gemacht hatten.

Oberstaatsanwalt Karl Schrall hatte nicht gedacht, den Namen Kaim noch einmal außerhalb seiner Akten lesen zu müssen. Doch jetzt hatte er ihn schwarz auf weiß, auf einem Foto von einer Mitteilung aus dem Glaskasten des Friedhofs Grunewald-Forst, das ihm auf dem Weg des Amtshilfeersuchens nach Ludwigsburg zugeschickt worden war. Er wusste alles über Kaim, sein Leben und seine Verbrechen. Er wusste auch, dass Kaim tot war. Jedenfalls war das den Fotos vom Leichnam zu entnehmen, die ihm von der Befreiung des Konzentrationslagers Sachsenhausen vorlagen. Auch wenn sein Kopf arg in Mitleidenschaft gezogen worden war, so hatte doch ein Vergleich mit anderen, ihm zur Verfügung stehenden Fotos eindeutig ergeben, dass dieser auf dem Boden liegende Mann Kaim gewesen war. Er hatte sich in seiner Uniform erschossen, sich die Marke den Vorschriften entsprechend um den Hals gehängt und den Truppenausweis in der Uniformjacke gehabt. Aus Sachsenhausen hatte nur einer aus der Führungsriege entkommen können, aber jede Suche nach dem war vergeblich gewesen. Dr. med. Ley war wahrscheinlich tot. So hatte er seine Aufmerksamkeit auf andere Mörder und Verbrecher des Naziregimes gerichtet, denn Schrall war Nazijäger. Er hatte vor einigen Jahren die Leitung der Dienststelle „Zentrale Stelle der Landesjustizverwaltungen zur Aufklärung nationalsozialistischer Verbrechen" übernommen, die 1958 gegründet worden war. Dies nicht, um eine neue Entnazifizierung durchzuführen. Es ging vielmehr um die Aufklärung umfangreicher, bisher ungesühnter schwerer Verbrechen, die sowohl nach damaligem als auch nach heutigem Recht unter schwere Strafdrohung gestellt waren und immer noch sind, so die Landesjustizminister-Konferenz im Jahre 1959. Hier kam es vordergründig nicht auf die Untersuchung von Kriegsverbrechen im engeren Sinne, also von strafbaren Handlungen an, die im Zusammenhang mit dem eigentlichen Kriegsgeschehen von Militärpersonen begangen worden waren, sondern es ging um die Aufklärung von Mord und Totschlag, und die Verfolgung der Täter. Hier hatte Schrall so manchen Erfolg zu verzeichnen. Er erinnerte sich an den Fall Viel, der nach dem Krieg als Journalist gearbeitet hatte. Viel wurde, nachdem die Zentrale Stelle seiner habhaft geworden war, vorgeworfen, aus blindem Rassenhass und purer Mordlust sieben jüdische Häftlinge erschossen zu haben. Einfach so. Oder Schwammberger, der als Kommandant zweier polnischer Zwangsarbeiterlager ein wahres Terrorregime entfaltet hatte. Schwammbergers Flucht begann 1945 und endete dank Schralls unermüdlichem Einsatz 1987 in Argentiniens Norden. Er wurde als Achtzigjähriger in Stuttgart für die Ermordung von 25 Juden und der Beihilfe zur Ermordung von 641 weiteren Juden zu lebenslänglicher Haft verurteilt. Dabei war Schrall besonders im Gedächtnis geblieben, dass Schwammberger Menschen von seinem Schäferhund hatte zerfleischen lassen und sich dabei an deren Leiden ergötzt hatte. Leider war Schwammberger bereits Ende 2004 in der Haft gestorben. Und so ließe sich die Liste seiner Erfolgsbilanz Fall für Fall weiter fortführen. Mehr noch: Obwohl die Täter langsam wegstarben, hatte man der „Zentralen Stelle" infolge der Öffnung des Ostens und seiner Archive drei weitere Stellen bewilligt. Denn Mord verjährt nicht, und deshalb war Schrall es auch, der ohne Rücksicht auf das Alter der Täter die Ermittlungen aufnahm, wenn sich auch nur die kleinste Gelegenheit ergab, einen der Verbrecher des Naziterrors dingfest zu machen. Und heute war so eine Gelegenheit, da war er sich ganz sicher. Aber nicht nur Kaim war in sein Leben getreten. Schrall sah sich noch einmal die ihm übersandten Fotos an. Insgesamt vier Männer waren abgelichtet worden und zwei Autos, eines an der Havelchaussee und eines an der Friedhofsmauer, nicht weit vom Eingang entfernt. Und dann waren da ein alter Mann und ein jüngerer Mann zu sehen, offensichtlich Großvater und Enkel, die an einer Grabstelle standen, den Kopf gesenkt. Leider war auf den Fotos nur der jüngere Mann zu erkennen, aber letztlich war das auch egal. Hier trauerten zwei Menschen um einen Angehörigen oder guten Freund. Mehr brauchte er nicht zu wissen, zumal die beiden den Friedhof ohne jede Kontaktaufnahme betreten und wieder verlassen hatten. Entscheidend war etwas anderes. Denn auf einem der Bilder hatte er auch einen Kollegen erkannt, wenn man so wollte. Er war ihm nie begegnet, aber der Mann, der da im Hintergrund das Geschehen auf dem Friedhof im Beisein einer weiteren Person beobachtete, war kein Geringerer als Moshe Liebemann, Nazijäger - wie er - aus Israel. Hier war etwas im Gange, nur wusste Schrall noch nicht, was. Aber das würde sich ändern. Allerdings war die Zeit knapp. Denn offensichtlich war die Party am Montag um zwölf Uhr zu Ende. Also musste er so schnell wie möglich mit Liebermann sprechen. Schrall griff zum Telefon, ließ sich mit dem Abteilungsleiter NN beim LKA Berlin verbinden. Ein guter Mann. Sie sprachen kurz über den Sachverhalt und dann regte Schrall an, über die Daten des von ihnen erkennungsdienstlich behandelten Fahrzeuges die Adresse des Mieters herauszufinden, denn bei dem Wagen hatte es sich um einen Mietwagen gehandelt, wie Schrall dem Bericht seiner Kollegen entnommen hatte. Es musste also einen Vertrag geben, dem eine Adresse zu entnehmen sein sollte. Und wenn sie ein wenig Glück hatten, dann hatte Liebermann bei der Anmietung sogar eine Telefonnummer hinterlassen müssen, unter der er während der Mietzeit zu erreichen war. Wenn dem so war, dann sollte gleich damit begonnen werden, über die Rufnummer den Aufenthaltsort zu ermitteln. Sonst sollte nichts weiter unternommen werden. Die Sache war zu heiß für Experimente. Dann kündigte Schrall dem jetzt doch überraschten Abteilungsleiter in Berlin an, dass er beabsichtige, sich noch heute auf den Weg in die Hauptstadt zu machen. Oberstaatsanwalt Schrall legte den Hörer neben dem Apparat ab. Er wollte ungestört sein, um sich darüber klar zu werden, was eigentlich passiert war, seit diese Traueranzeige im Berliner Tagesspiegel erschienen war.

Kapitel 14

Ley hatte nichts zu verlieren. Er war jetzt 91 Jahre alt, was konnte ihm noch passieren, als zu sterben. Das war das letzte große Abenteuer, und Ley war sich sicher, es wie ein Mann durchzustehen. Und schlimmstenfalls würde er es selbst in der Hand haben, wie er mit einem Blick auf seinen Siegelring beruhigt feststellte. Aber vorher wollte er der Sache noch einen letzten Dienst erweisen: Kaims Geld wurde in Südamerika gebraucht. Wer Kaim kannte, musste auch ihn kennen. Wer ihn kannte, wusste auch, was er getan hatte, zu was er fähig war. Und wer das wusste, würde sich nicht mit ihm anlegen. Das war Leys Dreisatz zur Lösung seines Problems. Er würde den Gegner frontal angehen und keinen Zweifel daran lassen, jeder Zeit wieder das zu veranlassen, wofür man ihn in Sachsenhausen so gefürchtet hatte. Das zu riskieren, würde sein Gegner nicht wagen. Bestimmt nicht, zumal der große Unbekannte die Berliner Kameradschaft 45 offensichtlich als existent betrachtete. Die Vereinigung war zu keinem Zeitpunkt verboten gewesen und zwischen ihr und Ley konnte keine Verbindung hergestellt werden. Mehr noch: Sie hatte nach außen hin seit über vierzig Jahren keinerlei Aktivität entfaltet. Das roch schon sehr nach einem Trittbrettfahrer, der sich da über die Berliner Kameradschaft wichtig machen wollte. Seit über sechzig Jahren hatte sich Ley jetzt erfolgreich in der Höhle des Löwen versteckt gehalten. Hatte lange Zeit ganz offiziell sogar als Arzt praktiziert. Sechzig Jahre! Wenn er darüber nachdachte, bereitete ihm der Gedanke, gefasst zu werden, noch nicht einmal Angst. Im Gegenteil: Ein wenig fand er sogar Gefallen an der Vorstellung, sich seinen Jägern, aber auch der Öffentlichkeit, nach all den Jahren lebend zu präsentieren nach dem Motto: Seht her, in Berlin hab ich vor Eurer Nase gelebt, habe gearbeitet, Haus und Hof gepflegt, war geachtet in der Nachbarschaft, habe in Vereinen gewirkt, ja sogar in der Bezirksvertretung gearbeitet! Was für ein Skandal. Der Nachteil war nur die zu erwartende Haft. Sehr unangenehm, wie Ley sich vorstellen konnte, und bestimmt nicht in der gebotenen Weise medizinisch eingerichtet. Wie auch immer: Er hatte sich entschieden, den direkten Weg zu gehen. Also fischte er die von seinem Zivi abgeschriebene Nachricht aus seiner Brieftasche und trippelte zu seinem Computer, aktivierte die Web-Funktion und war zwei Minuten später auf der Textmaske der Hausbank der Kameradschaft zur Vornahme von Online – Überweisungen. Es war die einzige Verbindung, die er zu dem Unbekannten hatte, und er war sicher, sein Gegner würde die Zahlungseingänge auf dem von ihm angegebenen Konto in diesen Tagen penibel verfolgen. Hier würde aber nicht der überwiesene Betrag seine Aufmerksamkeit auf sich ziehen, sondern der Name des Auftraggebers und die Angabe des Verwendungszwecks. Die Textmaske ließ ihm für letzteres exakt 54 Zeichen Platz. Das sollte reichen. Und dann füllte er die Zeile aus:

„*Bis26102007istdasGeldzurückKto45632298BLZ86534098DrLey*“

54 Zeichen. Ley war mit sich zufrieden. Er schlug seinen Gegner mit seinen eigenen Waffen. Wer immer seine Überweisung läse, würde sich über diesen Dr. Ley informieren. Dann würde er sich das Grauen über das Wochenende immer wieder vor Augen führen müssen und schließlich würde er das Geld der Kameradschaft zahlen, sobald es auf seinem Konto gelandet war. Mehr noch, er würde zusehen, dass ihm das Geld auch tatsächlich gezahlt werden würde. Niemand legte sich mit des Teufels Stellvertreter an, wie ihn Wiesenthals Nazijäger stets genannt hatten.

„Kaims Geld gehört uns.“ Das war natürlich falsch. Aber das Geld war es nicht wert, dafür zu sterben. Auch für 430 Millionen Schweizer Franken war Gero nicht bereit, sein Leben zu gefährden. Aber genau das würde er tun, wenn er auf die Forderung nicht einginge. Am Ende würde er tot oder ins Koma geprügelt da liegen. Nein, was ihn anging, war die Sache entschieden. Er würde zahlen und er war heilfroh, nicht die Polizei eingeschaltet zu haben. Es würde keine Probleme geben. Schließlich war er verfügungsberechtigt. Moshe könnte den Helden spielen und wer weiß was unternehmen. Aber ohne ihn. Er war kein verdammter Held, er war Anwalt. Er hatte sich bis jetzt ja noch nicht einmal geschlagen, außer einmal mit Michael in der Schule, aber das zählte nicht, schon weil es mehr ein Ringen gewesen war.

Moshe seinerseits hatte sich entschieden, vorerst nichts weiter dazu zu sagen. Erst einmal sollte Gero mit dem Aufruhr seiner Gefühle fertig werden. Er kam, als er seinen Neffen von der Seite ansah, nicht umhin, festzustellen, dass die Nazis ihre Sache gut gemacht hatten. Das wahre Grauen entwickelte sich im Kopf, in der Vorstellung, der Phantasie. Und davon hatte Gero offensichtlich eine ganze Menge. Vielleicht war er selbst auch nur abgestumpft über die Jahre. Er musste jetzt abwarten. Bis Montag hatten sie noch mehr als zwei Tage Zeit.

Immerhin gelang es ihm, Gero das Versprechen abzuringen, nichts ohne ihn zu tun, was die Überweisung anging. Das hätten sie gemeinsam zu entscheiden und Gero könne keinen Alleingang daraus machen.

Und dann hatte sich Gero auch schon verabschiedet. Vielleicht würden sie abends noch einmal in Ruhe reden können.

Moshe wählte seinen Kontaktmann in Israel an, um ihm die Bilddateien vom Friedhof und zur Sicherheit noch einmal die angegebene Bankverbindung als SMS hinterher zu schicken. Plötzlich schoss ihm ein Satz durch den Kopf, den Gero gesagt hatte, als sie gemeinsam überlegt hatten, wer die Nachricht geschrieben haben könnte. Nur sie, die Nazis und Grechtler wüssten von dem Geld. Moshe drehte und wendete den Gedanken, kam aber nicht weiter. Nur sie, die Nazis und Grechtler. Sie selbst schieden aus, also blieben die Kameradschaft und Grechtler. Grechtler gab es zweifelsfrei, Gero hatte selbst mit ihm gesprochen, aber von der Kameradschaft hatte über fast vierzig Jahre niemand mehr etwas gehört bis zu der Traueranzeige für Walter Steiner. Andererseits waren 430 Millionen Schweizer Franken ein guter Grund, die Deckung zu verlassen. Moshe würde seinen Kontaktmann auf die Bankverbindung und noch einmal auf die Kameradschaft ansetzen. Bis Antwort kam, würde es dauern. Deshalb entschied er sich, den Osten der Stadt zu erkunden. Schließlich war er auch Tourist in dieser Stadt.

Gero hatte die Tür seines Büros hinter sich geschlossen und beruhigte sich langsam. Er nahm sein Smartphone zu Hand, öffnete die Kontaktdatenbank und suchte nach Grechtlers Nummer. Der Banker hatte ihm angeboten, ihn jederzeit anrufen zu können, und jetzt hatte er einen Grund. Er wollte kein Risiko eingehen.

Das Vorzimmer des Bankdirektors ließ ihn einige Minuten in der Warteschleife, dann war Grechtler am Apparat.

Ob es ein Problem sei, das Vermögen der Nummernkonten am Montag online von seinem Konto zu überweisen, wollte Gero wissen. Wohin? Wohin genau wisse er nicht. Er habe nur eine Kontonummer und eine Bankleitzahl. Wichtig sei aber, dass es am Montag klappen musste, das Geld online dahin zu bewegen.

Grechtler gab sich besorgt. Ob er nicht herausfinden solle, um was für eine Bank es sich dabei handele? Aber Gero ging darauf nicht ein. Er kam auf seine Frage zurück, die Grechtler schließlich bejahte. Er würde bei seinen Kontoeröffnungsunterlagen einen entsprechenden Antrag finden, der für das Online Geschäft mit der Rüttlibank erforderlich war. Nach der Bearbeitung dieses Antrages, welche Gero in dieser Sekunde als erledigt betrachten könne, müsse er sich nur vorab online registrieren, und dann dürfe einer Überweisung am Montag nichts im Wege stehen, zumal die Freischaltung automatisiert erfolge. Grechtler versprach, Gero die für das Online-Geschäft noch erforderlichen sogenannten, TAN- und PIN-Nummern unverzüglich zu übermitteln. Schließlich bot er für den Fall, dass es wider Erwarten mit der Registrierung Schwierigkeiten geben sollte, an, jederzeit helfend zur Seite zu stehen. Gero war erleichtert, verabschiedete sich und legte auf. Sollten die Nazis doch an dem Blutgeld ersticken!

Grechtler war mit sich zufrieden. Alles lief so, wie er es vorhergesehen hatte. Dass Teil 1 seines Plans geklappt hatte, war ihm bereits. um 11.45 Uhr von seinem Mitarbeiter telefonisch mitgeteilt worden: Steiner und Liebermann hatten die Nachricht im Glaskasten gefunden. Von da an hieß es warten. Er hatte mit seiner Einschätzung richtig gelegen. Nach der Ermordung seines Vaters hatte es nicht mehr bedurft, um Steiner weich zu klopfen, als ein paar unmissverständliche Worte. Denn Steiner wusste, dass sein Gegner es ernst meinte. Warum sonst die Rückversicherung durch den Anruf?

Mit Blick auf das Portrait seines Vaters nahm Grechtler den ersten Schluck eines wirklich sehr kostspieligen Cognacs und schenkte seinem Vater ein triumphierendes Lächeln, so als erwartete er irgendeine Reaktion des alten Besserwissers. Und gerade, als Grechtler ansetzte, seinem Vater den Erfolg seines Handelns darzulegen, ertönte ein Zeichen hinter ihm. Grechtler stutzte. Das war die akustische Kennung, mit der er das von ihm für die anstehende Überweisung Steiners eingerichtete Konto versehen hatte. Er wollte gleich informiert sein, wenn das virtuelle Geld überwiesen war. Denn dann kam es darauf an, das Konto sofort nach dem vermeintlichen Geldeingang aufzulösen und den weiteren Verbleib des Betrages zu verschleiern. Aber Steiner konnte noch nicht überwiesen haben. Also setzte Grechtler das Glas ab und wendete sich seinem Computer zu. Tatsächlich: neben den akustischen Zeichen blinkte es auch in seinem Display auf. Grechtler öffnete seine Internetverbindung, gab verschiedene Passwörter ein, wann immer er dazu aufgefordert wurde, und dann hatte er endlich den betreffenden Vorgang auf dem Monitor. Eine Überweisung aus Berlin. 1 Euro. Aber was ihn wirklich beschäftigte war der angegebene Zweck:

„Bis261005istdasGeldzurückKto45632298BLZ86534098Dr.Ley."

Dr. Ley, er kannte keinen Dr. Ley. Aber offensichtlich kannte Dr. Ley ihn. Nein, korrigierte Grechtler sich sogleich: Ley kannte nicht mehr als eine

Bankverbindung. Grechtler zwang sich zur Ruhe. Er musste die Nerven behalten. Und er brauchte Informationen. Jetzt.

Kapitel 16

Moshe hatte in den Straßen um den Hackeschen Markt herum das Gefühl, in einer ganz anderen Stadt zu sein. Charlottenburg war bürgerlich, berechenbar, langsam. Hier im Osten war nicht nur das Tempo schneller, hier waren auch die Leute anders. Jünger. Getrieben. Moshe hatte Spaß an der Vielzahl unterschiedlicher kleiner Läden, die offensichtlich alle ihre Nische gefunden hatten. Gerade, als er das Geschäft eines englischen Designers betreten wollte, meldete sich sein Smartphone. Sein Kontaktmann aus Israel. Er habe eine gute und zwei schlechte Nachrichten. Sogar eine sehr gute. Die gute Nachricht war sogar so gut, dass er sie ihm wahrscheinlich gar nicht weitergeben dürfte, jetzt, wo er nicht mehr in der Armee sei. Moshe erinnerte sich an den Mann. Er war gut in dem, was er machte, und das war während seiner aktiven Zeit der einzige Grund, warum er ihn die ganzen Jahre ertragen hatte. Auch jetzt musste er sich zusammenreißen. Eine Zurechtweisung könnte alles kaputt machen. Also sog er tief Luft ein und atmete flach aus. Dann spielte er mit und entschied sich für die schlechte Nachricht zuerst. Schließlich wollte der Mann seinen Spaß haben. Moshe erfuhr, dass sie die Bankverbindung des Zettels aus dem Friedhofs-Glaskasten identifiziert hatten, was eigentlich eine gute Nachricht sei. „Aber?", fragte Moshe dazwischen. Die Bankverbindung führe zu einer virtuellen Bank auf den Cayman Islands, einem Steuerparadies vor der US-amerikanischen Küste, kam die Antwort, sie verfüge über keine Geschäftsstellen. Ihr Marktplatz sei das Internet. Wahrscheinlich würde man vor Ort nicht mehr als einen bewachten klimatisierten Lagerraum, vollgestopft mit neuester Computertechnik vorfinden und natürlich einen Briefkasten. Für den Fall, dass doch jemand mal einen Brief schrieb. Der Mann lachte. Das Konto selbst wäre ein Nummernkonto, entzöge sich also weiteren Ermittlungen, wenn nicht die Inhaber der Bank kooperierten. Aber das wisse man erst nach dem Wochenende und auch nur dann, wenn sie bis dahin herausgefunden hatten, wer Inhaber der Bank war. Natürlich hatte sich Moshe, was die Bankverbindung anging, eine positivere Nachricht gewünscht, aber ganz so schlecht war die Nachricht dann auch wieder nicht. Offensichtlich verfügte der unbekannte Absender nicht nur über profundes Wissen, was Kaim und seine Machenschaften anging, der Mann hatte auch das Know How, was die anonymisierte Verschiebung von Geld über Europas Grenzen hinweg betraf. Zum zweiten Mal an diesem Tag schoss Moshe der Name Grechtler durch den Kopf. Schlecht sei überdies, riss ihn sein Kontaktmann aus seinen Gedanken, dass es über die Berliner Kameradschaft 45 nicht mehr zu berichten gäbe, als das, was er schon wüsste. Die Kameradschaft gab es nicht mehr, sie war jedenfalls seit 1966 nicht wieder in Erscheinung getreten. Aber jetzt zur guten Nachricht. Moshe konnte die roten Flecken geradezu sehen, die sich auf dem Gesicht seines Kontaktmannes ausbreiteten: „Wir haben ein Ziel." Wort für Wort ließ sich sein Kontaktmann die Worte auf der Zunge zergehen. Moshe verstand nicht. „Ziel" war die Codierung für den Fall der Fälle, die Bezeichnung dafür, einen Treffer gelandet zu haben. Aber wie konnte das sein. Es hatte kein Treffen gegeben am vereinbarten Ort, nur eine Nachricht. Aber der Mann beharrte fast trotzig auf seiner Aussage: Sie hatten ein Ziel. Und dann verstand Moshe, wie es zu dem Treffer gekommen war. Und dass es passiert war, war in Moshes Augen nichts anderes als der Beweis für die Existenz Gottes.

Kapitel 17

„Bis26102007istdasGeldzurückKto45632298BLZ86534098Dr.Ley.“

Grechtler brauchte drei Minuten zur Identifizierung der Bankverbindung. Das Konto war bei einer Berliner Bank eingerichtet und gehörte zu einer Berliner Kameradschaft 45. Inhaber des Kontos war ein gewisser Hermann Kocher, Berlin. Ungläubig hatte er auf seinen Bildschirm geschaut, aber es half nichts:

Er sollte das Geld der Vereinigung zurückzahlen, deren Bezeichnung er sich bei der Aufgabe der Traueranzeige bedient hatte. Aber seine Recherchen hatten eindeutig ergeben, dass es eine Gruppe mit der Bezeichnung „Berliner Kameradschaft 45“ nicht gab. Außerdem: Aus seiner Traueranzeige war nichts Weiteres hervorgegangen, nur die Mitteilung, dass Walter Steiner gestorben sei und an einem bestimmten Tag beerdigt werden sollte. Erst seine Nachricht auf dem Friedhof hatte erkennen lassen, dass es um Geld ging. Kaims Geld. Aber nach dem Bericht seiner Leute, war niemand sonst auf dem Friedhof gewesen. Und doch, irgend jemand außer Steiner und Liebermann musste die Nachricht gelesen haben. Irgendein Trittbrettfahrer, der schnell Kasse machen wollte. Vielleicht jemand aus der Trauergemeinde, von denen seine Mitarbeiter erzählt hatten. Nein, ausgeschlossen. Solche Zufälle gab es nicht. Da musste noch jemand auf dem Friedhof gewesen sein. Aber es war niemand sonst dort gewesen. Grechtler überlegte. Nein, es gab noch eine andere Möglichkeit: Steiner selbst hatte unter der Bezeichnung „Berliner Kameradschaft“ ein Konto eingerichtet und forderte seinerseits zur Rückzahlung auf. So wie er zur Zahlung aufgefordert worden war. Alles fügte sich. Steiner wusste, was es mit dem Namen Kaim auf sich hatte. Und er konnte die Traueranzeige in den Gesamtzusammenhang einordnen. Denn schließlich hatte er ihn aufgefordert, eine Traueranzeige im Berliner Tagesspiegel für Walter Steiner aufzugeben. Also musste es Steiner sein, der mit einem Ley oder Kocher unter einer Decke steckte. Das überraschte Grechtler dann doch. Steiner hatte vorhin so echt am Telefon geklungen. Grechtler hatte die Angst nahezu physisch in dessen Stimme wahrgenommen. Aber offensichtlich hatte er sich getäuscht. Steiner wollte nach wie vor Spielchen spielen. Also würde er ihm eine Lektion erteilen.

Kapitel 18

Moshe empfing Gero im Restaurant Adnan mit einer Flasche Champagner. Sie hätten einen Grund zu feiern, auch wenn sein Neffe entschlossen sei, das Geld am Montag zu überweisen.

Gero war erleichtert. Hatte er doch befürchtet, dass Moshe das Abendessen nutzen würde, ihn zu einem anderen Vorgehen zu überreden. Schließlich gehörte ja eigentlich auch Moshe das Geld! Er, Gero, hatte nur die Dokumente aus dem Schließfach geholt, ein Konto eröffnet und die Riesensumme darauf unter seinem Namen deponiert. Als Anwalt wusste er nur zu gut, dass er sich ohne des Onkels Einverständnis auf unsicherem Boden bewegte, nicht nur menschlich gesehen.

Aber für ihn stand nun mal fest: das Geld musste weg, egal wie. Selbst wenn ihm Polizeischutz zugestanden würde, käme der Tag, an dem man beschloss, den Schutz herunterzufahren. Erst nur ein wenig, dann immer mehr und schließlich ganz. Und dann würden sie die Rechnung mit ihm begleichen. Diese Nazischläger hatten schon oft genug demonstriert, dass sie ihr Handwerk nicht verlernt hatten. Nein, für ihn war die Sache nach wie vor entschieden.

Moshe bestellte ohne Rücksicht auf seine koscheren Grundregeln zwei gemischte Vorspeisen und zwei von Adnans´ spektakulären Pizzas und dann endlich nannte er den Grund seiner Freude: Sie hatten ein Ziel, einen Treffer. Und das bedeutete, einen Naziverbrecher identifiziert zu haben. Und wem hatten sie das zu verdanken? Ihm und Gott. Moshe korrigierte sich sogleich: Sie hatten es Gott und ihm zu verdanken. Gero verstand kein Wort. Dann erklärte Moshe, was geschehen war: Er hatte seinem Kontaktmann in Israel neben den abfotografierten Daten der Bankverbindung eigentlich unbeabsichtigt auch das Foto des alten und des jungen Mannes geschickt, die außer ihnen auf dem Friedhof waren. Beide Fotos waren in einer Datei abgelegt und eben diese eine Datei hätte er versandt. Gero erinnerte sich: Großvater und Enkel, trippelnde Schritte, und dass es mehr ein Kamera- Test war, als Moshe die beiden fotografiert hatte. Der Mann in Israel hatte also das Foto der Standardprozedur unterzogen. Sie hätten in Israel die ihnen vorliegenden Bilder gesuchter Naziverbrecher digitalisiert, aber diese Fotos zeigten die Männer in der Regel in ihren jüngeren Jahren. Deshalb hätten sie eine spezielle Software entwickelt, die aufgrund der vorliegenden Fotos das Aussehen der abgebildeten Gesichter künstlich altern lassen konnte, und zwar bis in das aktuelle Jahr, wenn man wollte. So befanden sich in Israels Datenbanken künstlich gealterte Bildnisse der Männer und Frauen, denen, wenn sie nicht unmittelbar am Holocaust beteiligt waren, doch weitere schwere Verbrechen zu Last gelegt würden.

Wie oft, erzählte Moshe, hätte er wahren Bilderbuchopas gegenübergesessen, die so aussahen, als könnten sie niemandem etwas zu Leide tun: Schlohweißes Haar, mildes Lächeln, leise Stimme, Strickjacke, Schlappen. Die von ihnen begangenen Verbrechen waren so weit verdrängt, als wären sie von einem anderen in einem anderen Universum begangen worden. Jahre nach den Verbrechen, derer sie beschuldigt wurden, konnte nicht mehr sein, was nicht sein durfte. Selbst angesichts fotografischer Beweise leugneten die Täter noch jede Straftat. Sie sahen sich zu Beginn der Vernehmungen mit den Augen ihrer neuen Nachbarn, als freundliche Zeitgenossen.

Gero schüttelte ungläubig den Kopf. Aber Moshe hätte sie damit nicht durchkommen lassen. Er hätte sie immer und immer wieder mit ihren Straftaten konfrontiert, hätte sie den Beweismitteln ausgesetzt, tagelang, manchmal wochenlang, und dann, irgendwann am Ende dieser Verfahrensweise, wäre das Weltbild der meisten, wenn auch nicht aller, in sich zusammengebrochen. War die Scheinwelt erst einmal zerstört, so wäre doch von Schuld und Reue selten die Rede in den Vernehmungsprotokollen. Tatsächlich flüchteten sich die Täter in juristische Argumentationen. Dass sie auf Befehl gehandelt und bei Nichtbefolgung ihr eigenes Leben riskiert hätten. Dass die Gesetze und Verordnungen damals eben so waren. Unter Berücksichtigung des damals geltenden Rechts hätten sie sich nichts vorzuwerfen.

Sein Mann in Israel hätte also das Foto der beiden vom Friedhof eingescannt, für die Software aufbereitet und dann seinen Computer vergleichen lassen. Und an dem Ergebnis gab es keinen Zweifel: Der alte Mann am Friedhof war Dr. med. Günther Ley, einer der meistgesuchten Naziverbrecher, von dem man aufgrund seines Alters hätte annehmen können, dass er tot war. Aber jetzt hielten sie den Beweis in den Händen: Ley lebte, hier in Berlin. Sie waren gemeinsam mit ihm auf dem Friedhof gewesen. Hier im Berlin des Jahres 2007. Moshe hob das Glas und prostete Gero zu.

In dem Moment trat ein Mann an ihren Tisch, den weder Moshe noch Gero zuvor gesehen hatten. „Schrall", stellte sich der Mann vor, „Zentrale Stelle Ludwigsburg." Ob er sich einen Moment dazu setzen dürfe?

Er hoffe, mit Blick auf den Champagner, nicht allzu sehr zu stören, bat aber um Verständnis, wobei auch ohne weitere Worte klar war, dass Widerspruch zwecklos gewesen wäre. Es gehe, begann Schrall, ohne eine Antwort abzuwarten, um eine Vereinigung von Nationalsozialisten, deren Gründung unmittelbar auf das Dritte Reich folgte, die Berliner Kameradschaft 45. Diese Gruppe habe ursprünglich verurteilte Nazis und andere Kriegsverbrecher unterstützt und dann mit der Freilassung Speers im Jahre 1966 ihre Aktivitäten eingestellt, bis sie letzten Mittwoch praktisch aus dem Nichts eine Traueranzeige für einen Walter Steiner geschaltet hatte. Schrall blickte Gero unvermittelt an, aber Gero versuchte so gut es ging, sich nichts anmerken zu lassen. Der Name Walter Steiner habe sie nicht weitergebracht. In keiner der einschlägigen Datenbanken war ein Walter Steiner registriert. Die Walter Steiners, die es gab in der Bundesrepublik Deutschland, waren entweder zu jung oder zu weit weg vom Nationalsozialismus, als dass eine Verbindung zu der Berliner Kameradschaft in Betracht gekommen wäre. Gero bestätigte die Ausführungen Schralls mit einem Kopfnicken, was ihm einen mahnenden Blick von Moshe einbrachte. Natürlich, fuhr Schrall mit einem Lächeln fort, habe man wissen wollen, wer und was dahintersteckte und deshalb entschieden, den mit der Anzeige ausgewiesenen Ort zu der dort angegebenen Zeit zu observieren. Und die Entscheidung hatte sich als richtig herausgestellt. Denn zu den Koordinaten wäre nicht nur ein Name, Kaim, wieder aufgetaucht, sondern auch der seines Gegenübers, Moshe Liebermann, der ihm als einer der erfolgreichsten Nazijäger Israels bekannt wäre. Deshalb erlaube er sich zu fragen, um was es auf dem Friedhof gegangen sei, was es mit Kaims Geld auf sich habe und wer mit der Notiz aus dem Glaskasten zur Zahlung aufforderte.

„Aber wie?", ging Gero dazwischen. Moshe unterbrach seinen Neffen: „Wie man uns gefunden hat?" Gero nickte.

„Routinearbeit." Mit Blick auf Schrall erklärte Moshe, dass sie sicher über die Mietwagenfirma an seine Berliner Adresse und seine Mobilnummer gekommen seien und diese dann ausgewertet und ihn bis hierher verfolgt hätten. Schrall lächelte.

In Windeseile konzentrierte sich Moshe auf die Fakten: Veranlasst durch Kaims Geld auf den nachrichtenlosen Konten in Zürich war Ley aus seinem Versteck gekrochen und hatte am Friedhof die Nachricht hinterlassen, Kaims Geld der Kameradschaft zu zahlen. Bis Montag, zwölf Uhr. Danach würde Ley wahrscheinlich wieder ins Nichts abtauchen, wenn er nicht bereits verschwunden war. Moshe hatte die Bankverbindung aus dem Glaskasten checken lassen und war auf eine virtuelle Bank auf den Caymans gestoßen. Das verhieß nichts Gutes. Bis sich die richtigen Leute an den entscheidenden Stellen von der Richtigkeit seiner Vorschläge überzeugen ließen, würde zu viel Zeit verstreichen, die er, Moshe, nicht hatte. Und außerdem ließ sich niemand daheim in Israel gerne von einem Pensionär auf die richtige Fährte setzen. Also entschied er, mit einem Blick auf Gero, zu kooperieren, jedenfalls, soweit es zur Ergreifung von Ley erforderlich war. Dabei hoffte er, dass Gero ihm vertrauen und seine Entscheidung mittragen würde, als er jetzt die Initiative ergriff und sich an Schrall wandte. Zunächst mit nur einem Wort: „Ley."

Schrall war wie elektrisiert, wollte nicht glauben, was er gehört hatte. Schließlich suchten seit nahezu 60 Jahren Polizei, Zielfahnder und Privatdetektive im In- und Ausland den flüchtigen Nazi. Ley war neben Kaim KZ-Arzt in Sachsenhausen gewesen. Eine Anschuldigung aus den Ermittlungsakten war, dass der SS-Mann Hunderten von Häftlingen zu Experimentierzwecken Petroläther oder Chlormagnesium ins Herz gespritzt und getötet haben soll. Ley wurde nicht selten in einem Atemzug mit Mengele und Kaim genannt und stand diesen, was die Brutalität anging, in nichts nach, war aber namentlich nicht so hervorgetreten.

Sie waren Ley schon einmal vor vielen Jahren auf die Spur gekommen. Aber damals war es ihm gelungen, sich in letzter Sekunde seiner

Verhaftung zu entziehen.

Moshe berichtete von seinem Recherche-Ergebnis und es war Schrall anzusehen, dass er fast körperlich darunter litt, dass ein komplettes Einsatzteam der Abteilung NN am Friedhof Grunewald Forst, aber letztlich auch er, dem alten Mann auf dem Friedhof nicht die gebotene Aufmerksamkeit gewidmet hatten. Das war frustrierend. Andererseits: Rückschläge hatte es in den vergangenen Jahren immer wieder gegeben, und am Ende waren sie doch erfolgreich gewesen. Er konnte nur hoffen, dass Ley nicht wusste, was er für ein Glück gehabt hatte.

Moshe schlug mit der flachen Hand auf den Tisch. „Was tun?" Jetzt zögerte Schrall. Moshe bemerkte die plötzliche Zurückhaltung des Kollegen und hakte ein. Wenn er mehr wisse, dann habe er nicht das Recht, mit Informationen hinter dem Berg zu halten. Schließlich wisse Schrall ohne seine Hilfe gar nicht, wer ihm da auf dem Friedhof durch die Lappen gegangen sei.

Schrall lenkte ein: es gebe eine einzige Spur. Ihm liege ein Foto des Wagens vor, mit dem Ley und sein jüngerer Begleiter bis vor den Friedhof vorgefahren waren. Die Halteranfrage war längst in die Wege geleitet. Spätestens morgen früh würde er mehr wissen, um wen genau es sich dabei handelte, was er beruflich machte, wer seine Freunde, wer seine Feinde waren, ob er krank war oder nicht, ob er Schulden hatte oder in Geld schwamm, das ganze Programm halt. Und dann würde man weitersehen. Er melde sich. Dann erhob sich der Oberstaatsanwalt und verabschiedete sich.

Moshe schaute Schrall nach, der ohne sich noch einmal umzudrehen, das Restaurant verließ. Moshe hatte ein gutes Gefühl. Schrall würde in der Sache kein zweiter Fehler unterlaufen, wenn man überhaupt von einem Fehler reden konnte. Er selber jedoch ging mit sich zu Gericht. Dass er den alten Mann und dessen Begleitung fotografiert hatte, war reiner Zufall gewesen. Aber das behielt er besser für sich.

Kapitel 19

06.00 Uhr. Alles war ruhig, kaum einer unterwegs. Nach Geros persönlichen Trainingsplan für Rom im Frühjahr war es eigentlich noch nicht an der Zeit, den ersten Zwei-Stunden-Lauf zu probieren, aber es stimmte einfach alles an diesem Samstagmorgen; das Wetter und das Gefühl in den Beinen. Also würde er in Richtung Grunewald laufen wie am Donnerstag, nur wollte er von der Havelchaussee nicht in Richtung Friedhof abbiegen, sondern weiter geradeaus Richtung Grunewaldturm laufen und danach links abbiegen und über das alte Forsthaus in Richtung Hüttenweg durch den Wald traben, um von dort aus immer parallel zur Avus wieder in der Wundtstraße anzukommen.

Alles war so, wie es sein sollte. Niemand zu sehen. Die Sonne war mittlerweile so weit aufgegangen, dass die Straße sich als graues Band vom Dunkel des Waldes abhob. Die ersten Vögel sangen, sonst Stille. Heute am frühen Samstagmorgen fuhren nur vereinzelt Autos auf der Straße durch den Wald. Gero atmete die frische Luft tief ein. Vier Schritte ein, vier Schritte aus. Er hatte das Gefühl, in diesem Tempo stundenlang laufen zu können. Dann passierte er das Wasserwerk auf halber Höhe und noch immer war er niemandem begegnet. Vielleicht hätte er doch das Tränengas mitnehmen sollen wegen der Wildschweine.

Mittlerweile war Gero unten an der Havelchaussee angekommen. Er überquerte die Straße und lief auf dem kombinierten Fußgänger-/ Radweg weiter in Richtung Grunewaldturm. Einige Zeit später hatte er den Anstieg zum Turm erreicht und seinen Spaß an der körperlichen Anstrengung. Oben angekommen, drehte er sich um die eigene Achse, einfach um sich den soeben geschafften Anstieg noch einmal vor Augen zu führen. Zu seiner Überraschung war er nicht mehr alleine. Etwa einhundert Meter entfernt kam ein anderer Jogger den Weg herauf, offensichtlich mit Mütze und Handschuhen zu warm angezogen, obwohl es über sechs Grad waren.

Hoffentlich kein Quatscher, dachte er, einer, der die nächste halbe Stunde neben ihm herlaufen und ihn zulabern würde.

Dann hörte er den Läufer auch schon hinter sich. Der Mann war trainiert, keine Frage. Als Gero die Hand zum Gruß heben wollte, blitzte in seinem Rücken ein ihm bis dahin unbekannter Schmerz auf. In derselben Sekunde stolperte er und stürzte zu Boden. Er schlug erst mit den Knien und dann, weil seine Hände reflexartig zum Rücken gefahren waren, mit dem Kinn auf. Er schmeckte Blut. Bevor er sich berappeln konnte, sah er den Läufer über sich stehen. Und dann einen zweiten Mann. Gero traf ein harter Tritt ins Gesicht. Dunkelheit.

Als Gero wieder zu sich kam, hatte er keine Ahnung, wo er war. Irgendwo im Wald. Auf einer Lichtung, nicht weit von der Straße entfernt. Dann sah er die Schläger. Die Männer standen etwa drei Meter von ihm weg. Er setzte sich hin, sein Kopf dröhnte, aber gebrochen war wohl nichts.

Dann hallte ein Kommando über die Lichtung und nicht ganz zwei Meter entfernt von ihm sprang ein Pitbull auf, den er bis dahin noch gar nicht bemerkt hatte. Der Hund lief an ihm vorbei auf die beiden Männer zu. „Pass auf, Arschloch, das war scheißedoof von dir, den Chef zu foppen. Niemand gibt dem Chef Befehle, schon gar nicht, wenn man ein Haufen Scheiße ist wie du!"

Gero achtete auf den Pitbull. Nicht in die Augen schauen, das macht Hunde nur aggressiv. Gab es noch etwas, an was er sich im Umgang mit Hunden erinnerte. Aber ihm fiel beim besten Willen nichts ein.

„Du schuldest dem Chef Geld, also zahlst du. Arschlöcher zahlen immer, weißt du?" Die Männer lachten jetzt. „Aber nur doofe Arschlöcher glauben, das Geld wieder zurückfordern zu können. Und, bist du ein blödes Arschloch, Doktor? Der Chef sagt, ja. Und deshalb sind wir hier und verhandeln."

Gero reagierte auch jetzt nicht, er behielt nur den Hund im Auge. „Ok, Arschloch, hast du eine Nachricht für den Chef?"

Er ließ die Frage unbeantwortet, stattdessen schrie er unvermittelt laut um Hilfe. Ein, zwei Mal, mehr schaffte er nicht, weil plötzlich der Pitbull über ihm stand und ihn aus etwa 15 Zentimetern mit gebleckten Zähnen anknurrte. Der Schläger brüllte ein Kommando und der Pitbull ließ in derselben Sekunde von ihm ab. „Pass auf, Arschloch, ein Laut und Prinz reißt dir das Gesicht weg. Willst du das, Arschloch?“

Gero schüttelte den Kopf. „Ok, Arschloch, du wolltest das Geld zurück und hast uns nichts zu sagen, richtig?“

Gero schüttelte wieder den Kopf. „Dann such dir ein Bein aus.“ Gero verstand nicht.

„Pass auf, Arschloch, du suchst dir ein Bein aus und Prinz tut dir den Gefallen.“ Gero erstarrte. Der Hund würde ihm auf Kommando ein Bein zerfetzen.

„Du suchst dir kein Bein aus? OK, Arschloch, Schicksal. Steh auf!“, herrschte der Schläger ihn an. „Und lauf, Arschloch!“ Er rappelte sich langsam auf. Sein Herz raste. „Links“, rief er dem Mann zu, „links.“

„OK, links, du Arschloch.“ Gero suchte den Boden der Lichtung ab. Und dann kam das Kommando, Prinz preschte los. Aber Gero rannte nicht. Er hatte in seiner Laufzeitung gelesen, dass es falsch war, vor einem Hund wegzulaufen. Der Hund würde immer schneller sein. Er bückte sich und griff nach dem Holzknüppel, den er zuvor entdeckt hatte. Gleichzeitig riss er mit der anderen den Klettverschluss seines Trinkflaschengürtels auf und wirbelte sich den Gürtel um seinen rechten Unterarm. Dann fixierte er den heran rennenden Hund, wobei er sein Gewicht auf sein rechtes Bein, sein Standbein, verlagerte und dem Pitbull seinen umwickelten Unterarm zum Beißen anbot. Sein Herz raste. Nur noch der Hund und er. Und dann war der Pitbull auch schon da. Ohne auch nur den Bruchteil einer Sekunde zu zögern, missachtete der Hund das ihm gegebene Kommando, folgte seinem Instinkt und verbiss sich in den ihm angebotenen Unterarm. Das war es, was er gewollt hatte. Mit voller Kraft schlug er mit dem Holzknüppel auf den Kopf des Hundes ein. Einmal. Zweimal. Beim dritten Mal krachte es. Unmittelbar danach ließ der Hund ab und fiel zu Boden. Dort lag er auf der Seite, die Augen halb geschlossen und japste nach Luft. Totenstille lag über der Szene. Niemand bewegte sich.

Gero fixierte den Schläger, der den Hund kommandiert hatte, und sah, dass es diesem nicht gelang, sich aus seiner Starre zu lösen. Dann wandte er den Blick ab und sah zu dem Kampfhund hinunter. Eine Sekunde, zwei Sekunden und dann gab er dem sich nicht bewegenden Hund den Rest, indem er ein viertes Mal mit der ganzen Kraft, die ihm noch zur Verfügung stand, auf den Kopf einschlug. Es war, als habe sich seine gerade eben noch empfundene Todesangst in reine Energie verwandelt. Er hatte ein solches Gefühl noch nie gespürt. Er spürte keinen Schmerz, nur Befriedigung darüber, den Hund getötet zu haben und zwar vor den Augen seines Peinigers. Dann überschlugen sich die Ereignisse. Der Schläger rannte auf ihn zu und rief dabei immer und immer wieder den Namen seines Hundes. Aber dann sackte der Mann plötzlich zusammen, er war von einem Stein getroffen worden. Gero blickte zu dem zweiten Schläger. Der befand sich im Kampf mit einem dritten Mann, der gerade erst auf der Lichtung erschienen sein konnte. Ein Mann in Laufkleidung, so wie er: Moshe. Gero beobachtete, wie Moshe dem zweiten Schläger einheizte. Und Moshe verstand sein Handwerk. Der zweite Schläger rief den Namen des ersten, der es zwischenzeitlich geschafft hatte, wieder auf die Beine zu kommen, aber keine Anstalten machte, sich Gero zu nähern. Denn Gero starrte den Mann an, unbeweglich, zu allem bereit. Und offensichtlich machte er, so wie er da auf der Lichtung stand, blutverschmiert mit geschwollenem Gesicht und wirrem Blick, einen toten Kampfhund zu seinen Füßen und einen Holzknüppel in seiner Hand, den Eindruck, einer Fortsetzung der Auseinandersetzung nicht aus dem Weg gehen zu wollen. Also zog der Mann sich zurück, zumal auch der zweite Schläger den Rückzug angetreten hatte.

Gero hörte noch einen mit quietschenden Reifen wegbrausenden Wagen und dann war es wieder still auf der Lichtung. Er sank zu Boden, jetzt waren die Schmerzen wieder da.

Schon war Moshe bei ihm: „Na Arschloch, wie geht es?"

Gero verzog trotz der Schmerzen den Mund zu einem Lächeln. „Die haben was von Geld erzählt, dass er zurückgezahlt bekommen haben will", gelang es ihm zwischen hastigen Atemzügen herauszupressen.

„Was für Geld will er von wem zurückhaben?" Keine Antwort. Das eben Geschehene konnte unmöglich ihm passiert sein. Er war Anwalt. Wirtschaftsrecht. „Moshe – Wieso?"

„Warum wartest du auch nicht auf Cheffe, Arschloch", riss Moshe ihn aus seiner Erstarrung. „Cheffe laufen auch, musse du doch wissen."

Gero hielt sich das Gesicht. Jede Bewegung tat weh, auch wenn er zu lachen ansetzte, also bedeutete er seinem Onkel, still zu sein. Moshe betrachtete seinen Neffen genauer. Das sah nach einer Stunde Arztbesuch aus. Ein bisschen nähen, viel kühlen und ordentlich Schmerzmittel für den Rest des Wochenendes. Die Zähne waren noch alle drin und das war die gute Nachricht. Schon wieder musste Gero den Mund zu einem Grinsen verziehen. Er hätte ihn erwürgen können. Dann realisierte er, was für ein unglaubliches Glück er gehabt hatte. Er suchte den Blick seines Onkels, bedankte sich, schloss die Augen und versuchte, seine Kräfte zu mobilisieren. Nach einiger Zeit hatte er sich wieder so weit im Griff, dass er aufstehen konnte. Er blickte an sich herunter. Sein Unterarm war geschwollen und teilweise bereits blau und grün angelaufen. Aber dem Kampfhund war es nicht gelungen, durch das Gewebe des Trinkgurtes zu beißen.

Moshe war tief beeindruckt von der Einlage, die sein Neffe da eben geboten hatte. Dann berichtete er Gero, wie es dazu gekommen war, dass er sich auf den Weg gemacht hatte. Nachdem er gemerkt hatte, dass er alleine in der Wohnung war, hatte er sich entschieden, es Gero gleichzutun und zu laufen. Er hatte sich für die Grunewaldrunde entschieden, nachdem er in der Küche ein unbenutzt gebliebenes Fläschchen und die Wasserreste von Geros Trinkflaschenbefüllung registriert hatte. Das hieß Grunewald, nicht Schlosspark. Und dann hatte er sich vorgenommen, seinen Neffen so schnell wie möglich einzuholen. Aus reinem Ehrgeiz. Kurz vor dem Grunewaldturm, hatte er ihn um Hilfe schreien hören. Den Rest kannte er.

Gero versuchte aufzustehen. Irgendwie musste er zur Straße kommen. Und so biss er die Zähne zusammen, auch wenn er für sein Leben gern losgejammert hätte. Julia wäre jetzt eine wunderbare Pflegerin gewesen, bedauerte er sich in Gedanken. Aber nun würde Schwester Moshe ihn zu Hause umsorgen. Und schon wieder musste er grinsen. Das war alles so absurd.

Gero lag auf der Couch, der Raum war verdunkelt, die Schmerzmittel begannen zu wirken. Dem Arzt in der Rotkreuz-Klinik hatten sie erzählt, er sei beim Joggen von einem Keiler angegriffen worden. So hatte es keine peinlichen Fragen gegeben.

Was hatte das alles nur zu bedeuten? Krampfhaft überlegten die beiden und Moshe machte seine Sache gut. Er zählte seine Gedanken an den Fingern seiner Hand ab: Nummer 1: Den Schlägern ging es um Geld, von dem sie glaubten, dass Gero es zuerst zahlen und dann zurückverlangen würde. Nummer 2: Eindeutig ging es dabei um Kaims Geld.

Nummer 3: Wer wusste davon: Sie beide, die Berliner Kameradschaft 45 und – Grechtler. Also Nummer 4: Wer hatte die Schläger bestellt: Die Kameradschaft oder Grechtler?

Moshe beendete seine Schlussfolgerungen mit einem siegesgewissen Lächeln.

„Nummer 5", ergänzte Gero, „Die Kameradschaft. Grechtler scheidet aus, weil er mit der Traueranzeige und der Zahlungsaufforderung aus dem Glaskasten nichts zu tun haben kann."

Im Interesse der Bank wäre, wenn Gero das Geld zurückgefordert und wieder auf das Konto bei der Rüttlibank transferiert hätte. Jetzt blickte Gero Moshe triumphierend an.

Moshe ließ sich mit seiner Erwiderung irritierend lange Zeit. Ob er sich erinnern könne, wie der eine Schläger den anderen auf der Lichtung gerufen habe. In Gero lief der Film noch einmal ab. Dann erinnerte er sich. Der Mann hatte den anderen zwei Mal laut und deutlich Luca gerufen und dabei das „c" mit schweizerischem Akzent gesprochen, also fast wie ein heiseres „ch". Jetzt, wo Moshe diesen Punkt ansprach, erinnerte er sich daran, dass das „ch" wann immer das Wort Arschloch gefallen, heiser geklungen hatte. Die Schläger könnten also Schweizer sein. Wenn es Schweizer waren, dann konnte das Zufall sein. Es konnte aber auch sein, dass die Schläger von Grechtler geschickt worden waren, um sicherzustellen, dass er, Gero, das Geld nicht zurückfordern würde, wenn man den Schlägern glauben sollte.

Genau das sei der Punkt, meinte Moshe. Denn es stimme: eigentlich müsste es Grechtlers Interesse sein, dass das Geld - von wem auch immer - zurückgefordert und auf seiner Bank verbleiben würde.

Es sei denn, fiel Gero ihm ins Wort, es sei denn, das Geld war in Wirklichkeit gar nicht mehr da.

Moshe stutzte: Er hatte ein Konto, Kontounterlagen und einen Kontoausdruck. Natürlich war das Geld da.

„Hast du das Geld gesehen? Ich nicht."

Moshe spielte diese Möglichkeit durch. Wenn das Geld tatsächlich weg war, oder Grechtler es nicht hergeben wollte, dann könnte es für den Banker nicht besser laufen, als wenn Gero das vermeintliche Geld der Zahlungsaufforderung aus dem Glaskasten folgend unerkannt an ihn, Grechtler, „zurückzahlen" und sich damit auf Nimmerwiedersehen von dem Vermögen verabschieden würde. Dann wäre es natürlich der Super Gau, spann Moshe den Gedanken weiter, wenn Gero das Geld zurückfordern würde. Geld, das tatsächlich zu keinem Zeitpunkt da gewesen war. Wenn dem so sei, musste Grechtler auch die Traueranzeige aufgegeben haben, die sie letztlich zu der Zahlungsaufforderung geführt hatte. Ihm selbst war bereits durch den Kopf gegangen, dass, wer immer die Zahlungsaufforderung in dem Glaskasten deponiert hatte, sich im internationalen Geldverkehr auskennen musste. Dazu kam, dass es der Rüttlibank nach den Ergebnissen seiner Ermittlungen in ihrer erst jungen Geschichte zwei Mal gelungen war, wirtschaftlichen Krisen ohne große Blessuren zu überstehen. Machte die Rüttlibank mit den Nazis gemeinsame Sache? Jetzt dröhnte auch Moshe der Kopf. Die Uhr tickte, unaufhaltsam. Moshe seufzte. Sie würden noch einmal ganz von vorne beginnen müssen.

Teil 4

Kapitel 1

Grechtler saß in der Klemme. Er wusste, es war ein Fehler gewesen, seine Sicherheitsleute loszuschicken, um diesem Steiner eine Lektion zu erteilen. Statt in Ruhe zu recherchieren oder jeder Kleinigkeit seine Aufmerksamkeit zu schenken, hatte er schlicht ebenso unüberlegt wie übereilt gehandelt. Völlig unprofessionell! Denn es war nicht Steiner gewesen, der die Rückzahlung des Vermögens verlangt hatte. Bei nochmaliger Prüfung der ihm von Dr. Ley für die Rückzahlung angegebenen Bankverbindung, war ihm aufgefallen, dass das betreffende Konto der Berliner Kameradschaft bereits 1950 eingerichtet worden war, eben von diesem Kocher. 1950 dürfte Gero Steiner noch nicht gelebt haben. Und ein Nazi war dieser Steiner garantiert nicht. Also hatte er auch nicht an diese Bankverbindung kommen können. Grechtler musste sich mit dem Gedanken abfinden, dass es diese Berliner Kameradschaft 45 tatsächlich noch gab und zwar schon seit ziemlich langer Zeit. Das war sein erster Fehler gewesen, dass er sich bei seiner Todesanzeige eines Namens bedient hatte, der Gero Steiner und Moshe Liebermann einschüchtern sollte, aber er hatte schlafende Hunde geweckt. Der zweite Fehler war die Einschüchterung Steiners von heute Vormittag gewesen. Er musste sich zusammenreißen. Einen dritten durfte er sich nicht mehr leisten. Grechtler rief sich die 1 Euro Überweisung auf den Schirm:

„Bis26102007istdasGeldzurückKto45632298BLZ86534098Dr.Ley.“

Den Namen des Absenders hatte er, als er die E-Mail aufgerufen hatte, sträflicherweise mit Steiner in Verbindung gebracht und nicht weiter recherchiert. Aber er musste etwas zu bedeuten haben, war eine Mitteilung an ihn und er hatte sie einfach ignoriert. Er musste wissen, wer Dr. Ley war. Erst jetzt gab Grechtler in die Suchmaschine die Begriffe „Kaim“, „Dr. Ley“ „Nationalsozialismus“ ein und erblasste: Kaim und Ley waren zur selben Zeit in Sachsenhausen gewesen, Kaim als Chef der Krankenabteilung des

Lagers und als hochrangiger SS-Offizier wohl auch mit besonderem Aufgabenbereich ausgestattet und Ley als sein stellvertretender Lagerarzt, der seinen Vorgesetzten, was die Grausamkeiten anging, noch übertrumpft haben muss. Kaim war tot, aber von Ley gab es keinen Beweis seines Todes. Wenn Ley tatsächlich noch lebte, würden er und die Berliner Kameradschaft Kaims Geld von ihm verlangen. Es würde ihm nichts nutzen, wenn er auf die Überweisung Steiners verwiese. Die Kameradschaft würde sich an ihn und die Bank halten, denn Kaim hatte das Geld der Rüttlibank anvertraut, also war es an der Rüttlibank, das Geld wieder herauszugeben. Mit ein bisschen Glück konnte Grechtler sie allenfalls über die Höhe des Betrages täuschen und mit Hinblick auf die autorisierte Verfügung Steiners einen Rabatt herausschlagen. Mit Hilfe einer geschickten Dummy-Konstruktion könnte die Rüttlibank am Ende bis auf ein paar Millionen schadlos aus der Sache herauskommen. Voraussetzung dafür war, dass er sich jetzt keinen Fehler mehr leistete.

Kapitel 2

Manuel Brugger war wie jeden Samstagvormittag bis mittags bei dem alten Mann gewesen und hatte seinen Dienst getan. Helfen beim Waschen, beim Anziehen, Einkaufen und schließlich Kochen und Essen. Sie kannten sich jetzt fast ein Jahr, und Manuel glaubte, mittlerweile einen ganz guten Draht zu dem alten Mann gefunden zu haben. 91 Jahre. Faszinierend, was dieser Mann alles erlebt haben musste. Manuel liebte es, Kocher zu befragen. Nach seiner Zivi-Zeit wollte er Geschichte und Politologie studieren und der Mann war Zeitzeuge. Wann hatte man sonst schon mal die Gelegenheit, aus erster Hand zu erfahren, wie das früher war, im Krieg, mit den Nazis und danach. Dass Kocher überlebt hatte, war mehr als Glück. Schließlich hatte er durch sein beherztes Auftreten die Aufmerksamkeit der Gestapo auf sich gezogen. Aber Kocher hatte Rückgrat bewiesen. Auch in den Verhören.

Manuel Brugger war beeindruckt.

Gerade als er die Treppe zur U-Bahnstation Krumme Lanke heruntersteigen wollte, hörte er seinen Namen: „Herr Brugger, Manuel Brugger?“ Ihm wurde ein Ausweis vor die Augen gehalten, aber alles, was er erkennen konnte, waren die Wörter „Landeskriminalamt“ und „Berlin“. Eine kräftige Hand packte ihn am Oberarm und führte ihn in eine bereitstehende schwarze Limousine. Das Ganze hatte nicht mehr als 30 Sekunden gedauert. In dem Auto versicherte ihm ein Mann, der sich als Oberstaatsanwalt Schrall auswies, dass er keine Angst haben müsse, und bat um Verständnis.

Schrall hatte sich entschieden, den direkten Weg zu gehen. Sie hatten die Adresse von Ley alias Kocher über die Daten des Fahrzeugs ermittelt, das vor dem Grunewald - Friedhof abgestellt worden war, daraufhin dessen Haus observiert und heute morgen den jungen Mann, der für sie schnell als Zivildienstleistender Manuel Brugger zu ermitteln war, beobachtet, wie er das Anwesen Leys betreten hatte.

Im Polizeipräsidium an der Bismarckstraße angekommen, konfrontierte

Schrall dem verwunderten Manuel Brugger mit der Mitteilung, dass er seit fast einem Jahr einen der letzten Obernazis betreute.

Ein Nazi, ein Mörder und Verbrecher sollte dieser liebenswürdige Herr sein? Das konnte Manuel kaum glauben. Schrall legte ihm Fotos von Ley vor und Brugger bestätigte, dass es sich dabei um Hermann Kocher handelte.

Ja, sagte er auf die ihm gestellten Fragen, Kocher bewohne das Haus in der Täubchenstraße alleine. Nein, solange er seinen Dienst dort verrichtete, hatte er nie jemanden getroffen. Ab und zu telefonierte Kocher, aber mit wem, könne er nicht sagen. Ja, soweit er das beurteilen konnte, hatte Kocher einen geregelten Tagesablauf, von dem er nur ungern abwich. Zuletzt gestern, da hätte er ihn in den Grunewald fahren müssen. Es wäre Kochers Wunsch gewesen, eines Freundes zu gedenken und so hätten sie bestimmt eine halbe Stunde an einem Grabstein gestanden, was er, ehrlich gesagt, ein bisschen komisch gefunden habe, weil der Mann, der da beerdigt lag, irgendwann Ende des 19. Jahrhundert gestorben war. Sonst sei alles normal gewesen. Auffällig wäre nur gewesen, dass Kocher total aufgeregt war, als er ihn mit seinem Auto nach Hause gefahren hätte. Zurück in der Täubchenstraße habe Kocher ihn dann mehr oder weniger rausgeschmissen, obwohl er noch in der Küche zu tun gehabt hätte.

Brugger bestätigte noch, morgen - so wie an jedem Sonntag - um 10:00 Uhr von Kocher erwartet zu werden. Nein, einen Schlüssel zu dem Haus habe er nicht. Soweit hätte Kocher sich nicht auf ihn eingelassen.

Schrall bedankte sich. Leider könnte Brugger jetzt nicht nach Hause gehen, sondern müsste das Wochenende auf Staatskosten in einem Hotel verbringen. Ob Brugger in irgendeiner Weise gefährdet war, wenn sie zuschlügen, war Schrall nicht klar. Aber er wollte unbedingt verhindern, dass er irgend jemandem von dem alten Nazi erzählen könnte.

Brugger zeigte sich einsichtig, auch wenn er sein Smartphone höchst ungern abgab.

Schrall verabschiedete sich und ging einen Stock höher ins Lagezentrum. Wenn er Glück hatte, war Moshe Liebermann bereits eingetroffen.

Kapitel 3

Als Gero aufgewachte, war er alleine in der Wohnung. Jeder einzelne Knochen in seinem Körper tat ihm weh. Sein Kopf dröhnte, sein Unterarm schmerzte, und dann hatte er noch das Gefühl, als wenn irgendetwas mit seinem Gehör nicht stimmte. Er lag noch immer auf der Couch. Sein Blick hing an der Decke fest. Immer wieder lief die Szenerie auf der Lichtung vor seinem geistigen Auge ab. Dass er dazu in der Lage war, hatte ihn selbst überrascht. So außer sich war er noch nie gewesen. Einmal vor vielen Jahren, Gero musste Grundschüler gewesen sein, da war er vergleichsweise zum Äußersten entschlossen gewesen, ohne allerdings Todesangst verspürt zu haben. Damals war es um eine Gruppe nicht viel älterer Jungs gegangen, die sich einen Spaß daraus gemacht hatten, die Grundschüler auf ihrem Schulweg nach Hause abzuziehen, wie das heute hieß. Mal hatte er sein Pausenbrot, mal sein Milchgeld abgeben müssen. Dann war die Clique dazu übergegangen, ihn zu schubsen und Forderungen zu stellen. Geld, das er nicht hatte und auch nicht besorgen wollte, denn er hatte das Gefühl, dass es dabei nicht bleiben würde. Und so hatte er sich entschlossen, sich zu wehren. Zu diesem Zweck hatte er sich einen Hammer aus der Werkzeugkiste seines Vaters mit auf den Schulweg genommen. Und als es soweit war, auch nicht gezögert, sich mit dem Hammer in der Hand dem Anführer der Clique entgegenzustellen. Er musste damals ähnlich entschlossen gewirkt haben wie heute auf der Lichtung. Und wie heute, hatte er auch damals Erfolg gehabt. Nur war er sich damals nicht sicher gewesen, ob er wirklich zugeschlagen hätte. Mit der Erfahrung von heute, war diese Frage wohl zu bejahen. Offensichtlich steckte doch mehr in ihm, als er bisher geglaubt hatte.

Gero richtete sich auf.

Der Angriff der Schläger hatte gezeigt, in welche Gefahr ihn Kaims Geld, dieses Mörders, der auch sein Großvater war, gebracht hatte. Seit dem Unfall seines Vaters war er von einem Entsetzen in das andere geschleudert worden. Wären sie bloß nicht auf diese blöde Idee mit diesen Radtouren gekommen. Alles wäre noch so, wie es vorher war. Sein Vater wäre nicht ermordet worden, weil sie nichts von seiner Tätowierung gewusst hätten. Nur deshalb waren sie nach Zürich gefahren. Sie hatten die Mörder aus ihrem Versteck gelockt, als sie dachten, eine Vergnügungsfahrt zu machen. Tränen stiegen in ihm auf, Tränen der Trauer, aber auch Tränen der Wut. Wut über so viel Blödheit. Dieses verdammte Geld. Er musste es loswerden, so schnell wie möglich. Bis jetzt war wenigstens er noch mit dem Leben davongekommen, aber noch einmal wollte er eine solche Situation nicht riskieren. Erst recht nicht, wenn das Geld tatsächlich nicht mehr da sein sollte. Dann hatte ein anderer die Nazis auf der Pelle, und ehrlich gesagt, dann hatte er es auch nicht besser verdient.

Moshe war in den Kreis der Berliner Polizisten freundlich aufgenommen worden. Offensichtlich hatte Schrall dafür gesorgt, dass die Kollegen über ihn Bescheid wussten.

Wenn Moshe Liebermann auf Deutsche traf, die wussten, wer er war, meinte er eine gewisse Unsicherheit im Umgang mit ihm zu spüren. Auch sechzig Jahre nach Kriegsende gab es keinen normalen Umgang zwischen Deutschen und Juden. Moshe ging das Gespräch, das er mit Gero über die Schuld der Deutschen geführt hatte, durch den Kopf. Wussten die Deutschen seiner und der nachfolgenden Generation nicht, ob sie Schuld am Holocaust zu tragen hatten, oder war es so, dass sie sich nicht mehr schuldig fühlen wollten, weil sie persönlich keine Schuld an der Vernichtung der Juden trugen? Moshe wusste es nicht. Er blickte in die Runde der meist jüngeren Kollegen und erwiderte den einen oder anderen Blick mit einem Lächeln. Ihm gegenüber musste sich niemand dieser Generation schuldig fühlen. Er wäre als nachgeborener Jude weder unmittelbares Opfer, noch als Sohn des Nazi-Mörders Kaim zu den Tätern des Holocaust zu zählen. Das war ihm nach dem Gespräch mit Gero klar geworden. Das Dritte Reich warf in Israel lange Schatten. Das verstand sich von selbst: Familien, die im Holocaust ausgelöscht worden waren. Überlebende, die aufgrund ihrer unaussprechlichen Leiderfahrungen aus den Konzentrationslagern nicht anders konnten, als ihre bleibenden Traumata in die folgende Generationen zu tragen und ihren Hass auf das Tätervolk, das ihnen das angetan hatte. Aber hier am Tisch hatte niemand etwas ihm oder dem Volk, dem er sich zugehörig fühlte, angetan. Moshe spann den Faden weiter. Was hatte das Tätervolk sich selbst angetan? Sicher saß hier am Tisch der Eine oder Andere, dessen Kindheit und Jugend geprägt war durch den fehlenden Vater, weil er im Krieg gefallen oder in der Kriegsgefangenschaft gestorben war. Oder aber durch den zurück gekehrten Vater, der nach all den Jahren ein anderer geworden war. Fest stand, dass das Leben in keinem Fall einfach wieder da aufgenommen werden konnte, wo es vor dem Krieg gewesen war. Das galt für diejenigen, die im Dritten Reich nicht mehr und nicht weniger gewesen waren als Soldaten in einem Krieg und als solche Kriegshandwerk erledigt, also Leben vernichtet hatten. Und das galt sicher noch mehr für diejenigen, die fern der Schlachtfelder persönliche Schuld dadurch auf sich geladen hatten, indem sie ihren Teil an den mörderischen Verbrechen der Naziherrschaft, an der Vernichtung der Juden beigetragen oder dem nichts entgegengesetzt hatten. Niemand wurde als Soldat, niemand als Mörder geboren. So oder so: Ein normales Leben war nach den gemachten Erfahrungen trotz aller Verdrängung nicht möglich. Was mögen diese Väter ihren Kindern mit auf den Weg gegeben haben? Moshe erinnerte sich an den Leiter des Jugendheims, in dem er und sein Bruder zuletzt gelebt hatten, bevor sie ins Leben entlassen wurden. Es war gespenstisch. All ihre Fragen nach dem Krieg blieben unbeantwortet, als habe es das Dritte Reich nicht gegeben. Und dann plötzlich Tränen, Scham. Aber keine Worte. Nicht viel anders als heute, wenn es um das Verhältnis zwischen Deutschen und Juden geht. Deshalb sollte es hier und heute in der Begegnung der Nachgeborenen weniger um Schuld gehen. Gero hatte Recht: Hier sollte es um Verantwortung gehen, die diese Deutschen aus der Erfahrung der Geschichte ihres Volkes und der Kenntnis dessen, zu was ihre Eltern und Großeltern fähig gewesen waren, für das Gelingen der Zukunft trugen. Der Focus war tatsächlich darauf zu richten, die Deutschen seiner und der nachfolgenden Generation nicht über die Schuld-Frage anzugehen, sondern sie bei ihrer geschichtlichen Verantwortung zu packen, damit sich so etwas Abgrundtiefes wie das Dritte Reich mit all seinen grausamen Folgen für das jüdische Volk, aber auch für andere Volksgruppen, nicht wiederholt. Das hätte er ihnen am liebsten zugerufen. Vielleicht hatten sie später Gelegenheit, abseits des Falles miteinander zu reden. Jetzt aber ging es um Ley. Schrall platzte in den Besprechungsraum, unter dem Arm Kopien der Vernehmung von Manuel Brugger sowie einige Dokumente, die den Lebenslauf Leys alias Hermann Kocher widerspiegelten. Nach ein paar einleitenden Worten brachte er alle auf den neusten Stand.

Die teils lang zurückliegenden, teils höchst aktuellen Ermittlungen hatten ergeben, dass es Ley unmittelbar nach der Befreiung des Konzentrationslagers Sachsenhausen gelungen war, abzutauchen. Vielleicht hatte er seine Flucht generalstabsmäßig geplant, vielleicht hatte er aber auch nur Glück gehabt. Im Gegensatz zu einer Vielzahl seiner verbrecherischen Kameraden hatte Ley offensichtlich nicht die Flucht in ferne Kontinente angetreten. Ley hatte eine andere Strategie verfolgt, die sich mit Blick auf die jüngsten Erkenntnisse als erfolgreich erwiesen hatte, denn Ley war recht schnell, nämlich bereits 1947 als Hermann Kocher zurück nach Deutschland gekommen, wenn er Deutschland überhaupt jemals verlassen hatte. Jedenfalls tauchte der Name Hermann Kocher 1947 das erste Mal in den Archiven und Datenbanken wieder auf. Dass ihm dies gelingen konnte, hatte sicher auch damit zu tun, dass es die Deutschen in der Nachkriegszeit nicht so genau wissen wollten, mit wem sie es zu tun hatten.

Moshe nickte bestätigend. Er berichtete der Runde, dass Ley diese Strategie nicht alleine verfolgt hatte. Und natürlich hatte er ein paar Fälle parat. Ein gewisser Bruno Albrecht, zum Beispiel, war 1957 Patient in Darmstadt, im Alice-Hospital. Erst als Albrecht gestorben war, kam dessen wahre Identität ans Tageslicht. Albrecht war Fritz Katzmann, der als General der Waffen-SS und damit als einer der ranghöchsten Offiziere unter Himmler für den Tod von 400.000 galizischen Juden verantwortlich gewesen sein soll. Die Kollegen wollten mehr hören. Also berichtete Moshe den Fall des Siegfried Überreither, Hitlers Gauleiter in der Steiermark, der nach dem, was die Papiere hergaben, für den qualvollen Tod von 1000 Slowenen verantwortlich sein sollte, aber seit Anfang der Fünfziger Jahre unbehelligt bis zu seinem Tod 1984 unter dem Mädchennamen seiner Frau in einer deutschen Kleinstadt leben konnte. Oder Anton Burger, SS Hauptsturmführer unter Eichmann und eine Zeit lang Kommandant des Konzentrationslagers Theresienstadt. Burger bediente sich einer Vielzahl falscher Namen nach Kriegsende. Als Wilhelm Bauer tauchte er in der Bundesrepublik auf und wurde erst 1993 enttarnt, zwei Jahre nach seinem Tod.

Schrall räusperte sich und Moshe verstand. Sie hatten heute ein anderes Thema auf der Agenda. Die Festnahme Leys. Also übernahm Schrall und führte aus, dass für das Untertauchen Leys sicher auch dessen medizinische Ausbildung von Vorteil war. Für Ärzte gab es viel in den jungen Jahren der Bundesrepublik zu tun. Als Kocher hatte Ley dann eine respektable

Karriere hingelegt, die nach einigen Jahren als Stationsarzt bereits 1953 in der Gründung einer eigenen Arztpraxis mündete, hier in der Täubchenstraße. Zu dieser Zeit war Kocher bereits bestens mit ehemaligen großen und kleinen Berliner Nazis vernetzt. Jedenfalls gingen diese laut Archiv der Kassenärztlichen Vereinigung in dessen Praxis ein und aus. Und so war es am Ende wahrscheinlich nur eine Frage der Zeit, dass es zur Gründung der Berliner Kameradschaft 45 gekommen war.

Kocher selbst war verheiratet, aber kinderlos geblieben. Seine Frau war gestorben, und so hatte Ley nichts als die Kameradschaft, die sich nach bisheriger Annahme nach der Freilassung Albert Speers aufgelöst hatte. Wenn es keine Einwände gab, sollte Dr. Ley morgen, Punkt zehn Uhr, verhaftet werden. Schrall gab den Haftbefehl in die Runde.

Die Polizei würde das Haus über Nacht weiter observieren, um sicherzugehen, dass Ley auch wirklich alleine im Haus war. Und sie würden sein Telefon weiter abhören, um jeder Art von Überraschung vorzubeugen. Schließlich würden sie zuschlagen: Ein Kollege von der Statur Bruggers würde um 10:00 Uhr klingeln. Der alte Mann würde zur Tür getrippelt kommen, sie öffnen und dann würden sie zugreifen. Schnell und vorsichtig. Eindringlich erinnerte Schrall den anwesenden Leiter des Sondereinsatzkommandos, dass sie es mit einem gebrechlichen alten Herren zu tun hätten, der schon an den Folgen eines Knochenbruchs sterben könne. Alle seien aufgefordert, die Verbrechen, derer Ley beschuldigt wurde, für den Moment der Festnahme auszuklammern und sich darauf zu konzentrieren, dass der alte Mann keinen Schaden nähme, damit er für seine Taten vor Gericht zur Rechenschaft gezogen werden konnte.

Schrall blickte in die Runde, um sich zu vergewissern, dass seine Anweisung bei jedem angekommen war.

Dann meldete sich Moshe zu Wort. Er befürwortete die sensible Vorgehensweise und wies darauf hin, auch darauf zu achten, dass Ley sich nicht selbst umbrächte, mit einer für den Fall irgendwo deponierte Waffe oder mit Gift oder auf andere Weise. All das hatte er in der Vergangenheit wiederholt erlebt. Daher sei der Einsatz, obwohl es sich um einen alten Mann handelte, äußerst diffizil und verlangte die ganze Konzentration von jedem, der daran beteiligt war. Schließlich sollte unbedingt ein Krankenwagen vor

Ort sein und ein Arzt, der sich mit der Behandlung von Schockzuständen, Schuss- und Sturzverletzungen, von Vergiftungen sowie der Behandlung von alten Menschen überhaupt auskannte. Schrall versprach, sich darum zu kümmern. Und so wünschten sie sich Glück für den kommenden Einsatz und verabschiedeten sich dann.

Kapitel 5

Gero schaltete seinen Computer aus. Alles war gutgegangen. Er hatte sich ohne Probleme über das Internet bei der Rüttlibank für das Online-Banking registrieren können. Grechtler hatte ganze Arbeit geleistet, aber das durfte man bei 430 Millionen Schweizer Franken Guthaben ja wohl auch erwarten. Zusammen mit Moshe hatte er noch einmal die Optionen rund um die angemahnte Zahlung gegeneinander abgewogen, aber letztlich an der Entscheidung festgehalten, der Zahlungsaufforderung vom Friedhof nachzukommen. Nicht zu zahlen hieße, sich weiteren Gefahren auszusetzen, und das letzte, was Gero wollte, war, sich noch einmal in einer Situation wie der vom Vormittag wieder zu finden. Das nächste Mal würde die Sache sicher weniger glimpflich ausgehen, zumal die Schläger ihre Gegenüber jetzt einzuschätzen wussten, also entsprechend vorbereitet vorgehen würden. Nein, das Geld musste weg. Und wenn die Rüttlibank tatsächlich das Blutgeld ganz oder teilweise unterschlagen haben sollte, dann würden sie noch nicht einmal etwas verlieren. Denn 430.000.000 mal Null war immer noch Null. Also hatte Gero sein Passwort eingegeben, dann seine Kontonummer und die Bankverbindung des mit der Friedhofsnotiz angegebenen Kontos. Dann hatte er die Überweisung nur noch mit einem Klick bestätigen müssen. Und dann war das Geld weg. Gero druckte den entsprechenden Kontoauszug aus und betrachtete das Papier. Ob er je erfahren würde, was es mit dem Geld auf sich hatte? Gero war auch ein bisschen traurig. Der Gedanke hatte ihm gefallen, mit der Rückzahlung einer so großen Summe Geld ein Zeichen zu setzen. Aber daraus würde jetzt nichts werden. Am Ende des Tages zählte, dass sein Onkel und er einigermaßen glimpflich aus der ganzen Geschichte herauskommen würden. Nach der heutigen Erfahrung kam es allein darauf an, da war er mit Moshe einer Meinung gewesen.

Auf dem Weg zurück zur Couch fiel Geros Blick auf die Post. Swisspharm schrieb ihn privat an? Konnte das etwas Gutes bedeuten? Der Brief war unterzeichnet vom Geschäftsführer der Swisspharm, der sich eingangs des Schreibens für die konstruktive Zusammenarbeit bedankte und seiner Hoffnung Ausdruck verlieh, dass die Sache damit zu aller Zufriedenheit ausgestanden war. Dann ging das Schreiben dazu über, eine gemeinsame Zukunft zwischen der Swisspharm auf der einen und dem Rechtsanwalt Gero Steiner auf der anderen Seite anzudenken, was das Geschäft der Swisspharm in Deutschland anging. Schließlich habe die taktische Vorgehensweise Gero Steiners insbesondere ihn, den Geschäftsführer der Swisspharm, beeindruckt, so dass sich die Frage stelle, ob man zukünftig nicht miteinander statt gegeneinander arbeiten solle. Mit freundlichen Grüßen.

Das war ein Ritterschlag, wenn die gegnerische Partei nach Erledigung einer Streitigkeit auf den Anwalt der Gegenseite zukam. Er und die Swisspharm für deren Deutschland-Geschäft. Wahnsinn. Umsatzmäßig machte das sicher einen hohen sechsstelligen Betrag im Jahr aus. Die Frage war nur, ob er das alleine packen konnte.

Er musste das mit Moshe besprechen. Irgend etwas war dran an solchen Sprüchen, dass im Leben Freud und Leid eng beieinander lagen. Mit dieser Erkenntnis ließ er es erst einmal gut sein. Und dann würde er weitersehen.

Kapitel 6

Grechtler blickte auf seinen Display. Steiner hatte es getan. Er hatte seiner Anweisung entsprechend, aber lange Zeit vor Fristablauf, das vermeintliche Guthaben seines Kontos bei der Rüttlibank, unglaubliche 430 Millionen Schweizer Franken, auf sein Dummy auf den Cayman Islands überwiesen. Mit der Überweisung war jeder denkbare Anspruch Steiners auf Kaims Vermögen gegenüber der Rüttlibank verloren gegangen: Die Rüttlibank hatte Steiners Anweisungen entsprochen, als sie Kaims Konten aufgelöst hatte und sie hatte auf Steiners Auftrag hin das Geld überwiesen. Aber damit war der Krieg noch nicht gewonnen. Jetzt musste Grechtler erst einmal dafür sorgen, dass das vermeintliche Geld von den Caymans verschwand, sich weiter in Nullen und Einsen digitalisierte, um sich schließlich ganz aufzulösen, ohne eine Spur zu hinterlassen. Niemals würde jemand den Weg des Geldes zurückverfolgen können. Geld, das ohnehin nur virtueller Natur war. Jedenfalls, das hatte geklappt. Jetzt musste er sich nur noch mit den Nazis arrangieren. Dabei wusste er, dass er hier etwas für die Bank herausholen musste, denn andernfalls würde die Rüttlibank aufhören zu existieren. Also musste er sich einen starken Auftritt verschaffen. Hierbei würden ihm zwei Dinge helfen: Zum einen würde er seinen Gegner nicht unterschätzen und zum anderen wusste er, dass Dr. Ley „Hermann Kocher" war, während er selbst für Ley noch der große Unbekannte blieb. Grechtler griff zum Hörer. Angriff war die beste Verteidigung und er würde den Überraschungsmoment auf seiner Seite haben. Grechtler atmete einige Male tief durch. Nachdem er gewählt hatte, brauchte es sechs Freizeichen, und dann wurde auch am anderen Ende der Hörer abgenommen.

Die ebenso schneidende wie kräftige Stimme Leys irritierte Grechtler. Er hatte erwartet, das angestrengte Sprechen eines sehr alten Mannes zu hören und wenn er es nicht besser gewusst hätte, hätte er geschworen, dass der Mann am anderen Ende nicht älter als fünfzig sein konnte. Dann sprach Grechtler mit dem Mann, über den er nur Stunden zuvor die grausamsten

Sachen gelesen hatte, die ein Mensch einem anderen hatte antun können. Er hatte sich eine Geschichte zurechtgelegt, die plausibel klang, sich aber noch bewähren musste. Grechtler wusste, dass er nur diese eine Chance hatte. Und so verkrampfte sich seine freie Hand mehr und mehr in seinem Oberschenkel, je länger er mit Ley telefonierte. Und schließlich war der Punkt erreicht, an dem es darauf ankam. Dies umso mehr, als Ley zwar einige Rückfragen gestellt hatte, aber nach Grechtlers Eindruck die Geschichte als solche geschluckt hatte. Und so machte er Ley ein Angebot, von dem er hoffte, dass der Nazi es nicht ausschlagen würde.

Kapitel 7

Moshe, der am frühen Abend zurückkam, fand Gero tief und fest schlafend vor.

Als er die Decke zurecht zog, die Gero sich übergeworfen hatte, rutschte ein Blatt Papier zu Boden. Ein Briefanfang an Julia, wie Moshe sah. Im Zeitlupentempo bewegte er sich von Gero weg. Bloß jetzt keine Beziehungsgespräche! In Liebesdingen war Moshe kein guter Ratgeber. Ihm fehlte schlicht die Erfahrung. Nicht, dass er nicht empfänglich gewesen wäre für zärtliche Umarmungen, weibliche Nähe, aber jedes Mal, wenn eine Frau sich in ihn verliebt hatte, hatte er das Weite gesucht. Er hatte Angst vor Bindung gehabt, weiß der Teufel, warum. Und so war er der ewige Junggeselle geblieben, aber das war bei seiner Berufung auch von Vorteil gewesen. Niemals hätte er Frau und Kinder in seine Jagden einbeziehen mögen. Und Julia, die Freundin von Gero, kannte er gar nicht. Also würde er nichts wirklich Hilfreiches beisteuern können, außer zuzuhören. Aber der Gefühlskram anderer war nichts für ihn. Er hatte jetzt ganz andere Probleme.

Er hatte Glück. Gero wachte nicht auf, und Moshe gelangte unbemerkt in sein Zimmer. Dort ging er in Gedanken noch einmal die Strategie für die anstehende Festnahme durch, so lange, bis er sicher war, kein Detail außer Acht gelassen zu haben. Morgen würde er einen großen Fang machen. Und dass im Land der Täter.

Moshe stellte sich den Wecker auf sieben Uhr früh und dann gelang es ihm tatsächlich, Schlaf zu finden. Offensichtlich hatte der Tag auch ihm zu schaffen gemacht, jedenfalls mehr, als er bereit war, sich einzugestehen.

Gero blickte auf den Wecker. 01:30 Uhr. Er hatte den Nachmittag offensichtlich verschlafen. Dafür war er jetzt hellwach. Seine Schmerzen hatten nachgelassen.

Er hatte wild geträumt. Von Geld. Zürich. Von Sachsenhausen, Moshe und von Julia. Dann von seinem Vater. Aber er konnte die Teile nicht wieder zusammenfügen. Da waren nur einzelne Bilder, die sich nicht zu einem Ganzen zusammensetzen ließen. Und jetzt lag er wach da, fühlte sich dumpf und leer.

Um sich abzulenken, rief er seine Mailbox an, er hatte eine Nachricht: der Kommissar aus Zürich: Grund. Er teilte Gero mit, dass sie mit Hilfe der Videoüberwachungsanlage aus dem „Baur au Lac“ einen der Männer aus dem Aufzug dank modernster Bildbearbeitungstechniken identifiziert und festgenommen hätten. Kommissar Zufall, wenn auch nicht ganz. Grund gönnte sich ein heiseres Lachen. Gero stockte der Atem. Der mutmaßliche Mörder seines Vaters war in Polizeigewahrsam. Der Computer hätte das bearbeitete Bild, so der Kommissar weiter, mit der Datenbank der Verbrecherdatei abgeglichen und dabei Erfolg gehabt. Der Mann sei zur Fahndung ausgeschrieben worden und bereits am Freitagabend auffällig geworden, als er aus Berlin kommend am Airport in Zürich gelandet war. Dem Fahndungsvermerk entsprechend sei der Mann zunächst nur beschattet worden. Die Festnahme sei erst vor einigen Stunden im Foyer der Rüttlibank erfolgt. Der Mann hatte sich an dem dortigen Geldautomaten zu schaffen gemacht, so dass Fluchtgefahr zu unterstellen gewesen sei. Er würde sich wieder melden, wenn er mehr wisse. Ein Signalton gab an, dass die Mitteilung zu Ende war.

Gero versuchte jedes einzelne Wort der Nachricht in seinem Bewusstsein zu speichern. An Schlafen war nicht mehr zu denken. Der mutmaßliche Mörder seines Vaters war gefasst. Der Mann war in der Rüttlibank festgenommen worden, am Geldautomaten. Da hatte er vor einiger Zeit auch gestanden und sich der Höhe seines Kontostandes versichert. Und jetzt hatte der Mörder seines Vaters dieselben Tasten gedrückt, die auch er gedrückt hatte. Die Gedanken rasten in seinem Kopf. Der Mörder seines Vaters war mit dem Flugzeug aus Berlin gekommen. Er war in Berlin von Männern mit offensichtlichem Schweizer Dialekt angegriffen worden. Und ausgerechnet in der Rüttlibank war dieser Mann festgenommen worden. Wie viele Schweizer Schläger gab es, die ihr Tagewerk in Berlin verrichteten? Wie viele Banken gab es wohl in Zürich, wie viele Geldautomaten. Zufall? Möglich war das. Möglich war aber auch, dass der Mann nicht zufällig in der Rüttlibank gewesen war. Hatte er Grechtler nicht auch am Wochenende in der Bank getroffen? Sein Magen verkrampfte sich. Egal, was am Ende dran war, es gab eine weitere Verbindung zwischen dem Tod seines Vaters, dieser ganzen Geschichte um Kaims Geld, den Männern, die ihn überfallen hatten und Grechtler.

Gero rief sich seine Begegnung mit Grechtler in Erinnerung. Konnte dieser Mann mit der Ermordung seines Vaters zu tun haben, mit dem zweimaligen Überfall auf ihn? Und was war die Rolle Grechtlers in Zusammenhang mit Kaims Geld? Er sank auf der Couch zusammen. Er hatte keine Erfahrung mit Verbrechern, jedenfalls nicht mit solchen, die Leib und Leben anderer verletzten. War es möglich, dass Grechtler ein Täter war, er sich schuldig gemacht haben konnte an der Ermordung seines Vaters? Gero hätte am liebsten Michael geweckt, aber er wusste nicht, wie es um die Toleranz seines Freundes morgens um 02:15 Uhr bestellt war. Das gleiche galt für Moshe. Also zappte er noch rund eine Stunde durch die Nacht, bis er so müde war, dass ihm die Augen zufielen. Als er wieder aufwachte, war es Sonntag morgen, 08:30 Uhr. Und wie er bald feststellte, war er allein in der Wohnung.

Ley hatte kein Auge zugemacht. Die ganze Nacht nicht. Aber das war egal. Er empfand es als einen Vorteil des Alters, dass er den Schlaf nicht mehr brauchte.

Ley saß in der Küche seines Hauses am ungedeckten Küchentisch und betrachtete das Muster seiner Wachstuchtischdecke, die ihn jetzt schon ein halbes Leben begleitet hatte. Die Uhr zeigte jetzt 09:30 Uhr. Noch eine halbe Stunde, dann würde Manuel da sein, und dann würde es endlich Frühstück geben.

Ley zwang sich, sich auf das Telefonat vom Vorabend zu konzentrieren. Grechtler. Als er den Namen am anderen Ende der Leitung gehört hatte, wusste er, dass er ihn schon einmal in seinem Leben gehört hatte, er hatte nur zunächst keine Ahnung, wann das gewesen sein sollte. Grechtler. Als dieser Grechtler dann erklärt hatte, dass sein Vater, Grechtler Senior, der Gründer der Rüttlibank, regelmäßig davon erzählt habe, wie sein Freund Kaim bei seinen Besuchen in der Bank von seinen treuen Kameraden aus Sachsenhausen und so auch von ihm, Dr. Ley, berichtete, fiel bei ihm der Groschen: Grechtler Senior hatte in der Nachkriegszeit Kontakt mit der Berliner Kameradschaft 45 aufgenommen. Es war ihm darum gegangen, eine entsprechende Gruppe in Zürich zu gründen. Aber die Berliner Kameraden hatten abgelehnt. Niemand wollte das Risiko eingehen, über eine solche Verbindung Ärger mit den Behörden zu bekommen. Und niemand kannte Grechtler, der sein Bankgeheimnis wohl sehr ernst genommen hatte. Denn offensichtlich waren Kaim und Grechtler Senior Freunde gewesen. Dass mussten sie auch sein, hatte Kaim der Rüttlibank doch ein Vermögen anvertraut, dessen Wert Grechtler heute nach Abzug des von der Bank hierauf bezahlten Betrages zur Entschädigung der Verfolgten des NS-Regimes mit 50 Millionen Schweizer Franken beziffert hatte. Dieser Kaim war wirklich ein tüchtiger Mann gewesen. Er hatte den richtigen Riecher gehabt, als er sich für Grechtler entschieden hatte. Instinkte, wie sie nur ein SS-Mann haben konnte, da war sich Ley sicher.

Denn Grechtler hatte seine Sache ebenso wie sein Sohn gut gemacht. Sie hatten das Geld über die Nachkriegsjahre gebracht und bis zum heutigen Tage beisammengehalten. Mehr noch: Sie hatten es vermehrt, ja verdoppelt. So waren aus 25.000.000 Schweizer Franken insgesamt 50.000.000 Schweizer Franken geworden. Natürlich hatte es Ley gleich eingeleuchtet, dass das Geld der Nationalsozialisten nicht einfach auf dem Geldmarkt angelegt werden konnte. Und deshalb hatte er Grechtler Junior keinen Vorwurf wegen der mageren Rendite gemacht, 50 Millionen Schweizer Franken waren eine schöne Summe, die Grechtler Junior der Bewegung da über die Zeitungsanzeige im Tagesspiegel sehr clever hatte zukommen lassen. Grechtler hätte den Schriftwechsel seines Vaters mit der Berliner Kameradschaft gefunden und war auf seinen Namen, Ley, gestoßen. Dann hätte er recherchiert und festgestellt, dass er und Kaim Kameraden in Sachsenhausen gewesen wären und dass niemand den Tod Dr. Leys bestätigen wollte. Also hätte Grechtler gehofft, dass wenn nicht Ley selbst, so doch ein anderer aus dem Kreis der mit der Berliner Kameradschaft noch Verbundenen wissen wollte, wer sich da deren Namen bediente. Rückblickend hätte er zu Recht unterstellt, dass sich Ley auf den Weg zum Friedhof machen und die Nachricht im Glaskasten entdecken würde. Der Name Kaim war der Schlüssel, und dass es um Geld ging, war die Nachricht an ihn. Klar, dass er nie geduldet hätte, dass Kaims Geld an jemand anderen als an die Kameradschaft ginge. Wirklich sehr vorausschauend, sehr clever gemacht.

Ley empfand Respekt für den jungen Grechtler. Er hätte das Geld auch unterschlagen können. Kaim war tot und niemand außer ihm wusste von dem Vermögen in seinem Tresor. Aber von solchem Blut war Grechtler Junior nicht. Im Gegenteil. 60 Jahre waren vergangen, als Grechtler Junior entschieden hatte, dass es Zeit war, einen Versuch zu wagen, das Geld seinem rechtmäßigen Eigentümer wieder zurück zu geben. Und so hatte er mit der Anzeige einen Köder ausgelegt. Nur dass Ley nicht die Beute war, sondern Beute machen sollte. 50 Millionen Schweizer Franken. Die Vision Kaims würde am Ende Früchte tragen.

Das Gespräch mit Grechtler hatte eine knappe halbe Stunde gedauert, und am Ende hatte Grechtler versichert, das gesamte Geld auf ein neues Konto

Hermann Kochers bei der Rüttlibank zu überweisen, gleich am Montag, wenn die Rüttlibank wieder geöffnet hätte. Ley war damit einverstanden gewesen. 50 Millionen Schweizer Franken hätten auf seinem Berliner Konto für Unruhe gesorgt. Es hätte Nachfragen gegeben und möglicherweise auch Nachforschungen, wie es sein könnte, dass ein einundneunzigjähriger Mann auf seine alten Tage noch zu so einem Vermögen käme. Nein, das Geld erst einmal in der Schweiz zu belassen, war eine gute Idee.

Ley hatte sich bei Grechtler für seine treuen Dienste bedankt und dann aufgelegt und darüber nachgedacht, wie er sich den Geldsegen am besten zu Nutze machen konnte, wenn der Betrag erst auf seinem neuen Schweizer Konto gutgeschrieben wäre. Eine kluge Strategie könnte der Erhöhung seines Ansehens bei den jungen Kameraden dienlich sein und dafür sorgen, dass seiner auch nach seinem Tode mit der gebotenen Ehrfurcht und Anerkennung seiner Lebensleistung gedacht würde. Denn was hatte Grechtler mehr getan, als einen Vertrag erfüllt, den Kaim mit seinem Vater geschlossen hatte? Grechtlers einziger Verdienst war, das Geld nicht veruntreut zu haben. Er aber hatte die Entscheidung getroffen, in Berlin zu bleiben, ungeachtet der Gefahr auszuharren, bis die Zeit reif war. Wer seiner Kameraden im Ausland hätte denn die Anzeige im Tagesspiegel zur Kenntnis nehmen und die Zeichen deuten können? Niemand. Letztlich war es allein sein Verdienst, dass der Kameradschaft ein solcher Geldsegen zugutekommen würde. Also sprach am Ende auch nichts dagegen, den Kameraden das Vermögen als die Frucht seiner Lebensleistung zu verkaufen. Wer sollte ihm das Gegenteil beweisen.

09:53 Uhr. In sieben Minuten würde Manuel vor der Tür stehen. Wenigstens Pünktlichkeit hatte er dem Kriegsdienstverweigerer beigebracht. Leys Blick fiel aus dem Küchenfenster auf die Straße. Niemand zu sehen. Ley zögerte einen Moment. Niemand zu sehen? Er trippelte zum Fenster, zog die Gardine beiseite. Tatsächlich, keine Kirchgänger unterwegs, keine Jogger, keine Radfahrer. Unmerklich vergewisserte sich die rechte Hand, ob sein Siegelring am Ringfinger der linken Hand steckte.

Ein letzter Blick aus dem Fenster. Doch da! Zwei Männer näherten sich dem Haus, aber es waren Spaziergänger auf dem Weg zur Krummen Lanke. Ley grinste, er würde doch auf seine alten Tage nicht noch an Verfolgungswahn erkranken. Nicht nach all den Jahren. Er ließ seinen Siegelring los.

Dann klingelte es an der Haustür. Manuel. Auf die Minute pünktlich. Ley hatte Hunger und er freute sich auf das, was Manuel ihm zubereiten würde. Vielleicht würde er dem Jungen beim Abschied ein bisschen was von Kaims Geld zahlen, quasi als kleines Dankeschön. Kriegsgeld für den Kriegsdienstverweigerer, ein schöner Gedanke. Dann war Ley an der Haustür angekommen, hob den Blick und erkannte die Statur Manuels hinter der Milchglasscheibe. Ley drehte den Schlüssel im Schloss um. Die Drehbewegung machte ihm zunehmend Schwierigkeiten. Vielleicht würde er dem Jungen doch einen Haustürschlüssel anvertrauen. Dann war das Schloss frei und Ley drückte die Klinke herunter. Er zog die nach innen aufgehende Tür zu sich heran und begrüßte Manuel, indem er ihm einen schönen Morgen wünschte. Aber es war nicht Manuel, der ihm antwortete.

Ein Mann, den er vorher noch nie gesehen hatte, packte ihn an den Oberarmen, presste ihn gegen die Wand seiner Diele und redete leise, aber bestimmt, auf ihn ein. Ley verstand kein Wort. Er solle sich beruhigen. Und natürlich würde ihm nichts geschehen. Dann erschien ein weiterer Mann in seinem Gesichtsfeld. Und dann noch einer.

Dies war sein Haus und er allein bestimmte, wen er einließ und wen nicht. Und diese Leute hier hatte er nicht hereingebeten. Also verbat er sich die Behandlung. Aber niemand reagierte auf ihn. Nachdem einer der Männer durch die Räume rief, dass das Haus gesichert sei, lockerte sich der Griff an seinen Oberarmen ein wenig. Ley wurde zurück in die Küche geführt und auf einen der Stühle am Küchentisch gedrückt. Dann trat ein Mann an ihn heran, der sich als Oberstaatsanwalt Schrall vorstellte und ihm seinen Dienstausweis vorhielt. Ley führte den Ausweis näher an seine Augen heran und studierte Namen und Behörde genau. Dann gab er den Ausweis zurück und erhob sich von seinem Stuhl. Als er stand, eröffnete Schrall ihm, dass er festgenommen sei wegen des Verdachts des mehrfachen Mordes und vielfacher Verbrechen gegen die Menschlichkeit. In dieser Sekunde war Ley froh darüber, keinen Schlaf gefunden zu haben. So stand er seinem Ankläger wenigstens angezogen gegenüber und nicht in Unterwäsche. Ley ließ den Vorwurf unkommentiert im Raum stehen, wohl wissend, dass ihn alle Augen im Raum in Erwartung irgendeiner Reaktion anstarrten. Aber alles, was Ley tat, war, sich wieder hinzusetzen. Die Hände im Schoß verschränkt, erklärte er den im Raum anwesenden Polizisten, noch nichts gegessen zu haben und bat wenigstens um einen Schluck Wasser. Mit Blick auf den anwesenden Arzt gewährte Schrall diese Bitte und bedeutete einem der anwesenden Polizisten im Raum, ein Glas Wasser zu bringen. Dann bot er Ley an, einige persönliche Sachen sowie Medikamente zur Mitnahme durch seine Kollegen bestimmen zu können, da er zumindest in den nächsten Tagen nicht wieder nach Hause kommen würde. Ley nickte, erwiderte aber nichts. Dann reichte ihm der Kollege das Glas Wasser. Gerade, als Ley das Wasserglas anhob, war ein weiterer Mann an den Küchentisch getreten und hatte die Handgelenke Leys ohne ein weiteres Wort mit festem Griff auf der Tischplatte fixiert. Die Blicke der Männer trafen sich. Eiskalt und stahlhart hielt jeder dem Blick des anderen stand. Ley erkannte, dass er seinem eigentlichen Gegner ins Antlitz blickte. Niemand im Raum redete. Dann hob der Mann das rechte Handgelenk des alten Mannes an und ließ den Arm mit Nachdruck zurück auf die Tischplatte prallen. Eine weiße Kapsel kullerte aus der Hand des alten Mannes über den Küchentisch.

„Zyankali", zischte Moshe, den Blick immer noch auf Ley gerichtet, spuckte dem alten Mann ins Gesicht und verließ wortlos den Raum.

Kapitel 9

Gott sei Dank war alles gut gegangen. Ley war festgenommen worden. Er würde sich seinen Verbrechen stellen müssen. Wenigstens das. Moshe rief seinen Kontaktmann in Israel an und berichtete von der Festnahme des Naziarztes in allen Einzelheiten. Das würde die Sensationsmeldung am Montag in Israel und wohl auch in Deutschland, wenn nicht in ganz Europa sein. Und es würde den anderen noch lebenden Naziverbrechern zeigen, dass die Jagd noch nicht zu Ende war. Wer weiß, vielleicht würden sie über Ley, beziehungsweise über die Unterlagen, die sie sicher noch in seinem Haus finden würden, noch andere Mörder zur Strecke bringen. Das war das eine, worauf es ankam, und das andere war, wieder Ordnung in sein Leben zu bringen: So absurd es für ihn war, aber er musste so schnell als möglich zum Judentum konvertieren. Das einzig Gute war, dass man es ihm nicht schwer machen würde mit dem Übertritt. Viel schlimmer aber war, dass sein Vater einer der größten Naziverbrecher gewesen sein musste. Schlimmer noch als Ley, dem er gerade eben ins Gesicht gespuckt hatte. Moshe hatte keine Ahnung, ob er damit fertig werden würde.

Er war sich in unzähligen Diskussionen mit seinen Glaubensbrüdern in Israel stets einig gewesen, dass es für die Täter des Naziregimes keine Vergebung geben konnte. Kein Vergessen. Daran würde sich nichts ändern. Niemand, der Frauen, Kinder und Männer, die keinerlei Schuld auf sich geladen hatten, in den Tod geschickt hatte, durfte darauf zählen, dass ihm irgendwann einmal vergeben werden würde. Auf Erden nicht und auch nicht im Himmel. Diese Täter hatten nicht im Affekt gehandelt, auch nicht im Befehlsnotstand gehandelt, und waren auch kraft ihrer Herkunft und Bildung nicht dazu verpflichtet gewesen, Menschen ins Gas zu schicken oder am Rand einer Grube zu stehen und abzudrücken. Fakt war, dass sie sich entschieden hatten, Menschen zu töten, schichtweg, weil es sie gab. Und sein Vater war einer der Schlimmsten von ihnen gewesen. Männer wie er hatten den Boden für die gesellschaftliche Akzeptanz des Mordens bereitet, indem das Töten zu einer Arbeit wurde, die verrichtet werden musste. Damit erst war die wesentliche Voraussetzung geschaffen worden, dass die Vernichtung des Lebens in so grausamer und unerbittlicher Weise von statten gehen konnte. Nein, Vergebung war ausgeschlossen. Moshe war froh, dass er seinen Vater nie kennen gelernt hatte. Er hatte von ihm nichts, außer sein Quäntchen an Erbinformation. Aber diese Prägung hatte ihn nicht zum Mörder werden lassen. Im Gegenteil. Wenn es eine Erkenntnis gab, dann die, dass er ein schönes Beispiel dafür war, dass niemand böse auf die Welt kam, selbst wenn er aus dem Schoß des Bösen kam. Nur weil der Vater Täter war, musste der Sohn nicht zwangsläufig auch Täter sein. Moshe zögerte: Wie sah das auf der Seite der Opfer aus? Wenn seine Eltern Opfer des Holocaust gewesen wären, so wie er es all die Jahre gedacht hatte, wäre er deshalb auch als Opfer des Holocaust anzusehen? Er erinnerte sich an eine Vielzahl von Gedenktagen, die er zu den verschiedensten Anlässen seit seiner Einwanderung in Israel gefeiert hatte. Die Juden seines Jahrgangs zählten sich gemeinhin zu den Opfern des Holocaust, daran bestand kein Zweifel. Selbst deren Kinder bezeichneten sich oft als Opfer des Holocaust. Moshe teilte diese Auffassung nur zum Teil. Opfer des Holocaust waren die, die unmittelbar damit konfrontiert worden waren. Die Nachgeborenen waren Opfer der Folgen des Holocaust, die, auf welche Weise auch immer, bis auf den heutigen Tag das Leben jedes einzelnen Juden prägten. Das war ein entscheidender Unterschied. Moshe fand, dass wenn heute nachgeborene Israelis unter Bezugnahme auf die Geschichte ihrer Familien, in der Angehörige von den Nazis ermordet worden waren, für sich in Anspruch nahmen, Opfer des Holocaust zu sein, der Schrecken des Holocaust relativiert wurde. Denn die Nachgeborenen lebten, sie waren nicht enteignet, aus ihren Wohnungen vertrieben worden, waren nicht verschleppt und auch nicht inhaftiert und schließlich ermordet worden. Sie waren keine Opfer des Holocaust, sie waren Opfer der Folgen des Holocaust. Und so wenig wie die nachgeborenen Juden Opfer waren, waren die nachgeborenen Deutsche Täter. Dafür, dass das stimmte, war seine eigene Vita das beste Beispiel. Vielleicht würde ihm diese Erkenntnis helfen, mit seiner persönlichen Geschichte umzugehen. Moshe Liebermann würde den Blick seines Lebens von der Vergangenheit weg hin auf die Zukunft richten müssen. Dabei würde er die Geschichte seines Lebens nutzen, um mit den Menschen über die Verbrechen der Nazis ins Gespräch zu kommen. Dies war der Weg, wie Moshe Liebermann mit der Identität seines Vaters umgehen würde.

Aber in derselben Sekunde wusste er auch, dass es so einfach nicht werden würde.

Moshe war jetzt an der Kronprinzessinnenallee angekommen, die am Rande des Grundwalds parallel zur Autobahn bis hoch zur Messe verlief. Er blickte die schnurgerade Straße hinauf. Kein Mensch zu sehen, nichts.

Er blieb stehen und unvermittelt brüllte er gegen den Lärm der vorbeirasenden Autos: „Scheißvaternazischwein, verdammter Scheißnazielender." Er stützte sich mit beiden Armen auf seinen Oberschenkeln ab. Sein Blick auf den Asphalt gerichtet, brach es wieder und wieder aus ihm heraus: "Drecksau, Mörder, Nazischwein." Er konnte sich gar nicht mehr beruhigen.

Dann richtete er sich auf, um sich brüllend, stampfend, tretend, griff dann nach einem Ast, den er am Rand der Allee liegen sah und schlug immer und immer wieder auf den Boden ein. Erst das laute Brechen des Astes holte ihn in die Gegenwart zurück.

Grenzenlose Wut über sein Schicksal, mit dem Nazimörder Kaim verbunden zu sein, aber auch die Erkenntnis über das Ausmaß, mit dem die Nazis letztlich Besitz von seinem Leben genommen hatten, ließen ihn auf die Knie fallen, geradezu zusammensacken. Er war Moshe Liebermann, der Jude, der kein Jude war, der Nazijäger, der von einem Nazi abstammte, und der als solcher außerhalb jeder Gemeinschaft stand, denen er sich 60 Jahre lang zugehörig fühlte. Was war sein Leben anderes, als ein schlechter Witz? Aber er konnte nicht lachen, er konnte nur weinen. Dann schleuderte er das eine Ende des Astes, das er immer noch in seiner Hand hielt, zurück in den Wald. Er durfte dem Grauen der Nazis nicht erlauben, ihm jetzt das, was er im Leben erreicht hatte, was er sich aufgebaut hatte, zu nehmen. Dann hätten die Nazis ihn besiegt, ungeachtet der Mörder, die er aus ihren Reihen aufgespürt und der Justiz übergeben hatte. Das durfte er nicht zulassen.

Er stand auf, verschaffte sich einen sicheren Halt, streckte sich und atmete einige Male tief durch. Dann hob er den Blick auf die Straße vor ihm und begann mit fester Stimme zu reden, als würden ihm Menschen zuhören: Mein Name ist Moshe Liebermann. Ich bin Nazijäger. Ich habe mein ganzes Leben als Jude gelebt und jetzt werde ich Jude. Ich werde weiter in Tel Aviv leben. Und ich werde glücklich sein. Ich bin Moshe Liebermann, der, der ich immer war.

Kapitel 10

Grechtler blickte ungläubig auf die Titelseite der Neuen Züricher Zeitung, die ihm mit der Pressemappe vorgelegt worden war:

„SS-Mörder in Berlin enttarnt und festgenommen."

Und dann die Unterzeile:

„Der Berliner Polizei unter Leitung von Oberstaatsanwalt Schrall ging mit Dr. med. Ley einer der meist gesuchten Naziverbrecher ins Netz."

Grechtler überflog den Artikel. Keine Frage, die Polizei hatte am Sonntag morgen Dr. med. Ley alias Hermann Kocher in seiner Wohnung in Berlin festgenommen. Offensichtlich hatte Ley noch versucht, sich der Verhaftung durch Selbstmord zu entziehen, aber ansonsten keinen Widerstand geleistet. Dem Artikel zufolge hatte Ley allein ein Haus in Berlin Zehlendorf bewohnt. Ley war vergleichsweise früh nach dem Krieg als Hermann Kocher nach Berlin zurückgekehrt. Der Mediziner hatte zuerst in der Universitätsklinik gearbeitet und sich dann mit eigener Praxis selbständig gemacht. Eine erste Hausdurchsuchung hatte ergeben, dass Ley engen Kontakt zu einer nationalsozialistischen Vereinigung mit dem Namen Berliner Kameradschaft 45 gehabt hatte. Diese Vereinigung galt eigentlich seit vielen Jahren als aufgelöst, hatte jedenfalls nach allgemeiner Erkenntnis keine wahrnehmbaren Aktivitäten entfaltet. Und dann kratzte der Bericht an der Oberfläche der von Ley als Lagerarzt in Sachsenhausen begangenen Verbrechen, deren erneute Lektüre sich Grechtler ersparte. Angesprochen auf das Alter des Festgenommenen von 91 Jahren zitierte das Blatt Oberstaatsanwalt Schrall mit der Feststellung, dass Mord nie verjähre, und dass das fortgeschrittene Alter des Festgenommenen bei der Strafverfolgung keine Rolle spiele. Das sei man schon den Opfern und deren Nachkommen, aber auch der eigenen historischen Verantwortung schuldig. Die Festnahme sei insofern auch ein Zeichen an alle noch lebenden Verbrecher des Naziterrors, dass die Akten erst dann abgelegt werden würden, wenn der letzte gesuchte Verbrecher gefasst oder gestorben sei. Und dann schloss der Artikel mit einigen Informationen zu der Zentralen Stelle zur Aufklärung nationalsozialistischer Verbrechen in Ludwigsburg, der Schrall als leitender Oberstaatsanwalt vorstand. Bemerkenswert dabei war, dass diese Stelle im Zuge der Öffnung der Archive in den ehemaligen sowjetischen Teilrepubliken erst kürzlich um drei weitere Ermittler aufgestockt worden war. Offensichtlich meinten es die Deutschen ernst mit der Verfolgung der Nazi-Verbrecher.

Grechtler legte die Neue Züricher zur Seite und schloss die Pressemappe. Er hatte den Artikel zwei Mal gelesen und erst jetzt stellte sich langsam Freude darüber ein, dass die deutsche Polizei sein Problem so elegant gelöst hatte. Gott sei Dank gab es zwischen ihm und Ley keine schriftliche Korrespondenz. Der alte Nazi war tatsächlich verhaftet worden und würde wohl keine Gelegenheit haben, auf die Einhaltung der getroffenen Vereinbarung zu pochen. So konnte die neue Woche anfangen. Grechtler schlug mit der flachen Hand auf den Tisch. Endlich konnte er sich wieder auf sein eigentliches Geschäft konzentrieren, statt sich mit der unseligen Nazivergangenheit zu beschäftigen, die sein Vater der Bank eingebrockt hatte. Dass er selbst das Blutgeld der Nazis wiederholt zur Rettung der Bank eingesetzt hatte, spielte im Moment seines Triumphes keine Rolle. Grechtler hatte gewonnen. Er hatte das auf dem nachrichtenlosen Konto Kaims befindliche Vermögen nahezu völlig unterschlagen können, ohne dafür zur Rechenschaft gezogen worden zu sein. Nach der Festnahme Leys musste er sich keine Gedanken mehr über einen Dummy machen, den er zur Täuschung Leys über 50 Millionen Schweizer Franken noch hätte einrichten müssen. Noch besser war allerdings, dass er sich überhaupt keine Gedanken mehr über irgendeine Geldzahlung an die Berliner Kameradschaft machen musste. Denn nach seinem Telefonat konnte er davon ausgehen, dass die Berliner Kameradschaft im wesentlichen Ley war, mit dem er seine Vereinbarung getroffen hatte. Zwar hatte Ley einige Kameraden erwähnt, gleichzeitig aber berichtet, dass sich diese vornehmlich im Ausland aufhielten. Grechtler bezweifelte, dass die Kunde von dem Vermögen Kaims in der kurzen Zeit bis dorthin gedrungen war. Und Ley war aus dem Rennen. Besser hatte es für ihn und die Rüttlibank nicht laufen können.

Grechtler lehnte sich zurück und blickte über den Rand seiner Lesebrille sekundenlang auf das Portrait seines Vaters. Dann fasste er einen Entschluss. Er erhob sich, durchschritt den Raum auf das Gemälde zu und als er endlich davorstand, grinste er das Portrait seines Vaters offen an. Er griff mit beiden Händen den Rahmen und erklärte dem unbeeindruckten Konterfei seines alten Herrn, dass seine Zeit in diesem Büro mit dem heutigen Tag vorbei sei. Dann nahm er das Bild ab und stellte es mit dem Gesicht zur Wand auf den Boden. Für ihn war Grechtler Senior endgültig Geschichte. Er ging zu seinem Schreibtisch zurück, als habe es die Aufregung um Kaims Geld nie gegeben.

Kapitel 11

Gero hatte von der Festnahme aus erster Hand erfahren. Moshe war hoch zufrieden, dass in den Zeitungen seine Anwesenheit und sein Beitrag bei der Festnahme unerwähnt geblieben waren. Er hatte kein Interesse daran, als Nazijäger bekannt zu werden. Das hatte er früher so gehalten und daran wollte er auch jetzt nichts ändern. Außerdem war das hier Schralls Revier, und da war es nur angemessen, dass Schrall die Früchte seiner Arbeit ernte-te. Gero blätterte sich weiter durch die Artikel, las aber letztlich immer nur das gleiche, nur mit wechselndem Schwerpunkt. Mal ging es dem Bericht-erstatter mehr um die grausamen Verbrechen, derer Ley beschuldigt wur-de, mal stand dessen Vita im Nachkriegsdeutschland im Vordergrund, ver-bunden mit der Frage, wie es sein konnte, dass Ley so lange Zeit unentdeckt geblieben war. Und dann spielte natürlich die Berliner Kameradschaft 45 eine nicht unerhebliche Rolle in der Nachrichtenlage. Auch hier las Gero nichts Neues, nur eines verwunderte ihn doch. Alle Zeitungen berichte-ten zwar von der wirtschaftlichen Unterstützung, welche die Kamerad-schaft den inhaftierten Naziverbrechern hatte zugutekommen lassen, aber nicht ein Blatt nahm Bezug auf das heutige Vermögen der Kameradschaft. Schließlich hatte er gerade erst 430.000.000 Schweizer Franken auf deren Konto auf den Caymans transferiert. War das eine Frage des Bankgeheim-nisses, oder hatte das Geld von den Caymans den Weg zur Kameradschaft noch nicht gefunden? Oder hatte es gar kein Millionenvermögen auf den Caymans gegeben? Damit war er wieder an dem Punkt angelangt, den er gestern ausgiebig mit Moshe diskutiert hatte: Hatte es die 430 Millionen Schweizer Franken nun tatsächlich gegeben oder nicht? Und welche Rolle spielte Grechtler in der ganzen Geschichte? Eine Frage, die ihn umso mehr beschäftigte, als einer der Mörder seines Vaters möglicherweise am Geld-automat der Rüttlibank festgenommen worden war.

Letzteres hatte Moshe geradezu berauscht. Nicht nur, dass dank seiner Unterstützung einer der letzten großen Naziverbrecher dingfest gemacht werden konnte, auch war der Mörder seines Bruders am selben Tag verhaftet worden. Für Moshe hatte sich das Blatt endgültig zum Guten gewendet. Was für ein Glückstag! Aber Gero war nicht zum Feiern zumute gewesen. Natürlich hatte auch er sich über die Festnahme des Nazis gefreut, schon deshalb, weil die ganze Aktion auf dem Friedhof so wenigstens ein Gutes gehabt hatte. Und natürlich hatte er auch die Nachricht von der Festnahme in der Schweiz mit großem Dank und mit großer Befriedigung aufgenommen. Aber völlig zufrieden war er nicht. In seinem Kopf lief immer und immer wieder sein Treffen mit Grechtler in dessen Büro ab. Hatte Grechtler mit dem Mord an seinem Vater zu tun und was war mit dem Geld? Das waren die beiden Fragen, die ihm keine Ruhe ließen. Moshe wollte davon nichts hören. Er verwies auf die Qualität der Schweizer Polizeiarbeit, der schon nach so kurzer Zeit ein so guter Fahndungserfolg zu verdanken war. Also konnte man davon ausgehen, dass die Rolle Grechtlers am Ende der Ermittlungen schon noch klar und eindeutig zum Vorschein kommen würde. Aber Gero wollte nicht geduldig sein. Je mehr er darüber nachdachte, umso mehr wurde er das Gefühl nicht los, dass Grechtler eine bemerkenswerte Show abgezogen hatte. Auf seine Kosten. Er erinnerte sich an die langatmigen Erklärungen des Bankers zu dem Umstand, dass von dem Vermögen Kaims leider ein bestimmter Prozentsatz abzuziehen sei, der aber auf den Anteil der hierauf von den Bank zu leistenden Schadenersatzzahlungen an die Überlebenden des Holocaust beschränkt sei. Hatte Grechtler sich über ihn lustig gemacht, ihn für dumm verkauft? War er tatsächlich so einfach für den Banker auszurechnen gewesen, dass er das Risiko eingehen konnte, ihm eine Kundenkarte der Rüttlibank samt dazugehörendem Konto einzurichten? Was, wenn er Geld abgehoben hätte? Oder überwiesen hätte? Er war sich sicher, dass der Geldautomat Geld ausgespuckt hätte, eben so viel, wie maximal am Geldautomaten gezogen werden konnte. Mitnichten also 430.000.000,00 Schweizer Franken. Kein Risiko für Grechtler. Und die Überweisung? Theoretisch wäre das möglich gewesen, aber tatsächlich stand vergleichsweise schnell die Zahlung des Betrages an die Nazis auf der Tagesordnung. Und zwar auf das von den Nazis angegebene Konto. Aber was, wenn nicht die Nazis, sondern Grechtler die Bankverbindung auf dem Friedhof hinterlassen hatte. Dann hatte

Gero Kaims Geld, das möglicherweise gar nicht mehr vorhanden war, auf einem Konto der Rüttlibank zusammengeführt und dann auf ein Konto auf den Cayman Islands überwiesen. Er - nicht die Bank! Und damit stand die Rüttlibank fein da: Keine Nazikonten mehr, kein Blutgeld und auch keine Zahlungsverpflichtungen mehr. Denn Gero Steiner, der neue Kontoinhaber hatte höchstpersönlich 430 Millionen Schweizer Franken online transferiert. Herzlichen Glückwunsch, Herr Steiner, klasse gemacht! Demnach hatte Grechtler ihn schlicht benutzt, um nicht zu sagen, nach Strich und Faden verarscht.

Moshe hatte zunächst versucht, ihn zu beruhigen, hatte darauf hingewiesen, dass das Geld, wenn es ohnehin nicht mehr da gewesen sein sollte, auch keine Rolle mehr spiele. Und wenn es noch dagewesen war, dann galt entsprechendes. Sie selbst hatten Kaims Konten aufgelöst, das Geld auf einem neuen Konto zusammengeführt und dann überwiesen. Und er, Moshe, hatte auch nicht ansatzweise Lust, seinen Leuten in Israel und wo sonst auf der Welt zu erklären, wie es sein konnte, dass sie alleine einfach so über 430 Millionen Schweizer Franken entschieden hatten. Geld, das den Opfern des Holocaust und ihren Nachfahren zustand und jedenfalls nicht auf ein Konto auf den Caymans zu überweisen gewesen war.

Gero bemerkte, dass Moshe, je mehr er über die Rolle Grechtlers nachdachte, dazu überging, seine Unzufriedenheit zu teilen, nur hatte er keine Idee, wie der Sache auf den Grund zu gehen war. Aber das sollte sich ändern. Schließlich war Moshe ein Jäger und als seine Instinkte erst einmal geweckt waren, war es nur ein kleiner Schritt, bis sie gemeinsam an einem Plan feilten, der ihnen Gewissheit bringen sollte, zumindest was Grechtler anging. Und so hatten sie den Samstag damit verbracht, eine Strategie zu entwickeln. Dabei war die erste Hürde, ein gemeinsames Ziel zu definieren. Während Gero alles wollte, also sowohl Grechtlers Rolle um die Ermordung seines Vaters als auch dessen Verantwortlichkeit um Kaims Geld klären, wollte Moshe zunächst nur die Fragen um das Geld beantwortet wissen. Er sah, was den Mord seines Bruders anging, die Polizei am Zuge, zumal Kommissar Grund offensichtlich ein fähiger Mann war. Aber Gero wollte davon nichts wissen. Sie hatten nur einen Versuch, und schon deshalb sollte es um alles gehen. Schließlich hatten sie nichts zu verlieren.

Wenn Grechtler eine saubere Weste hätte, würden sie am Ende als dämlich dastehen. Nicht mehr und nicht weniger. Und so stimmte Moshe zu, auch wenn es ihm nach wie vor Bedenken bereitete, sich in die polizeilichen Ermittlungen einzumischen. Er selbst hatte das zu seiner aktiven Zeit gehasst, wenn ihm von dritter Seite dazwischengefunkt wurde. Aber im Hinblick darauf, dass es hier nicht um irgendwen, sondern um seinen Bruder Walter ging, überwand er sich. Dabei nahm er sich selbst das Versprechen ab, seinen Neffen genau im Auge zu behalten. Gero hatte auf der Lichtung gezeigt, was in ihm steckte, wenn es darauf ankam. Aber das auf der Lichtung war im Affekt passiert, und Moshe wusste nicht, ob sich Gero nicht heillos überschätzte, was ihren Plan mit Grechtler anging. Am Ende beruhigte er sich, als er daran dachte, dass es nie zu spät sein würde, Grund in ihren Plan einzuweihen. Der Kommissar würde, wenn nötig, zu jedem Zeitpunkt auf den Zug aufspringen, wenn am Ende die Verhaftung des Drahtziehers des Mordes an Walter Steiner erfolgen konnte, denn Grund war auch Jäger. So hatten sie schließlich das Ziel ihres Vorhabens festgelegt und waren dann dazu übergegangen, sich dahin gehend zu verständigen, wie vorzugehen sei. Sie verwarfen die eine um die andere Idee, bis sie sich am Ende nach zähem Ringen auf einen Plan geeinigt hatten. Erst spät abends waren alle Details, alle möglichen Folgen ihres Tuns besprochen, und dann gab es nichts mehr zu bereden. Sie mussten nur noch handeln.

Kapitel 12

Am Montagmorgen gab Gero Frau Hellt auf, über das Internet zwei Flüge zu buchen, nach Zürich, morgens hin und abends zurück, für ihn und für Moshe Liebermann. Anschließend erkundigte er sich bei dem Bestattungsunternehmen nach dem Stand der Dinge und erfuhr, dass die sterblichen Überreste seines Vaters morgen am Dienstag eingeäschert wurden und dass der Feier am Samstag im Friedwald insofern nichts mehr im Wege stand. Auch seien die Einladungen alle verschickt. Nach seiner Erfahrung, so der Bestatter, war bei knapp 100 Einladungen etwa mit 40 bis 50 Trauergästen zu rechnen.

Gero versuchte, sich so gut es ging, auf seine Arbeit zu konzentrieren. Dies sollte ihm jedoch nicht gelingen, denn er wusste, dass Moshe in diesem Moment dabei war, Teil 1 ihres Planes in die Tat umzusetzen, nämlich eines von diesen Handys zu kaufen, die betriebsbereit in den Läden angeboten und nur noch aufgeladen und im System angemeldet werden mussten, um zu funktionieren.

Um sich abzulenken, sah Gero auf seine Rückrufliste: Michael. Er wusste, dass er seinen Freund belügen würde. Doch Michael in ihren Plan einzuweihen, war nicht angezeigt. Letzten Endes war Michael Polizist und damit Recht und Gesetz verpflichtet, auch wenn das bedeutete, möglicherweise einen Verbrecher zu schützen. Also würde er sich Michael gegenüber darauf beschränken, die Festnahme Leys sowie die des mutmaßlichen Mörders seines Vaters zu thematisieren. Dabei würde er sorgfältig darauf achten, Kaims Geld und alles was damit zusammenhing - soweit Michael nicht ohnehin davon wusste - außen vor zu lassen. Insbesondere von Grechtler und seinen Vermutungen in diesem Zusammenhang wollte er nichts verlauten lassen. Er kannte seinen Freund und wusste, dass Michael Eins und Eins zusammenzählen konnte. Und am Ende würde aus ihrem Plan eine deutsch-schweizerische Polizeiaktion werden. Nein, das wollte er auf keinen Fall riskieren.

Er wählte Michaels Nummer und hatte Glück: Die Mailbox sprang an. Er versicherte seinem Freund, dass alles in bester Ordnung sei. Die Polizei in Zürich hätte einen Tatverdächtigen festgenommen, könnte aber noch nicht mehr sagen. Er versprach sich wieder zu melden, sobald es Neuigkeiten gäbe und versicherte seinem Freund unter Hinweis auf die liegengebliebene Arbeit, dass er sich keine Sorgen machen solle, wenn er bis zur Beerdigung nichts weiter hörte. Er fühlte sich nicht wohl dabei, als er die Verbindung trennte, aber unter den gegebenen Umständen, war es das Beste, Michael rauszuhalten. Jetzt konnte er nur noch hoffen, dass Michael sich mit der Nachricht auf seiner Mailbox bis zur Beerdigung zufriedengeben würde.

Immer noch kein Anruf von Moshe.

Es würde spannend werden zu erfahren, aus welchem Holz Dr. Grechtler geschnitzt war. Letztlich hatte Gero keine Ahnung, auf was er sich einließ. Er wollte nur Klarheit, wollte wissen, wie die Dinge gelaufen waren, und ob Grechtler etwas mit dem Tod seines Vaters zu tun hatte. Das war er sich, aber auch seinem Vater schuldig.

Das Telefon klingelte. Moshe meldete, das Smartphone sei gekauft und viel wichtiger: Teil 2 des Planes sei erledigt: Er hätte aus einem Internet-Café an Grechtler die E-Mail im Namen der Berliner Kameradschaft 45 abgeschickt. Ein Zurück gab es nicht mehr.

Grechtler war bester Laune. Er hatte die Mittagspause dazu genutzt, sich in zwei, drei Galerien der Stadt nach einem neuen Bild für die Wand in seinem Büro umzuschauen, war aber nicht fündig geworden. Doch dieser Umstand konnte seiner guten Laune keinen Abbruch tun. Er war ein Gewinner. Am Ende des Tages hatte er es allen gezeigt. Schade nur, dass er seinen Sieg nur alleine feiern konnte.

Er genehmigte sich einen Cognac, ließ sich auf seinen Schreibtischstuhl fallen und öffnete dann das E-Mail Programm auf seinem Laptop. Insgesamt hatte er 24 Nachrichten zu bearbeiten, wovon die meisten allerdings schlicht zu löschen oder an eine seiner Abteilungen mit der Bitte um weitere Bearbeitung weiterzuleiten waren. Alle bis auf eine. Eine Nachricht betraf ihn ganz persönlich. Sie duldete keinen Aufschub und erforderte seine ganze Aufmerksamkeit. Es war die Mitteilung seiner Sicherheitsfirma, dass Luca festgenommen worden war. Am Geldautomat im Foyer seiner Bank. Mehr wusste man auf Seiten der Sicherheitsfirma nicht, bis auf die Tatsache, dass er sich immer noch in Untersuchungshaft befände. Es war also allergrößte Vorsicht geboten. Natürlich gab es nichts Schriftliches. Keinen Auftrag, keine Quittung. Nichts. Grechtler hatte mit Luca ausschließlich nur telefoniert oder von Angesicht zu Angesicht gesprochen. Er hatte dabei darauf geachtet, dem Mann nur eine vage Vorstellung von dem zu liefern, wie er sich den Verlauf und das Ergebnis des einen oder anderen Spezialauftrags vorstellen könnte, ohne darauf zu drängen, dass dies dann tatsächlich auch so eintrat. Und natürlich hatte er der Sicherheitsfirma nur das überwiesen, was aufgrund des zwischen der Bank und dem Unternehmen abgeschlossenen Vertrages über die Bewachung der Bank zu zahlen gewesen war. Die Extras waren stets in bar gezahlt worden. Natürlich. Also gab es nichts, was die Polizei ihm hätte anhängen können. Aber Luca konnte reden, konnte Behauptungen aufstellen, ihn und die Bank in Misskredit bringen, nur um aus der Haft zu kommen, um selbst verschont zu werden.

Und welcher Polizist würde nicht darauf anspringen, mal einen der großen Fische wenigstens ans Bein pinkeln zu können. Nein, Luca musste erst aus der Untersuchungshaft und dann außer Landes gebracht werden.

Grechtler erledigte ein paar Telefonate und hatte schließlich einen Anwalt seines Vertrauens beauftragen können, sich der Sache anzunehmen, diskret und ohne weitere Kontaktaufnahme mit ihm. Er würde lediglich die Rechnung zahlen, wenn und soweit das Sicherheitsunternehmen sich querstellen sollte. Dann widmete sich Grechtler wieder seinem Tagewerk, das heißt, er versuchte es. Gerade, als er dazu übergehen wollte, die Finanzierung eines Unternehmenskaufs durch seine Bank zu prüfen, meldete sich sein Vorzimmer. Ein Kommissar Grund bat um eine kurze Unterredung.

Dann klopfte es auch schon an der Tür, und ein Mann mittleren Alters stand im Rahmen. Er begrüßte den Kommissar und bat ihn, in der Sitzecke Platz zu nehmen. Ohne jeden Umweg kam der Kommissar sofort zur Sache, nicht ohne Grechtler auch nur für den Bruchteil einer Sekunde aus den Augen zu lassen. Ein gewisser Luca Dreher sei des Mordes an einem deutschen Touristen, einem gewissen Walter Steiner aus Berlin, verdächtig. Walter Steiner sei vor gut einer Woche in der Badewanne seines Hotelzimmers im „Baur au Lac“ ertränkt worden. Und die Auswertung der Videos der Überwachungsanlage im Hotel habe ergeben, dass Luca Dreher zur Tatzeit, wenn nicht am Tatort, so doch jedenfalls im Hotel „Baur au Lac“ gewesen und unter anderem dadurch aufgefallen war, dass seine Hose Wasserspritzer aufgewiesen hätte. Es sei dann nach Dreher gefahndet worden.

Grechtlers Magen war wie Blei. Hier ging es nicht um Steiner Junior, hier ging es um seinen Auftrag, was dessen Vater anging. Seine Gesichtszüge waren versteinert. Er hatte den Tod des alten Mannes nicht gewollt, natürlich nicht, aber er hatte Luca zu verstehen gegeben, dass er die Information um jeden Preis wollte, keine Frage.

Die Männer fixierten sich. “Und?“, brachte Grechtler heraus. „Und?“, gab Grund zurück. Dreher sei der Fahndung aufgefallen, als er am Samstag aus Berlin mit dem Flieger in Zürich gelandet sei. Er sei dann observiert worden, und so habe man auch registriert, dass Dreher am Samstagnachmittag außerhalb der allgemeinen Öffnungszeiten einen Termin bei der Rüttlibank hatte, bevor er am Geldautomaten im Foyer der Bank festgenommen wurde. Jetzt sei man natürlich daran interessiert zu erfahren, was es mit Dreher in der Bank zu besprechen gegeben hätte.

Grechtler beugte sich vor. Natürlich, er erinnere sich. Für ihn sei es eine Selbstverständlichkeit seinen Kunden gegenüber, auch am Samstag zu arbeiten, Es komme sogar in schöner Regelmäßigkeit vor, dass er auch sonntags arbeiten würde. Ob er sich dadurch strafbar gemacht habe, wisse er nicht, aber wenn, dann wolle er mildernde Umstände für sich in Anspruch nehmen. Grechtler gelang ein Lächeln, das Grund freundlich erwiderte. Es habe einige Änderungen anlässlich der Überwachung der Bank gegeben, die Grechtler unmittelbar mit dem zum Einsatz kommenden Wachpersonal besprechen wollte. Und das sei eben Luca Dreher gewesen. Er habe ihn angerufen und sich noch am Samstag mit ihm hier in diesem Büro getroffen. Das Treffen habe etwa eine halbe Stunde gedauert, und dann habe er den Mann unter an der Tür verabschiedet. Das sei alles gewesen.

Grund beendete seine Notizen und erhob sich. Er bedankte sich für die Auskunft und die Zeit, die Grechtler ihm geopfert hatte, und gab Grechtler zu verstehen, dass Luca Dreher nichts anderes erzählt hätte.

Grechtler stand ebenfalls auf. Auf dem Weg zur Tür drehte sich Grund jedoch noch einmal um und kam unvermittelt auf den Termin mit Dreher zurück. Doch, da war noch ein Punkt, den auch Dreher nicht zu seiner Zufriedenheit erklärt hätte. Grechtler hob resignierend die Schultern und bedeutete Grund, fortzufahren.

Dreher habe auf die Entscheidung, wegen Fluchtgefahr in Untersuchungshaft zu kommen, bestritten, Geld zur Flucht aus dem Geldautomaten der Rüttlibank gezogen zu haben. Ganz im Gegenteil. Dreher hatte ausdrücklich darauf hingewiesen, über den Geldautomaten unmittelbar vor seiner Festnahme noch 20.000 Schweizer Franken auf sein Konto eingezahlt zu haben. Und tatsächlich hätten die Beamten bei seiner Festnahme lediglich 200 Schweizer Franken bei ihm gefunden. Man habe den Mann dann zwar wegen Verdunkelungsgefahr in Untersuchungshaft nehmen können, aber letztlich schrie dieser Punkt nach Aufklärung. Und so bat Grund im Hinausgehen Grechtler, einmal zu prüfen, was an der Aussage Drehers dran sei, und ihn dann kurz zurück zu rufen.

Grechtler versprach, dies zu tun, schloss die Tür und schnaubte vor Wut.

Dreher, dieser Vollidiot. Konnte ein Schläger, ein Mörder Angst davor haben, überfallen zu werden? Hatte Dreher tatsächlich seinen Schlägersold gleich an seinem Geldautomaten auf sein Konto eingezahlt?

Grechtler schlug sich mit der flachen Hand gegen die Stirn. Wie bescheuert konnte man nur sein!

Er hatte noch nie mit der Polizei zu tun gehabt, jedenfalls nicht im Rahmen einer Mordermittlung. Er war befragt worden und er hatte das Gefühl gehabt, verdächtigt zu werden, auch wenn der Kommissar dies nicht mit einem Wort angedeutet hatte. Aber wie unverdächtig konnte ein Bankdirektor sein, in dessen Büro ein Mordverdächtiger außerhalb der Geschäftszeiten ein- und ausging? Von dem Geld einmal ganz zu schweigen. Luca Dreher war Wachmann. Und Wachmänner zahlten nicht samstags 20.000 Schweizer Franken am Geldautomaten auf ihr Konto ein, schon gar nicht, wenn sie kurz zuvor außerhalb der Öffnungszeiten aus der Bank kamen. Grechtler war Realist. Jetzt war er es, der professionelle Hilfe brauchte. Er wusste aus den Steuerstrafsachen seiner Kunden, dass eine Aussage, wenn sie erst einmal in den Akten war, dort drinblieb, egal was passierte.

Also rief Grechtler den Anwalt an, den er zuvor an Dreher vermittelt hatte und vereinbarte in eigener Sache einen Termin mit dem Mann. Der Rechtsanwalt konnte Grechtler ein Stück weit beruhigen, hatte er doch alles richtig gemacht und vor allem nicht das Gespräch mit Dreher als solches geleugnet. Er hatte Glück gehabt, dass er praktisch die Version Drehers bestätigt hatte. Alles andere solle er jetzt ihm überlassen. Schließlich erwartete die Polizei in Zürich nichts anderes, als dass sich der Direktor einer so angesehenen Bank wie der Rüttlibank anwaltlichen Beistandes bediente, wenn und soweit es um Ermittlungen in einem Mordfall ging.

Grechtler fühlte sich gut aufgehoben. Trotzdem hatte er das Gefühl, jetzt erneut eine Stärkung vertragen zu können. Und so genehmigte er sich den zweiten Cognac des Tages, wenngleich auch unter völlig anderen Begleitumständen. Dann zwang sich Grechtler zurück an seinen Schreibtisch. Die Finanzierung eines Unternehmenskaufs wartete. Und fast war Grechtler froh, sich jetzt auf eine Sache konzentrieren zu können, von der er etwas verstand. Aber da war wieder das Brieflogo des E-Mail Programms auf seinem Display und Grechtler fragte sich in der Tat, ob er sich heute noch weitere Nachrichten zumuten sollte. Dennoch, er war der Direktor dieser Bank und wer immer ihm schrieb, hatte ein Recht darauf, dass er seine Post las. Also öffnete er erneut sein E-Mail Programm und als er las, wer ihm da geschrieben hatte, bereute er seinen Entschluss auf der Stelle. Die Post, die ihn da erreicht hatte, führte in der Betreff-Zeile die „Berliner Kameradschaft 45" auf, und das konnte nichts Gutes bedeuten. Grechtler las:

„Im Namen des Volkes
verkündet die Berliner Kameradschaft auf ihre Kammersitzung vom Sonntag, den 23. 10. 2007 folgendes

U R T E I L

1. Der Angeklagte, Dr. Richard Grechtler Junior, geschäftsführender Gesellschafter der Rüttlibank, Zürich, hat sich nach den Erkenntnissen der Kammer strafbar gemacht:

1.1. der versuchten Unterschlagung zum Nachteil der Berliner Kameradschaft 45, sowie

1.2. des Verrats zum Nachteil des Kameraden Dr. med. Ley, Berlin.

2. Der Angeklagte wird daher zum öffentlichen Tode durch Erschießen verurteilt.

3. Aufgrund der Schwere der Schuld des Angeklagten ordnet das Gericht darüber hinaus öffentliche Prügelstrafe an, und zwar:

70 (siebzig) Stockhiebe für den Angeklagten
40 (vierzig) Stockhiebe für die Ehefrau des Angeklagten,
Frau Luise Grechtler
20 (zwanzig) Stockhiebe für die Tochter des Angeklagten,
Petra Grechtler

4. Das Vermögen des Angeklagten wird eingezogen.

5. Das Urteil ist sofort vollstreckbar.

B E G R Ü N D U N G

1. Das Gericht sieht es aufgrund der dem Gericht vorliegenden Beweismittel als erwiesen an, dass Generaloberst der Waffen SS, Dr. med. Hermann Kaim der Rüttlibank, Zürich, vertreten durch Herrn Richard Grechtler Senior im Frühjahr 1945 einen Betrag in Höhe von umgerechnet 230 Millionen Schweizer Franken, verteilt auf 25 Nummernkonten anvertraut hat. 60 Jahre später belief sich der Wert dieses Vermögens auf 430 Millionen Schweizer Franken. Als Nachfolger seines Vaters in der Funktion des geschäftsführenden Mehrheitsgesellschafters hat der Angeklagte das ihm anvertraute Vermögen entweder selbst veruntreut oder aber er muss sich eine entsprechende Handlung seines Vaters als eigene zurechnen lassen. Dies schließt das Gericht aus dem Umstand, dass der Angeklagte versucht hat, die Berliner Kameradschaft über den Bestand des Vermögens und dessen Zahlung durch die Rüttlibank zu täuschen.

2. Darüber hinaus hat der Angeklagte den verdienten Kameraden Dr. med. Ley an die Deutsche Polizei verraten. Dies, nachdem der verdiente Kamerad Dr. med. Ley der Veruntreuung des Vermögens durch den Angeklagten auf die Spur gekommen war.

3. Rechtfertigungs- oder Entschuldigungsgründe vermag der Angeklagte nicht für sich in Anspruch zu nehmen. Schon aufgrund seiner Berufung oblag dem Angeklagten eine besondere Vermögensbetreuungspflicht. Die besondere Schwere der Schuld ergibt sich zum einen aus der Höhe des veruntreuten Betrages, verbunden mit dem planvollen Vorgehen des Angeklagten zum Nachteil der Berliner Kameradschaft. Zum anderen sieht das Gesetz bei dem Verrat eines Kameraden Rechtfertigungs- oder Entschuldigungsgründe nicht vor. Das fortgeschrittene Alter des Kameraden Dr. med. Ley wie auch dessen unbestrittenen Verdienste für die Kameradschaft 45 dürfen bei der Bemessung des Strafmaßes nicht unberücksichtigt bleiben. Der Angeklagte war daher ohne weiteres nicht nur zum Tode zu verurteilen. Das Gericht sieht darüber hinaus die Verhängung einer Prügelstrafe für den Angeklagten, aber auch für dessen Sippe als geboten an. Dies deshalb, weil dem Angeklagten die Schwere der Verfehlung seines Tuns vor seinem Tod so noch einmal vor Augen geführt werden soll.

4. Die Einziehung des Vermögens des Angeklagten dient der Schadenbehebung im Rahmen des dem Angeklagten Möglichen.

Berliner Kameradschaft, Berlin, den 23. 10. 2007

Grechtler las den Text noch einmal. Kein Zweifel: Ein Urteil. Die Kameradschaft hatte ihn zum Tode durch Erschießen verurteilt. Öffentlich. Aber erst, nachdem er, aber auch seine Frau und seine Tochter Stockhiebe erhalten hatten. Öffentlich. Grechtler las den Text ein drittes Mal. Sie wussten alles. Von Kaims Geld, dem wahren Betrag. Von seiner Unterschlagung. Und sie glaubten, dass er Ley verraten hatte. Aber damit hatte er nichts zu tun. Weiß der Henker, warum die Polizei Ley gefasst hatte. Damit hatte er nichts zu tun. Sie würden ihn erschießen, für etwas, was er nicht getan hatte. Und sie würden ihn prügeln. Ihn. Seine Frau. Und seine Tochter. Öffentlich verprügeln für etwas, was er getan hatte. Grechtler begann am ganzen Körper zu zittern. Er starrte auf das am Boden an der Wand lehnende Portrait seines Vaters. Sein Vater hatte ihn geschlagen, immer wieder als Kind und noch als Jugendlichen. „Ordnung muss sein." „Strafe muss sein." „Wer nicht hören will, muss fühlen." Und dann die Schläge. Mit einem Rohrstock. Immer wieder. Fünf Hiebe, zehn Hiebe, zwanzig Hiebe. Im Badezimmer. Grechtler bekam kaum Luft. Er sah sich über die Wanne gebeugt, die Hosen heruntergelassen, den Hintern entblößt. Er spürte die Angst, die Erwartung des ersten Schlages und dann den Schmerz. Er hörte sich schreien, dann wimmern und das Pfeifen des Stockes durch die Luft, bevor er mit einem scharfen Ton auf seiner Haut auftraf. Fünf Mal, zehn Mal, zwanzig Mal. Meistens konnte er das Wasser nicht halten. Und wenn er neben die Wanne gepinkelt hatte, gab es noch einmal fünf Schläge. „Disziplin", hatte sein Vater gebrüllt. „Disziplin Richard." Und dann war es vorbei.

Grechtler stand auf. Er hörte die Stille des Badezimmers in seinem Büro. Er sah sich zusammengesunken, vor Schmerzen gekrümmt, vor der Wanne liegen. Jetzt und hier in seinem Büro. Und wie damals, fühlte er sich auch jetzt allein gelassen. Da war niemand, der ihn aufhob, auf den er zählen konnte.

Grechtler goss sich einen weiteren Cognac ein. Nein, er würde sich nicht noch einmal verprügeln lassen. Und er würde auch nicht zulassen, dass seine Frau und seine Tochter verprügelt wurden. Er hatte das Spiel auf ganzer Linie verloren, daran gab es nichts zu rütteln. Er hatte gedacht, er würde sein Spiel mit den Nazis spielen und mal eben 430 Millionen unterschlagen können. Mein Gott, wie naiv er gewesen war. Dr. Richard Grechtler Junior, das Superhirn. Grechtler stürzte den Cognac mit einem Zug runter und schleuderte das Glas mit aller Kraft an die Stelle der Wand, an der zuvor das Bild seines Vaters gehangen hatte. Er würde sich nicht verprügeln lassen. Und er würde nicht sterben für etwas, was er nicht gemacht hatte. Kalter Schweiß stand auf Grechtlers Stirn. Es ging jetzt um sein Leben. Mit dem Kommissar würde er schon irgendwie fertig werden. Schließlich lebte er in einem Rechtsstaat und er hatte einen Anwalt und genug Geld, ihn zu bezahlen. Und den Nazis würde er Geld anbieten. Sonst hatte er nichts, was er ihnen anbieten konnte. Geld gegen sein Leben und die Unversehrtheit seiner Familie. Bargeld. Grechtler sammelte sich, bevor er sich mit dem Verwalter des Barvermögens seiner Bank verbinden ließ. Die Information über den Barbestand seiner Bank beruhigte ihn: Etwa 81,5 Millionen Schweizer Franken. So viel lag also mit Sicherheit in bar in den Kellern der Rüttlibank: 80 Millionen Schweizer Franken. Da mussten die Nazis ja sagen, Verrat hin oder her. Ley war ein alter Mann und bestimmt nicht 80 Millionen Schweizer Franken wert.

Grechtler griff zum Telefon. Er hörte dem Redefluss seiner Frau einige Momente lang zu, dann gingen ihm die Nerven durch. Ohne Ankündigung. Grechtler herrschte seine Frau an, still zu sein. In die abrupte Stille des Telefonats erklärte er, dass keine Zeit für Fragen und keine Zeit für Erklärungen sei. Sie müsse ihm vertrauen. Ob sie ihm vertraue? Dann befahl er seiner Frau, jetzt gleich, gemeinsam mit der Tochter, zum Flughafen raus zu fahren und den erstbesten Flieger, egal wohin zu nehmen. Nein, nicht erst noch nach Hause. Um Gottes Willen, nein. Sofort zum Flughafen. Jetzt! Keine Telefonate, so lange nicht, bis er sich meldete. Hatte sie das verstanden? Den nächsten Flieger, irgendeinen. Jetzt. Seine Frau flüsterte fragend seinen Vornamen. Mehr nicht. Grechtler umfasste den Hörer seines Telefons so fest, dass die Knöchel seiner Hand weiß hervortraten. Er bat seine Frau, nur zu tun, was er ihr gesagt hatte. Dann legte er auf. Und dann brachen die Tränen aus ihm heraus. Er war ein Versager. Er hatte als Kind versagt, als Jugendlicher. Und heute hatte sich gezeigt, dass er nach wie vor ein Versager war. Er hatte die Bank nicht führen, seine Frau und seine Tochter nicht schützen können und er selber sah sich mit Nazis um sein Leben feilschen. Dann beruhigte er sich. Er wusste jetzt, was er zu tun hatte und bewegte den Cursor auf dem Bildschirm seines Computers auf den Antwort-Button seines E-Mail Programms. Er würde den Nazis ein Angebot machen. Und er würde dafür sorgen, dass die Nazis ihr Gesicht wahrten, wenn sie es annehmen sollten. Bis dahin konnte er nur hoffen, dass die Vollstrecker noch nicht auf dem Weg waren.

Kapitel 15

Dienstagmorgen. Gero kam die Reise nach Zürich wie ein einziges Déjà-vu vor, angefangen vom frühen Aufstehen, über das Frühstücken bis hin zum Einstieg in das Taxi, die Fahrt zum Flughafen, das Einchecken, boarden, fliegen, landen und ankommen. Er hatte all diese Eindrücke vor nicht allzu langer Zeit schon einmal gehabt, nur nicht mit seinem Onkel, sondern mit seinem Vater an der Seite. Es war ihre Reise gewesen. Ein gemeinsames Erlebnis. Das letzte, das ihnen vergönnt gewesen war. Und so erinnerte Gero alles auf dieser zweiten Reise nach Zürich an seinen Vater Walter Steiner, aber dies bestärkte ihn nur in seinem Tun. Dies umso mehr, als eines anders war, als auf ihrer ersten Reise. Damals wussten sie nicht, was auf sie zukommen sollte. Aber heute war er es, der die Fäden zog. Denn Grechtler hatte angebissen.

Als Moshe und er heute Morgen den Computer hochgefahren hatten und unter Moshes E-Mail Adresse bei gmx, die eingehenden Nachrichten abgerufen hatten, da war eine Antwort von Grechtler auf dem Rechner. Gero hatte sich einen Ausdruck gemacht und las die Zeilen, jetzt noch einmal, 10.000 Meter über der Erde:

GESTÄNDNIS

Ich, Dr. Richard Grechtler, Junior, gestehe auf das Urteil der Kameradschaft 45 vom 23. 10. 2007, das Vermögen des Dr. Kaim, das dieser der Rüttlibank im Frühjahr 1945 in Höhe von 230 Millionen Schweizer Franken anvertraut hatte, veruntreut zu haben. Das Geld ist schon seit Jahren aufgebraucht. Ich habe mich jedoch nicht persönlich an dem Geld bereichert, sondern das Vermögen zum Erhalt der Rüttlibank verwendet. Nur deshalb ist heute noch Geld da, so dass ich der Kameradschaft im Gegenzug für die Aufhebung des Urteils anbieten kann:

80 Millionen Schweizer Franken in bar.

Das Geld kann der Kameradschaft sofort ausgehändigt werden. Es ist bereits in zwei Koffer verstaut und steht zur Übergabe bereit, wenn das Urteil vollumfänglich aufgehoben wird und Gnade vor Recht geht. Das Urteil ist, was den Vorwurf des Verrats betrifft fehlerhaft. Ich habe mit der Festnahme Dr. Leys nichts zu tun. Es hat einen Kontakt zwischen Dr. Ley und mir gegeben hat und ich habe versucht, Dr. Ley über die wahre Höhe des mir anvertrauten Vermögens zu täuschen. Das ist zutreffend. Aber ich habe Dr. Ley nicht an die Polizei verraten. Das ist die Wahrheit. Mir bleibt nichts, als um Gnade für meine Verfehlung zu bitten und zu hoffen, dass die Kameradschaft mein Angebot annimmt. Dies um so mehr, als mich an der Inhaftierung des Dr. Ley keine Schuld trifft. Bitte verschonen Sie meine Familie und mich und nehmen sie das Geld.

Dr. Richard Grechtler Junior

Sie hatten also voll ins Schwarze getroffen, jedenfalls was das Geld anging. Grechtler hatte sie über den Tisch gezogen. Aber jetzt würde er bezahlen. Und am Ende des Tages womöglich nicht nur mit Geld. Dessen war sich Gero ganz sicher, wenn er an den Teil des Planes dachte, den er nicht mit Moshe abgesprochen hatte. Er versuchte sich zu entspannen. Nur jetzt keinen Fehler machen. Dabei ging es ihm nicht nur um das Geld. Er musste erfahren, ob Grechtler etwas mit dem Tod seines Vaters zu tun hatte oder nicht.

Kapitel 16

„12:00 Uhr, zwei Koffer, zu Fuß, Quaibrücke, Seeseite, Blick auf die Berge, Berliner Kameradschaft 45"

Gero gab Grechtlers Smartphone-Nummer ein, die dieser ihm bei ihrem Treffen in der Bank gegeben hatte und drückte auf senden. Knapp fünf Sekunden später bestätigte das Gerät die erfolgreiche Übermittlung.

Noch zwei Stunden, dann würden sie mehr wissen.

Im Taxi in die Stadt sprachen Gero und Moshe, wie schon die ganze Zeit, wenig miteinander. Die Anspannung war zu groß für Konversation. Dabei war Moshe eher besorgt als angespannt. Ihm gefiel nicht, wie sein Neffe sich seit ihrer Planung verändert hatte. Er hatte zur Kenntnis nehmen müssen, dass sie sich in dem unterschieden, was die Motivation ihres Handelns anging. Während es ihm in erster Linie um das verloren geglaubte Geld ging, dass er doch noch retten wollte, wollte Gero Gerechtigkeit, wollte sicher gehen, dass die Mörder seines Vaters ihrer gerechten Strafe zugeführt würden. Eine Sache, die er bei den Schweizer Behörden gut aufgehoben sah, besser jedenfalls, als in den Händen seines Neffen. Und so hatte eine Unruhe von ihm Besitz ergriffen, deren Ursache nicht in der Abwicklung der anstehenden Geldübergabe lag. Dieses Gefühl wurde noch verstärkt durch die Art, mit der Gero die umgehende Antwort Grechtlers auf seinem Display vorlas: „OK und Danke. Grechtler."

Zwanzig Minuten später hatten sie ihr Ziel erreicht: die Züricher Kantonsbank. Gero begrüßte Dr. Durli wie einen guten Bekannten, stellte Moshe vor und bedankte sich dafür, dass Dr. Durli so kurzfristig Zeit für sie hatte. Dr. Durli seinerseits freute sich mitteilen zu können, dass auch sein Chef, Dr. Zerhagen, dem Termin beiwohnen wollte, und so saßen sie schon nach kurzer Zeit zu viert in dem wohl schönsten Besprechungsraum der Züricher Kantonsbank, nur hatte keiner der Anwesenden einen Blick für das sich bietende Alpenpanorama. Dies um so mehr, als Gero und Moshe keine Zeit zu verlieren hatten. Also vergewisserten sie sich über Inhalt und

Umfang des Schweizer Bankgeheimnisses und berichteten dann davon, dass es sehr gut sein könne, dass Moshe Liebermann noch heute am frühen Nachmittag mit einer erheblichen Summe Bargeld in der Bank vorstellig werden würde. Geld, das in Zusammenhang mit dem Schließfach stehe, das Gero vor einiger Zeit im Keller der Züricher Kantonsbank geöffnet hatte, und das ihm heute übergeben würde.

Der Direktor der Bank Zerhagen räusperte sich: Ob das Geld einen strafrechtlich relevanten Hintergrund habe?

Moshe und Geros Blick trafen sich. Nein. Kein solcher Hintergrund.

Dann sollte das kein Problem sein mit dem Geld. Zerhagen erlaubte sich doch, nach der Höhe des avisierten Betrages zu fragen und bot Moshe die Unterstützung seines Hauses an, was den Transport der Summe anging. Aber Moshe verneinte dankend und verwies darauf, den Transport so unauffällig wie möglich mit einem Taxi abzuwickeln.

Zerhagen nickte. Dann solle er sich einfach aus dem Taxi telefonisch kurz vor Erreichen der Bank melden und das Haus über die Tiefgarage anfahren lassen. Er werde dort in der Garage vom Sicherheitspersonal in Empfang genommen und dann würde alles seinen Gang gehen. Ganz normal eben. Soweit war alles geregelt.

Jetzt blieben Gero und Moshe noch eine gute halbe Stunde bis 12:00 Uhr. Nach einem Kaffee am Bürkliplatz, ganz in der Nähe zur Quaibrücke, schlug Gero vor, sich zu trennen. Schließlich musste Moshe noch ein Taxi, vor allem aber einen geeigneten Taxifahrer finden, und Gero wollte jetzt für sich sein, sich auf die Übergabe konzentrieren.

Kapitel 17

Gero beobachtete seinen Onkel, wie er sich zu dem Taxistand auf der gegenüber liegenden Seite auf den Weg machte. Auf Moshe kam es später an. Er musste die Taxifahrt so choreographieren, dass die Entgegennahme der Koffer ohne Probleme vonstatten gehen konnte, während er, Gero, Grechtler beobachten und gegebenenfalls über sein Smartphone dirigieren sollte, ohne dabei das übrige Geschehen auf der Brücke aus den Augen zu lassen. Aber bis es soweit war, hatte Gero noch etwas anderes zu erledigen. Und mit einem Blick auf die Uhr stellte er fest, dass er sich beeilen musste. Er hielt das nächste Taxi an und gab dem Fahrer zu verstehen, dass er gegen Zahlung eines Extratrinkgeldes so schnell wie möglich zum Hauptbahnhof müsse, um seinen Zug noch zu erreichen. Der Fahrer gab sein bestes und so stand Gero gut fünf Minuten später in der Bahnhofshalle. Er musste sich kurz orientieren, aber dann hatte er die Schließfächer gefunden.

Mit einem Griff in seine Hosentasche nahm er sein Portemonnaie heraus, öffnete das Münzfach und fischte den Schließfachschlüssel zwischen den Münzen hervor. Er betrachtete den Schlüssel mit einem Lächeln. Irgendwie machte alles einen Sinn. Er hatte keine Ahnung, was ihn damals bewogen hatte, die Waffe aus dem Bankschließfach aufzubewahren, statt sie wegzuwerfen. Letzteres wäre ein Leichtes gewesen, aber offensichtlich hatte er damals das Gefühl gehabt, die Waffe möglicherweise noch einmal gebrauchen zu können. Egal. Jetzt stand er hier und jetzt war er es, der die Waffe an sich nehmen würde. Und die Patronen. Natürlich. Schließlich wollte er sich nicht lächerlich machen, wenn es darauf ankam. Er blickte sich kurz um, dann schloss er das Fach auf, nahm die Pistole und die Munition heraus und versteckte beides in den Innentaschen seines Sakkos. Mit schnellen Schritten ging er aus der Bahnhofshalle in Richtung Taxistand, stand fünf Minuten später wieder am Bürkliplatz und verschwand in einem öffentlichen Pissoir, um die Waffe scharf zu machen.

Die Uhr der Nationalbank zeigte 11:55 Uhr, Zeit Position zu beziehen.

Grechtler würde mit zwei Koffern aus Richtung Rüttlibank kommen, das heißt aus Richtung Bürkliplatz. Also bewegte sich Gero auf der Seeseite über die Brücke in Richtung Bellevueplatz. Kurz bevor er das andere Ende der Brücke erreicht hatte, blieb er stehen und stellte fest, dass er von hier aus einen guten Blick auf die Mitte der Brücke hatte. 11:58 Uhr. Er nahm das Prepaid-Smartphone in die Hand. 100% Akkuleistung. 100% Empfang. Grechtler konnte kommen. Als er seinen Blick wieder hob, sah er ihn. Er erkannte Grechtler sofort, diesen freundlichen, älteren Herrn. Er näherte sich jetzt der Brücken-Mitte mit 80 Millionen Schweizer Franken in den Koffern. Geld, das er bereit war, für sein Leben zu zahlen. In der Mitte der Brücke stellte er die beiden Koffer ab und blickte sich um. Dann stützte er sich auf dem Brückengeländer ab. Offensichtlich hatte er schwer zu tragen.

Gero schickte Grechtler eine SMS:

„Blick auf die Berge!“

Dabei beobachtete er genau, was auf der Brücke geschah. Moshe hatte ihm eingeschärft, sich genau die Passanten einzuprägen, die kurz vor und nach Grechtler die Mitte der Brücke passieren würden. Das gleiche galt für die Autos. Kam jemand ein zweites Mal an der Stelle vorbei, ob zu Fuß oder mit dem Auto, sollte die Aktion abgebrochen werden. So die Vereinbarung. Sie hatten Grechtler einmal unterschätzt, das würde ihnen nicht noch einmal passieren. Aber nichts Verdächtiges passierte. Also rief er mit seinem anderen Smartphone Moshe an, berichtete, dass Grechtler zwei Koffer getragen hatte und gab grünes Licht. Sie würden von jetzt an verbunden bleiben, schon um Moshe zu sichern, falls sich auf der Brücke oder darunter etwas Unvorhergesehenes ereignen sollte. Denn möglicherweise hatte Grechtler sich als Opfer einer Erpressung ausgewiesen und die Polizei eingeschaltet. Oder er hatte vor, sich der Koffer durch einen Wurf über das Brückengeländer in ein bereitstehendes Boot zu entledigen, noch bevor Moshe zugreifen konnte. Aber da war auch kein Boot. Und keine Polizei. Nur Passanten, die meisten davon Touristen. Dr. Richard Grechtler stand wie ihm geheißen war mit zwei Koffern auf der Mitte der Quaibrücke und betrachtete die Berge.

Dann sah Gero ein Taxi die Brücke heraufkommen. Ein Großraumtaxi. Das müsste Moshe sein. Sie waren übereingekommen, dass es einfacher und schneller zu bewerkstelligen war, zwei Koffer durch eine Schiebetür in das Innere eines Wagens zu befördern, als sie umständlich erst in den Kofferraum oder auf der Rückbank abzulegen. Außerdem hatten sie keine Ahnung, wie groß und wie schwer zwei Koffer mit so viel Geld waren. Das Großraumtaxi setzte den Blinker. Also hatte er richtig gelegen: Moshe. Der Wagen hielt, die Schiebetür glitt auf, Moshe sprang heraus, näherte sich mit drei, vier Schritten dem nach wie vor auf die Berge blickenden Grechtler und griff die Koffer. Grechtler rührte sich nicht. Und dann war Moshe samt Koffern auch schon wieder im Taxi und verschwunden. Ihre Blicke trafen sich kurz, als das Taxi auf seiner Fahrt zur Züricher Kantonsbank Gero passierte. Aber Moshe war, als hätte sein Neffe ihn gar nicht gesehen. Er drehte den Kopf und wurde gerade noch gewahr, wie Gero sich auf Grechtler zu bewegte. Das war eine Abweichung vom Plan. Gero sollte Grechtler per SMS anweisen, dort zu bleiben, wo er war, bis sie sicher gehen konnten, dass er tatsächlich 80 Millionen Schweizer Franken in bar übergeben hatte. Was machte der Junge bloß?

Gero fühlte den kalten Stahl der Wehrmachtspistole durch den Stoff seines Sakkos. Unaufhaltsam kam er Grechtler näher. Dann musste Grechtler die sich ihm nähernde Bewegung aus den Augenwinkeln bemerkt haben. Denn mehr reflexartig als bewusst drehte sich sein Kopf.

Gero blieb stehen. Grechtler starrte entgeistert zu ihm rüber: „Sie?" Plötzlich lachte er fast hysterisch. Es war, als fiel die ganze Anspannung der letzten Minuten auf einmal von ihm. Er kriegte sich gar nicht mehr ein. „Sie?" Dann beruhigte er sich, auch wenn sein Atem noch beschleunigt ging. „Sie also:" Er stütze sich mit beiden Armen auf dem Geländer ab und blickte zu Boden. Es schien, als wollte er einen Entschluss fassen, aber mehr als ein Kopfschütteln brachte Grechtler nicht zustande.

Gero ergriff die Initiative. Er trat an Grechtler heran und stellte sich wortlos neben ihn an das Geländer der Brücke. Beide Männer sahen zu den Bergen rüber, als genössen sie das wunderbare Panorama, das sich ihnen bot, aber in Gero tobte ein Aufruhr. Jetzt war der Moment gekommen, der über das Schicksal Grechtlers entscheiden würde. Nach einem kurzen Augenblick eröffnete er Grechtler, dass der Inhalt der Koffer jetzt geprüft und das Geld gezählt und dies einige Zeit in Anspruch nehmen werde, Zeit, die sie gemeinsam in einem der Boote an der Landungsstelle verbringen würden. Nur sie beide.

Grechtler schnaubte verächtlich. Er suchte Geros Blick, aber als er zu einer Erwiderung ansetzen wollte, durchfuhr ihn ein Schmerz, dass ihm die Luft wegblieb. Kein dumpfes Dröhnen, kein pochendes Klopfen, sondern stechende, grelle Impulse, die ihm fast den Verstand raubten. Grechtler hatte gar nicht mitbekommen, dass ihm Gero den Kleinen und den Ringfinger seiner linken, noch auf dem Brückengeländer ruhenden Hand gegriffen und soweit nach oben gebogen hatte, dass beide Finger aus der Gelenkpfanne gesprungen waren. Während Grechtler noch versuchte zu realisieren, was ihm widerfahren war, hatte Gero sich seinem Kopf so weit genähert, dass leises Flüstern reichte, um verstanden zu werden. Grechtler hörte Gero sagen, dass er nichts von Schmerz wisse und davon, wie man ihn zufügte und dass er mehr intuitiv als überlegt gehandelt hätte, als er die auf dem Brückengeländer liegende Hand sah. Aber offensichtlich sei er auf dem richtigen Weg. Grechtler schaute fassungslos, konnte aber wegen seiner unkontrollierten Atmung nur dazu ansetzen, eine Antwort zu geben. Gero wandte seinen Blick ab in Richtung Landungsstelle und gab Grechtler zu verstehen, dass jetzt nicht die Zeit zu reden sei. Später in einem der Boote würde er noch genug Gelegenheit dazu haben. Er stieß Grechtler vom Geländer weg und ließ ihn mit einem Blick auf den aus seiner Innentasche herausragenden Pistolengriff erkennen, dass jetzt auch nicht die Zeit für Widerstand sei. Dann griff Gero Grechtler stahlhart am linken Oberarm und führte ihn in Richtung Landungsbrücken. Die Männer schwiegen. Plötzlich hörte Gero seinen Namen. Moshe war es, der ihn über die noch immer bestehende Telefonverbindung so laut rief, dass die Stimme seines Onkels aus dem Handy sein Ohr erreichte. Er griff mit der freien Hand nach dem Smartphone und schaltete das Gerät aus, ohne mit Moshe gesprochen zu haben. Dann hatten sie die Landungsbrücken erreicht.

Gero blickte über die am Ufer dümpelnden Boote. Er folgte seiner Intuition. Eines der Boote, die „Belvoir“, schien ihm geeignet. Es war ein Ausflugsboot, doppelstöckig. Das Boot war menschenleer, obwohl es über eine Brücke mit dem Steg verbunden war. Gero wog die Chancen und Risiken ab. Mehr als maximal zehn Minuten würde er nicht brauchen.

Er stieß Grechtler, der mehr stolperte als ging und vor Schmerz stöhnte, über den Steg in Richtung Boot, dirigierte ihn hinein und dann saßen sie sich gegenüber.

Und genau an diesem Punkt hörte Geros Plan auf.

Er hatte keine Ahnung, was er zu tun bereit war, um herauszubekommen, ob Grechtler etwas mit dem Tod seines Vaters zu tun hatte. Sicher war nur, dass die Wahrscheinlichkeit mit dem Erscheinen Grechtlers auf der Brücke um einiges gestiegen war. Grechtler spürte die Unsicherheit, nur wusste er nicht, was das Zögern bedeutete. Was hatte dieser Anwalt aus Berlin vor?

Zwei Finger hatte er ihm schon ausgekugelt. Was würde das Nächste sein? Grechtler suchte Geros Blick. Er sah, wie Gero die Pistole aus der Innentasche seines Sakkos nahm und entsicherte. Wollte Steiner ihn töten? Warum? Sie hatten doch das Geld. Grechtler hielt inne. Ging es hier gar nicht mehr ums Geld? Warum sprach Steiner nicht? Warum saß er nur da mit der jetzt scharfen Waffe? Was wollte dieser Steiner von ihm? Die Gedanken rasten durch seinen Kopf. Grechtler atmete tief ein. Dann sammelte er sich, versuchte seinen Rücken aufzurichten und versuchte auf Gero einzureden. Aber abermals ließ es Gero nicht dazu kommen. Ohne nachzudenken gab er Grechtler mit der flachen Hand eine schallende Ohrfeige, so stark, dass dieser vom Stuhl kippte und auf seine verletzte Hand fiel. Grechtler schrie auf vor Schmerz.

Gero stand auf. Er kniete sich neben dem sich am Boden windenden Grechtler und setzte den Lauf seiner entsicherten Pistole, den Finger am Abzug, an den Hinterkopf Grechtlers. Augenblicklich erstarb dessen schmerzvolles Gewimmer. Der Bankdirektor fixierte den Boden vor sich und rührte sich nicht. Jetzt war eine Grenze erreicht. Dann hörte er Gero fragen, was er mit dem Tod seines Vaters zu tun hatte. Und dass er sich die Antwort gut überlegen sollte, denn er würde nur diese eine Gelegenheit haben zu antworten. Und dass es besser sei, die Wahrheit zu sagen. Denn die Erfahrung habe er ja bereits gemacht, dass Lügen zu nichts führten als zu noch größeren Problemen. So groß, dass er nun hier auf dem Boden lag und sich in die Hose machte. Gleichzeitig erhöhte Gero den Druck der Pistole auf Grechtlers Hinterkopf. Grechtler schwieg. Seine Pupillen tanzten jetzt hin und her, Schweißtropfen standen auf seiner Stirn. Dann öffnete sich sein Mund, aber er brachte keinen Laut heraus. Tatsächlich breitete sich jetzt im Schritt seiner Hose ein dunkler Fleck aus. Erst als Gero den Druck noch weiter erhöhte, so weit, dass er Angst hatte, den Schädel Grechtlers jeden Moment zu brechen, sprudelte es aus Grechtler heraus: Es war ein Unfall. Tragisch. Dass er den Tod des Mannes nicht gewollt habe. Dass er Dreher gesagt habe, den Mann einschüchtern ja, drohen, ja, vielleicht im äußersten Fall auch schlagen, ja, aber mehr nicht, nein. Grechtler hörte nicht auf zu reden, aber Gero hörte nichts von dem, was er sagte. Einschüchtern, drohen, schlagen, aber mehr nicht, nein. Natürlich. Das bedeutete nichts. Das waren nur Worte. Sein Vater war am Ende ertränkt worden in einer Badewanne mit weniger als 20 Zentimeter Wassertiefe. Ertränkt von Männern, die Grechtler geschickt und bezahlt hatte. Das war es, was zählte. Er beobachtete die sich bewegenden Lippen Grechtlers.

„Walter Steiner", unterbrach er ihn. „Der Mann hieß Walter Steiner. Er war 65 Jahre alt, als er starb. Und er war mein Vater."

Grechtler verstummte.

„Der Mann", fuhr Gero fort, „kannte das Kennwort nicht, als er sterben musste. Er ist gestorben und wusste, dass er umsonst umgebracht werden würde, dass sein Tod grundlos war, sein Sterben seine Mörder zu nichts führen konnte."

Gero hatte den verzerrten Gesichtsausdruck seines Vaters vor Augen, Todesangst, Schmerzen. Er spannte den Hahn seiner Pistole. Die damit verbundene Mechanik dröhnte in seinen Ohren. Gero schloss für einen Moment die Augen. Da waren nur er und Grechtler und die Pistole. Es war seine Entscheidung. Er hatte die Möglichkeit. Er entschied über Leben und Tod. Hier und jetzt. Gero öffnete die Augen, umklammerte den Griff jetzt fester. Dann hatte er sich entschieden.

In derselben Sekunde hörte er seinen Namen rufen. Gero blickte in Richtung der Stimme. Etwa drei Meter von ihm entfernt hatte sich Kommissar Grund aufgebaut. Der Mann war wirklich nicht zu unterschätzen, fuhr es Gero durch den Kopf. Er wandte sich wieder Grechtler zu. Dort, wo noch vor wenigen Sekunden der Mörder seines Vaters gelegen hatte, sah Gero jetzt den Körper eines alten, weinenden Mannes, der sich in die Hose gepinkelt hatte.

Grund rief ihm zu, er habe Grechtlers Geständnis gehört. Das reiche für Anstiftung, wenn nicht zur Mittäterschaft am Mord seines Vaters.

Gero nahm die Waffe von Grechtlers Hinterkopf, sicherte sie und legte sie langsam auf den Boden, bevor er sie mit seiner Hand in Richtung des Kommissars stieß. Dann erhob er sich langsam und wandte sich von dem sich am Boden krümmenden Grechtler ab. Er hatte mit diesem Mann nichts mehr zu tun. Sein Blick traf den des Kommissars, der ihm bedeutete, draußen auf ihn zu warten. Im Hinausgehen hörte er noch, wie Grechtler festgenommen und über seine Rechte belehrt wurde. Und dann wurde

Grechtler an ihm vorbei über den Steg ans Ufer geführt. Er beobachtete, wie Grechtler in einen der bereitstehenden Streifenwagen gesetzt wurde und dann war er aus seinem Leben verschwunden.

Kapitel 19

Rom, 16. 03. 2008, 09:00 Uhr: Noch eine Viertelstunde, dann würde der „14. Maratona Della Cita di Roma“, wie der Wettkampf offiziell hieß, am Kolosseum gestartet werden. Gero hatte sich schon sehr viel früher in den Startbereich seiner Leistungsklasse eingefunden, so dass er noch einen Sitzplatz auf dem Bordstein der Via dei Fori Imperiale ergattert hatte. Mit der ehrlichen Angabe seiner Ankunftszeit von 05:08:11 Stunden aus Stockholm im letzten Jahr, hatte es ihn in den hintersten Startblock verschlagen. Aber das war ihm egal. Für ihn war die Teilnahme an diesen Stadtmarathons keine Leistungssache im Sinne von immer schneller werden. Wichtig für ihn war, dass er trotz allem sein Training fortgesetzt hatte und nun nach diesem entsetzlich langen und grauen Winter in Berlin hier saß, in Rom, in der herrlichen Frühlingssonne Italiens. Sein Ehrgeiz erschöpfte sich darin anzukommen, bestenfalls mit einer nicht viel langsameren Zeit als im Vorjahr. Wann sonst durfte man schon ungestraft mittig über die Prachtboulevards Europas laufen, vorbei an den geschichtsträchtigsten Bauten des Kontinents. Das war es, was er genoss, hierfür nahm er die vielen, auch langen Trainingsläufe in Kauf.

Er stand auf. Nur noch wenige Minuten bis zum Start. Obwohl es nicht sein erster Marathon war, machte sich jetzt auch bei ihm Nervosität breit. Würde die Trainingsvorbereitung reichen? Wenigstens war das Wetter bestens. 12 Grad und keine Wolke am Himmel. Aber hielten die Knochen? Da war ein Zwacken im Fußgelenk heute morgen, von dem jetzt nichts zu spüren war, dass aber gleichwohl da gewesen war. Er versuchte sich abzulenken und ging in Gedanken die letzten Monate noch einmal durch. Mit den langen Läufen hatte er erst begonnen, als er mit Moshe aus Zürich wieder zurück in Berlin war. Mit viel Glück und Entgegenkommen dieses Schweizer Kommissars Grund hatten sie tatsächlich noch ihren gebuchten Rückflug bekommen. Kommissar Grund hatte sich erst am Ende seiner endlos dauernden Vernehmung entschieden, die Tatsache, dass er

Grechtler auf das Boot gezwungen und dort mit der Waffe bedroht hatte, bei seinen Ermittlungen unberücksichtigt zu lassen. Denn zum einen hatte Grechtler selbst keine Anzeige erstattet und auch zu der Verletzung seiner Hand jede Aussage verweigert. Zum anderen, so Grund, sei Grechtler, wenn man einmal von den Fingern seiner Hand absah, an Ende nichts wirklich Schlimmes passiert, ein Umstand, den alle Beteiligten in der Sache wohl nur dem entschlossenen Handeln Herrn Liebermanns zu verdanken hatten, der die Polizei alarmiert hatte, als die Angelegenheit auf der Brücke aus dem Ruder lief.

Was hatte Moshe ihn auf der Fahrt zum Flughafen zusammengestaucht! Gero blinzelte in die Sonne. Da war von Vertrauensbruch die Rede, von Verantwortungslosigkeit und davon, was denn aus ihm, Gero, geworden wäre, wenn er Grechtler erschossen hätte? Michael hatte später in dieselbe Kerbe gehauen. Aber er hatte keine Antwort darauf gewusst. Mehr noch: Auch heute, Monate später, war er sich nicht sicher, ob er Grechtler nicht doch erschossen hätte, wenn Grund nicht dazwischen gegangen wäre. Natürlich, heute war er froh und glücklich, dass es dazu nicht gekommen war. Rückblickend hatte er auch keine Erklärung dafür, wie es überhaupt so weit kommen konnte, dass er sich in einen solchen Grenzbereich begeben hatte. Damals auf dem Boot waren alle Gedanken um Schuld, richtig oder falsch ausgeblendet. Zu seinen Füßen krümmte sich der Mann, der die Mörder seines Vaters losgeschickt und bezahlt hatte. Diese Tatsache und die Waffe in seiner Hand, mehr hatten seine Sinne nicht wahrgenommen. Mehr hatte keine Rolle gespielt und dabei nahm er für sich in Anspruch, ein Intellektueller zu sein. Immerhin hatte er Trost in dem Gedanken gefunden, dass er letztlich nicht abgedrückt hatte, als sich die Gelegenheit dazu bot. Und doch beschäftigte es ihn noch immer, dass er nicht wusste, was genau ihn daran gehindert hatte, zum Mörder zu werden.

Gero schreckte auf. Die Läufer um ihn herum begannen die letzten Sekunden bis zum Start herunter zu zählen.

Dann war es soweit. Weit vorne fiel der Startschuss und das Läuferfeld des ersten Startblocks setzte sich in Bewegung, begleitet vom begeisterten Applaus der Römer, die zu so früher Stunde bereits den Weg hierher gefunden hatten. Dann wurden der zweite, der dritte und dann sein Startblock frei gegeben. Wegen der Menge der Läufer bedeutete dies zunächst, dass nur gegangen werden konnte, aber bald schon konnte er in sein Lauftempo fallen, und als er die Startlinie überquerte, hatte er sein Tempo bereits gefunden. Aufmerksam hörte er in sich herein. Das Zwacken war weg. Füße, Knie, Beine, Atmung, alles schien reibungslos zu laufen. Langsam begann er darauf zu vertrauen, dass alles im grünen Bereich war. Jetzt galt es nur, sich zu zwingen, sein Tempo beizubehalten, auch wenn er links und rechts permanent überholt wurde. Er kannte das aus anderen Rennen und konnte sich sicher sein, den einen oder anderen dieser Schnellstarter des letzten Blocks bei Kilometer 30 wieder zu treffen. So konnte er sich ein schadenfrohes Grinsen nicht verkneifen. Statt auf die anderen Läufer, richtete er seine Aufmerksamkeit auf die Rennstrecke. Er liebte es, im Ausland zu laufen. Die fremde Sprache auf den verschiedensten Schildern zu lesen, aber auch zu hören, war ein großer Spaß. Schade nur, dass Michael wegen einer Verletzung nicht dabei sein konnte. Das hatte er nun davon, dass er immer so übertrieb.

Nach einer halben Stunde hatte Gero bereits den Circo Massimo passiert und befand sich auf der Höhe der Synagoge. Unvermittelt ging ihm das millionenfache Leid der Juden durch den Kopf, das Deutsche zu verantworten hatten. Dessen eingedenk war es wie ein Wunder, dass er bereits sechzig Jahre später hier in Rom als deutscher Starter an dem Marathon teilnehmen konnte. Er erinnerte sich an Erlebnisse in seiner Kindheit. Noch vor dreißig Jahren war ihr Auto wegen des deutschen Kennzeichens während eines Urlaubs irgendwo in den Benelux-Ländern mit Steinen beworfen worden. Der Vorfall war damals ohne Erklärung geblieben, wohl auch deshalb, weil seine Eltern selbst noch keinen Weg gefunden hatten, mit dem Krieg, geschweige denn mit dem Holocaust, umzugehen. Überhaupt waren diese Themen eher der Schule überlassen, nur konnte er sich beim besten Willen nicht daran erinnern, mit welchem Tenor die Aufklärung über den Holocaust und den Krieg erfolgte. Alles, was sich in seinem Bewusstsein eingebrannt hatte, waren diese Schwarzweiß-Bilder von den Leichenbergen in den Lagern und das Verhalten seines Vaters an Weihnachten. Walter Steiner war es nicht möglich gewesen, Heiligabend friedlich mit seiner Familie zu verbringen. Rückblickend schien es ihm so, als habe der Vater tagsüber einen Grund gesucht, um sich abends unter lautem Türenknallen in sein Arbeitszimmer zurückziehen zu können. Und einen Grund zu finden, war einfach. Meist entzündete sich ein Streit beim Aufrichten des Tannenbaums, spätestens aber beim gemeinsamen Singen, wofür er, der Sohn, nicht zu haben war. Heute mutmaßte er, dass sein Vater über Jahre nach dem Krieg so verstörende Weihnachtsabende im Kinderheim erlebt haben musste, dass für ihn das pseudo-besinnliche Zusammensitzen späterer Jahre nicht möglich war.

Nach fast einer Stunde hatte Gero seinen Rhythmus gefunden. Jetzt hieß es, nicht in Euphorie zu verfallen. Ein erstes Ziel war erreicht, aber eine Stunde ohne Probleme gelaufen zu sein, bedeutete angesichts der noch vor ihm liegenden Strecke nur deshalb etwas, weil er die Distanz kannte, die er noch zurückzulegen hatte. Er wusste das, und doch freute er sich, die erste von fünf Stunden geschafft zu haben. Und wie zur Belohnung tauchte der Petersdom vor ihm auf. Er war noch nie zuvor in Rom gewesen und so nahm ihm der Anblick den Atem. Das war wirklich beeindruckend und hatte nichts mit den Fernsehbildern zu tun, die er vom Petersplatz kannte. Wie mussten sich die einfachen Menschen früher gefühlt haben, als sie nach langer beschwerlicher Reise über Land endlich am Fuße der Kirche angekommen waren. Dieses Bauwerk musste ein durchaus tauglicher Beweis für die Existenz Gottes gewesen sein. Bis jetzt hatte er nur einmal in seinem Leben noch imposantere Bauwerke gesehen, ging es ihm durch den Kopf, als er am Vatikan vorbeitrabte. Das war gemeinsam mit Julia gewesen in Ägypten, als sie am Ende einer Nilkreuzfahrt schließlich an seinem vierzigsten Geburtstag abends in Gizeh angekommen waren. Als Geburtstagsgeschenk hatte Julia ein Zimmer in einem der wohl am spektakulärsten gelegenen Hotels der Welt gebucht, dem „Mena House". Und zwar mit Blick auf die Pyramiden, denn das Hotel grenzt direkt an das Plateau, auf dem die drei Pyramiden stehen. Nur waren da keine Pyramiden zu sehen, als sie abends ihr Zimmer bezogen. Da war nur Dunkelheit. Er musste selbst jetzt noch lachen, was ihm einige irritierte Blicke der Läufer um ihn herum einbrachte: Während Julia telefonisch mit der Rezeption die Tatsache diskutierte, dass sie „Pyramidenblick" gebucht hätte, aber keine Pyramiden vom Balkon aus zu sehen wären, hatte er sich erschöpft ins Bad zurückgezogen. Plötzlich war es ruhig im Zimmer geworden. Er hatte sich gerade darauf eingerichtet, umzuziehen, aber dann hörte er, wie Julia ihn rief. Also verließ er das Bad und augenblicklich war im klar, warum es so plötzlich ruhig geworden war. Denn dort, wo vor wenigen Augenblicken noch absolute Dunkelheit geherrscht hatte, waren jetzt die Pyramiden zu sehen, angestrahlt von unzähligen Scheinwerfern. Das war wirklich unglaublich gewesen. Außerirdisch.

Diesen Moment würde er nie vergessen und auch nicht, wie unendlich ihre Liebe damals in diesem Hotelzimmer im „Mena House" gewesen war. Jetzt fragte er sich, was wohl die Rezeptionistin gedacht haben musste angesichts dieser deutschen Touristin, die vorgab, die Pyramiden nicht zu sehen, obwohl sie dastanden, wo sie auch die letzten 4.500 Jahre vor diesem Anruf unverrückt gestanden hatten. Julia. Er musste wieder lachen und wieder handelte sich ein paar fragende Blicke seiner Mitläufer um ihn herum ein. Julia. Ebenso unbeschreiblich wie dieser Moment in Gizeh, war auch sein Gefühl gewesen, als sie ihm während der Beerdigung seines Vaters beigestanden hatte.

Natürlich hatte Gero ihr den Tod seines Vaters angezeigt. Und natürlich war er davon ausgegangen, dass sie kommen würde. Schließlich hatte sie über Jahre eine sehr herzliche Beziehung zu seinem Vater gehabt. Aber die Selbstverständlichkeit, mit der sie ihm während der Zeremonie im Friedwald und später während der Trauerfeier zur Seite gestanden hatte, hatte ihn ebenso überrascht wie ihm geholfen. Julia war da. Wie schon während ihrer Beziehung traf sie auch bei dieser Gelegenheit jedem gegenüber den richtigen Ton, sagte das Richtige und verhielt sich richtig. Anders konnte er dies nicht ausdrücken. War das soziale, emotionale oder kommunikative Intelligenz? Er wusste es nicht. Er wusste nur, dass niemand Julia das Wasser reichen konnte, wenn es um das Leben und Beziehungen zwischen den Menschen ging. Diese Intuition, das Richtige zu sagen und zu tun, hatte er von Anfang an an Julia bewundert. Und seit ihrer Trennung hatte er oft genug vermisst, sie um Rat fragen, sie beobachten zu können. Aber dann war sie da gewesen. Und er hatte endlich begriffen, dass er viel mehr als das vermisst hatte. Ihm fehlte der Mensch an seiner Seite: Julia.

Sie hatten sich nach der Beerdigung ein paar Mal getroffen und jetzt war sie mit nach Rom geflogen, schon um ihm zurück ins Hotel zu helfen, wenn er völlig erschöpft nach 42,195 Kilometer wieder beim Kolosseum einlaufen würde. Diese Aufgabe hatte sie schon ein paar Mal übernommen, und wenn Gero ehrlich war, gab es nichts Schöneres, als nach einem Entspannungsbad mit der Medaille um den Hals auf dem Hotelbett auszuruhen und Julia in einer Mischung aus euphorischer Berichterstattung und verhaltenem Jammern in den Ohren zu liegen. Aber diese Vorstellung wollte er sich für die Schlusskilometer aufbewahren, wenn alle Speicher leer waren und es nur noch darum ging, anzukommen. Und so konzentrierte er sich wieder auf die Strecke. Mittlerweile hatte sie der Lauf zurück an den Tiber geführt, an dessen Ufer auch der Halbmarathonpunkt lag.

Alles in allem lag Gero gut in der Zeit und er wusste, bevor es soweit war, würden sie am nördlichsten Punkt der Strecke die große Moschee Roms passieren. Es war herrlich, die Strecke grandios. Er war bester Stimmung. Und dann war es soweit: Die Moschee tauchte auf und beeindruckte auf ihre ganz besondere Art. Er war fasziniert. Was war bloß los mit den Menschen? Hier war es doch offensichtlich möglich, dass die unterschiedlichen Religionen friedlich nebeneinander ausgelebt werden konnten. Oder wusste er nur zu wenig darüber, wie die Religionen in Italien miteinander klarkamen. Was Deutschland betraf, war es so, dass er sich vergleichsweise häufig schämte für das, was in seiner Heimat passierte. Dass Gräber geschändet, Kirchen besudelt und Angehörige anderer als der christlichen Religionen öffentlich angegriffen, beleidigt und verletzt wurden. Das traf besonders dann zu, wenn Juden oder jüdische Einrichtungen das Ziel solcher Diffamierungen waren. Dabei schämte er sich auch über sein eigenes Verhalten, denn er wusste, es reichte nicht aus, betroffen zu sein und sich zu schämen. Das half nichts und niemandem. Und er wusste auch, dass gerade er als Deutscher mit dem Wissen um die Verantwortlichkeit Deutscher in Zusammenhang mit den Kriegen der jüngeren Vergangenheit und dem Holocaust aufgerufen war, mehr zu tun, als sich betroffen abzuwenden. Zurück in Deutschland würde er sich einen Platz suchen: Irgendetwas musste es doch für einen deutschen Rechtsanwalt zu tun geben, um das Miteinander der Menschen und Religionen in seiner Heimat zu fördern. Er hatte schon oft überlegt, sich zu engagieren, aber bislang waren seine guten Vorsätze immer irgendwie im Sand verlaufen. Aber dieses Mal war es etwas anderes. Vielleicht hatte seine ganz persönliche Geschichte, derer er sich in den letzten Monaten bewusst geworden war und die Zeit, die er gemeinsam mit Moshe verbracht hatte, etwas in ihm bewirkt. So, dass er etwas tun musste, statt nur daneben zu stehen und den anderen das Feld zu überlassen. Beflügelt von seinem Entschluss, passierte er nach 02:13:44 Stunden den Halbmarathonpunkt der Strecke und nahm dabei erleichtert zur Kenntnis, dass seine Beine trotz der für ihn sehr guten Zeit locker weiter trabten.

Marathon war eben, wie so vieles andere im Leben auch, Kopfsache. Natürlich half auch die Vorstellung, dass es von jetzt an bergab ging, und tatsächlich bewegte sich die Strecke nun auf der anderes Seite des Tiber wieder zurück in Richtung Zentrum. Er hatte die Streckenführung verinnerlicht und wusste, dass die nächsten zehn Kilometer vergleichsweise öde werden würden. Also ließ er seinen Gedanken freien Lauf, so wie er das auch auf seinen langen Läufen immer gemacht hatte.

Julia hatte ihm das nie abgenommen, aber es stimmte: Laufen konnte wie Meditation sein, vorausgesetzt der Körper war über die Bewegung keiner unangemessenen Belastung ausgesetzt. So ließ er sich treiben, spürte den Wind auf seiner Haut und freute sich darauf, bald an weiteren touristischen Sehenswürdigkeiten der Stadt vorbeigeführt zu werden.

Aber bis dahin waren es noch einige Kilometer oder gut eine Stunde Zeit. Die Stunde verbrachte er damit, über Moshe nachzudenken. Sein Onkel war noch bis zur Beerdigung seines Bruders bei ihm in Berlin geblieben. Letztlich hatte ihm die feierliche Zeremonie im Friedwald imponiert, auch wenn er sich für seinen Bruder eigentlich ein Begräbnis nach jüdischem Ritual gewünscht hätte. Gero war froh, über die ganze entsetzliche Geschichte um die Tätowierungen, Kaims Geld, die Banken, Grechtler und Grund, einen Kontakt zu seinem Onkel gefunden zu haben. Das, was sie gemeinsam erlebt hatten, verband sie, soviel konnte er jetzt einige Monate später bereits sagen, auf neue und innige Weise. Sie telefonierten in regelmäßigen Abständen, meistens wöchentlich und es war gut zu wissen, in Moshe einen Freund gefunden zu haben, der zufällig auch sein Onkel war. Mittlerweile war Moshe zum jüdischen Glauben konvertiert, und wenn er das richtig verstanden hatte, war man in seiner Gemeinde durchaus großzügig gewesen bei der Auslegung und Anwendung der einschlägigen Regeln. Schließlich musste Moshe, sah man von seinen Essgewohnheiten einmal ab, nicht wirklich irgendjemandem seiner Leute noch beweisen, dass er mit Inhalt und Regeln des jüdischen Glaubens vertraut war. Wenn einer Jude war, dann war es Moshe. Das hatte schon Walter Steiner bei jeder sich bietenden Gelegenheit festgestellt.

Jetzt lief er die Strecke mit der Gleichmäßigkeit eines Uhrwerks. Kilometer für Kilometer spulte er in gleichem Tempo runter, auch wenn seine Beine anfingen, sich schwerer und schwerer anzufühlen.

Endlich war es soweit, und die Strecke führte vom Tiber weg über die Piazza Navona in Richtung Innenstadt, wobei es gemeinerweise zunächst ein Stück zurück in nördlicher Richtung bis zur Pizza del Popolo ging, der gefürchteten 30 Kilometer Marke. Aber wenigstens gab es hier wieder mehr Zuschauer, mehr zu lesen und zu hören und damit wieder mehr Abwechslung, als der Tiber bieten konnte. Und so gelang es Gero, das stetig zunehmende Gewicht seiner Beine noch eine Zeitlang zu ignorieren. Dies auch deshalb, weil er von Anfang an jeden Verpflegungsstand mitgenommen, also ausreichend getrunken hatte, und zudem durch ein bestimmtes Powergel auch noch über alle möglichen Mineralien und Kohlehydraten verfügte. Er erfreute sich an den imposanten Bauwerken der römischen Altstadt: Fontana di Trevi, Campidoglio, Foro Romano und noch einmal dem Circo Massimo. Dann ging es ans Eingemachte. Nicht umsonst hieß es, dass der Marathon erst auf den letzten zehn Kilometern richtig anfing. Hier würde es sich zeigen, ob sich seine langen Läufe rund um den Grunewald oder den Flughafen Tegel bezahlt machen würden. Dabei hatte er seinen ganz persönlichen Trick. Er stellte sich einfach vor, an diesem Punkt mit seiner Hausstrecke zu starten. Und so machte er sich an den letzten Abschnitt des Rennens, von dem er wusste, dass es jetzt eine reine Willenssache war, den Marathon laufend zu Ende zu bringen. Gerade als er sich mental entsprechend eingerichtet hatte, passierte die Strecke die Rom-Filiale der Züricher Kantonsbank. Damit hatte er nicht gerechnet, hier in Rom auf die Züricher Kantonsbank zu stoßen. Dann aber fragte er sich, warum eigentlich nicht. Schließlich war die Züricher Kantonsbank trotz ihres regionalen Namens ein international tätiges Geldhaus, das er letztlich in bester Erinnerung behalten hatte. Und schon war er gedanklich wieder mittendrin im Geschehen um Kaims Blutgeld:

Nachdem Moshe ihm seine Standpauke gehalten und sich ein wenig beruhigt hatte, war die Rede im Wartebereich des Züricher Flughafens auf seinen Aufenthalt in der Bank gekommen, nachdem er dort mit den zwei Koffern von Grechtler eingetroffen war. Alles lief so, wie Zerhagen es beschrieben hatte. Moshe wurde von Sicherheitsleuten in Empfang genommen, die auch das Taxi gezahlt hatten, wie Moshe am Rande bemerkte. Er war in einen unterirdischen Besprechungsraum eskortiert worden, wo die Koffer in Gegenwart des Bankdirektors und seines Mitarbeiters Dr. Durli geöffnet wurden. Und tatsächlich: Genau 80 Millionen Schweizer Franken hatten sich in den Koffern befunden. Grechtler hatte Wort gehalten. Damit war die Geschichte aber nicht zu Ende gewesen, denn es war Dr. Zerhagen, der das Abschlusskapitel um Kaims Geld schreiben sollte. Zunächst führte Zerhagen ein kurzes Telefonat von dem Besprechungsraum aus, von dessen Inhalt Moshe schon wegen des Schwitzer Dütschs nichts verstanden hatte. Dann wurden offensichtlich auf Geheiß des Bankdirektors drei weitere Koffer in den Besprechungsraum gebracht und auf den fragenden Blick Moshes geöffnet. 150 Millionen Schweizer Franken, zur Verfügung gestellt von der Schweizer Bankenvereinigung. „Macht zusammen 230 Millionen Schweizer Franken“, wie Zerhagen zufrieden feststellte. Moshe verstand sofort: 230 Millionen Schweizer Franken war genau der Betrag, den Kaim im Frühjahr 1945 bei der Rüttlibank deponiert hatte. Und genau diesen Betrag stellten die Schweizer Banken jetzt wieder bereit. Immerhin. Offensichtlich hatte Zerhagen gewusst, worüber die Papiere im Schließfach Auskunft gaben. Natürlich. Aber Zerhagen würde noch mehr tun. Die Züricher Kantonsbank war bereit, den Gesamtbetrag zu eigenen Lasten jetzt und hier dem Schweizer Konto der Jewish Claim Conference gutzuschreiben, ohne dass es auf weitere Belege ankommen würde. Es gäbe auch keine Meldung der Züricher Kantonsbank an die Schweizer Strafverfolgungs- und Finanzbehörden. Das Geld würde ganz einfach zu Lasten der Züricher Kantonsbank gutgeschrieben werden und damit in den Besitz der verdienten Einrichtung übergehen. Moshe zögerte. Schließlich hatten sie in Zusammenhang mit der Rüttlibank schlechte Erfahrungen gemacht. Aber dann erklärte er sich mit der Vorgehensweise einverstanden, denn Zerhagen hatte ihm einen Schuldschein über die entsprechende Summe ausgestellt. Notariell beglaubigt. Dies für den Fall, dass der entsprechende Betrag anderntags nicht auf dem Schweizer Konto der JCC eingegangen sein sollte. Auf diese Weise wurden die fünf Koffer mit insgesamt 230 Millionen Schweizer Franken dahin gebracht, wo sie hingehörten, nämlich in den Tresorraum einer ebenso seriösen wie solventen Bank. Und tatsächlich erfuhr Moshe Liebermann tags darauf in Berlin über die ihm zur Verfügung stehenden Kanäle aus Israel, dass der JCC genauso, wie er es vorhergesagt hatte, um genau 230 Millionen Schweizer Franken reicher war als noch am Tag zuvor. Moshe und Gero hatten dann den Schuldschein der Züricher Kantonsbank in einem feierlichen Akt zerrissen und Zerhagen die Schnipsel auf dem Postwege persönlich/ vertraulich mit herzlichen Grüßen und herzlichem Dank zukommen lassen.

Gero schrak auf. Leute riefen aufgeregt durcheinander. Laut. Von rechts ebenso wie von links. Er sah sich um. Lachende Gesichter, winkende Hände: Kilometer 40. Er war fast am Ziel. Homerun. Alles war gut gegangen. Er spürte zwar jeden einzelnen Muskel seines Körpers, aber nichts tat ihm weh. Sein Gehirn war wie in Watte gepackt. Wahrscheinlich hätte er jetzt auch gegen ein Wand laufen können und keinen Schmerz gespürt, so entrückt lief er dem Ziel entgegen. Noch einen kleinen Hügel hinauf, eine letzte Kurve und dann hatte er es geschafft. Er hörte seinen Namen rufen, gerade in dem Moment, als er die Ziellinie überquerte. Wahnsinn. Dass das Zielfoto ihn nicht von vorne, sondern merkwürdig verdreht von der Seite zeigte, versöhnte ihn nur deshalb, weil das Foto auch zeigte, warum er sich weggedreht hatte: Es war Julia, die dort stand und seinen Namen gerufen hatte.

Epilog

Mittlerweile war es Oktober. Ein halbes Jahr war seit dem Rom Marathon vergangen. Gero hatte seine Arbeit in der Kanzlei fortgesetzt und die Geschäfte liefen gut, nicht zuletzt dank der neuen Mandate um die Swisspharm, die sich als ebenso solvent wie treu erwiesen hatte. Grechtler war zwischenzeitlich wegen Anstiftung und Beihilfe zum Mord und Luca Dreher wegen Mordes rechtskräftig verurteilt worden. Das machte seinen Vater nicht wieder lebendig, aber wenigstens waren die Tat aufgeklärt und die Täter verurteilt.

Gero und Julia sprachen nicht darüber, aber für Außenstehende schien es so, als wären sie wieder ein Paar, auch wenn sie nicht zusammen wohnten. Alles ging seinen Gang. Und dann, es war an einem Samstagmorgen, klingelte es unten an seiner Haustür. Gero und Julia saßen am Frühstückstisch. Julia war mit Zeitungen und Brötchen vorbeigekommen und er hatte das Frühstück bereitet. Keiner von beiden hatte Lust, sich jetzt durch einen Werbeboten in seiner Zeitungslektüre stören zu lassen. Also ignorierten sie das Klingeln. Aber der Störer war hartnäckig, und so drückte Gero schließlich die Haustür auf. Kurze Zeit später hatte ihm ein freundlicher junger Mann ein Päckchen übergeben. Er bedankte sich und war froh, die Tür geöffnet zu haben, musste er auf diese Weise doch nicht extra zur Post fahren, um sich die Sendung abzuholen.

Doch dann stellte er fest, dass ihm das Päckchen gar nicht über die Post zugestellt worden war.

Zurück im Esszimmer sah Gero Julias fragenden Blick, aber er hatte keine Ahnung, von wem die Sendung kam und was wohl darin sein könnte. Jetzt schaute sich Julia das Päckchen genauer an, es kam aus Israel und war ganz offensichtlich schon einmal geöffnet worden. Wahrscheinlich der Zoll, wie Gero bemerkte. Er kannte den Absender nicht. War hier Vorsicht geboten? Eine Familie Weizmann aus Jerusalem, wahrscheinlich Bekannte von Moshe.

Dann hatte er das Päckchen geöffnet. Darin befand sich ein Briefumschlag, der seinen Namen trug. Er riss den Umschlag auf und begann zu lesen.

Lieber Gero Steiner,

wie kennen uns nicht, auch wenn meine Familie und ich uns sehr freuen würden, Sie einmal hier in Jerusalem begrüßen zu können. Vielleicht können Sie es ja mal einrichten, uns hier die Ehre zu geben, Ihnen und Ihrer Frau ein guter Gastgeber sein zu dürfen.

Ich schreibe Ihnen heute, weil ich weiß, was Sie für unser Volk getan haben, für die vielen Vertriebenen und Verfolgten des Holocaust, die auf die unterschiedlichste Weise noch heute unter dem unvorstellbaren Schrecken des Naziterrors leiden. 230 Millionen Schweizer Franken machen das Leid nicht ungeschehen, aber sie helfen es zu lindern. Meine Familie und ich haben das Glück, wirtschaftlich abgesichert zu sein, aber wir wissen aus unserer Gemeinde wie wohltuend das Geld hier vor Ort wirkt. Und wir wissen, dass Sie und unser guter Freund, Ihr Onkel Moshe Liebermann, frei über das Geld hatten verfügen können, also auch zu eigenen Zwecken hätten verwenden können. Das haben Sie nicht getan. Und dafür danken wir Ihnen im Namen des Volkes Israel. Als Ausdruck unseres tief empfundenen Dankes möchten wir Ihnen eine kleine Freude machen.

Wir haben Ihren Onkel gefragt, was Ihnen Freude bereiten könnte und wenn die Choreographie unserer Planung aufgegangen ist, dann sollten Sie jetzt einen Schlüssel finden, zum Fenster gehen und hinunter zur Wundtstraße blicken. Viel Spaß. An dieser Stelle Ihnen noch einmal vielen Dank und alles Gute für Sie und Ihre Frau!

Samuel Weizmann und Familie

Gero legte den Brief zur Seite und griff in das Päckchen. Darin befand sich auf den ersten Blick nichts als Füllmaterial. Er schüttelte das Päckchen und richtig: Da war mehr. Nach einigen Sekunden weiteren Schüttelns fiel ein schwarzer Gegenstand zu Boden, den er sofort als das identifizieren konnte, was er war. Er sprang auf, so dass sein Stuhl nach hintern umkippte, und war mit zwei großen Schritten am Fenster. Unten auf der Straße, genau unter seinem Fenster stand er: ein silberfarbener Porsche 911er Coupé Carrera 4S, umwickelt mit einer roten Schleife. Moshe, der alte Romantiker! Gero schnappte sich erst den Schlüssel, dann Julia und kurz darauf standen sie unten am Wagen, wo ihm der nette junge Mann von gerade eben die auf seinen Namen lautenden Fahrzeugpapiere aushändigte und ihm im Namen der Porsche AG viel Spaß mit dem Fahrzeug wünschte.

Nachwort

Wie das so ist bei fiktionalen Geschichten, die vor geschichtlichem Hintergrund spielen, ist es auch hier so, dass nicht alle Daten, Namen und Fakten dem zugrunde liegenden historischen Sachverhalt entsprechen. Vielleicht lassen Sie mich es so sagen:

Die Namen und Lebensläufe der handelnden Personen deren Ideale und Einstellungen sind, mit Ausnahme der rechtskräftig verurteilten Täter, allesamt der Phantasie entsprungen, auch wenn es den jeweils zugrunde liegenden Charakter gegeben hat bzw. immer noch gibt, was in entsprechender Weise auch für die genannten Unternehmen gilt. Soweit es in diesem Zusammenhang zu Ähnlichkeiten mit real existierenden Unternehmen oder Personen und deren Lebensbilder kommen sollte, so wären diese zufällig und keineswegs beabsichtigt. Die darüber hinaus in der Geschichte erwähnten Einrichtungen und Orte hat es indes gegeben und sie sind zum Teil noch heute existent. Wichtig zu wissen ist etwas anderes: Historisch gesichert sind die geschilderten Prozeduren zur Ermordung der Opfer des Holocaust und die in diesem Zusammenhang jeweils vorgetragenen Zahlen, Umstände und weiteren Ausführungen etwa zu den Tätern und deren Motiven, auch wenn das Buch insoweit keinen Anspruch auf Vollständigkeit erhebt. Natürlich nicht.

Ich danke meiner Frau,
die meine große Liebe
und meine Erstleserin ist,
für ihre Inspiration
und ihren Humor.